ullstein

STEPHANIE WROBEL ist in Chicago aufgewachsen, lebt seit einigen Jahren aber mit ihrem Mann und ihrem Hund Moose Barkwinkle in Großbritannien. Sie hat am Emerson College studiert und als Texterin für verschiedene Werbeagenturen gearbeitet, bevor sie zu schreiben begann. Ihr Debütroman *Darling Rose Gold* wurde in mehreren Ländern ein Top-10-Bestseller.

STEPHANIE WROBEL

DARLING ROSE GOLD

Thriller

Aus dem Englischen
von Marie Rahn

Ullstein

Besuchen Sie uns im Internet:
www.ullstein.de

Wir verpflichten uns zu Nachhaltigkeit

- Klimaneutrales Produkt
- Papiere aus nachhaltiger Waldwirtschaft und anderen kontrollierten Quellen
- ullstein.de/nachhaltigkeit

MIX
Papier
FSC FSC® C083411

Ungekürzte Ausgabe im Ullstein Taschenbuch
1. Auflage März 2022
2. Auflage 2022

Titel der englischen Originalausgabe: *The Recovery of Rose Gold*
bei Michael Joseph / Penguin Random House, London, 2020
Umschlaggestaltung: zero-media.net, München
Titelabbildung: © Des Panteva / arcangel images (Käfig mit Schmetterling); © FinePic®, München (Struktur)
Gesetzt aus der Quadraat Pro powered by Pepyrus
Druck und Bindearbeiten: CPI books GmbH, Leck
ISBN 978-3-548-06623-3

Für meine Eltern Ron und Kathy Wrobel

1

PATTY

Tag der Entlassung

Meine Tochter musste nicht gegen mich aussagen. Sie tat es freiwillig.

Rose Gold war dafür verantwortlich, dass ich ins Gefängnis ging, aber nicht als Einzige. Müsste ich weitere aufzählen, dann würde ich den Staatsanwalt und seine wild ins Kraut schießende Fantasie sowie die leichtgläubigen Geschworenen und die blutrünstigen Reporter nennen. Sie alle forderten lautstark Gerechtigkeit.

Dabei wollten sie eigentlich nur eine Schauergeschichte.

(Popcorn raus, Leute, denn wahrlich, sie erfanden eine!)

Es war einmal, erzählten sie, eine böse Frau, die eine Tochter zur Welt brachte. Die Kleine schien sehr krank zu sein, es gab vieles, was bei ihr nicht in Ordnung war. Sie musste künstlich ernährt werden, die Haare fielen ihr büschelweise aus, und sie war so schwach, dass sie sich nur im Rollstuhl fortbewegen konnte. Ganze achtzehn Jahre fand kein einziger Arzt heraus, was eigentlich mit ihr los war.

Dann traten zwei Polizisten zur Rettung der Tochter auf den Plan. Denn siehe da: Die böse Mutter war die Kranke – das Mädchen war vollkommen gesund. Der Staatsanwalt posaunte in die Welt hinaus, dass die Mutter ihre Tochter über Jahre hinweg vergiftet habe. Die Mutter sei daran schuld, dass das Mädchen nichts bei sich behalten könne und an Unterernährung leide. Schwere Kindesmisshandlung nannte er es. Und forderte, die Mutter müsse bestraft werden.

Kaum war sie verhaftet worden, stürzten sich die Medien wie die Geier auf die Familie und weideten sich daran, wie sie auseinandergerissen wurde. Schrille Schlagzeilen verlangten nach dem Blut von »Giftmischer-Patty«, der etwa fünfzigjährigen Großmeisterin der Manipulation. Alle Freunde der Mutter fielen auf die Lügen herein. Im ganzen Land stieg man aufs hohe Ross: Jeder Anwalt, Polizist und Nachbar war überzeugt, das Mädchen persönlich gerettet zu haben. Die Mutter wurde ins Gefängnis gesteckt und der Schlüssel weggeworfen. Der Gerechtigkeit war Genüge getan, und die meisten lebten glücklich und zufrieden weiter. Ende der Geschichte.

Aber wo waren die Anwälte, als die Mutter zum tausendsten Mal das Erbrochene ihrer Tochter aus dem Teppich schrubbte? Wo waren die Polizisten, als die Mutter Nacht für Nacht über medizinischen Büchern brütete? Wo waren die Nachbarn, als das kleine Mädchen noch vor Tagesanbruch nach seiner Mutter rief?

Folgendes soll man mir mal erklären: Wenn ich fast zwei Jahrzehnte lang meine Tochter misshandelt habe, wieso hat sie dann angeboten, mich heute abzuholen?

Wie versprochen erscheint Connolly Punkt zwölf Uhr an der Tür meiner Zelle. »Bereit, Watts?«

Ich mühe mich von meiner Pritsche und ziehe meine kratzige Gefängniskluft straff. »Ja, Sir.«

Ich bin zu einer Frau geworden, die mit piepsiger Stimme spricht.

Der Wärter mit dem Schmerbauch holt einen großen Schlüsselring hervor und öffnet pfeifend die Tür. Ich bin Connollys Lieblingsinsassin.

Am Bett meiner Zellengenossin halte ich kurz inne, will aber keine Szene heraufbeschwören. Allerdings sitzt Alicia schon an die Wand gelehnt da und hat ihre Knie umschlungen. Als sie mir in die Augen blickt, bricht sie in Tränen aus und wirkt wesentlich jünger als zwanzig.

»Schsch.« Ich bücke mich und schließe das Mädchen in meine Arme. Dabei versuche ich, heimlich einen Blick auf ihre verbundenen Handgelenke zu werfen, aber sie ertappt mich dabei. »Trag immer wieder die Salbe auf und wechsle die Verbände. Das darf sich nicht entzünden«, mahne ich und wackle mit den Augenbrauen.

Alicia lächelt unter Tränen und sagt hicksend: »Ja, Schwester Watts.«

Ich bemühe mich, mir meinen Stolz nicht anmerken zu lassen. Zwölf Jahre lang habe ich als Pflegehelferin gearbeitet. Mit Zertifikat.

»Braves Mädchen. Díaz macht heute den Hofgang mit dir. Dreißig Minuten. Auf Anordnung des Doktors.« Ich lächle und streichle ihr das Haar. Ihr Schluckauf hat sich gelegt.

»Schreibst du mir denn?«

Ich nicke. »Und du kannst mich jederzeit anrufen.« Ich drücke ihr noch mal die Hand, richte mich auf und gehe zu Connolly, der geduldig gewartet hat. An der Türschwelle verharre ich, werfe noch einen Blick zu Alicia und mache mir in Gedanken eine Notiz, ihr zu schreiben, sobald ich zu Hause bin. »Jeweils eine ganze Stunde.«

Alicia winkt mir scheu. »Viel Glück da draußen.«

Connolly und ich machen uns auf den Weg zur Aufnahme und Entlassung. Meine Mitgefangenen rufen mir Abschiedsworte zu.

»Melde dich mal, ja?«

»Wir werden dich vermissen, Mama.«

»Pass auf dich auf, Skito.« (Die Abkürzung für ›Moskito‹ ist nicht kränkend, sondern als Kompliment gemeint. Moskitos sind unverwüstlich.)

Ich bedenke alle mit meinem majestätischsten Winken, verteile aber keine Luftküsse. Besser, man bleibt seriös. Ohne innezuhalten, gehen Connolly und ich immer weiter.

Auf dem Flur werde ich fast von Stevens umgerannt. Sie hat unheimliche Ähnlichkeit mit einer Bulldogge: kräftig und gedrungen, schlaffe Hängebacken, hin und wieder geifert sie. »Und tschüss!«, grunzt sie.

Stevens war der Boss, als ich hier ankam. Sie war nie eine Befürworterin des Zuckerbrot-Ansatzes, sondern schwor auf die Peitsche. Aber mit roher Gewalt und Einschüchterungstaktik kommt man nur bis zu einem gewissen Punkt – und nirgendwohin bei einer Frau meiner Statur. Es war leicht, ihr die Macht zu entreißen. Ich nehm's ihr nicht übel, dass sie mich hasst.

Jetzt winke ich kokett mit den Fingern. »Ein schönes Leben noch, Stevens.«

»Vergifte keine kleinen Mädchen mehr«, knurrt sie lahm.

Da ich sie nicht erwürgen kann, mache ich ihr mit Freundlichkeit den Garaus. Ich lächle, ganz heitere Gelassenheit, und folge Connolly.

Die Abteilung für Aufnahmen und Entlassungen ist nichts Besonderes: ein lang gestreckter Flur mit Betonboden, viel zu weißen Wänden und Zimmern mit dicken Glasfenstern. Am Ende des Flurs befindet sich ein kleiner Bürobereich mit Schreibtischen, Computern und Scannern. Könnte auch eine Buchhaltung sein, wenn Buchhalter Dienstmarken und Waffen tragen würden.

Am Empfang hat der Angestellte seinen Stuhl zum Radio gedreht. Gerade kommen Nachrichten. Nach einer kurzen Pause, sagt der Sprecher, gibt es Informationen zu einem kleinen Jungen in Indiana, der vermisst wird. Außerdem gehen wir der Frage nach, ob man von Süßigkeiten Krebs bekommen kann. Die nächsten Neuigkeiten auf WXAM. Seit meinem Prozess habe ich Nachrichten weder gehört oder gesehen noch gelesen. Die Presse hat meinen guten Namen besudelt. Ihretwegen hat meine Tochter vier Jahre lang nicht mit mir geredet.

Ich starre finster auf das Radio. Als der Angestellte seinen Stuhl zu mir dreht, wird mir klar, dass ich ihn kenne. Im Geiste habe ich den kahlen, bulligen Mann Meister Proper genannt. Vor fünf Jahren sah ich ihn das erste Mal. Er flirtete den ganzen Tag mit mir und fragte nach meinem Parfüm, während ich ihn auf Abstand hielt. Dabei gab ich mich selbstsicher und munter, aber innerlich schwankte ich zwischen Wut über mein ungerechtes Urteil und Angst vor den nächsten fünf Jahren. Seitdem habe ich ihn nicht mehr gesehen.

»Patty Watts?«, fragt er und schaltet das Radio aus.

Ich nicke.

»Ich erinnere mich an Sie«, sagt er und lächelt.

Meister Proper holt ein Formular aus seinem Schreibtisch und verschwindet im Lager. Nach ein paar Minuten kommt er mit einem kleinen Pappkarton zurück. Er reicht mir ein Blatt Papier. »Sie müssen die Bestandsliste prüfen und ganz unten unterschreiben, dass Sie alles zurückgekriegt haben, was Sie mitgebracht haben.«

Ich öffne den Karton, sichte ihn und unterschreibe dann.

»Sie können jetzt Ihre Straßenkleidung anziehen«, bemerkt Meister Proper, weist zum Waschraum und zwinkert mir zu, als Connolly gerade nicht hinschaut. Ich nicke, umklammere den Pappkarton und schlurfe davon.

In einer Toilettenkabine reiße ich mir die Jacke mit der Aufschrift »Justizvollzugsanstalt« vom Leib und wühle im Karton. Nach fünf Jahren Gefängnisfraß sitzt meine Lieblingsjeans mit dem bequemen Gummibund ein bisschen locker. Ich ziehe mein Garfield-T-Shirt und ein rotes Sweatshirt mit den Initialen meines Community Colleges an, GCC. Meine alten Socken sind steif vor Schweiß, aber immer noch besser als die groben Wollsocken, die ich trage.

Als ich meine weißen Turnschuhe anziehe, bemerke ich noch einen Gegenstand am Boden der Schachtel. Erst will ich das herzförmige Medaillon in die Tasche stecken, hänge es mir dann aber um. Sie soll sehen, dass ich die Kette trage, die sie mir als Kind geschenkt hat.

Ich verlasse den Waschraum und gebe Meister Proper den leeren Pappkarton zurück.

»Passen Sie auf sich auf.« Wieder zwinkert er.

Connolly und ich gehen durch den neonbeleuchteten Flur der Aufnahme Richtung Parkplatz. »Kommt jemand, Watts?«

»Ja, Sir. Ich werde gleich abgeholt.« Sorgfältig achte ich darauf, nicht zu erwähnen, von wem, denn obwohl Rose Gold mittlerweile dreiundzwanzig ist, halten manche Leute sie noch immer für ein kränkliches kleines Mädchen. Nicht alle werden sich über unsere Versöhnung freuen. Es ist ihnen egal, dass ich bei jedem Krankenhausaufenthalt nachts aufblieb, um ihre Vitalzeichen zu prüfen. Sie wissen nicht, wie groß die Liebe einer Mutter ist.

Am Tor bleiben wir stehen. Mir kribbeln die Fingerspitzen, als ich die Hand nach dem Griff ausstrecke.

Connolly kratzt sich an seinem Tom-Selleck-Schnurrbart. »Das Piroggenrezept kam bei meinen Schwiegereltern super an.«

Ich klatsche in die Hände. »Hab ich doch gesagt.«

Connolly zögert. »Martha war beeindruckt. Hat letzte Nacht nicht auf der Couch geschlafen.«

»Ganz kleine Schritte, Sir. Sie kommt schon zurück. Lesen Sie einfach weiter in dem Buch.« In den letzten Monaten habe ich den Wärter nach der Methode der *Fünf Sprachen der Liebe* gecoacht.

Connolly lächelt und wirkt für eine Sekunde sogar etwas verloren.

»Aber jetzt nicht sentimental werden«, scherze ich und klopfe ihm auf die Schulter.

Er nickt. »Viel Glück da draußen, Patty. Hoffen wir, dass wir uns nicht wiedersehen, ja?«

»So lautet der Plan«, erwidere ich und sehe ihm nach, als er mit großen Schritten den Flur hinuntergeht. Dabei flappen seine überdimensionierten Schuhe gegen das Linoleum. Nachdem er seine massige Gestalt in ein Büro gezwängt und die Tür hinter sich geschlossen hat, bleibt mir nichts mehr übrig, als mich der drückenden Stille zu stellen. Einfach so ist das Illinois Department of Corrections mit mir fertig.

Ich bemühe mich, das wilde Hämmern meines Herzens zu ignorieren. Als ich die Tür aufstoße und in die grelle Sonne hinaustrete, rechne ich schon fast damit, dass eine Alarmsirene losheult oder ein rotes Licht aufblitzt. Aber es ist tatsächlich so leicht: Man betritt oder verlässt das Gebäude, ohne dass sich jemand darum kümmert. Ich könnte ins Kino gehen, oder in die Kirche oder in den Zirkus. Ich könnte ohne Schirm in ein Unwetter geraten oder mit vorgehaltener Waffe ausgeraubt werden. Ich bin frei, da kann mir alles Mögliche passieren. Ich strecke die Hände aus und staune über den leichten Wind an diesem kühlen Novembertag. Dann schirme ich meine Augen ab und überblicke den Parkplatz, auf der Suche nach dem alten Chevy-Lieferwagen. Sehe aber nur Limousinen. Und keinen Menschen.

Sie müsste jede Minute kommen.

Ich lasse mich auf einer wackligen Bank nieder und runzle die Stirn, als der Plastiksitz unter meinem Gewicht leicht nachgibt. Nachdem ich ein paar Minuten lang versucht habe, es mir bequem zu machen, stehe ich wieder auf und tigere erneut hin und her.

In der Ferne sehe ich, wie mein brauner Van in die lange Auffahrt zur Aufnahme einbiegt. Als er näher kommt, versuche ich, mein Haar und mein zerknittertes Sweatshirt so gut wie möglich zu glätten. Ich räuspere mich, als wollte ich etwas sagen, starre aber nur auf den Wagen. Als er den Parkplatz erreicht, erkenne ich die schmalen Schultern und die dunkelblonden Haare meiner Kleinen.

Ich sehe zu, wie Rose Gold rückwärts in eine Parklücke fährt. Sie schaltet den Motor aus und lehnt sich an die Kopfstütze. Ich stelle mir vor, dass sie kurz die Augen schließt. Mit jedem arglosen Atemzug heben und senken sich die Spitzen ihrer überschulterlangen Haare. Schon seit sie ein kleines Kind war, hat sich Rose Gold lange Haare gewünscht. Jetzt hat sie sie.

Irgendwo habe ich gelesen, dass ein Mensch durchschnittlich etwa hunderttausend Haare auf dem Kopf hat – Blonde mehr, Rotschöpfe weniger. Ich frage mich, wie viele Haare eine Handvoll ergeben, stelle mir vor, wie ich meine Tochter umarme und mit ihren Locken spiele. Ich habe ihr immer gesagt, es sei besser, wenn sie sich den Kopf rasiert.

So ist man weniger angreifbar – es gibt nichts, woran jemand einen packen kann.

Aber Töchter hören ja nie auf ihre Mütter.

Als Rose Gold den Kopf hebt, treffen sich unsere Blicke. Sie hebt den Arm und winkt wie eine Homecoming Queen auf dem Festzugswagen. Ich reiße die Arme hoch und winke genauso aufgeregt. Auf der Rückbank des Vans erkenne ich undeutlich eine Babyschale. Dort muss mein Enkel sitzen.

Ich mache einen Schritt auf meine Familie zu. Es ist fast fünfundzwanzig Jahre her, seit ich mein letztes Baby im Arm hielt. In wenigen Sekunden werden sich seine winzigen Finger um meine schließen.

2

ROSE GOLD

Fünf Jahre zuvor, November 2012

Manchmal konnte ich immer noch nicht glauben, dass ich alles lesen durfte, was ich wollte. Ich strich über die Fotos des Hochglanzmagazins. Ein perfekt aussehendes Paar, das am Strand Händchen hielt. Ein Halbwüchsiger mit langen Haaren, der in den Fond eines wartenden Wagens tauchte. Eine strahlende Mutter, die mit ihrer Tochter auf dem Arm durch New York schlenderte. All diese Menschen waren berühmt. Ich wusste, dass die Mutter eine Sängerin namens Beyoncé war, aber die anderen kannte ich nicht. Bestimmt im Gegensatz zu den meisten Achtzehnjährigen.

»Rose Gold?«

Ich schrak zusammen. Vor mir stand mein Vorgesetzter, Scott. »Wir öffnen gleich«, sagte er. »Legen Sie bitte die Zeitschrift weg?«

Ich nickte, während Scott weiterging. Hätte ich mich entschuldigen sollen? War er sauer auf mich, oder erledigte er nur seinen Job? Ich sollte Autoritäten respektieren. Ich sollte sie aber auch austricksen. Mom hatte das immer gemacht.

Ich starrte auf die *Chit Chat* in meinen Händen. Eigentlich hatte ich nachsehen wollen, ob etwas über sie darinstand. Während ihres Prozesses waren in der Zeitschrift drei Geschichten über uns erschienen. Jetzt aber, an ihrem ersten Tag im Gefängnis, brachten sie gar nichts. Genauso wenig wie die überregionalen Zeitungen. Über Moms Gefängnisstrafe kam nur in unserer Lokalzeitung, der *Deadwick Daily*, ein sensationsheischender Artikel.

Ich legte die Zeitschrift ins Regal zurück. Scott ging weiter den Gang hinunter und klatschte in die Hände. Dabei rief er: »Ein Lächeln ist Teil unserer Dienstkleidung, Leute.« Ich warf Arnie an Kasse zwei einen Blick zu. Er verdrehte die Augen. Hatte ich ihn verärgert? Was, wenn er nie wieder mit mir redete? Was, wenn er allen Mitarbeitern erzählte, ich sei eine Irre? Ich wandte den Blick ab.

Der Mann vom Sicherheitsdienst schloss die Türen von Gadget World auf. Draußen wartete noch niemand. Sonntagmorgens ging es hier immer ruhig zu. Ich schaltete das Licht über meiner Kasse ein. Aber die große, gelbe 5 wurde nicht hell. Mom hatte immer gesagt, eine kaputte Glühbirne sei ein schlechtes Omen.

Das Flirren in meinem Magen wurde stärker. Im vergangenen Jahr hatte ich Angst vor jedem großen Prozesstag gehabt: Eröffnungsplädoyers, meine Zeugenaussage, Verkündigung von Urteil und Strafmaß. Aber die Reporter scherten sich keinen Deut darum, dass »Giftmischer-Patty« jetzt hinter Gitter kam. Nur ich erinnerte mich daran, dass dies ihr erster Tag im Gefängnis war. Sie wäre noch frei, wenn ich nicht in den Zeugenstand getreten wäre. Seit ihrer Verhaftung hatte ich nicht mehr mit ihr gesprochen.

Ich versuchte, mir meine nur 1,65 m große, aber kräftige Mutter in einem orangefarbenen Overall vorzustellen. Was, wenn die Wärter ihr wehtaten? Was, wenn sie die falsche Insassin gegen sich aufbrachte? Was, wenn sie vom Essen dort krank wurde? Ich wusste, eigentlich sollte ich mich über solche Möglichkeiten freuen. Ich wusste, ich sollte Mom hassen, weil ich ständig gefragt wurde, ob ich sie hasste.

Aber ich wollte sie mir nicht in ihrem jetzigen Zustand vorstellen. Mit lila Blutergüssen und blass vom Mangel an Sonnenlicht. Ich wollte mich an die Mutter erinnern, bei der ich aufgewachsen war, an die Frau mit den breiten Schultern und den muskulösen Armen, die innerhalb weniger Minuten einen Brotteig durchkneten konnte. Ihr Haar war kurz und dank einer billigen Tönung fast schwarz. Sie hatte runde Wangen, eine Stupsnase und ein strahlendes Lächeln, das ihr ganzes Gesicht zum Leuchten brachte. Ich liebte Moms Lächeln, weil ich so gerne ihre Zähne sah: weiß, gerade und akkurat, so ordentlich wie ihre Aktenschränke. Aber das Gewinnendste an ihr waren ihre hellen, blaugrünen Augen. Sie nahmen einen wahr, strahlten Mitgefühl aus. Sie vermittelten ohne ein Wort Freundlichkeit und Vertrauen. Wenn man von ihrer kräftigen Hand berührt und von ihren aquamarinblauen Augen betrachtet wurde, war man überzeugt, dass man sich nie wieder einsam fühlen würde.

»Rose Gold, richtig?«

Erneut schrak ich zusammen. Vor mir stand ein Halbwüchsiger, der aussah wie ein Disneyprinz. Ich erkannte ihn wieder, weil er ständig hier auftauchte, um Videospiele zu kaufen.

Der Junge zeigte auf mein Namensschildchen. »Okay, ich habe geschummelt. Mein Name ist übrigens Brandon«, erklärte er.

Ich starrte Brandon nur an, weil ich Angst hatte, wenn ich was sagte, würde ich ihn verscheuchen. Er sah mich unverwandt an: Hatte ich was im Gesicht? Hastig schnappte ich mir seine Sachen vom Band: ein Videospiel mit einem bewaffneten Soldaten auf der Hülle und vier Tüten M&M's mit Erdnüssen.

Brandon fuhr fort: »Ich gehe auf die Deadwick High School.«

Er war jünger als ich. Ich war bereits achtzehn und hatte meinen Highschool-Abschluss.

»Aha«, sagte ich. Ich hätte was anderes sagen sollen. Wieso sprach mich jemand, der so gut aussah wie Brandon, überhaupt an?

»Warst du auch auf der Deadwick High?«

Ich kratzte mich an der Nase, um meine Zähne zu verbergen. »Nein, ich wurde zu Hause unterrichtet.«

»Cool.« Brandon lächelte seine Füße an. »Ich hab mich gefragt, ob du wohl mal mit mir ausgehen würdest.«

»Wohin?«, fragte ich verwirrt.

Er lachte. »Na, zu einem Date.«

Ich schaute mich im leeren Laden um. Brandon stand da, die Hände in die Taschen geschoben, und wartete auf eine Antwort. Ich dachte an Phil, meinen Freund aus dem Internet. »Ich weiß nicht.«

»Komm schon«, beharrte Brandon. »Ich beiße auch nicht, versprochen.«

Dabei lehnte er sich über das Warenband. Unsere Gesichter waren nur noch Zentimeter voneinander entfernt. Er hatte winzige Sommersprossen auf der Nase und roch nach Jungenseife. Mein Herz holperte und stolperte. Endlich konnte ich meinen ersten Kuss bekommen. War das schon Betrug, wenn man seinen festen Freund aus dem Internet sowieso nie persönlich treffen würde?

Brandon zwinkerte und schloss seine Augen. Wieso war das so einfach für ihn? Ich schloss ebenfalls die Augen. Aber was war, wenn ich seinen Mund verfehlte und stattdessen seine Nase küsste? Also machte ich die Augen wieder auf. Sollte ich meine Zunge einsetzen? In den Zeitschriften hieß es, das könnte man manchmal tun. Aber nicht die Zähne. Niemals die Zähne.

Meine Zähne.

Ich durfte ihn nicht so nah an meine Zähne ranlassen. Außerdem konnte uns Scott vielleicht sehen. Unsere Gesichter waren ganz dicht beieinander. Offenbar hatte ich mich, ohne es zu bemerken, ebenfalls über das Warenband gelehnt. Ich würde es vermasseln. Ich war noch nicht bereit. Ruckartig wich ich zurück. »Kein guter Zeitpunkt«, murmelte ich.

Er öffnete die Augen und legte den Kopf schräg. »Was hast du gesagt?«

»Ich sagte, es ist kein guter Zeitpunkt«, wiederholte ich und hielt den Atem an.

Er winkte ab. »Ich hab ja noch nicht mal einen Zeitpunkt vorgeschlagen. Hast du ständig zu tun?«

Ich hatte eigentlich nie was zu tun, aber das war nicht die richtige Antwort. Ich knackte mit meinen Fingerknöcheln und versuchte zu schlucken. Meine Kehle war wie ausgedörrt.

Brandon zog seine Augenbrauen hoch. »Soll ich etwa betteln?«

Ich stellte mir vor, wie ich die nächsten achtundvierzig Stunden jedes Wort dieses Gesprächs wieder und wieder heraufbeschwören würde. Ich musste jetzt nur aussteigen, bevor ich es vermasselte. Also strich ich mir eine – kurze, dünne – Haarsträhne hinters Ohr und sagte, den Blick auf sein T-Shirt gerichtet: »Tut mir leid.«

Brandon trat einen Schritt zurück. Seine Wangen färbten sich rosa. Ich sah, wie sich sein Lächeln in ein höhnisches Grinsen verwandelte. Offenbar hatte ich was Falsches gesagt. Ich krümmte mich innerlich und wartete.

»Tust du immer noch so, als bräuchtest du einen Rollstuhl?«

Mir klappte der Mund auf. Hastig bedeckte ich ihn mit der Hand.

»Glaubst du etwa, du könntest diese Zähne verstecken? Die sind ja so ekelhaft! Du bist ekelhaft!«, zischte Brandon.

Nicht weinen, nicht weinen, nicht weinen.

»Ich hab dich nur wegen einer Wette um ein Date gebeten«, erklärte er. Wie aufs Stichwort tauchte ein feixender Junge hinter Kasse zwei auf. Tränen stiegen mir in die Augen.

»Meinst du etwa, du könntest mich abweisen?«, spottete Brandon und schlenderte mit seiner Plastiktüte von Gadget World davon. Sein Freund schlug ihn mit hoch erhobener Hand ab. Da rann mir die erste dicke Träne über die Wangen.

Kaum waren sie weg, flüchtete ich von meiner Kasse, ohne Arnies durchdringenden Blick zu beachten. Ich dachte an Maleficent und Jafar, an Cruella de Vil, an Scar und Captain Hook: die Bösen, die am Ende immer verloren hatten.

Der Pausenraum war leer. Ich drückte die Tür zu und schloss sie ab.

So heftig hatte ich seit zwei Monaten nicht mehr geweint – seit meine Mutter verurteilt worden war.

Nach der Arbeit fuhr ich mit Moms altem Lieferwagen die neun Meilen bis zu meiner Wohnung. Meinen Führerschein hatte ich zwei Monate zuvor geschafft, und zwar mit der Hilfe von Moms ehemaliger bester Freundin Mary Stone, die mich in der Fahrschule angemeldet und mich zur theoretischen und praktischen Prüfung begleitet hatte. Der Prüfer meinte, ich hätte als Erste in diesem Monat ohne Fehler bestanden. Manchmal stieg ich in den Wagen und fuhr ein paarmal um den Block, einfach weil ich es konnte.

Jetzt parkte ich vor meinem Wohnhaus. Nachdem ich den Job als Kassiererin bei Gadget World bekommen hatte, half mir Mrs. Stone auch, eine billige Wohnung in Deadwick zu finden. Die Sheridan Apartments befanden sich in einem vierstöckigen, heruntergekommenen Gebäude – Mrs. Stone erklärte, es sei erbaut worden, als sie noch ein Kind war.

Manchmal bekam ich Besuch von Mäusen, aber die Miete belief sich auf nicht mal vierhundert Dollar im Monat. Mrs. Stone meinte, das sei eine gute Anfängerwohnung für mich, obwohl ich nicht wusste, was genau ich da anfing.

Ich schloss den Wagen ab und wandte mich zum Gebäude. Gerade als ich den Weg betrat, piepte mein Handy. Während ich über die Risse im Beton stieg, dachte ich bewusst an Brandon.

Phil: *Heute Abend chatten?*

Ich: *Ja bitte, harter Tag.*

Phil: *Was ist los?*

In der Wohnung streifte ich mir die Stiefel ab und ging direkt auf die Waage. Seit ich vor neun Monaten bei Mom ausgezogen war, hatte ich dreißig Pfund zugenommen. Doch seit einiger Zeit veränderte sich nichts mehr an meinem Gewicht. Ich senkte den Blick auf die Waage. Immer noch 51 Kilo.

Als ich das Bad verließ, vermied ich es, in den Spiegel zu schauen. Ich hatte jetzt nicht die Kraft, die ganze Prozedur zu absolvieren. (Schritt eins: Prüfen, ob die Zahnweißstreifen wirkten. Ich hatte jeden einzelnen Zahn auf einer Farbskala von eins bis zehn eingetragen und dann die Veränderungen in einem kleinen Notizbuch vermerkt, um die Fortschritte festzuhalten. Schritt zwei: Mit einem Maßband nachmessen, wie viele Millimeter die Haare gewachsen waren. Ich hatte es mit Fischölkapseln versucht, mit Biotin und Vitaminen, aber nichts hatte funktioniert: Meine Haare wollten trotzdem nicht schneller wachsen. Schritt drei: Mich von Kopf bis Fuß betrachten, Körperteil für Körperteil, und alles registrieren, was mir nicht gefiel. Ich hatte ständig eine Liste im Kopf, sodass ich wusste, woran gearbeitet werden musste.) Ich versuchte, diese Prozedur nicht öfter als einmal am Tag zu vollziehen, und übersprang sie an schlechten Tagen ganz. Jetzt schaltete ich das Licht im Bad aus. Hunger machte sich bemerkbar.

In der Küche schob ich ein tiefgefrorenes Fertiggericht mit Tex-Mex-Hackfleischpasta in die Mikrowelle und lehnte mich an die Anrichte. Als ich die Beschreibung auf der Packung las, fragte ich mich, wie wohl Chorizo schmeckte. Seit ich in meine eigene Wohnung gezogen war, lebte ich hauptsächlich von Fertiggerichten und allen möglichen Frühstückscerealien. Zwar hatte ich versucht, mir das Kochen beizubringen, aber ständig das Timing vermasselt: Die Folge davon waren verbranntes Gemüse und harter Reis. Ich vermisste es, dass mir jemand das Essen zubereitete, selbst wenn es nur Trinknahrung war. Manchmal zündete ich kleine Teelichte an, wie Mom es getan hatte, damit das Essen stimmungsvoller wurde.

Als die Mikrowelle piepte, holte ich die Hackfleischpasta heraus. Noch an der Küchentheke riss ich die Plastikfolie ab und schob die Nudeln vorsichtig in meinen Mund, wobei ich die kühle Gabel auf meine Zunge drückte. Die mit Käse überbackenen Nudeln glitten mir die Kehle hinunter, ohne zu stocken die Einbahnstraße entlang. Brotwürfel aus der Käseschicht wurden von meinen Backenzähnen zermalmt. Dann merkte ich es: Chorizo war scharf! Meine Augen tränten, und ich bekam eine Gänsehaut. All diese neuen Geschmacksrichtungen würde ich niemals sattbekommen!

Ich öffnete den Kühlschrank und holte ein weiteres Fertiggericht heraus – Kräcker, Putenbrust und Cheddar – und dazu einen Liter Kakao. Erst wollte ich direkt aus dem Tetrapak trinken, aber dann dachte ich an Moms Basiliskenblick. Also goss ich den Kakao in ein Glas.

Ich: *Irgendein Highschool-Junge kam in den Laden und benahm sich wie ein A-loch.*

Ich war begeistert über meine beiläufige Verwendung von ›A-loch‹. Früher durfte ich nicht fluchen.

Ich: *Hab's aber schon weggesteckt.*

Ich: *Wie war dein Tag?*

Ich hoffte immer, dass ich zu kritisch mit mir war. Niemand sollte mich für so hässlich halten, wie ich befürchtete. Aber Brandon hatte es getan. Mein magerer Körper passte eher zu einem sechsjährigen Jungen als zu einer Frau. Brüste hatte ich keine. Meine Zähne waren brüchig und braun. Obwohl ich schon so viel zugenommen hatte, war ich immer noch zu dünn und konnte nicht mal einen Sitz im Bus ausfüllen. Niemand fand mich schön, nicht mal Mom, die darauf achtete, mich als eine schöne Seele zu bezeichnen, aber niemals als schön. Sie wählte immer den schlimmsten Zeitpunkt, um ehrlich zu sein.

Phil: *Tut mir leid wegen dem Wichser.*

Phil: *Mein Tag war verschneit ;)*

Phil war ein paar Jahre zuvor nach Colorado gezogen, um öfter snowboarden zu können. Er hatte seinen Eltern die Erlaubnis abgerungen, in der Hütte seiner Tante und seines Onkels zu leben, die fünfundvierzig Meilen südwestlich von Denver in den Wäldern der Front Range stand. Diese rebellische Ader und sein romantisches Interesse an mir hatten mich zu ihm hingezogen. Außerdem hatte er mir geholfen herauszufinden, was Mom mir antat, mir im Grunde also das Leben gerettet. Wir lernten uns in einem Chatroom für Singles kennen, als ich sechzehn war, kurz nachdem ich Mom überzeugt hatte, dass das Internet mir bei meinen Hausaufgaben helfen konnte. Zwar durfte ich pro Tag nur eine halbe Stunde surfen, aber nachts, wenn sie schlief, chattete ich heimlich mit Phil. Jetzt, zweieinhalb Jahre später, simsten wir täglich miteinander. Allerdings telefonierten wir nie, und es gab auch keine Videochats. Spontan konnte ich mich nicht so gut unterhalten. Wenn ich simste, hatte ich genug Zeit, mir meine Antworten zurechtzulegen. Ich konnte nicht riskieren, Phil zu verlieren.

Nachdem ich meine leere Pastaschachtel in den Müll geworfen hatte, ging ich mit dem zweiten Fertiggericht ins Wohnzimmer, setzte mich auf einen der braunen Fernsehsessel, die Mom vor Jahren beim Trödler erstanden hatte, und zog die Fußstütze heraus. Ich legte ein Stück Cheddar und einen Streifen Putenbrust auf einen Kräcker und hielt inne. Hatte ich ein komisches Gefühl im Magen, oder bildete ich mir das nur ein?

Laut sagte ich: »Mit den Nudeln war alles in Ordnung.«

Dann nahm ich die DVDs vom Beistelltischchen: *Alice im Wunderland* und *Pinocchio*. Als Kind durfte ich nur drei Filme sehen: *Dornröschen*, *Cinderella* und *Die Schöne und das Biest*. Also holte ich jetzt das Versäumte nach. Bislang hatte ich die Hälfte aller Disneyfilme aus der Bibliothek gesehen. Aber keiner davon konnte meinen absoluten Lieblingsfilm schlagen: *Arielle*, den ich schon dreißigmal angeschaut hatte. Ich plante, bis dreiunddreißig weiterzumachen, das brachte Glück.

Aber jetzt wollte ich keinen Film. Ich betrachtete meine Dienstkleidung: khakibraune Hose, blaues Hemd. Morgen würde ich genau das Gleiche tragen, würde die Zeitschriften auf den Regalen geraderücken und andere Regale für das nächste A-loch auffüllen, das in den Laden spazierte, um mir zu sagen, wie ekelhaft ich war.

Was, wenn Brandon wiederkam? Was, wenn ich ihn zufällig an der Tankstelle oder im Supermarkt traf?

Vielleicht reagierte ich übertrieben. Schließlich hatte ich einen festen Freund, eine Vollzeitstelle und eine eigene Wohnung. Ich war bei einem Zahnarzt gewesen, der mir erklärt hatte, wenn ich einige Zähne gezogen und eine Brücke eingesetzt bekäme, könnte ich ein wunderschönes, weißes Gebiss haben. Seitdem legte ich von jedem Gehaltsscheck fünfzig Dollar für mein neues Lächeln beiseite. Ich machte Fortschritte, was kümmerte mich also die Meinung eines einzigen heißen Typen? Für mich war Brandon ein Niemand.

»Du bist nicht ekelhaft«, sagte ich zaghaft zu mir. Aber ich glaubte mir nicht.

Ich war nicht bereit, in eine andere Stadt zu ziehen. Die meiste Zeit meines Lebens hatte ich in ein und demselben Haus verbracht, hatte es nur verlassen, um zum Arzt zu fahren und unsere Nachbarn oder die Schule zu besuchen – bis Mom mich abmeldete. Obwohl mich viele Leute in Deadwick nervten, waren sie mir doch wenigstens vertraut. Ich konnte es aushalten, solange ich unsere braunen Fernsehsessel, den Laden an der Ecke und Mrs. Stone hatte – berühmt für ihre Haferkekse und ihren unbeirrbaren Optimismus. Mit dem Wagen konnte ich innerhalb von fünf Minuten bei ihr sein. Ein Umzug war zu viel für mich. Aber ein kleiner Tapetenwechsel konnte vielleicht was bringen.

Mach eine Liste, flüsterte Mom mir zu. Dies waren die mir bekannten Menschen, die nicht in Deadwick wohnten: Mom, Alex, die in Chicago lebte, und Phil in Colorado. Phil und ich hatten bislang nie geplant, uns zu treffen. Sah man sich von Angesicht zu Angesicht, blieb für die Fantasie kein Raum mehr. Wenn Phil mich sah, fand er mich vielleicht auch ekelhaft. Möglicherweise machte er dann sogar mit mir Schluss. Trotzdem konnte ich mich einfach nicht damit abfinden.

Eine Dreiviertelstunde tüftelte ich an einer SMS mit dem Vorschlag, uns zu treffen, bis ich mich für eine direkte Frage entschied.

Ich: *Wie fändest du es, wenn ich dich besuchen käme?*

Ich: *Ich müsste mal eine Weile weg von hier.*

Dann trudelten endlos die drei Pünktchen über mein Display. Er schrieb und schrieb und schrieb. Ich zupfte einen Nietnagel heraus. Mach dir nicht allzu große Hoffnungen.

Phil: *Momentan ist kein guter Zeitpunkt. Tut mir leid, Babe.*

Phil: *Vielleicht in ein paar Monaten?*

Ich stieß die Luft aus, die ich angehalten hatte. Da ich mich nicht traute nachzufragen, warum jetzt kein guter Zeitpunkt war, machte ich eine neue Liste: Mögliche Gründe, warum mein fester Freund mich nicht treffen will. Vielleicht hatte er eine andere. Vielleicht war ich nur seine Geliebte. Vielleicht durfte er gar keine Freundin haben. Vielleicht konnte er gar nicht snowboarden. Vielleicht war er in Wirklichkeit hässlicher als auf seinem Foto. Vielleicht wusste er tief im Inneren, dass ich nicht so hübsch war, wie er hoffte – obwohl ich ihm einen falschen Namen genannt hatte, damit er mich online nicht finden konnte.

Noch nie war ich meinem ersten Kuss so nahe gekommen wie beim Zusammenstoß mit Brandon. Achtzehn war viel zu alt, um noch zu warten, das hatte ich aus der *Seventeen* gelernt. Ich beschloss, Phil weiterhin zu bearbeiten. Er war meine beste Chance. Außerdem, wenn wir füreinander bestimmt waren, mussten wir uns dann nicht irgendwann treffen?

Ich trommelte mit den Fingern auf der Armlehne des Sessels, während ich mir das Hirn nach einer anderen Lösung zermarterte. Ich konnte nach Chicago fahren. Monatelang hatte Alex, meine beste Freundin und Mrs. Stones Tochter, immer wieder angeboten, mir die Stadt zu zeigen. Das Benzin für die dreistündige Fahrt würde nicht so viel kosten.

Ich schrieb eine SMS an Alex. »Ich hab mir überlegt, dich zu besuchen«, gab ich ein. Dann tippte ich auf den kleinen blauen Pfeil und kaute nervös auf meiner Unterlippe.

Ich scrollte durch unseren Chatverlauf. Auf meine letzten drei SMS hatte Alex nicht geantwortet. Ich hätte mir Sorgen gemacht, wenn sie nicht täglich auf ihren Social-Media-Accounts gepostet hätte, wie viel Spaß sie mit ihren neuen Freunden aus der Großstadt habe. In den letzten Monaten hatte ich ein paar dieser sozialen Medien studiert, um herauszukriegen, wie sie funktionierten. Ich hatte sogar den Mut aufgebracht, mir auf einer dieser Seiten einen eigenen Account einzurichten, aber noch nichts gepostet. Auch weil ich nicht wusste, was ich als Profilbild nehmen sollte.

Erneut warf ich einen Blick auf die DVDs aus der Bibliothek, schob dann aber wieder *Arielle* – den einzigen Film, der mir gehörte – in den DVD-Player.

Eine halbe Stunde später hatte Alex immer noch nicht reagiert. Ausnahmsweise konnten Scuttle und Sebastian mich nicht amüsieren. Ständig hatte ich das Wort EKELHAFT vor Augen, es zog in Neonschrift an mir vorbei, flankiert von zwei blinkenden Pfeilen, die auf mich zeigten. Das Wort tätowierte sich auf meine Stirn, meine Wangen, in meinen Mund. Ich zog mir meine Fleecedecke mit den Zebrastreifen – die Mom für mich gemacht hatte – bis zum Kinn. Doch das Wort verfolgte mich weiter und dröhnte mir in den Ohren. Ich stellte mir vor, wie es im Blut durch meine Adern driftete, und schüttelte schnell den Kopf, um alle Gedanken daran loszuwerden. Ich hätte ihn ignorieren oder einfach weiter in der Zeitschrift blättern sollen.

Die Zeitschrift. Wieder griff ich nach meinem Handy und scrollte durch alte Emails. Schließlich fand ich die von Vinny King, dem Reporter von *Chit Chat*, der mich wiederholt um ein Interview gebeten hatte. Gegen Bezahlung, ein paar hundert Dollar. Ich überflog sie erneut.

Alle Medien haben Sie als Opfer dargestellt, als schwaches, kleines Mädchen. Ist es nicht Zeit, das richtigzustellen?

Damals hatte ich an Schicksal geglaubt. Ich dachte, alles würde aus einem bestimmten Grund geschehen.

Als Vinny King sich zum ersten Mal bei mir meldete, wurde ich noch künstlich ernährt. Ich war gerade aus unserem Haus zu Mrs. Stone gezogen. Der Sozialdienst hatte mir einen Therapeuten besorgt. Reporter campierten vor jedem Haus, in dem ich mich ihrer Meinung nach verstecken könnte. In der Zeit, als ich gegen Mom aussagte, wäre ich fast durchgedreht. Nur zu gerne hätte ich öffentlich klargestellt, was Wahrheit und was Lüge war, aber ein Interview mit der alten Rose Gold wäre ein Desaster geworden. Ich sah förmlich die höhnischen Schlagzeilen darüber, dass die Tochter genauso verrückt war wie die Mutter. Sie waren ohnehin schon schlimm genug: MUTTER ZEIGT KEINERLEI REUE ÜBER VERGIFTUNG IHRER TOCHTER.

Aber das war damals.

Jetzt war ich stabil. Natürlich nicht vollkommen. Zum Beispiel war ich immer noch ein bisschen zu sehr auf mein Gewicht fixiert. Bestimmte Lebensmittel konnte ich immer noch nicht essen, ohne dass mir übel wurde. Allerdings war ich mir ziemlich sicher, dass das nur eine Kopfsache war. Es fiel mir schwer, mit Jugendlichen in meinem Alter zu reden. Wichser wie Brandon machten mich immer noch nervös.

Vielleicht war ich noch nicht bereit, über die Erinnerungen zu sprechen, die ich im Laufe des letzten Jahres so gut unter Verschluss gehalten hatte. Andererseits konnte ich mich dann entweder weiterhin von Leuten quälen lassen, die gar nichts über mich wussten, oder meine Geschichte erzählen. Die Medien waren nicht mehr an Mom und mir interessiert; von Vinny hatte ich schon seit Monaten nichts mehr gehört. Aber vielleicht konnte ich ihn überzeugen, sich meine Sicht anzuhören. Dann konnte ich das Geld vom Interview für meine Zähne verwenden. Oder um Phil in Colorado zu besuchen.

Alex hatte immer noch nicht auf meine SMS geantwortet. Im Film willigte Arielle ein, ihre Stimme aufzugeben.

Bevor ich es mir anders überlegen konnte, wählte ich Vinny Kings Nummer. Es ertönte das Rufzeichen. Ich starrte auf meine Schuhe. Die Schnürsenkel waren aufgegangen.

Sie dachte an mich.

3
PATTY

Mit großen Schritten gehe ich über den Parkplatz auf meine Tochter zu. Als Rose Gold vom Fahrersitz hüpft, wirkt sie neben dem großen Lieferwagen wie ein Zwerg. Eine Frau von dreiundzwanzig Jahren hat den unbeholfenen Teenager ersetzt, den ich aufgezogen habe. Ihre Haare sind glatt und schlaff, und ihre stumpfe Farbe schwankt irgendwo zwischen Blond und Braun. Mit ihrer winzigen Stupsnase wirkt Rose Gold wie ein Mäuschen. Sie trägt ausgebeulte Jeans und ein riesiges Sweatshirt mit hohem Kragen. Mit ihrem typischen Trippelgang, den sie schon immer hatte – so als bedeckten heiße Kohlen den Boden –, kommt sie auf mich zu. Sie sieht gesund aus. Normal.

Bis auf ihre Zähne.

Ihre Zähne sind kreuz und quer gewachsen und erinnern an alte Grabsteine auf einem Friedhof. Außerdem haben sie unterschiedliche Gelbtöne: von Eierpunsch bis Dijonsenf. An den Wurzeln sind einige schlammbraun; und die Spitzen sind uneben und schartig. Als meine Tochter mich anlächelt – nein, angrinst –, erinnert sie mich an einen Halloween-Kürbis. Andere finden diese Zähne vielleicht grässlich. Mir hingegen erzählen sie eine Geschichte. Sie erinnern mich daran, wie der Zahnschmelz jahrelang durch Magensäure zersetzt wurde. Rose Golds Zähne sind ein Zeugnis ihrer Tapferkeit.

Wir treffen uns in der Mitte des Parkplatzes. Sie streckt als Erste die Arme aus.

»Du bist frei«, sagt sie.

»Du bist Mutter«, erwidere ich.

Eine Weile umarmen wir uns nur. Ich zähle bis fünf, weil ich nicht übereifrig wirken oder Verdacht erregen will. »Stellst du mir den kleinen Kerl vor?«

Rose Gold löst sich aus unserer Umarmung. Sie sieht mich strahlend an, kann ihre Vorbehalte aber nicht verbergen. »Natürlich«, sagt sie. Ich folge ihr zum Wagen, wo sie die Hintertür aufreißt.

Da ist er, wartet in seiner Babyschale. Hin und her huschende Augen, strampelnde Beinchen: unser kleiner Adam. Erst zwei Monate alt.

Aus einem Impuls heraus greife ich nach seinem Fuß und spreche ihn gurrend an. Er antwortet gurgelnd und streckt mir die Zunge heraus. Entzückt lache ich auf.

Schon will ich ihn abschnallen, da fällt mir ein, wo mein Platz ist. Fragend wende ich mich an Rose Gold: »Darf ich?«

Sie nickt. Ihre Augen huschen wie die ihres Sohnes hin und her, von meinem Gesicht zu seinem Körper und wieder zurück. Ich schnalle ihn los und hebe ihn aus dem Sitz.

Dann schließe ich ihn in meine Arme, drücke meine Nase an seinen Kopf und hole tief Luft. Es geht doch nichts über den Geruch von Babys. Für eine Sekunde halte ich wieder Rose Gold in meinen Armen. Wir sind wieder in unserem Haus, und für ein paar Minuten muss sie weder weinen noch keuchen oder husten.

»Er sieht aus wie du«, sage ich und sehe meine Tochter an.

Sie nickt ein zweites Mal und betrachtet ihr Baby so durchdringend, dass mir klar wird, sie hört mir gar nicht zu. Diesen liebestrunkenen Blick erkenne ich überall: Meine Tochter ist bis über beide Ohren in ihren Sohn verliebt.

Ich konzentriere mich auf Adam, der mich mit seinen haselnussbraunen Augen neugierig mustert. Wieder streckt er seine Zunge heraus, dann schiebt er sich ein paar Fingerchen in den Mund. Alle Babys sehen aus wie winzige, runzlige Opas, aber Adam steht das. Er ist ein hübsches Kind. Wir Watts sind weiß Gott keine Hingucker, also wird es nicht lang dauern, bis seine Hässlichkeit durchkommt. Aber im Augenblick ist er hinreißend, wundervoll und genau so, wie ich mir einen Enkel gewünscht habe. Ich seufze.

»Es kommt mir vor, als wäre es erst gestern gewesen, dass du mich mit deinem Babybauch besuchen gekommen bist«, sage ich und reiche ihn Rose Gold. »Oh, Schatz, er ist einfach perfekt.«

Sie nickt und schnallt ihn wieder in seinem Kindersitz an. »Das finde ich auch. Er hat schon einmal fast die ganze Nacht durchgeschlafen.« Sie legt ihm eine Decke um und steckt sie unter seinem Kinn fest: unsere Minimumie. Als er lächelnd zu uns aufschaut, erscheinen Grübchen auf seinen dicken Bäckchen. Entzückt strahlen wir ihn beide an.

Dann wendet sich Rose Gold zu mir. »Wollen wir fahren?«

Ich nicke. Beide greifen wir nach der Fahrertür. Als ich meinen Irrtum bemerke, trolle ich mich zur Beifahrerseite. Diesen Van habe ich gekauft, als Rose Gold noch ein Kleinkind war. Auf dem Beifahrersitz habe ich noch nie gesessen.

Im Wagen zieht Rose Gold ihr Sweatshirt aus. Darunter trägt sie ein schäbiges weißes T-Shirt. Es sieht so aus, als hätte sie bereits abgenommen. Das will ich ihr schon sagen, weil die meisten Mütter sich freuen würden, das zu hören – ich habe ganze dreiundzwanzig Jahre versucht, die zusätzlichen Kilos von meiner Schwangerschaft wieder loszuwerden –, doch dann bremse ich mich. Bemerkungen über Gewichtsverlust waren in Rose Golds Fall nie ein Kompliment.

Hinter dem Steuer sieht sie sehr klein aus. Ein Fahrzeug dieser Größe ist für kräftige Fahrer wie mich gedacht. Dennoch manövriert sie den Wagen ohne Mühe aus dem Parkplatz und fährt ihn zur langen Zufahrtsstraße zurück. Dabei umklammert sie das Lenkrad so fest auf zehn und zwei Uhr, dass ihre Fingerknöchel weiß werden. Ich frage mich, wann sie ihren Führerschein gemacht hat. Ich hätte ihr das nie erlaubt. Ganz kurz blitzt das Bild in mir auf, wie ich meiner Tochter das Steuer entreiße und den Van von der Straße schlittern lasse.

Wir alle haben diese kleinen Fantasien: Was, wenn ich mitten in einer Besprechung anfangen würde zu schreien? Was, wenn ich sein Gesicht zu mir zöge und ihn küsste? Was, wenn ich ihm das Messer in den Rücken rammte, anstatt es in die Schublade zu legen? Selbstverständlich setzen wir sie nicht in die Tat um. Das trennt die Verrückten von den Normalen: Man weiß, durchzudrehen wäre eine Möglichkeit, aber man widersteht der Versuchung.

Da fällt mir auf, dass das Schweigen sich schon etwas zu lange ausdehnt. »Danke, dass du mich abholen kommst.«

Rose Gold nickt. »Wie fühlst du dich jetzt, wo du wieder draußen bist?«

Ich denke darüber nach. »Verunsichert. Orientierungslos. Aber vor allem fantastisch.«

»Kann ich mir vorstellen.« Sie beißt sich auf die Unterlippe. »Also, was nun? Musst du jetzt Sozialstunden ableisten, zur Therapie gehen oder so was?«

Ja, genau, als würde ich die Gesellschaft bedienen, die mich ins Gefängnis geworfen hat! Während Rose Golds Kindheit war ich immer die perfekte Bürgerin, habe Müll von unseren Straßen gesammelt und mit alten Leuten Bingo gespielt. Wenn ich zur Therapie will, muss ich das selbst bezahlen. Erstens habe ich kein Geld, und zweitens würde ich es sicher nicht dafür ausgeben, dass mir irgendein Quacksalber meine Verfehlungen aufzählt. Eine meiner Mitgefangenen – eine ehemalige Seelenklempnerin – hat mir ein paar kostenlose Ratschläge gegeben.

Sie schlug vor, eine Liste mit Zielen aufzustellen, meinte, wenn ich beschäftigt sei, hätte ich weniger Zeit, wieder in Schwierigkeiten zu geraten. Ich erzählte ihr nicht, wie beschäftigt ich in der Zeit war, die letztendlich zu meiner Verhaftung führte.

Aber ich habe folgende Liste angelegt:

Erstens: Eine Unterkunft suchen. Mein Haus fiel an die Bank zurück, als ich ins Gefängnis kam.

Zweitens: Einen Job suchen. Ich darf zwar nicht mehr im Krankenhaus arbeiten, aber eine alte Freundin aus dem Gefängnis hat mir eine vielversprechende Möglichkeit eröffnet. Als Wanda entlassen wurde, gründete sie eine karitative Einrichtung, die ehemaligen weiblichen Häftlingen hilft, wieder Fuß zu fassen. Das Unternehmen wird von ehemaligen Gefangenen geführt und heißt Free 2.0. (»Was ist mit den Frauen, die schon ein Dutzend Mal im Gefängnis waren?«, hatte ich gefragt. »Heißt die Einrichtung für die Free 13.0?« Darauf hatte Wanda geantwortet: »Patty, in deinem Hirn steckt sowohl das größte Potenzial als auch die größte Gefährdung.« Ich bekomme immer zweischneidige Komplimente.) Als sie sich das letzte Mal meldete, erwähnte sie eine neue Hotline, die besetzt werden müsste.

Drittens: Die Dinge mit Rose Gold in Ordnung bringen. Als meine Tochter vor einem Jahr anfing, mich zu besuchen, war sie wütend und verlangte nach Antworten. Schritt für Schritt habe ich sie für mich zurückgewonnen. Schon bald wird alles wieder so sein wie früher.

Viertens: Meine Freunde und Nachbarn davon überzeugen, dass ich unschuldig bin.

Leugnen ist eine genauso gute Strategie wie jede andere. Bei dem Wort denkt man an Selbsttäuschung, an die Weigerung, die Wahrheit zu sehen. Aber es besteht ein riesengroßer Unterschied zwischen jemandem, der die Wahrheit nicht sehen will, und jemandem, der sie einfach nicht zugibt. Die Menschen verzeihen einem viel eher, wenn man so tut, als hätte man es nicht besser gewusst. Sollen sie mich doch verblendet nennen. Sollen sie doch denken, ich könnte nicht Richtig von Falsch unterscheiden. Besser als die Alternative.

Ich werfe einen Blick zu Rose Gold. Mir bleibt nur ein Versuch.

»Zuerst mal brauche ich einen Platz, wo ich schlafen kann«, sage ich betont beiläufig.

Darauf reagiert sie nicht, sondern schaut nur im Rückspiegel zu Adam.

Eigentlich hatte ich gehofft, sie würde es von sich aus anbieten, damit ich erst gar nicht fragen muss. Aber vielleicht habe ich ihre erneuerte Bindung zu mir überschätzt. Ich blicke aus dem Fenster. Mittlerweile sind wir auf dem Highway, und man sieht nur Felder, wohin man auch blickt. Das Gefängnis wurde mitten im Nirgendwo gebaut. Bemüht ungezwungen fahre ich fort:

»Ich dachte, ich könnte vielleicht ein Weilchen bei dir unterkommen. Nur, bis ich mich wieder berappelt habe. Ich weiß, du hast gesagt, deine Wohnung ist winzig.«

Daraufhin starrt Rose Gold mich so lange an, dass ich schon befürchte, wir könnten von der Straße abkommen. Nach einer Minute sagt sie: »Die Wohnung habe ich nicht mehr.«

Fragend sehe ich sie an.

»Ich hab ein Haus gekauft«, erklärt sie stolz. »Nichts Großes, aber es hat drei kleine Schlafzimmer, ein Bad und einen Garten.«

Bingo. »Tja, wenn du ein Gästezimmer hast, fände ich es sehr schön, mehr Zeit mit dir zu verbringen. Und sobald ich einen Job habe, könnte ich die Hypothek mit abbezahlen.« Fast schon will ich ihr anbieten, auf Adam aufzupassen, wenn sie arbeiten muss, beschließe aber, es langsam angehen zu lassen. Es nervt mich, wie sehr mein Herz hämmert. Ich habe meiner Tochter achtzehn Jahre lang ein Dach über dem Kopf geboten. Da kann sie mir für eine Weile doch auch eins bieten, oder?

»Es hat sich einiges zwischen uns entwickelt, seit ich angefangen habe, dich im Gefängnis zu besuchen«, sagt Rose Gold langsam. »Ich hätte nicht auf die Geschichten der Medien reinfallen dürfen. Ich wünschte, ich hätte dem Staatsanwalt die Stirn geboten.«

Da sich das Blatt zu meinen Gunsten wendet, halte ich den Mund. Soll sie denken, sie trifft die Entscheidung. Vielleicht bekomme ich doch noch meine Entschuldigung.

Sie wendet sich zu mir. »Aber du hättest mich nicht mein ganzes Leben lang von der Welt fernhalten sollen. Ich bin kein kleines Mädchen mehr.«

Ich ignoriere den kleinen Seitenhieb und nicke. Man muss sich überlegen, wann sich Widerspruch lohnt. Sie wird schon schnell genug am eigenen Leib spüren, dass der Drang, sein Kind zu beschützen, nie verschwindet, ganz gleich, wie alt es ist.

»Ich möchte die Sache mit uns nicht verderben, wo wir uns doch endlich wieder verstehen. Aber wenn wir es versuchen, also, wenn du bei mir wohnen willst, dann nur zu meinen Bedingungen«, fährt sie mit zittriger Stimme fort.

Ein leiser Windhauch, und ihr Selbstbewusstsein wäre verpufft. »Ich möchte, dass wir vollkommen ehrlich zueinander sind.«

Ich nicke erneut und bemühe mich, mir meine Aufregung nicht anmerken zu lassen.

Sie kaut ganz kurz an ihrem Daumennagel.

»Okay, dann versuchen wir's. Du kannst das Gästezimmer haben«, befindet Rose Gold und lächelt mir zu. Ich weiß, es ist ein echtes Lächeln, weil sie vergisst, ihre Zähne zu verdecken.

Ich kann nicht anders: Entzückt klatsche ich in die Hände und drücke ihre Schulter. Wie ist es nur dazu gekommen, dass wir wieder zusammenwohnen werden, obwohl wir uns vor Kurzem noch über einen Gefängnistisch hinweg gestritten haben? Andererseits: Wieso habe ich nur an meiner Tochter gezweifelt? Natürlich wird mich mein eigen Fleisch und Blut bei sich aufnehmen. Wenn man all die Opfer bedenkt, die ich ihr zuliebe gebracht habe. Wenn man bedenkt, was sie mir schuldet.

»Bist du sicher? Ich will dich nicht überfahren.«

Ohne den Blick vom Rückspiegel zu lösen, holt sie tief Luft. »Wenn es nicht funktioniert, kannst du dir ja immer noch was Eigenes suchen. Aber ich möchte nicht, dass du deine erste Nacht in Freiheit in einem Motel oder so verbringst. Das wäre ja fast so schlimm wie im Gefängnis.«

»Oh, Schatz, ich freue mich sehr, bei dir unterzukommen. Und solltest du jemals Hilfe brauchen, passe ich mit Freuden auf Adam auf.« Das rutscht mir heraus, bevor ich mich bremsen kann.

»Schauen wir mal, wie es läuft.« Sie klingt nicht besonders begeistert, lächelt mich aber kurz an, bevor ihr Blick wieder zum Rückspiegel wandert. Was genau sieht sie da eigentlich? Meine Tochter ist neuerdings ziemlich schwer zu durchschauen.

Eine Weile reden wir nicht, sondern sitzen schweigend da. Aber ist es ein einvernehmliches oder ein unbehagliches Schweigen? Darüber grüble ich fast die ganze restliche Strecke nach. Als ich es nicht mehr aushalte, schalte ich das Radio ein. Es läuft gerade »Eye of the Tiger« von Survivor, was sofort meine Laune hebt. Ich liebe Musik aus den Achtzigern. Munter klopfe ich im Takt auf meine Armstütze.

An der Ausfahrt nach Deadwick biegt Rose Gold ab. Meine Stimmung sinkt wieder. Deadwick ist, mit einem Wort, braun: Alles verdorrt hier, entweder weil es zu stark schneit oder zu wenig regnet. Und ich kann nicht erwarten, dass die engstirnigen Einwohner in Jubel ausbrechen, wenn sie erfahren, dass ich wieder da bin.

Ich hoffe, ihr Haus steht im neueren Stadtteil mit den Reihenhäusern und dem Apartment-Komplex. Die Häuser dort sind zwar weder groß noch schön, aber zumindest weiter entfernt von alten Erinnerungen.

Wir halten an der roten Ampel neben der Tankstelle des Orts. Erstaunt sehe ich, dass der Liter Benzin nicht mal einen Dollar kostet. Als es grün wird, biegen wir nach rechts Richtung Norden ab – in den älteren Stadtteil. Mein übliches Pech.

Im Schritttempo zuckelt Rose Gold über die Hauptstraße. Ich blicke starr geradeaus, sodass ich keinesfalls die langen, grauen Gesichter oder die neugierigen Blicke der Passanten sehen kann. Meine Nachbarn – Menschen, die ich einst für meine Freunde hielt – haben während des Prozesses meinen guten Namen beschmutzt: NACHBARN BESCHREIBEN PATTY WATTS, DIE GIFTMISCHERIN, ALS RAUBTIER, ALS MONSTER.

Seitdem habe ich von ihnen nichts mehr gesehen oder gehört.

Da wir mittlerweile seit über einer Stunde im Auto sitzen, kann ich meinen Mund nicht mehr halten. So beiläufig wie möglich frage ich: »Was von Phil gehört?«

Rose Gold starrt mich finster an. »Ich hab dir doch gesagt, dass wir uns getrennt haben.«

»Ich war mir nicht sicher, ob das endgültig ist. Eigentlich dachte ich, er hätte wenigstens den Anstand, seinem Kind einen guten Start zu ermöglichen.«

Zunehmend angespannt umklammert Rose Gold das Lenkrad. »Du kommst mir doch jetzt nicht mit der alten Leier von den Versagervätern, oder?«

»Natürlich nicht.« Ich verkneife mir die Rede, die ich seit Rose Golds letztem Besuch vorbereitet und in sechs Hauptpunkte unterteilt habe.

Meine Tochter hätte sich niemals allein durchschlagen dürfen. Ein paar Jahre ohne mich, und schon ist sie schwanger und vom Kindsvater verlassen. Unsere Nachbarn können, so viel sie wollen, über meine angebliche Kontrollsucht und meine zweifelhaften Methoden schimpfen. Aber sie verstehen eben nicht, wie sehr sie mich braucht, wie glücklich sie sich schätzen kann, dass ich ihr Leben für sie organisiere. Im Nullkommanichts werde ich das sinkende Schiff für sie retten.

»Vielleicht ist es der Fluch der Familie Watts, schlechte Väter zu haben«, bemerkt Rose Gold spöttisch. »Du hast immer gesagt, ohne Grant wäre ich sowieso besser dran.«

Das stimmt auch. Ich habe ihr erzählt, dass ihr Vater vor ihrer Geburt an einer Überdosis gestorben sei, ein Unglück, das für mich ein Glück war und gerade zur rechten Zeit kam. Zugegeben, sie hat ihn nie kennengelernt, konnte sich aber zumindest einreden, dass er ein guter Mensch war. Was nicht stimmt.

»Nun, jetzt bist du ja nicht mehr allein. Du hast ja jetzt mich«, sage ich strahlend. Achtundfünfzig Jahre gute Miene zum bösen Spiel: Ich verdiene einen Orden.

Rose Gold schaut immer wieder in den Rückspiegel. Dann klemmt sie sich das Lenkrad zwischen die Knie und wischt sich die verschwitzten Hände an der Hose ab. Ist sie etwa wegen mir nervös?

Als sie den Blinker setzt, fällt mir auf, dass ich die Strecke kenne. Vom Highway rechts ab, dann lange geradeaus, wieder rechts und dann zweimal links. Mir wird leicht flau im Magen. Auf einmal bin ich wieder zehn Jahre alt, sitze nach dem Schwimmverein auf dem Rücksitz des Wagens und habe Angst, nach Hause zu kommen.

»Mom?«, hakt Rose Gold nach. »Hast du gehört, was ich gefragt habe? Was möchtest du zu Abend essen?«

Ich verdränge die Erinnerung. »Ich könnte uns ja was kochen, Schatz.« Meine Tochter zuckt kaum merklich zusammen. »Das ist doch das Mindeste, wenn du mich schon aufnimmst.«

Rose Gold biegt ein weiteres Mal nach rechts ab. Womit wir nur noch eine Straße entfernt sind. Vielleicht hat sie sich vertan. Sie fährt langsamer, als wir uns dem Stoppschild an der Kreuzung von Evergreen und Apple nähern. Ich umklammere die Armstützen. Schweißperlen bilden sich an meinem Haaransatz. Ich bin schon seit vielen Jahren nicht mehr nach links in die Apple Street eingebogen. Dort stehen nur zwei Häuser, und das eine ist unbewohnt.

Der Van bleibt am Stoppschild stehen. Auch er will nicht weiter. Spannt Rose Gold mich extra auf die Folter, oder bilde ich mir das nur ein? Der Wagen und alle darin, Adam eingeschlossen, sind still.

Dann betätigt Rose Gold den linken Blinker und biegt ab. Aber das kann doch gar nicht sein: Jetzt wohnen Mr. und Mrs. Peabody im Haus.

Der Wagen kriecht die Apple Street hinunter. Sie ist zwar von Bäumen gesäumt, aber die sind zu dieser Jahreszeit kahl. Mitten auf der Straße lauert ein Schlagloch, das in meiner Kindheit noch nicht da war. Genauso wenig wie die Schutzplanke am Ende der Straße. Flüchtig frage ich mich, wann sie aufgestellt wurde. Ich versuche, die Situation zu ergründen. Vielleicht hat jemand das alte Haus der Thompsons renoviert. Aber da kommt es schon in Sicht, und es ist immer noch so deprimierend wie zu meiner Kindheit.

Mittlerweile haben wir das Ende der Sackgasse erreicht und vor Nummer 201 angehalten, einem zweitausend Meter großen Grundstück mit einstöckigem Farmhaus. Das braune Backsteingebäude wirkt immer noch unauffällig und trist, wurde aber über Jahrzehnte hinweg gut gepflegt. Der hintere Teil des Grundstücks wird von einem hohen Zaun abgeschirmt. »Um das Gesindel fernzuhalten«, erklärte Dad damals, während er die Zaunpfosten in den Boden hämmerte.

Mit offenem Mund starre ich Rose Gold an, außerstande, die naheliegende Frage zu stellen. Sie biegt in die Einfahrt und drückt auf die Fernbedienung, die an der Sonnenblende befestigt ist. Langsam geht das Tor der frei stehenden Doppelgarage auf.

»Überraschung«, ruft Rose Gold fröhlich aus. »Ich hab das Haus gekauft, in dem du aufgewachsen bist.«

Ich bin so vor den Kopf geschlagen, dass mir die Worte fehlen. »Und die Peabodys?«

»Gerald ist letztes Jahr gestorben und Mabel in ein Altenheim gezogen. Aber wir hatten eine Vereinbarung getroffen, dass sie es an mich verkaufen würden, sollten sie ausziehen wollen. Sie haben mir einen guten Preis gemacht. Einen viel besseren, als ich bei einem anderen Haus hier gekriegt hätte.« Rose Gold ist so stolz auf sich wie an dem Tag, an dem sie lernte, ihre Schuhe allein zuzubinden. Sie fährt den Van in die Garage, die jetzt leer ist, ohne Dads Gartengeräte und unzählige Kisten Budweiser.

Mir ist übel.

»Eigentlich wollte ich es dir erst in ein paar Wochen zeigen, wenn ich mehr Zeit zum Einrichten gehabt hätte. Aber vielleicht kannst du mir jetzt dabei helfen.« Sie senkt die

Stimme und drückt mir die Schulter, so, wie ich eben ihre gedrückt habe. »Wo wir uns doch wieder versöhnt haben.«

Mein Kopf ist ganz flusig, wie ein Zimmer mit dicken Teppichen an den Wänden. Verzweifelt fahnde ich nach etwas Rettendem, doch ein einziger Gedanke überwältigt mich: Ich kann da nicht rein.

Rose Gold zieht den Schlüssel aus dem Zündschloss und öffnet die Fahrertür. »Ich wusste, du würdest staunen«, sagt sie mit einfältigem Lächeln und steigt aus.

»Aber du weißt doch, was sich hier abgespielt hat«, sage ich, immer noch schockiert. »Wieso in aller Welt hast du da dieses Haus gekauft?«

Rose Gold reißt die Augen auf. »Ich dachte, wir sollten es in der Familie halten«, antwortet sie ernst. »Vier Generationen in Händen der Familie Watts – ist doch eine beeindruckende Tradition!«

Sie öffnet die hintere Tür des Autos und beugt sich gurrend über Adam. Er strampelt mit den Beinchen. Sie hebt ihn aus dem Kindersitz.

»Du hast mir gefehlt«, seufzt sie und drückt Adam fest an sich. Gähnend schmiegt er sich an sie.

Ich bin immer noch angeschnallt, meine Hand liegt wie erstarrt am Gurt.

Rose Gold trägt das Baby zur Seitentür der Garage, dreht sich aber um, als sie merkt, dass ich ihr nicht folge. »Komm schon, *Mom*.« Wieso betont sie das so sarkastisch, als wäre ich nicht ihre richtige Mutter? »Guck dir an, was ich geschafft habe.«

Ich hätte im Motel unterkommen sollen. Ich hätte im

Gefängnis bleiben sollen. Auf meinen Armen bildet sich eine Gänsehaut. Mein Mund ist wie ausgedörrt. Als ich auf die Schnalle drücke, schnellt der Sicherheitsgurt zurück. Meine Hand tastet nach dem Türgriff. Meine Füße finden das Trittbrett.

»Kommst du?« Rose Gold beobachtet mich mit Adam auf dem Arm.

Ich nicke und ringe mir ein mattes Lächeln ab. Die gute Patty, umgänglich wie immer. Nachdem ich die Autotür hinter mir zugeschlagen habe, trete ich langsam aus der Garage, auf das Haus zu.

4
ROSE GOLD

Januar 2013

Der Reporter tippte etwas in sein Handy, während wir auf unseren Kaffee warteten. Vinny King hatte die Haare zurückgegelt, trug eine Kette mit einem kleinen silbernen Kreuz und sah aus, als hätte er in seinen ausgebeulten Kleidern die Nacht verbracht. Ich fragte mich, ob er verschlafen hatte.

Wir hatten erst zwei Monate später einen Termin für ein Treffen in Chicago finden können. Auf der ganzen Fahrt dorthin befürchtete ich, Vinny würde mir in der letzten Minute doch absagen. Noch als ich am Café ankam, war ich sicher, es würde kein Interview geben. Und jetzt saßen wir hier an einem kalten, aber sonnigen Januarnachmittag.

Vinny hatte ein Café in Bucktown vorgeschlagen. Zwar hatte ich Bucktown erst einmal googeln müssen, hatte es aber gefunden. Ich beobachtete die Gäste: gestresste Kunden an der Theke, die Kaffee zum Mitnehmen bestellten, und andere, die an alten Holztischen saßen und auf ihren Laptops tippten. Ich hatte schon mal Kaffee getrunken und es widerlich gefunden, aber das musste Vinny nicht wissen. Kaffee war was für Erwachsene, nur Kinder mochten ihn nicht. Als Vinny mich also fragte, bat ich um einen Nutella Latte. Vielleicht würde die Schokolade den Kaffeegeschmack überdecken.

Ich hatte entschieden, dass das Interview gut laufen würde, denn auf dem Weg ins Café hatte ich zwei gute Vorzeichen gesehen: ein Baby, das das Fäustchen im Mund hatte, und drei blaue Wagen in einer Parkreihe.

Mit sieben hatte ich angefangen, auf gute und schlechte Vorzeichen zu achten, zuerst, weil Mom das auch so machte, und später, weil ich eine Möglichkeit haben wollte, irgendwie vorauszusagen, was mit mir passieren würde. Wenn ich zum Beispiel im Wartezimmer eines Arztes saß, fing mein Herz immer vor Angst an zu hämmern. Aber anstatt an das zu denken, wovor ich mich fürchtete, schrieb ich alles, was ich sehen konnte, in ein kleines rosa Notizbuch.

Mann mit Augenklappe, schrieb ich und beobachtete, wie der alte Mann den Eingangsbereich durchquerte. Eine halbe Stunde später erklärte der Arzt, ich bräuchte keine MRT-Untersuchung. So wurde eine Augenklappe zu einem guten Omen.

Zwei graue Hüte, notierte ich auf dem Parkplatz eines Krankenhauses. An jenem Nachmittag erklärte der Arzt nach der Untersuchung, ich hätte sechs Pfund verloren. Also bedeutete ein grauer Hut, dass was Schlimmes drohte.

Die Beachtung von Vorzeichen gab mir Sicherheit in einer Zeit, in der ich null Kontrolle über meinen Körper und meine Gesundheit hatte. Mittlerweile wusste ich, dass diese Vorzeichen gar nichts bedeuteten, aber für mich waren sie wie eine Kuscheldecke aus der Kindheit: Wenn ich mich daran festhielt, fühlte ich mich einfach besser.

Vinny kam mit zwei großen Kaffeebechern und stellte sie auf dem Tisch ab. Dabei spritzte etwas auf seine Hand. »Scheiße«, knurrte er.

Ich starrte ihn an.

»Ein paar Servietten, bitte«, sagte er und zeigte auf einen Bardiener. Eilig rupfte ich zwei aus dem Metallbehälter. Vinny wischte sich seine nasse Hand an der Jeans ab und hinterließ darauf einen dunklen Kaffeefleck. Dann nahm er die Servietten und rieb am Fleck.

Nicht reiben, tupfen, tadelte sie. *Siehst du, was passiert, wenn du keinen Fleckenentferner mithast?*

Als Vinny aufblickte, sah er, dass ich ihn beobachtete. Sofort senkte ich den Blick und starrte auf mein Getränk. Jemand hatte ein Herz auf den Milchschaum gemalt. Ich wollte es fotografieren, aber als ich mich im Café umschaute, sah ich niemanden, der seinen Becher fotografierte. Vielleicht war so ein Herz ganz normal. »Danke für den Kaffee«, sagte ich.

Vinny hörte auf, an seiner Jeans zu reiben, und warf die zerknüllten Servietten auf den Tisch. Er seufzte entnervt und ließ sich resigniert auf die Bank mir gegenüber sinken. »Ich hab Ihnen auch noch ein paar Muffins bestellt«, bemerkte er und musterte mich. »Sind Sie das erste Mal in Chicago?«

Ich nickte.

»Und für wie lange?«

»Nur übers Wochenende«, antwortete ich und achtete

darauf, mit der Hand meinen Mund abzuschirmen. »Ich besuche eine Freundin.«

Als ich am Morgen in Chicago ankam, war Alex im Fitnessstudio, daher fuhr ich direkt zum Café. Zwar hatte ich ihr ein paar SMS geschickt, aber sie hatte sich noch nicht gemeldet.

»Wir waren in Deadwick Nachbarn«, erklärte ich.

Eine Kellnerin stellte einen Korb mit Muffins zwischen uns. Es waren fünf. Vinny pustete auf seinen restlichen Kaffee. Da er keinen Muffin nahm, wollte ich auch keinen. Ich fragte mich, wie alt er wohl war: Anfang vierzig vielleicht?

»Sie war die Erste, der ich von meiner Mom erzählte«, murmelte ich. Am Wochenende zuvor hatte ich versucht, Muffins zu backen, aber sie waren nicht besonders gut geworden. Jetzt fragte ich mich, ob die hier besser schmeckten. Unter dem Tisch zuckte mein Bein.

Vinny strich sich ein paar Haarsträhnen zurück, starrte mich mit seinen blutunterlaufenen Augen an und richtete sich ein bisschen auf. »Fangen wir doch erst mal mit Ihren Krankheiten an«, schlug er vor. »Was wurde bei Ihnen diagnostiziert? Und können Sie ein bisschen lauter sprechen?«

Ich riss die Augen auf. Sollte ich die etwa alle aufzählen? »Ich war ein Frühchen, wurde zehn Wochen zu früh geboren. So fing es an«, sagte ich, mied seinen Blick und rieb mit den Händen über die Oberschenkel. »Noch im Krankenhaus bekam ich Gelbsucht und danach eine Lungenentzündung. Ich glaube, das war beides echt, weil die Krankenschwestern es in meine Krankenakte eintrugen.«

Vinny hatte immer noch keinen Muffin angerührt. Ausgehungert griff ich nach einem mit Blaubeeren. Als ich mir ein Stück davon in den Mund steckte, stöhnte ich fast vor lauter Entzücken. Der Teig war feucht und fluffig, die Glasur buttrig und die Blaubeerfüllung frisch. Diese Muffins waren tausendmal besser als die, an denen ich mich selbst versucht hatte. Genüsslich biss ich ein Stück nach dem nächsten ab, bis mir einfiel, dass ich ja mitten in einer Geschichte steckte. Also erzählte ich Vinny, dass ich Probleme mit Schlafapnoe hatte, nachdem Mom mit mir nach Hause gehen durfte. Mom hatte mir ein CPAP-Gerät und Medikamente besorgt. Sie behauptete auch, ich hätte ständig Fieber und schreckliche Hals- und Ohrenentzündungen gehabt. Daraufhin hatte mir ein Kinderarzt Röhrchen in die Ohren geschoben.

Am meisten Sorgen jedoch machten Mom meine Verdauungsprobleme. Ich behielt nichts bei mir, weder Babynahrung noch normales Essen. Anstatt zu wachsen, nahm ich ab. Als mein Untergewicht alarmierend wurde, war sich der Arzt mit Mom einig, dass ich eine Ernährungssonde bekommen musste. All das hatte ich noch vor meinem zweiten Lebensjahr.

Ich weiß nicht mehr, wann meine Mom die Theorie mit dem Chromosomendefekt aufstellte, aber den Rest meiner Kindheit blieb sie dabei. Wie waren sonst all die undefinierbaren Symptome zu erklären, die Kopf- und Bauchschmerzen, der Schwindel, die ständige Müdigkeit, die keiner bestimmten Krankheit zuzuordnen waren? Ein Chromosomendefekt klang ernst genug, um Alarm zu erregen, aber vage genug, um alle möglichen Krankheiten darauf zurückzuführen.

Mom hatte eine Lösung für alles. Als ich älter wurde, fielen mir die Haare büschelweise aus. Also rasierte sie mir den Schädel, damit mir die kahlen Stellen nicht peinlich waren. Als mein Sehvermögen nicht besser werden wollte, kaufte Mom mir eine Brille. Weil ich immer öfter in Ohnmacht fiel, besorgte Mom mir einen Rollstuhl. All ihre Lösungen verstärkten den Eindruck, dass ich ein chronisch krankes Kind war. Denn welche gesunde Zehnjährige hatte eine Glatze und saß im Rollstuhl? Niemand zweifelte an meiner Krankheit. Auch ich nicht.

Vinny dachte eine Weile nach. »Wie viel davon ist Ihnen noch persönlich in Erinnerung?«

Ich griff nach der zweiten Hälfte des Muffins und biss davon ab. Die meisten Menschen, die an ihre Kindheit zurückdachten, hatten wohl Großmutters selbst gebackene Plätzchen oder lange, nach Sonnenmilch duftende Sommertage in Erinnerung.

Ich hingegen roch Desinfektionsmittel.

»Wann genau die Arzttermine anfingen, weiß ich nicht mehr, dazu war ich zu klein«, erklärte ich. »Aber Mom erzählte mir davon, als ich alt genug war. Sie meinte, wir hätten unzählige Ärzte aufgesucht, aber keiner hätte herausfinden können, was mit mir los war.«

Vinny sah zu, wie eine hübsche junge Frau ihre Sachen zusammenpackte und das Café verließ. Wurde ihm meine Geschichte langsam langweilig? Was war, wenn er das Interview abbrach und mir kein Geld für meine Zähne gab? Ich griff nach einem zweiten Muffin, diesmal mit Schokosplittern. So sicherte ich mir wenigstens ein kostenloses Mittagessen.

»Das Muster war immer gleich. Mom suchte einen neuen Arzt und rasierte mir vor dem Termin den Kopf. Sie sagte, im Wartezimmer könnte ich meine Perücke tragen, aber im Sprechzimmer müsste ich sie abnehmen, damit er sehen könnte, wie krank ich war.«

Als Kind hasste ich es, meinen kahlen Kopf zu zeigen. Damit sah ich aus wie ein Junge. Aber ich dachte nie ernsthaft daran, mir die Haare lang wachsen zu lassen. Ich wusste nicht mal, wie meine echten Haare aussahen, doch nach den Beschreibungen meiner Mutter wollte ich es auch nicht herausfinden.

»Bevor der Arzt ins Sprechzimmer kam, trichterte mir Mom ein, was ich sagen sollte«, fuhr ich fort. »›Du musst tapfer sein und dem Doktor genau sagen, wie du dich gefühlt hast. Du musst von den Kopfschmerzen, dem Schwindel und der Übelkeit erzählen. Darfst nichts verschweigen, sonst kann er dir nicht helfen.‹«

Während ich meinen zweiten Muffin aß, erklärte ich Vinny, ich hätte vor dem Arzt wörtlich das wiederholt, was Mom mir eingegeben hatte. Dass ich krank war, war keine Lüge: Ich hatte jeden Tag Schmerzen. Aber eine Vierjährige weiß nicht, was Erschöpfung ist. Alles, was ich über meinen Körper wusste, kam von Mom. Ich vertraute ihr.

Wenn Mom meine einsilbigen Antworten nicht reichten, machte sie die Beschwerden drastischer: »Sie hat wahnsinnige Kopfschmerzen, Doktor, und zwar die ganze Zeit.«

Dann erzählte sie meine gesamte Krankengeschichte, angefangen von der Schlafapnoe als Frühchen. Schweigend saß ich da und wappnete mich gegen das, was kommen würde, wenn sie bei der achtzehn Monate alten Rose Gold gelandet sein würde. Denn da hatte ich meine Ernährungssonde bekommen, und Mom hob immer mein T-Shirt an, um sie dem Arzt zu zeigen. Das setzte mir jedes Mal schrecklich zu.

»Eine halbe Stunde später war der Arzt zu allem bereit, was nötig war, um meine Mom zum Schweigen zu bringen. Er prüfte meinen Puls, meinen Blutdruck und meine Temperatur. Meine Werte waren normal, abgesehen von meinem Gewicht, das immer viel zu niedrig war. Dann schlug er ein paar Tests vor – wenn nicht, holte Mom aus ihrer Tasche einen Notizblock mit Anregungen.

›Wie wäre es mit einem großen Blutbild? Oder einer Serumchemie?‹ Dann lehnte sie sich mit einem kleinen Zwinkern vor und flüsterte: ›Ich habe zwölf Jahre als Schwesternhelferin gearbeitet‹, um dem Arzt zu verstehen zu geben, dass sie nicht nur eine gewöhnliche überbehütende Mutter war. Sie wusste, wovon sie sprach.

Jedenfalls stimmte der Arzt dann normalerweise zu – ›Sicher, wir machen mal ein großes Blutbild‹ –, und Mom klatschte aufgeregt in die Hände. Nichts liebte sie mehr, als im Team des Doktors zu sein. Sie wollte nur, dass alle bestmöglich zusammenarbeiteten, um die optimale Behandlung für ihr kleines Mädchen zu bekommen.«

Ich griff nach dem dritten Muffin und blickte zu Vinny. Überraschenderweise hatte er sich vorgebeugt und starrte mich mit aufgerissenen Augen an. Verlegen steckte ich ein paar Krümel in meinen Mund. Er beobachtete, wie ich mir beim Kauen die Hand vorhielt.

Ohne den Blick von meinem Mund zu lösen, fragte er stirnrunzelnd: »Was ist mit Ihrem Dad? Sie sind vaterlos aufgewachsen, oder? Im Prozessbericht stand, er wäre gestorben, als Sie noch klein waren.«

Zum ersten Mal, seit ich denken konnte, nahm ich die Hand vom Mund, während ich redete, und ließ Vinny meine Zähne sehen. Er zuckte zusammen und neigte sich noch mehr vor, wirkte aber fasziniert. Ich hatte seine volle Aufmerksamkeit.

»Er starb vor meiner Geburt«, erklärte ich.

»Woran?«

»Krebs«, log ich mit einem Anflug von schlechtem Gewissen. Aber die Wahrheit schien mir zu peinlich. Es war unfassbar, wie leicht mir die Lüge fiel, wie schnell Vinny sie schluckte. Ich hatte mich gefragt, wie Mom all die Jahre die Lügengeschichten aufrechterhalten konnte. Wie sich jetzt zeigte, war Lügen viel leichter, als die Wahrheit zu sagen.

Vinny senkte den Kopf, als spräche er ein kurzes Gebet für meinen Vater. *Lass dich nicht vom Kreuz an seinem Hals täuschen*, wisperte Mom. *Der hat in seinem elenden Leben kein einziges Mal gebetet.* Als Vinny wieder aufschaute, wies er auf das Mikrofon an seinem Handy: »Darf ich das aufnehmen?«

Ich nickte, worauf er auf Aufnahme drückte. Ich lächelte ihn an, mit weit offenem Mund. Vinny erschauerte leicht, wandte aber nicht den Blick ab. Ich ignorierte die heiße Schamesröte in meinem Gesicht. Schließlich wollte ich das Geld für meine Zähne.

»Was ist mit Ihrer Familie väterlicherseits?«, erkundigte sich Vinny. »Haben Sie je Verwandte von ihm kennengelernt?«

Ich schüttelte den Kopf.

»Also gut, Ihre Ma erzählt allen, Sie wären krank, und sowohl Sie als auch die Ärzte glauben ihr. Sie waren ständig beim Arzt. Aber wie sah Ihr Leben zu Hause aus?«

Ich biss herzhaft in den dritten Muffin. »Mom nahm mich schon in der ersten Klasse aus der Schule, nachdem ein Kind gemein zu mir gewesen war. Sie meinte, es wäre bei meinem Zustand leichter, mich zu Hause zu unterrichten. Bis ich sechzehn wurde, verbrachte ich die meiste Zeit allein mit ihr.«

»Wie hat sie das gerechtfertigt?«, hakte Vinny nach.

»Sie meinte, ich wäre zu krank, um mit anderen Kindern zusammen zu sein. Mein schwaches Immunsystem könnte sich nicht gegen Keime von ihnen wehren. Sie hielt mir ständig meinen Chromosomendefekt vor Augen, und ich hatte zu viel Angst vor meinen Beschwerden, um dagegenzuhalten. Also saß ich in meinem Rollstuhl, ließ mir die Haare abrasieren und war eine brave Patientin.«

»Aber hin und wieder mussten Sie doch mal vor die Tür«, wandte Vinny ein.

»Wir verließen das Haus nur, um zum Arzt zu gehen, einzukaufen oder Nachbarn zu besuchen«, antwortete ich. »Bevor Mom verhaftet wurde, hielten die Nachbarn sie für eine Heilige. Sie beteiligte sich an jedem Basar, jeder Aufräumaktion und jeder Tombola. Und all das mit einer kranken

Tochter. ›Patty ist was ganz Besonderes, nicht wahr?‹, hieß es überall. Und genau auf dieses Lob war sie aus.«

Vinny dachte eine Weile nach. »Sie sagten, Sie hätten kaum etwas mit anderen Menschen zu tun gehabt, bis Sie sechzehn waren. Was hat sich dann geändert?«

Ich lächelte. »Dann bekamen wir Internet.«

Ich weiß nicht genau, wieso ich Phil unerwähnt ließ, als ich Vinny erklärte, wie ich Mom stoppte. In unserem Chatroom schrieb ich einmal, dass Brokkoli mit Truthahn und Kartoffeln für mich wie Zuckerwatte mit Ahornsirup schmeckte. Phil erklärte mir als Erster, dass keines dieser Lebensmittel so ekelhaft süß sei. Ich beschrieb den merkwürdig bitteren Geschmack auf der Zunge, wenn ich Moms Essen schluckte, das andauernde Brennen im Rachen, das ich weder mit Mundspülungen noch mit Kaugummi, Wasser oder noch mehr Essen loswerden konnte.

Komisch, dass dir vom Krankenhausessen nie übel wird. Nur vom Essen deiner Mom, schrieb Phil.

An diesen Augenblick erinnerte ich mich noch bis in die letzte Einzelheit, als wäre er in einer Schneekugel verewigt. Ich war sechzehn und saß am Tisch in Moms Schlafzimmer, denn sie beharrte darauf, den Computer dort zu haben. Es war mitten in der Nacht, die einzige Zeit, in der ich Phil zu kontaktieren wagte. Ein paar Meter weiter schnarchte Mom laut in ihrem Bett.

Meine Finger lagen erstarrt auf der Tastatur, und ich blickte angestrengt auf den Monitor. *Meine Krankheit. Meine*

Mutter. Krankheit wegen meiner Mutter. Bisher war mir nie die Idee gekommen, das könnte zusammenhängen.

Ich muss ins Bett, schrieb ich Phil. *Danke fürs Zuhören. XO.*

Ich loggte mich aus, blieb aber die ganze Nacht wach und folgte wie bei einer Schnitzeljagd einem Link nach dem anderen. Die Sonne ging schon auf, als ich es endlich fand: Das Bild von einem kleinen braunen Fläschchen mit weißer Verschlusskappe und blauer Beschriftung. So ein Fläschchen hatte ich einmal beim Wäscheeinräumen gesehen.

Mit angehaltenem Atem schlich ich auf Zehenspitzen zu Moms Kommode und zog Zentimeter für Zentimeter ihre Sockenschublade auf. Ganz hinten vergraben lag genau so ein Fläschchen. Darauf stand in blauer Schrift *Ipekakuanha-Sirup.*

Ich huschte zum Computer zurück und suchte auf der Seite nach weiteren Informationen. Ipekakuanha-Sirup wurde Kindern oder Haustieren als Brechmittel verabreicht, wenn sie versehentlich Gift geschluckt hatten.

Meine Mutter hatte mich jahrelang vergiftet.

Ich spürte, wie etwas in meiner Brust schmerzhaft pochte. Die Hand, die die Maus hielt, war taub. Der Stoff unter meinen Beinen löste sich auf. Ich hatte Panik, weiterzulesen.

Plötzlich spürte ich in meinem Nacken heißen, wütenden Atem.

Ich wirbelte herum, überzeugt, dass Mom drohend hinter mir stand. Was sollte ich sagen? Aber ich hatte es mir nur eingebildet. Sie lag immer noch in ihrem Bett, und der Quilt hob und senkte sich von ihrem stetigen Atem. Wie selbstsicher sie war, sogar im Schlaf. Nichts hielt sie nachts wach. Ich las noch weiter, so lang ich es wagte, dann löschte ich meine Chronik.

Als ich an jenem Morgen ins Bett ging, hatte ich keine Ahnung, was ich als Nächstes tun sollte. Zwar hatte ich erkannt, dass mir Mom Ipekakuanha ins Essen gab, dennoch kam ich nicht drauf, dass ich weder Lebensmittelallergien noch Verdauungsprobleme hatte. Ich brauchte noch ein halbes Jahr, bis mir aufging, dass ich wahrscheinlich keine Ernährungssonde brauchte. Nach und nach begriff ich, dass alles, was sie mir erzählt hatte, eine Lüge war: die verschwommene Sicht, der Chromosomendefekt, alles.

An dieser Stelle sagte Vinny: »Wollen Sie damit behaupten, dass all Ihre gesundheitlichen Probleme nur daher kamen, dass Ihre Ma Ihnen Brechmittel ins Essen gab?« Er wirkte enttäuscht.

»Wenn ich überhaupt was zu essen bekam«, erklärte ich. »Übergeben musste ich mich vom Ipekakuanha. Der Rest meiner Symptome kam von der Unterernährung.«

»Aber Sie hatten doch eine Ernährungssonde.«

»Nach der Verhaftung meiner Mom fand ich heraus, dass sie mir nur die Hälfte meines täglichen Kalorienbedarfs gegeben hatte.«

Vinny pfiff leise. »Ich will Sie nicht kränken, muss aber fragen …« Er zögerte. »Wieso haben Sie das nicht bemerkt? Als Kind war das vielleicht noch verständlich, aber Sie haben es auch mit fünfzehn noch nicht gemerkt?«

Vinny King war ein A-loch. Am liebsten hätte ich ihm meinen widerlichen Kaffee auf den Schoß geschüttet. Solche Bemerkungen hörte ich nicht zum ersten Mal: *Wieso bist du nicht einfach aus dem Rollstuhl aufgestanden? Wieso hast du nicht für dich selbst gekocht? Du hast wirklich nicht gemerkt, dass du gar nicht krank bist?* Es waren eher Verurteilungen als Fragen.

Mit leicht zusammengekniffenen Augen blitzte ich Vinny an. »Es stimmte doch, was Mom sagte. Mir war die ganze Zeit übel. Ich erbrach alles, was sie mir vorsetzte. Ich hatte wirklich schlimme Kopfschmerzen und Schwindelanfälle. Mein Essen konnte ich mir nicht selbst zubereiten, weil ich viel zu schwach dazu war. Außerdem war sie mir immer einen Schritt voraus. Und wenn Ihre Mom und Ihre Ärzte und alle Nachbarn sagen würden, dass Sie krank sind, würden Sie das dann infrage stellen? Die Schmerzen waren real. Die Beweise standen in meinen Krankenakten.«

Im Alter von zehn Jahren hatte ich bereits Paukenröhrchen und eine Ernährungssonde. Mein Gebiss verrottete, die Haare fielen mir aus, und ich saß im Rollstuhl. Ich war gegen fast jedes Nahrungsmittel auf der Welt allergisch. Ich hatte Angst vor Krebs, vor Hirnschäden und vor Tuberkulose. Vinny bekam von mir zu hören, dass ich fast einen Herzkatheter bekommen hätte, was allerdings nicht ganz der Wahrheit entsprach, da der Arzt das abgelehnt hatte, kaum hatte Mom es vorgeschlagen. Aber jetzt hing mir Vinny an den Lippen.

Ich holte tief Luft und fuhr fort: »Woher hätte ich denn wissen sollen, dass meine Atemnot und der Haarausfall von der Unterernährung kamen? Wie hätte ich denn erkennen sollen, dass ich nur deshalb Röhrchen in den Ohren und Allergien gegen Lebensmittel hatte, weil meine Mom schon

Lügen erzählte, als ich noch nicht mal sprechen konnte?« Zum tausendsten Mal dachte ich an ihren Verrat und merkte, wie mir die Tränen in die Augen stiegen und meine Stimme schrill wurde. »Bestimmte Dinge stellt man als Kind einfach nicht infrage. Wer die eigene Mom, wer der eigene Dad ist. Wie man heißt. An welchem Tag man Geburtstag hat. Haben Sie mit fünfzehn Ihre Eltern gefragt, ob Sie wirklich an Ihrem Geburtstag geboren wurden?«

Tränen strömten mir über die Wangen. Eigentlich hatte ich gehofft, cool bleiben zu können, aber dies hier war noch besser, denn jetzt hatte ich Vinnys ungeteilte Aufmerksamkeit.

Er verzog mitleidig das Gesicht, wie eine Krankenschwester, nachdem sie einen Zugang gelegt hat. »Sie haben recht, tut mir leid. Es war blöd von mir, das zu sagen. Es ist wie beim Stockholmsyndrom oder einer Sekte: Außenstehende können es einfach nicht nachvollziehen.«

Darauf sagte ich nichts, sondern ließ zu, wie sich unangenehmes Schweigen zwischen uns ausdehnte. Ich wollte noch einen Muffin essen, noch ein bisschen meine Zähne zeigen, befürchtete aber, mich zu übergeben, wenn ich auch nur noch einen Bissen zu mir nähme.

Vinny räusperte sich. »Was ist mit den Ärzten? Werfen Sie denen irgendwas vor? Wieso haben die nichts bemerkt?«

Diese Antwort hatte ich für den Prozess auswendig gelernt. »Ärzte verlassen sich auf das, was Eltern über den Zustand ihrer Kinder angeben. Sie gehen davon aus, dass sie sich ein gesundes Kind wünschen und die Wahrheit sagen. Aber wenn einer meiner Ärzte nach ein paar Monaten misstrauisch wurde, gingen wir einfach zum nächsten. Ich habe Dutzende Ärzte aufgesucht, über den ganzen Bundesstaat verteilt.« Geistesabwesend fuhr ich mir durch die Haare. »Mom behauptete, wir würden uns einen neuen Arzt suchen, weil der alte einfach nicht wüsste, wie mir zu helfen wäre.«

Vinny rutschte auf seiner Bank hin und her. »Und wie haben Sie sie dann gestoppt?«

Ich schilderte ihm den Verlauf der Ereignisse, die dann zufällig zu Moms Verhaftung geführt hatten. Alex aus dem Nachbarhaus hatte ich von Moms Verrat erzählt, weil ich sie beeindrucken wollte, und nicht, weil ich dachte, sie würde die Polizei anrufen. Alex hatte Lover – mehrere –, ging in einer großen Stadt aufs College und hatte als Hauptfach Grafikdesign. Sie faszinierte mich schon, seit ich denken konnte. Jetzt wollte ich, dass sie ein einziges Mal von mir fasziniert war.

»Ich musste irgendwas unternehmen«, sagte ich stattdessen, »hatte aber zu viel Angst, es allein zu tun. Also wandte ich mich an meine Freundin, und die half mir, das Richtige zu tun.«

»Würden Sie mir vielleicht den Namen Ihrer Freundin verraten?«

Ich schüttelte den Kopf. Alex würde es zwar lieben, im Rampenlicht zu stehen, aber dies war meine Geschichte, nicht ihre.

»Verständlich.«

Dann redeten Vinny und ich über den Prozess. Ich erzählte ihm, was er wahrscheinlich schon aus den Nachrichten und der Presse wusste: Niemand aus Deadwick hatte Mom verteidigen wollen. Einer meiner alten Ärzte meldete sich und behauptete, er hätte vermutet, »dass da was faul war«. Aber es war meine Zeugenaussage, die sie ins Gefängnis brachte.

Am nächsten Morgen verkündete die Schlagzeile der *Deadwick Daily*: GIFTMISCHER-PATTY MUSS BÜSSEN! Reporter behaupteten, noch nie seien sich die Geschworenen so schnell einig geworden. Mom wurde wegen schwerer Kindesmisshandlung für schuldig befunden und zu fünf Jahren Haft verurteilt. Gegen meinen Willen durfte sie keinen Kontakt zu mir aufnehmen. Mittlerweile saß sie schon mehrere Monate im Gefängnis. Noch nie waren wir so lange getrennt und ohne jeden Kontakt gewesen.

Ich wollte raus aus dem Café, weg von Vinny King. Ihn interessierte nur die Sensationsgeschichte. Trotzdem beantwortete ich seine restlichen Fragen. Vinny war nur der Überbringer meiner Version der Wahrheit. Ich hatte nicht genug Geld, um meine Zähne in Ordnung bringen zu lassen. Vor meinem inneren Auge sah ich bereits mein makelloses, strahlendes Lächeln. Fremde würden nicht mehr zusammenzucken, sondern zurücklächeln.

Mein kleiner, tapferer Zinnsoldat, sagte sie.

»Was glauben Sie, wieso Ihre Ma – verzeihen Sie den Ausdruck – durchgeknallt ist? Ist ihr als Kind irgendwas Schlimmes passiert?« Jetzt war Vinny in seinem Element.

»Da weiß ich nicht mehr als Sie«, erwiderte ich.

Ich starrte aus dem Fenster des Cafés. Ein Eiszapfen löste sich vom Dach und zersprang auf dem Bürgersteig.

Vinny beobachtete mich und saugte geräuschvoll an seinen Zähnen. Im Stillen forderte ich ihn heraus, mich zu fragen, was als Nächstes kommen sollte.

»Ihre Ma klingt ein bisschen verrückt. Hat Sie Ihnen jemals leidgetan?«

Jeden einzelnen Tag, hätte ich am liebsten gebrüllt.

Aber die Leute finden Geschichten mit Vergebung langweilig. Sie wollen was mit abgebrochenen Brücken. Sie wollen Dramen, im Vergleich zu denen sich ihr eigenes Leben normal anfühlt. Das wurde mir langsam klar.

Also löste ich meinen Blick vom Fenster und starrte Vinny an. Ich stellte mir vor, wie ein fallender Eiszapfen sich in eines seiner babyblauen Augen bohrte. Ein Augapfelspießchen.

»Kein bisschen«, log ich.

5
PATTY

Rose Gold und ich stehen vor der Haustür meines Elternhauses, und ich unterdrücke nur mühsam einen Schrei. Ich nehme ihr Adam ab, damit sie in ihrer Tasche nach dem Schlüssel suchen kann. Es beruhigt mich, zu beobachten, wie das Baby seine kleinen Finger und Zehen bewegt. Mir fällt wieder ein, warum ich hier bin.

Rose Gold seufzt frustriert und wühlt sich noch tiefer in ihre Tasche. Während ich warte, sehe ich mich verstohlen um. Rechts von der Garage ist Wald. Als ich noch klein war, nahm er eine riesige Fläche ein, aber als ich auszog, hatte ihn ein Einkaufszentrum um die Hälfte dezimiert.

Auf der anderen Straßenseite steht das schäbige Haus der Thompsons. Die zwei Jungen spielten im Garten immer mit Altmetall und hatten schon ganz früh am Morgen dreckverschmierte Gesichter. »Wie Barbaren«, mokierte sich meine Mutter, wenn sie sie vom Fenster aus beobachtete.

Die Thompsons interessierten mich, weil sie ein Pferd hatten. Es durfte nie sein Gehege verlassen. Aber eines Tages war es weg, genau wie die ganze Familie Thompson. Niemand wusste, wohin sie verschwunden waren, aber von ihrem Kram hatten sie nichts mitgenommen. Jetzt wuchert das Unkraut kniehoch im Garten, und überall liegen Fastfood-Verpackungen und kaputte Reifen herum. Offenbar trifft sich hier immer noch der Abschaum von Deadwick.

Unfassbar, dass die Peabodys nie jemanden dazu gebracht haben, das Grundstück zu entmüllen. Diesen Schandfleck direkt vor ihrem Fenster.

Hinter der Garage steht noch die Poolterrasse, die mein Bruder David, mein Dad und ich gebaut haben. Ich gehe ein paar Schritte näher heran. Das Holz ist gesplittert, die Farbe abgeblättert, und das riesige Loch in der Mitte der Terrasse ist immer noch leer. Dad hatte große Pläne für diesen Pool, brachte aber das Projekt nie zu Ende.

Endlich holt Rose Gold den Schlüssel aus der Tasche, schließt auf und geht hinein, nimmt mir aber vorher Adam ab.

»Hallo, mein Hübscher.« Lächelnd wiegt sie das Baby, streicht ihm über die Wangen und küsst es auf die Stirn. Ihre Mutter hat sie ganz vergessen. Sie hat nur Augen für ihren Sohn.

Das werden wir korrigieren müssen.

Ich folge ihr dichtauf ins Haus und finde mich vor meinem alten Wohnzimmer wieder. Immer noch bedecken dunkle Holzpaneele die Wände. Der stahlblaue Teppich ist abgewetzt und muss dringend ersetzt werden. Nur zwei braune Fernsehsessel, ein Sofatisch und ein alter Fernseher befinden sich im Zimmer. Die Wände sind nackt: keine Familienfotos, keine Bilder, nichts. Das Ganze kommt mir jetzt viel ungemütlicher vor als in meiner Kindheit.

»Wie lang wohnst du schon hier?«, frage ich. Rose Gold winkt mir, ihr durch den Flur zu den Schlafzimmern zu folgen.

»Ein paar Monate. Mit dem Baby und so hatte ich noch keine Zeit, es wohnlich einzurichten.«

Wir gehen zum Schlafzimmer meiner Eltern. Die Tür ist geschlossen. Rose Gold stößt sie auf.

Als Erstes fällt mir die Farbe ins Auge, genauer gesagt das Fehlen jeglicher Farbe. Alles ist weiß, von den Wänden über ihre Tagesdecke bis zur Kommode. Selbst die Wiege in der Ecke ist aus weißem Holz. Ich hätte meine linke Brust verwettet, dass ihre Wände in Pink, Violett und Seegrün gehalten sind. Das waren früher ihre Lieblingsfarben.

Ihr Bett ist ordentlich gemacht, obwohl das Kopfkissen auf einer Seite ganz flach ist, als wäre die Füllung entfernt worden. Auch hier keine Fotos von Adam, von mir oder jemand anderem. Alle Oberflächen sind sauber, leer, nichtssagend. Das Zimmer ist eine Mischung aus Irrenhaus- und Klosterzelle.

Als ich bemerke, dass Rose Gold auf eine Reaktion von mir wartet, nicke ich und sage: »Passt zu dir.«

Daraufhin geht sie weiter zu meinem ehemaligen Kinderzimmer. »Ich dachte, du könntest vielleicht hier wohnen.«

Die Wände sind mit Schwammtechnik lila gestrichen. Ein einziges Möbelstück steht darin: ein wackliges Doppelbett mit einem schlichten, weißen Laken. Vermutlich war es nicht zu erwarten, dass sie mir das größte Schlafzimmer geben würde. Schließlich bin ich ein Gast in ihrem Haus – aber wenn ich es richtig anstelle, ein Dauergast.

Ich folge ihrem Blick zur Decke. Von dort starren mich zwei riesige, echt wirkende Augen an. Mit einem Aufschrei weiche ich zurück. Die Augen sind durchdringend blau und wirken wütend.

Rose Gold gluckst. »Die Peabodys hatten schon einen merkwürdigen Humor.«

Es ist schwer zu glauben, dass die Peabodys für dieses ›Kunstwerk‹ verantwortlich sind. Noch als sie jung waren, bestand ihre Vorstellung von einer wilden Nacht aus einer Schachpartie bis zehn Uhr abends. Sie gehörten zu den Menschen, die ihr Haus mit den selbst gemalten Bildern ihrer Kinder dekorieren. Aber diese Augen hat jemand mit Talent gemalt.

Zurückzuweichen hilft auch nicht. Die Augen verfolgen mich durchs ganze Zimmer. Sie müssen überstrichen werden. Auf der Stelle.

»Und dies ist, wie du ja weißt, das dritte Schlafzimmer«, sagt Rose Gold und weist auf das Zimmer meines Bruders auf der anderen Seite des Flurs. Ich ziehe die Tür zu meinem zu, damit die Augen mir nicht mehr folgen können.

Davids Zimmer ist bis auf ein paar ungeöffnete Kartons leer. Vor meinem inneren Auge kann ich immer noch seinen vollgekritzelten Schreibtisch sehen, das ledergebundene Tagebuch unter der Matratze, auf dem Nachttisch das Schweizer Armeemesser, aus dem die glatte Klinge ragt. Schnell gehe ich am Zimmer vorbei und bleibe im Bad stehen, das wir vier uns teilten.

Rose Gold folgt mir mit Adam im Arm. »Alles in Ordnung?«

Ich löse meinen Klammergriff vom Waschecken und lächele sie matt über den Spiegel an. »Viele Erinnerungen in diesem Haus.«

Rose Gold erwidert mein Lächeln. »Ich dachte, wir könnten ein paar davon wiederaufleben lassen. Ich würde gern mehr über meine Familie erfahren.« Ihre Großeltern hat Rose Gold nie kennengelernt: Mein Vater ist seit fast vierzig, meine Mutter seit fast dreißig Jahren tot.

Meine Tochter verlässt mit Adam auf dem Arm das Bad und geht durch den Flur Richtung Küche. Ich starre auf mein bleiches Gesicht im Spiegel und zermartere mir das Hirn, um eine Erklärung dafür zu finden, dass Rose Gold mein Elternhaus gekauft hat. Vielleicht ist sie immer noch wütend auf mich. Vielleicht hasst sie mich so sehr, dass sie ein Haus kauft, nur um mich zu quälen. Aber wieso hat sie dann überhaupt zugestimmt, mich bei ihr wohnen zu lassen? Wieso ist sie nicht weggezogen und hat ein ganz neues Leben angefangen?

Doch dann hätte ich sie natürlich aufgespürt.

Platzangst überkommt mich und treibt mich aus dem kleinen Badezimmer. Ich eile durch die Küche – immer noch die dunklen Holzschränke und olivgrünen Arbeitsflächen – und will ins Wohnzimmer, zu meinem Fernsehsessel.

»Warte«, hält Rose Gold mich auf und öffnet die Kellertür. »Wir waren noch nicht unten.«

Mein Oberkörper erstarrt, während meine Knie weich werden. In meiner Kindheit war der Keller nicht ausgebaut,

Wände und Fußboden aus nacktem Beton. Eigentlich sollte dort ein zweites Familienzimmer entstehen, aber dann wurde es zu Dads Rückzugsraum. Dort hatte er eine Arbeitsbank mit seinem Werkzeug und einen Kühlschrank, groß wie ein Schrankkoffer, in dem er das Wild aufbewahrte, das er gejagt hatte. Seit meinem siebten Lebensjahr war ich nicht mehr dort unten. Habe nicht mal den Türknauf berührt. Und so sehr ich mich auch dagegen wehre, überwältigen mich seit 1961 immer am dritten Oktober die Erinnerungen.

»Nicht nötig«, wehre ich ab. »Wurde der umgebaut?«

»Nein, aber ich habe da unten ein Laufband aufgestellt. Das hat mir Mr. Opal geschenkt. Er hat sich ein neues gekauft und das alte vors Haus gestellt. Als ich eines Tages zufällig daran vorbeifuhr, sah ich es und fragte Mr. Opal, wie viel er dafür haben wollte. Er sagte: ›Von dir, Liebes? Du hast so viel durchgemacht, nimm's einfach mit.‹«

Als Rose Gold grinst, überkommt mich der wenig mütterliche Drang, ihr das Grinsen aus dem Gesicht zu schlagen. (Sehen Sie? Ich gestehe meine Unzulänglichkeiten ganz ehrlich ein.) Und wenn da unten ein Thanksgiving-Festmahl wartete: Ich werde nicht in den Keller gehen.

Stattdessen setze ich mich auf den Fernsehsessel und mache es mir bequem. »Das gucke ich mir später an. Es war ein langer Tag.«

Rose Gold nickt. »Natürlich. Ich wollte dich nicht überfahren.«

Als ich meine Aufmerksamkeit zum Fernseher richte, fängt mein Herz an zu rasen. »Aber du guckst dir auf diesem

Ding doch nicht die Nachrichten an, oder? Diese nichtsnutzigen Reporter haben unser Leben ruiniert. Das ist dir doch klar, oder?« Meine Stimme ist schriller, als mir lieb ist, aber das kann ich nicht verhindern. »Wenn du auch nur eine ihrer Lügen glaubst, weiß ich nicht, was ich tun werde.«

»Beruhige dich, Mom«, antwortet Rose Gold geduldig. »Ich hab kein Kabelfernsehen, nicht mal eine Antenne. Auf dem Ding gucke ich mir nur Filme auf Netflix an.«

Ich nicke, ohne zu wissen, wie das funktioniert oder was ich alles im Gefängnis verpasst habe. Als Rose Gold noch klein war, durfte sie nur Disneyfilme gucken. Das Fernsehen sollte sie nicht verderben. »Tut mir leid. Es ist alles ein bisschen viel für mich. Ich glaube, ich mache jetzt ein Nickerchen.«

»Dann gehe ich Milch abpumpen.« Seit wir das Haus betreten haben, hat Rose Gold Adam nicht einmal abgelegt. Jetzt geht sie mit dem Baby auf dem Arm durch den Flur und singt: »Backe, backe Kuchen, der Bäcker hat gerufen.«

»Du kannst es auch gerne hier tun«, rufe ich ihr nach.

»Nein, es geht schon«, ruft sie zurück. Die Tür zum Elternschlafzimmer schließt sich und dann, ganz leise, dreht sich ein Schlüssel im Schloss.

Es fällt mir schwer, ihr das nicht übel zu nehmen, aber ich bemühe mich um Verständnis. Vielleicht ist es ihr peinlich, wenn sie Milch abpumpt. Vielleicht muss sie sich noch an ihr Dasein als Mutter gewöhnen. Vielleicht möchte sie etwas Privatsphäre. Vielleicht, vielleicht, vielleicht.

Offenbar bin ich eingenickt, denn als ich die Augen aufschlage, sitzt Rose Gold auf dem anderen Fernsehsessel, wiegt Adam in ihren Armen und betrachtet mich. Ich schrecke zusammen, weil ich an die Augen in meinem Schlafzimmer denken muss. Da Rose Gold mich weiterhin anstarrt, mühe ich mich aus dem Sessel. »Soll ich schon mal mit dem Abendessen anfangen?«

Rose Gold zuckt die Achseln. »Wenn du willst. Ich hab Zutaten für eine Tortellinisuppe.«

Früher, als sie noch klein war, machte ich oft Tortellinisuppe – nur für mich, natürlich. Sie hätte sie nicht vertragen.

In der Küche hole ich die Schachtel mit Tortellini, Salami und Kräuter-Käse-Soße aus dem Kühlschrank. In der Vorratskammer suche ich Tomatensuppe, eine Dose gewürfelte Tomaten und Hühnerbrühe zusammen. Nach ein paar Minuten brät die Salami in der Pfanne, und alle flüssigen Zutaten brodeln im Topf. Im Gefängnis habe ich einiges vermisst, aber Kochen gehörte nicht dazu. Andererseits hat es den Vorteil, dass der Kopf durch die stumpfsinnigen Verrichtungen so weit abgelenkt wird, dass man nicht ins Grübeln kommt.

Nach einer Viertelstunde habe ich den Kräuterkäse in der Brühe geschmolzen und Nudeln und Wurst fertig gekocht. Ich schöpfe die Suppe in Teller und freue mich an meiner ersten produktiven Tat als freie Bürgerin. Ich weiß, es ist albern, aber ich bin stolz auf mich. »Essen ist fertig!«

Rose Gold nimmt mir gegenüber Platz. Ich schiebe ihr ihren Teller zu und greife nach meinem Löffel. Seit Monaten habe ich von meiner ersten Mahlzeit in Freiheit geträumt. In meinen Träumen habe ich jeden einzelnen Bissen und jeden einzelnen Schluck genüsslich ausgekostet. Jetzt, in der Realität, schlürfe ich die Suppe so schnell, wie ich meinen Löffel zum Mund führen kann.

»Ich hab wohl ziemlichen Hunger«, sage ich verlegen und blicke von meiner Suppe auf. »Möchtest du noch was?« Rose Golds Teller ist immer noch randvoll. »Stimmt was nicht? Schmeckt dir die Suppe nicht? Hab ich sie nicht richtig gekocht?«

Rose Gold schüttelt den Kopf. »Nein, ich hab nur keinen Hunger. Bevor ich dich abgeholt habe, war ich noch essen. Bist du böse?« Da sie wirklich klingt, als täte es ihr leid, beschließe ich, ihr zu verzeihen.

»Aber nicht doch. Wir werden jede Menge übrig haben, das kannst du dann morgen essen.«

Ich gönne mir noch eine zweite Portion. Rose Gold nimmt immer wieder einen Löffel von der Suppe, lässt ihn dann aber sinken. Eine weniger geduldige Mutter würde ihr befehlen, nicht mit dem Essen zu spielen. Aber ich war schon immer sehr geduldig.

• • •

Als wir aufgegessen haben – besser gesagt, ich –, fängt Adam im Schlafzimmer an zu weinen. »Geh du zu ihm«, sage ich. »Ich mache hier klar Schiff.«

Ich räume die Spülmaschine ein und spüle den Topf, während meine Tochter meinen Enkel beruhigt. Sie gibt tröstende Laute von sich, bis das Baby zu weinen aufhört. Ich staune über die mütterlichen Instinkte meiner Tochter, andererseits kenne ich sie ja nur als Teenagerin. Immer wieder muss ich mich daran erinnern, dass sie jetzt eine erwachsene Frau ist. Trotzdem, irgendwann wird es etwas geben, was sie nicht gut kann, und dann komme ich ins Spiel.

Als Rose Gold mit Adam die Küche betritt, hat sie ihr Gesicht an seins geschmiegt. Er strahlt sie an und umfasst mit seinem Händchen ihren Finger. Während ich den Tisch abwische, schneide ich ihm Grimassen. Er ist so winzig.

Nachdem die Küche sauber und aufgeräumt ist, gehen wir ins Wohnzimmer und machen es uns auf unseren Fernsehsesseln bequem. Rose Gold pflanzt Adam auf ihren Schoß, schnappt sich die Fernbedienung und durchsucht eine Liste von Filmen. Mir fällt auf, dass sie keine DVDs zu besitzen scheint – alle Filme sind auf dem Fernseher. Seit wann ist das denn so?

Schließlich verharrt sie bei einem Film, von dem ich noch nie gehört habe.

»Was ist denn *Die Tribute von Panem?*«, frage ich.

Rose Gold starrt mich an, als käme ich von einem anderen Stern. »Es handelt von einer Endzeitwelt, in der einmal im Jahr aus zwölf Gemeinden Jungen und Mädchen ausgewählt werden, um in einem öffentlich übertragenen Wettkampf auf Leben und Tod gegeneinander anzutreten.«

Entsetzt schlage ich mir die Hand vor den Mund. »Das klingt ja schrecklich!«

Achselzuckend scrollt sie weiter. Zu meiner Überraschung entscheidet sie sich für *Titanic.* Die Themen dieses Films kommen mir viel zu erwachsen vor, aber ich verkneife mir jede Bemerkung. Verstohlen werfe ich einen Blick zum anderen Fernsehsessel.

»Ich könnte Adam ja auch mal nehmen«, schlage ich vor. »Du bist doch müde.«

Rose Gold mustert den Kleinen eindringlich, drückt ihn noch mal an sich und reicht ihn mir dann.

Ich nehme ihn in meine Arme, die fürs Babyschaukeln wie geschaffen sind. Als ich Adam eine grüne Rassel zeige, schlägt er aufgeregt mit den Händchen dagegen. Brabbelnd juchzt er, als ich seine Füße kitzle. Ich strecke ihm die Zunge heraus und zwinkere ihm zu. Ich will nicht prahlen, aber ich bin die geborene Mutter.

Es gibt tausend Fragen, die ich meiner Tochter stellen möchte: Wie schwer die Geburt war, wie sie mit dem Neugeborenen zurechtkam, ob sie mit ihrem Job zufrieden ist. Ich will alles wissen, was Rose Gold mir erzählen möchte, aber im Moment sieht sie vollkommen groggy aus. Also halte ich den Mund und konzentriere mich auf das warme Bündel in meinen Armen.

Nach ein, zwei Minuten wird mir bewusst, dass ich auf seinen Atem achte. Genauer gesagt: auf die Sekunden zwischen seinen Atemzügen. Alte Gewohnheiten sind nur schwer abzulegen.

Als ich damals Rose Gold nach Hause brachte, war ich vollkommen bezaubert. Wäre es irgendein fremdes Kind gewesen, hätte ich lieber ein paar alten Knackern beim Golfen zugesehen. Aber das eigene Kind? Fragen Sie jede Mutter. Sie weiß genau, was ich meine.

Rose Gold atmete. Und dann auf einmal nicht mehr. Die

Zeit dehnte sich aus. Jede Sekunde fühlte sich an wie vier. Meine Augen bohrten ein Loch in ihren winzigen Schädel. Ich holte tief Luft, damit sie meinem Beispiel folgte. Unwillkürlich griff meine Hand nach dem Telefon. Als ich gerade den Notruf wählte, setzte der Atem wieder ein. Ein sanftes, ansteigendes Rauschen. Eine halbe, vielleicht auch eine ganze Stunde verging, während ich wie erstarrt dasaß und zuhörte, wie ihr kleiner Körper ein Wellenrauschen erzeugte, das abwechselnd anschwoll und wieder abebbte.

In jener Nacht konnte ich nicht schlafen, sondern dachte an unsere Zeit im Krankenhaus, wo immer jemand war, der wusste, was zu tun war: Menschen, die über mein Baby wachten, als wäre es ihr eigenes.

Ich schob den Schaukelstuhl neben ihre Wiege und zählte die Sekunden zwischen ihren Atemzügen. *Eins-Mississippi.*

Ich zwang mich, den Namen des Staates im Stillen ganz langsam auszusprechen, mit allen vier Silben. Das Gehirn ist ein trickreiches Organ: Es kann Wörter zu einem einzigen Laut verdichten, sie wie ein Akkordeon oder Autos in einem Verkehrsunfall zusammenquetschen. *Zwei-Mississippi.*

Wie viele Mississippis, bevor ich jemanden anrufen würde? Damals hatte so gut wie niemand Internet. Ich traute mich nicht, das Zimmer zu verlassen, um mein Exemplar von *Schwangerschaft und Geburt: Alles, was Sie wissen müssen* zu holen, das mittlerweile fast auf allen Seiten Eselsohren hatte. Mom und Dad waren tot. Genau wie David und Grant. *Du bist auf dich gestellt*, ermahnte ich mich. *Du bist bereit. Drei-Mississippi.*

Aber man ist nie bereit für ein Baby, das aufhört zu atmen. Ich entschied, dass fünf Mississippis angemessen waren. Jedes meiner Mississippis dauerte vermutlich länger als eine Sekunde, also konnte ich dem Arzt sagen, dass zwischen jedem Atemzug acht bis zehn Sekunden vergangen waren. *Vier-Mississippi.*

Man will ja nicht so sein. Keine überbehütende Mutter, die ständig wegen nichts und wieder nichts anruft. Wegen der die Krankenschwestern die Augen verdrehen. Andererseits war Rose Golds Immunsystem extrem schwach. Ihre Leber war viel zu klein. Musste das nicht irgendwie ausgeglichen werden? *Fünf-Mississippi.*

Ich griff zum Telefon.

Der Kinderarzt teilte mir mit, erst wenn Rose Golds Atmung für zwanzig Sekunden aussetzte, könnte man über eine Apnoe nachdenken. Kürzere Spannen wären nur ›im Auge zu behalten‹. Als hätte ich meine Augen auf irgendwas anderes richten können, während ich die Sekunden zählte, in denen meine Tochter nicht atmete. Als könnte ich das Geschirr ausräumen oder die Waschmaschine beladen, während ich mich marterte wegen fünf Sekunden, die zu zwanzig werden konnten und dann zu sechzig und dann zum Tod.

Die nächsten Tage verbrachte ich ausschließlich damit, die Mississippis zwischen Rose Golds Atemzügen zu zählen. Die längste Pause dauerte fünfzehn. Nach neun griff ich zum Telefon. Von zehn Mississippis an wählte ich je eine Ziffer der Durchwahl zum Arzt. Wenn ich zwanzig erreicht hatte, klingelte es in der Praxis.

Eine Woche, nachdem ich mit ihr das Krankenhaus verlassen hatte, wählte ich schon bei achtzehn. »Es waren zwanzig Sekunden«, erklärte ich. »Ich möchte, dass Sie sie untersuchen.« Am nächsten Tag verließ ich die Kinderarztpraxis mit einem CPAP-Gerät, Medikamenten und einem Plan. So fing es an.

»Mom?« Rose Golds Stimme reißt mich aus meinem Tagtraum. »Woran denkst du? Du hast einen ganz komischen Gesichtsausdruck.«

Ich werfe einen Blick auf Adam. Er ist wieder eingeschlafen. Ich wiege ihn weiter. »Ach, ich hab mich nur in Erinnerungen verloren«, sage ich.

Rose Gold sieht mich an, sagt aber nichts. Wir wenden uns wieder dem Film zu, wo Jack und Rose gerade auf dem Unterdeck Jig tanzen.

»Wie haben du und Grant euch noch mal kennengelernt?«, fragt Rose Gold.

Ich wirble, ohne an Adam zu denken, heftig zu ihr herum. »Wieso willst du das auf einmal wissen?«

Sie weist auf ihren schlafenden Sohn. »Ich habe jetzt ein eigenes Kind, und eines Tages will ich ihm sagen, woher es stammt.«

Von einer Mutter, die nur Stroh im Kopf hatte, und einem Vater, der noch schlimmer war, würde ich am liebsten sagen.

Zwar stellt Rose Gold diese Frage nicht zum ersten Mal, aber ich habe ihr immer ausweichen können. Heute jedoch will ich ehrlich sein.

»Ich war bei meinem alten College, wo ich meine Ausbildung als Schwesternhelferin gemacht hatte, weil ich mich zur Krankenschwester fortbilden wollte. Da begegnete ich ihm in der Cafeteria.«

»Wie alt warst du da?«

»Vierunddreißig.«

Ich war gerade beim Zulassungsbüro gewesen und wollte in der Cafeteria zu Mittag essen. Zwar war das Essen am Gallatin Community College weder frisch noch gesund, aber ich ging aus nostalgischen Gründen hin und holte mir einen Teller mit frittierten Mozzarella-Sticks. (Vergessen Sie seinen einzigen Sohn: Gottes größtes Geschenk an die Menschheit sind eindeutig Mozzarella-Sticks.)

Ich war gerade bei meinem zweiten, als ein junger Mann Anfang zwanzig auf meiner Bank Platz nahm. Aber nicht zu nah bei mir. Tatsächlich fand ich, dass er den perfekten Abstand gewählt hatte: nicht so nah, dass er aufdringlich gewirkt hätte, aber nah genug, um sich mit mir unterhalten zu können. Er war nicht sexy, aber sein Hemd war gebügelt, sein Körper schlaksig.

»Hi«, sagte ich, mehr zu dem Mozzarella-Stick als zu dem Jungen mit den kurzen blonden Haaren.

Er wirbelte herum. »Hi?«

Bei ihm klang das wie eine Frage. Schon da hätte ich wissen müssen, dass er kein Rückgrat hatte.

Rose Gold reißt mich aus meinen Erinnerungen. »Wie lang wart ihr zusammen?«

»Ein paar Monate«, antworte ich.

»Hast du je daran gedacht, ihn zu heiraten?«

Ein Lachen entfährt mir. »Gott, nein!«

»Warum nicht?«, hakt sie so ernst nach, dass ich weiß, jetzt muss ich vorsichtig sein.

»Weil ich bereit war, erwachsen zu werden. Und er nicht.«

Ich erzähle meiner Tochter, dass es mit mir und Grant Smith viel zu schnell ging. Dass ich die Zeichen ignoriert hätte wie jedes verliebte Mädchen: die erweiterten Pupillen, das heftige Schwitzen, das hektische Verstecken von Gegenständen unter Sofakissen, wenn ich unangemeldet auftauchte.

Ich hatte schon lange keinen festen Freund mehr gehabt, eine demütigende Anzahl von Monaten (na gut, Jahren) keinen Sex mehr. Bei ihrem Vater hörte ich nie die Hochzeitsglocken läuten – der Mann war zwölf Jahre jünger als ich! –, aber ich hielt ihn für einen netten Zeitvertreib, bis der Richtige auftauchte. Er konnte mehrere zusammenhängende Sätze hintereinander sprechen, ohne wie ein Idiot zu klingen. Dass wir Seelenverwandte wären, hatte ich nie behauptet.

Zu dem Zeitpunkt dachte ich schon an Kinder. Oft. Nicht an Kinder mit ihm, aber an ein Baby für mich. Zahllose Nächte träumte ich von winzigen Zehen und von Namen für kleine Mädchen. Manchmal glaube ich, dass ich mich selbst verhext habe, weil ich so oft von Babys träumte, während ich neben ihm schlief. Wie sonst lässt sich erklären, dass ich trotz Pille schwanger wurde?

Bevor ich es ihm sagte, dachte ich erst einmal über das Problem nach. War es überhaupt ein Problem? Ich wollte schon so lange ein Baby, und jetzt hatte ich eines in meinem

Bauch. Vielleicht konnten wir ja eine glückliche Familie werden. Vielleicht würde er das Ruder in die Hand nehmen und uns in den sicheren Hafen lenken. (Mehr Kapitänsmetaphern fallen mir nicht ein.) Vielleicht würde ihm ein Baby helfen, sein Leben in Ordnung zu bringen.

Ja, ja.

Rose Golds Vater war zu Tode erschrocken, wie es wohl die meisten jungen Männer in seiner Lage wären. Er wollte kein Baby, er hatte doch noch sein ganzes Leben vor sich. Er fasste es einfach nicht, dass ich »das getan hatte«. Er war reizbar und paranoid, und ich erzählte Rose Gold, man hätte nicht gewusst, ob er selbst oder nur das Meth in ihm sprach. In seiner Welt war für ein Baby kein Platz. Ich war auf mich allein gestellt.

Wir würden nicht die Familie aus *Drei Mädchen und drei Jungen* werden, wie ich es mir erträumt hatte. Aber ehrlich gesagt war Mike Brady auch ein Langweiler. Ich konnte allein ein Kind aufziehen. Schließlich hatte ich mich auch selbst aufgezogen, oder etwa nicht? Und es hatte mir nicht geschadet. Also beendete ich die Beziehung und machte mich auf die Suche nach einer Wohnung.

Wieder hakt Rose Gold nach: »Und er starb an einer Überdosis?«

»Das hörte ich jedenfalls.«

»Aber sicher weißt du es nicht?«

»Ich weiß es!« Finster starre ich meine Tochter an. »Damit wollte ich nur sagen, dass wir damals keinen Kontakt mehr hatten. Jemand aus dem Viertel erzählte es mir.«

»Wer?«

»Weiß ich nicht mehr«, erwidere ich gereizt.

»Wo ist er denn begraben?«

»Woher in aller Welt soll ich das denn wissen?«

»Ich dachte, das hättest du vielleicht auch gehört«, sagt Rose Gold. Jetzt kommt sie mir neunmalschlau.

»Tut mir leid, wenn das brutal klingt«, sage ich, »aber Grant wollte nicht dein Vater sein.«

»Ach was!«, gibt Rose Gold bissig zurück.

Im Fernseher läuft schon der Nachspann, und wir folgen der Endlosspur der Namen. Als ich den Apparat ausschalte, herrscht betäubende Stille. Rose Gold reckt sich gähnend in ihrem viel zu großen Sweatshirt.

Sie nimmt mir Adam aus dem Arm und drückt ihn an die Brust. Gerade will sie was sagen, da summt ihr Handy auf dem Sofatisch vor uns und bringt sie zum Schweigen. Ich lehne mich vor, um zu sehen, wer da anruft, aber sie schnappt sich das Handy zu schnell.

Rose Gold starrt auf das Display. Alles Blut weicht ihr aus dem Gesicht, und ihre Hände fangen an zu zittern. Ganz kurz befürchte ich, dass sie Adam fallen lässt.

»Kannst du ihn nehmen?«, murmelt sie und schiebt mir das Baby in die Arme. Mit dem Handy in der Hand eilt sie den Flur hinunter. Ein paar Sekunden später knallt die Tür ihres Zimmers zu. Der Schlüssel dreht sich im Schloss.

Ich lehne mich auf meinem Sessel zurück, wiege Adam erneut in meinen Armen und denke über das nach, was ich gerade miterlebt habe.

Da will jemand meine Tochter sprechen.

Aber wieso will sie nicht mit ihm sprechen?

6
ROSE GOLD

Nach dem Interview nahm ich die Einkaufstüte mit meinen Übernachtungssachen und verließ das Café. Ich ging zurück zum Wagen und gab Alex' Adresse im Lakeview-Viertel in mein Handy ein.

Auf der Western Avenue fuhr ich nordwärts, bog nach rechts auf die Fullerton und dachte über die Lügen nach, die ich Vinny aufgetischt hatte. Natürlich tat es mir wegen Mom leid. Mehr als einmal hatte ich abends in meiner Wohnung zum Fernsehsessel rechts von mir geblickt und mir gewünscht, sie säße dort. Früher hatte sie mir das Alphabet auf meinen Rücken gezeichnet und die Haare meiner Perücken zu Zöpfen geflochten. Sie erfand Abenteuerreisen für uns, für die wir nicht mal das Haus verlassen mussten. Sie umarmte mich so fest, dass ich kaum noch Luft bekam. Sie kämpfte für mich. Ich wusste, wie sehr sie mich liebte, trotz all ihrer Missetaten.

Aber niemand wollte von den guten Seiten einer Kindesmisshandlerin hören. Langsam schwante mir, dass Menschen das Bedürfnis hatten, andere in Schubladen zu stecken: gut oder böse. Da war kein Platz für die Zwischenräume, obwohl die meisten von uns genau dorthin gehörten. Jeder, der von unserer Geschichte erfuhr, stellte sich Mom als die Böse vor. Die Geschworenen haben in der Nacht vor ihrem Urteil sicher gut geschlafen, weil sie sich vorkamen wie die Ritter auf dem weißen Pferd. Aber sie nahmen mir meine Mutter weg. Manchmal war ich froh darüber. Und manchmal fühlte ich mich wie amputiert.

Über all das dachte ich nach, während ich einen Parkplatz auf der Belmont Avenue suchte. Dabei wollte ich mein Wochenende nicht mit sentimentalen Erinnerungen an Mom verbringen. An einer Ampel hatte ich das Stockholmsyndrom gegoogelt, aber Vinny lag falsch: Ich war keine seelische Geisel und vertraute ihr auch nicht mehr. Was sie mir angetan hatte, war durch nichts zu rechtfertigen. Ich schloss den Wagen zu und wandte mich zu Alex' Wohnhaus.

Da vibrierte mein Handy.

Phil: *Hast du für heute was Spaßiges geplant?*

Ich: *Nein, nur arbeiten.*

Phil: *Ich hab heute auch den ganzen Tag am Schreibtisch gesessen.*

Ich stutzte. Eigentlich dachte ich, dass Phil als Skilehrer arbeitete. Das hatte er mir wenigstens erzählt.

Ich: *Neuer Job?*

Phil: *Oh, ja, ich muss jetzt ein-, zweimal pro Woche Bürokram fürs Hotel erledigen.*

Der Schlüsselsafe war am Zaun befestigt. Ich holte den Ersatzschlüssel heraus und gelangte so ins Gebäude, wie Alex es beschrieben hatte. Nachdem ich die knarzende Treppe drei Stockwerke hochgestiegen war, kam ich ziemlich außer Atem an ihrer Wohnungstür an. Kurzatmigkeit kannte ich schon seit meiner Kindheit. Gleich würde mir schwindelig werden, und Pünktchen würden mir vor den Augen tanzen. Wenn ich das nicht verhinderte, würde ich ohnmächtig werden und bewusstlos auf diesem schmutzigen Teppich liegen, bis mich jemand fand. Und wenn es noch Stunden dauerte, bis Alex oder Whitney nach Hause kamen? Dann könnte ich ins Koma fallen und müsste ins Krankenhaus. Dort würde man mich mit Nadeln malträtieren, mich unnötigen Tests unterziehen. Ich zwang mich, diese zwanghaften Gedanken zu verdrängen, und klopfte an die Holztür. Erst mit leichter Verzögerung merkte ich, dass das Keuchen, das ich hörte, von mir stammte.

Ich lehnte mich an die Tür und wartete. Aber die tanzenden Pünktchen kamen nicht. Mir wurde nicht schwindelig.

»Reiß dich zusammen«, sagte ich zu mir und schloss die Wohnungstür auf. Keiner da.

Alex und Whitney hatten die Wohnung so dekoriert, dass die billigen Möbel und die alten Küchengeräte kaum noch auffielen. Über der Couch hingen Bilder mit bunten Strudeln. An einer Wand lehnte eine große weiße Leinwand. Darauf war mit roter Farbe NO SHIT! gesprüht worden, aber spiegelverkehrt. Zwar verstand ich das nicht, aber dadurch wirkte es noch cooler. Ich setzte mich auf die blaue Couch und nahm mein Handy, um Alex zu simsen.

Ich: *Bin fertig mit dem Interview für die* Chit Chat. *Habe jetzt Zeit.*

Bislang hatte ich Alex nichts vom Interview erzählt. Einerseits, weil ich befürchtet hatte, sie würde mitkommen wollen, andererseits, weil ich mir die Neuigkeit für einen Moment aufsparen wollte, in dem ich mir ihre Aufmerksamkeit wünschte.

Dreißig Sekunden später klingelte mein Handy. Alex. Ich versuchte mich zu erinnern, wann sie mich das letzte Mal angerufen hatte.

»Welches Interview?«, fragte sie ohne jede Begrüßung.

»Hi, Alex«, antwortete ich.

»Du hattest ein Interview mit der *Chit Chat?*«, rief sie so laut, dass ihre ganze Umgebung sie hören konnte. Ich fragte mich, wen sie bei sich hatte.

»Der Reporter hat mir sogar unglaublich leckere Muffins und einen Nutella Latte spendiert«, erwiderte ich mit möglichst gleichmütiger Stimme.

»Das musst du mir genauer erzählen. In zehn Minuten bin ich bei dir.«

Wir beendeten das Gespräch.

Acht Minuten später hörte ich den Schlüssel im Schloss. Alex – groß, schlank, blond, mit hohem Pferdeschwanz, der ihr Markenzeichen war – marschierte mit einem Rucksack über der Schulter in die Wohnung. Sie trug Designersportklamotten, die sie in dem Sportgeschäft, wo sie in Teilzeit arbeitete, mit vierzig Prozent Rabatt bekam. Sie schleuderte den Rucksack auf den Boden und nahm mir gegenüber auf der Couch Platz. Manchmal konnte ich kaum glauben, dass sie Mrs. Stones Tochter war, so wenig ähnelte sie ihr. Sie hatte mir früher Süßigkeiten zugesteckt, wenn meine Mutter nicht hinsah.

Jetzt umfasste sie meine Knie, was sie nicht mehr getan

hatte, seit ich ihr von Mom erzählt hatte. Ich widerstand dem Drang, ihren Pferdeschwanz zu berühren.

»Erzähl mir alles«, befahl sie.

Also verbrachte ich die nächste Stunde damit, das Interview bis ins kleinste Detail zu schildern. Alex hing an meinen Lippen. Ich beschloss, ihr zu verzeihen, dass sie mich die letzten Monate ignoriert hatte. Es war ihr wirklich wichtig, das merkte ich: Sie hatte sogar ihr Handy stumm gestellt.

»Das muss so hart für dich gewesen sein«, sagte sie, als ich fertig war, und wickelte sich gedankenverloren den Pferdeschwanz um den Finger. »Ich bin sehr stolz auf dich, dass du dich dem gestellt hast.« Sie drückte mein Knie. Ich wünschte, ich hätte Shorts angezogen, weil ich am Morgen meine Beine rasiert hatte und sie jetzt seidenglatt waren. Unwillkürlich dachte ich daran, wie ich mir vor zehn Monaten in Mrs. Stones Bad zum ersten Mal Rasierschaum auf die Beine aufgetragen hatte.

Ich lächelte Alex mit geschlossenen Lippen an, obwohl ich innerlich breit grinste. »Ich hatte es satt, das Opfer zu sein«, wiederholte ich Vinnys Worte.

»Und wann wird das Interview veröffentlicht?« Alex sprang von der Couch und ging zur Küche. »Smoothie?«

Einen Smoothie hatte ich vorher noch nie probiert. »Klar. Und ich glaube, in ein, zwei Monaten.«

Alex wirkte enttäuscht.

»Aber ich hab bald noch ein Fotoshooting«, log ich. Vinny hatte erklärt, man würde eines der Fotos benutzen, die sie schon von mir hatten. »Aber da wird nicht mein ganzes Gesicht aufgenommen«, fügte ich hinzu, »sondern nur mein Profil oder so.«

Alex nickte. »Sonst stellen dir noch mehr Leute nach als ohnehin schon.«

»Und das ganze Land würde sehen, wie hässlich ich bin.«

Darauf sagte Alex nichts. Während sie einen halben Beutel tiefgefrorene Erdbeeren, eine Banane, zehn Eiswürfel und einen Schuss Milch in den Mixer gab, machte ich mir Notizen auf meinem Handy, um das Rezept zu Hause auch mal zu probieren. Ich beobachtete, wie ihr Pferdeschwanz beim Arbeiten wippte, und stellte mir vor, wie ich ihn abschnitt und mir an den Kopf klebte.

Schließlich kam sie mit zwei Gläsern mit rosafarbenem Inhalt zurück und reichte mir eines. »Du bist nicht hässlich«, sagte sie. »Dein Gesicht ist einzigartig und ein Teil von dir.«

Ich starrte Alex an und fragte mich, ob irgendjemand schon mal zu ihr gesagt hatte, sie hätte ein ›einzigartiges‹ Gesicht. Wahrscheinlich nicht, sonst hätte sie es nicht für ein Kompliment gehalten. Seufzend trank ich einen Schluck vom Smoothie und war überrascht, wie erfrischend und cremig er war.

»Wann ist das Fotoshooting?«, erkundigte sie sich.

»In etwa einer Woche. Vinny meinte, der Fotograf würde sich bei mir melden.« Zum zweiten Mal an diesem Tag staunte ich, wie leicht mir die Lüge von den Lippen ging. Wenn ich nicht aufpasste, würde mir das Lügen zur Gewohnheit werden.

»Kann ich mitkommen?«

Alex war so aufgeregt und eifrig. Noch nie hatte sie mich so angestrahlt, als hätte *ich ihr* etwas zu geben. Bei dem Gedanken, sie zu enttäuschen, krampfte sich mein Magen zusammen.

»Ich weiß nicht, Alex«, sagte ich zögernd. »Ich glaube, je mehr Leute dabei sind, desto gehemmter werde ich sein.«

»Ach, komm schon«, widersprach sie. »Ich kann dir bei deinen Haaren und dem Make-up helfen. Sonst wirst du vollkommen fremd aussehen. Du willst dich doch noch erkennen können, oder?«

Manchmal fragte ich mich, ob Alex und ich außer unserer Heimatstadt überhaupt noch etwas gemeinsam hatten. In unserer Kindheit waren wir prächtig miteinander ausgekommen: Wir hatten aus allen möglichen Gegenständen Achterbahnen gebaut, so getan, als wäre unser Wohnzimmerteppich aus Lava, und für Alex' Puppy-In-My-Pocket-Welpen Umzüge veranstaltet. Freundschaft war unter Kindern viel einfacher.

Alex wartete auf eine Antwort und würde sich nicht mit einem Nein abfinden. Ich konnte mir ja später eine Ausrede einfallen lassen, wieso es abgesagt worden war. Also antwortete ich: »Wenn du wirklich willst.«

»Ja!« Alex klatschte in die Hände. »Oh mein Gott, wie aufregend! *Chit Chat!*«

Ich lächelte und verbarg meine Zähne hinter dem Smoothie-Glas. Nach allem, was Alex für mich getan hatte, schuldete ich ihr so was.

Sie untersuchte eine der Haarsträhnen aus ihrem Pferdeschwanz auf Spliss. »Wie geht's meiner Mom?«

Da erst fiel mir auf, dass ich Mrs. Stone schon seit mindestens einem Monat nicht mehr besucht hatte. Ich schwor, das nachzuholen, sobald ich wieder in Deadwick war. Sie hatte mir so viel geholfen.

»Sie vermisst dich«, sagte ich. »Du solltest öfter nach Hause kommen.«

»Wieso denn?«, gab sie zurück, ohne den Blick von ihrer Haarsträhne zu lösen. »Sie hat keine Zeit mehr für mich, wo sie jetzt dich hat.«

Einen Augenblick fehlten mir die Worte. So etwas hatte Alex noch nie geäußert. »Das stimmt doch nicht«, protestierte ich.

»Bis deine Mom verschwand, hat sie mich jeden Tag angerufen.« Alex warf mir einen Blick zu und zuckte die Achseln. »Ist ja nicht schlimm. Ich versteh's ja.«

Immer noch wusste ich nicht, was ich sagen sollte. »Du solltest nach Hause fahren und sie besuchen.«

»Ja, mache ich schon«, nickte Alex. Mit gesenktem Kopf, ohne Augenkontakt. Langsam lernte ich Körpersprache zu deuten. Ich war nicht die Einzige hier, die log.

Am Abend trafen Alex und ich uns mit ihren Freunden in einer Bar. Auf der Fahrt dorthin erklärte mir Alex, dass sie den Türsteher kannte, also würde ich reinkommen, obwohl ich erst achtzehn war. Tatsächlich war er auch viel zu sehr damit beschäftigt, mit ihr zu flirten, um sich unsere Ausweise anzusehen. Wir gingen in die Bar. Der Boden klebte, die Gäste lärmten, und die Barkeeper wirkten gelangweilt.

Ich war nervös, weil wir auf der Fahrt hierher vier weiße

Autos gesehen hatten: ein schlechtes Omen. Außerdem war ich auf einen Riss im Asphalt getreten, als ich aus dem Taxi stieg.

Jetzt standen wir in einem engen Kreis an der Tür und wurden immer wieder angerempelt. Alex stellte mich den anderen vor: drei Jungen und zwei Mädchen, von denen eins Whitney war. »Das hier ist meine alte Freundin Rose Gold. Sie kommt auf die Titelseite der *Chit Chat*.« Das entsprach nicht mal ansatzweise der Wahrheit, denn mein zweiseitiges Interview sollte viel weiter hinten kommen. Aber das sagte ich nicht. Mein Herz pochte heftig, als sich alle zu mir wandten. Ich winkte kurz und achtete darauf, nicht zu lächeln.

Alle fünf starrten mich an, daher nahm ich an, dass Alex ihnen von mir erzählt hatte. Sie nippten an ihren Getränken – Bier, nur Whitney trank Wodka Cranberry. Wollte mir denn keiner von ihnen seinen Namen nennen?

Whitney bemerkte, dass ich ihr Getränk ansah. »Willst du was davon?« Sie gab mir das Glas.

Ich trank einen Schluck und bemühte mich, nicht das Gesicht zu verziehen. Der Cranberrysaft war lecker, aber der Alkohol schmeckte ekelhaft, wie Glasreiniger oder so was in der Art. Trotzdem hatte ich es geschafft, meinen ersten Schluck Alkohol zu trinken. Dabei wurde ich erst in einem Monat neunzehn. Ich gab ihr das Glas zurück.

Alex tippte einem der Jungen auf die Schulter. Er trug eine Sportjacke mit einem Elchlogo links auf der Brust. »Könntest du Rose Gold was zu trinken holen? Einen Wodka Cranberry.«

Elchlogo trollte sich. Zufrieden wandte sich Alex wieder

der Gruppe zu. »Ich begleitete sie zum Fotoshooting«, erklärte sie und warf ihren Pferdeschwanz über die Schulter.

Den beiden Mädchen fielen fast die Augen aus dem Kopf.

»Cool!«, rief Whitney aus.

»Toll«, bestätigte die andere. Ihr ganzes Gesicht war mit Sommersprossen übersät.

Alex nickte. »Als wir noch jünger waren, durfte ich Rose Gold immer schminken.« Lächelnd drehte sie sich zu mir. »Erinnerst du dich noch an meinen großen Kosmetikkoffer? Du wolltest immer den lila Glitzerlidschatten.«

Ich erwiderte kurz ihr Lächeln und nickte. Wenn sie wollte, würde ich mich immer noch von Alex schminken lassen. Wenigstens würde mir Mom danach nicht mehr das ganze Gesicht abschrubben.

Elchlogo schob sich durch die Menge und gab mir einen Plastikbecher mit roter Flüssigkeit. Ich wandte mich leicht von der Gruppe ab und öffnete meine Tasche. »Wie viel?«, fragte ich.

»Was?«, brüllte er.

»Wie viel?«, wiederholte ich lauter.

»Fünf«, sagte er.

Nachdem ich meine Brieftasche gefunden hatte, gab ich ihm fünf Dollar, die er ohne ein Wort annahm.

Dann ging Elchlogo um den Kreis herum, bis er wieder zwischen Alex und einem der anderen Jungen landete. Sie machte Platz für ihn. Ich staunte, wie mühelos die Gruppe ihre Bewegungen aufeinander abstimmte. Sie nahmen ihre

Freundschaft für selbstverständlich. Dies war für sie ein ganz normaler Freitagabend.

Ich trank den Wodka Cranberry. Aber davon wurde mir ganz schwummrig im Kopf. Also trank ich den ganzen Abend nichts mehr – von Schwindel hatte ich ein für alle Mal genug.

Stattdessen sah ich zu, wie Alex und ihre Freunde im Verlauf des Abends erst beschwipst, dann betrunken wurden. Je betrunkener sie waren, desto mehr schwafelten sie.

»Glaubt ihr, ich könnte den Fotografen dazu bringen, auch Aufnahmen von mir zu machen?«, fragte Alex die Gruppe.

»Klar«, erwiderte Sommersprosse, leicht schwankend. »Du bist doch so hübsch.«

»Und so fotogen«, nickte Whitney.

»Auf jeden Fall muss ich mal eine Fotomappe von mir machen lassen«, erklärte Alex, den Jungen zugewandt.

»Aber du studierst doch Grafikdesign«, sagte Elchlogo.

»Vielleicht kann ich ja nebenbei schauspielern.« Theatralisch warf Alex die Arme hoch. Alle lachten. Obwohl es gar nicht so weit hergeholt klang, wie Alex es sagte. Ich presste meine Lippen zusammen und lächelte. Sie zwinkerte, ließ ihren Pferdeschwanz hüpfen und flirtete.

Obwohl ich schon seit fast einer Stunde Pipi musste, hielt ich ein, vor lauter Angst, was zu verpassen – einen lustigen Witz oder ein Kompliment von Alex oder einem der Jungen. Irgendwann konnte ich dann nicht mehr und sagte zu Sommersprosse: »Bin gleich wieder da.« Sie antwortete nicht, weil sie gerade einem der Jungen die Haare verwuschelte.

Ich bahnte mir einen Weg durch die Menge, entdeckte aber eine lange Schlange vor der Damentoilette. Also stellte ich mich an, fragte mich aber, wieso das Männerklo leer war. Drei Mädchen vor mir trippelten kichernd und gespielt heimlich zur Herrentoilette, dabei brachen sie ganz offen die Regeln. Hatten sie keine Angst, Ärger zu bekommen?

Sie gingen zusammen in eine Kabine. Ich fragte mich, ob sie sich voreinander aufs Klo setzten. Als sie wieder rauskamen, hatte ich den Anfang der Schlange erreicht. Ich schloss die Kabine ab und betrachtete mich vor dem Pinkeln im Spiegel. Bislang war der Abend unglaublich gut gelaufen. Zwar beachtete mich niemand sonderlich, aber es stellte auch keiner aufdringliche Fragen. Vielleicht würde Alex erlauben, dass ich sie noch mal besuchte und wieder mit ihnen ausging. Ich musste nur ihren Hinweisen folgen.

Danach schob ich mich wieder zur Gruppe zurück. Elchlogo hatte mittlerweile den Arm um Alex geschlungen und flüsterte ihr was ins Ohr. Alex lachte leise und verschränkte ihre Finger mit seinen, plauderte aber weiterhin mit der Gruppe. Sommersprosse warf immer wieder verstohlene Blicke auf Elchlogos Brust. Ganz sicher schwärmte sie für ihn, aber er mochte Alex lieber. Dieses Rätsel gelöst zu haben, machte mich stolzer als die Beantwortung irgendwelcher Sozialkundefragen, die Mom mir gestellt hatte.

Ich stellte mir vor, mit Phil in einer Bar zu sein, vielleicht in einem Hotel in Breckenridge. Erschöpft nach einem Tag auf der Skipiste würden wir uns auf eine große braune Ledercouch an einem gemütlichen Kaminfeuer sinken lassen. Er würde, ohne zu fragen, seinen Arm um mich legen. Ich würde meine Finger mit seinen verschränken, und er würde mich auf die Stirn küssen. Dann hätte ich wieder jemanden, dem ich am Herzen lag.

Von Phil wusste Alex nichts, weil er mein Geheimnis war. Sie würde einen Freund aus dem Internet komisch finden und fragen: »Woher weißt du, dass er der ist, der er vorgibt zu sein?« Oder: »Wieso suchst du dir nicht einen richtigen Freund?« Als würden die Jungs bei mir Schlange stehen.

Ich hatte die anderen wieder erreicht, aber sie bemerkten mich gar nicht, weil sie sich viel zu sehr auf Alex konzentrierten.

»Sie tut einem echt leid!«, rief Alex über den Lärm der Menge hinweg. »Ein ewiges Opfer.«

»Wieso, ist ihre Mom nicht im Knast?«, brüllte Sommersprosse lachend.

»Ich war diejenige, die die Cops gerufen hat«, prahlte Alex.

Mir wurde ganz heiß, und meine Hände zitterten. Ich ballte die Fäuste. Gerade wollte ich auf dem Absatz kehrtmachen, um nicht gesehen zu werden, da rief Whitney laut: »Rose Gold! Da bist du ja!« Noch vor ein paar Monaten hätte ich gedacht, sie freute sich, mich zu sehen. Aber jetzt wusste ich, sie warnte nur die anderen, damit sie nicht mehr über mich redeten.

Ihnen fiel nicht auf, dass ich Tränen in den Augen hatte. Dazu waren sie zu betrunken, oder es war ihnen egal. Ich wischte sie mit dem Handrücken ab und sah zu Alex, ob sie mir vielleicht zuzwinkerte oder stumm um Verzeihung bat. Aber sie bemerkte mich nicht, weil sie mit Elchlogo lachte.

Alex wollte gar nicht meine beste Freundin sein. Sie wollte nur ein bisschen Ruhm abhaben, ihren Namen oder ihr Gesicht in einer Zeitung sehen, sagen, sie hätte neben einem Opfer gewohnt. Für sie war ich nur ein Witz, den man den Freunden erzählen konnte, wenn einem der Gesprächsstoff ausging. Alex Stone hatte mich verraten – genau wie der andere Mensch, dem ich am meisten vertraut hatte.

Ich hab dir doch gesagt, dass diesem kleinen Luder nie dein Wohl am Herzen lag, flüsterte Mom.

Sei still!, zischte ich.

Alex legte den Kopf in den Nacken, weil sie über Elchlogos letzte witzige Bemerkung lachen musste. Ich sah, wie ihr kecker blonder Pferdeschwanz über ihren Rücken fiel, und stellte mir vor, wie ich ihn ausriss, mit bloßen Händen. Dann würde sie mit kahlem Schädel in der Bar herumirren und um Hilfe schreien. Aber niemand würde der süßen Alex Stone helfen, dazu wäre es zu lustig: Alle würden schreien vor Lachen, sich den Bauch halten vor Lachen, während ihnen die Tränen vor Lachen über die Wangen strömten. Welche Demütigung! Wie allein würde sie sich fühlen! Und dann würde sie mich in einer Ecke der Bar sehen, vor mir auf die Knie fallen und die Hände ringen. »Sorry«, würde ich gähnen, »aber du bist nur ein *Opfer.*«

Ich stand vor diesen gemeinen Menschen und sah, wie der Pferdeschwanz wie ein Pendel hin- und herschwang. Ich zählte die Sekunden, bis ich ihn mit beiden Händen packen konnte.

Aber wozu sollte es gut sein, Alex hier anzugreifen? Sie hatte ihre Freunde dabei, die sie verteidigen und beschützen würden. Welchen Sinn sollte es haben, sie anzuschreien, wenn sie sowieso alle vor Lachen brüllen würden, sobald ich abgehauen wäre? Und wo sollte ich übernachten, wenn ich nicht mehr in Alex' Wohnung konnte?

Nein, heute Abend war nicht der rechte Zeitpunkt, ihr eine Lektion zu erteilen. Alex und ich waren lange Zeit Freunde gewesen, und es war das Mindeste, ihr die Möglichkeit zu geben, sich zu entschuldigen, sobald sie wieder nüchtern war. Das schuldete ich ihr – obwohl, ich schuldete ihr gar nichts, würde ihr aber trotzdem noch eine Chance geben.

Ich würde sie und ihren Pferdeschwanz nicht anrühren – bis auf Weiteres.

Aber ich musste Menschen gegenüber vorsichtiger sein. Ich vertraute allen viel zu schnell. Meine Mom hatte mich betrogen und Alex ebenso. Ich durfte nicht länger auf mir herumtrampeln lassen. Und ich durfte mir von Leuten wie Phil nicht länger das Heft aus der Hand nehmen lassen.

Wieso sollte ich ihn nicht einfach wie Alex besuchen? Schon bald würde ich das Geld für das Interview bekommen. Ich musste nicht darauf warten, dass er mich einlud. Phil war schüchtern und würde nie die Initiative ergreifen. Ich konnte ja den Bus nehmen, wenn ich nicht allein durchs ganze Land fahren wollte. Ich schickte ihm eine SMS.

Ich: *Ich wünschte, wir könnten heute Abend zusammen sein.*

Inmitten dieser Gruppe von Freunden fasste ich einen Entschluss. Irgendwann im nächsten Jahr würde ich meinen

Freund besuchen und meinen ersten Kuss bekommen. Es war längst an der Zeit, dass ich entdeckte, was sich auf der anderen Seite des Vorhangs befand.

Als Elchlogo zur Theke ging, um noch was zu trinken zu holen, sah Alex mich endlich quer durch den Kreis an. Sie warf mir einen Luftkuss zu, vielleicht weil sie nichts mitkriegte, vielleicht weil sie gemein war, vielleicht auch beides. Ich lächelte ihr zu und zeigte meine Zähne. Es war langsam Zeit, ihr die hässliche Seite von Rose Gold zu präsentieren.

7
PATTY

Meine erste Nacht in Freiheit wälze ich mich unruhig im Bett hin und her. Die Augen an der Decke beobachten mich. Ich lausche Adams durchdringendem Schreien im Nebenzimmer. Wann immer er still ist, meine ich, das Peitschen eines Gürtels vor meiner Zimmertür zu hören. Ich halte mir die Ohren zu und befehle mir, nicht so ein Schlappschwanz zu sein. Während der fünf Jahre im Gefängnis habe ich nach dem ersten Monat der Eingewöhnung jede Nacht tief und fest geschlafen. Selbst als ein paar Frauen herausfanden, wofür ich verurteilt worden war, lag ich nachts nie wach und fürchtete um meine Sicherheit.

Ich bilde mir gerne ein, dass ich es im Gefängnis nicht etwa leichter hatte, weil ich so kräftig bin, sondern wegen meines Charismas. Das Geheimnis – in Haft und in Freiheit – besteht darin, sich mit den Mächtigen anzufreunden. Nachdem ich erst mal die Aufseher und den Direktor in der Tasche hatte, folgten auch die Insassen.

Neues Geheul unterbricht meine frühmorgendlichen Grübeleien. Ich habe vergessen, wie schrill Babys kreischen können.

Die Tür des Elternschlafzimmers geht auf. Wegen des Geschreis kann ich Rose Golds Schritte nicht hören. Das Gebrüll entfernt sich, Richtung Küche oder Wohnzimmer. Ich schwinge meine Beine vom Bett und setze mich auf. Diese durchdringenden blauen Augen halte ich nicht länger aus.

Ich gehe zum Wohnzimmer, wo Rose Gold Adam ein Fläschchen gibt.

»Guten Morgen«, sage ich.

Mir fällt auf, dass die Tür zum Keller offen steht. Eilends drücke ich sie zu.

Meine Tochter sieht mich an. Ihre Haare stehen wild vom Kopf ab, und sie hat dunkle Schatten unter den Augen. »Morgen. Hat er dich die ganze Nacht wachgehalten? Tut mir leid.«

Diese drei kleinen Wörter klingeln mir in den Ohren. Sie kann sich für ihren schreienden Sohn entschuldigen, aber nicht für fünf Jahre Gefängnis?

»Nein, ich habe geschlafen wie ein Murmeltier«, säusle ich. »Hast du schon was gegessen? Ich mache uns Eier.«

In der Küche schalte ich das Radio ein. Als ich merke, dass »Every Breath You Take« von Police läuft, stelle ich es lächelnd lauter und hole einen Karton mit Eiern aus dem Kühlschrank.

Rose Gold stellt das Fläschchen auf der Anrichte ab und nimmt Adam hoch, damit er ein Bäuerchen macht. »Mach dir keine Mühe. Ich esse einen Toast oder Müsliriegel.«

»Einen Toast? Davon wird man doch nicht satt.«

Rose Gold zuckt mit den Schultern. »Morgens esse ich nicht viel.« Sie tätschelt dem Baby den Rücken.

»Wenigstens ein Ei«, protestiere ich. Wahrscheinlich sollte es mich nicht überraschen, dass sie von mir nichts essen will.

»Es isst halt nicht jeder so viel wie du«, faucht sie.

Verletzt presse ich die Lippen zusammen, stecke zwei Scheiben Brot in den Toaster und hole drei Eier aus dem Karton. Als ich am Gasherd drehe, flackert knackend eine blaue Flamme auf.

Schon als kleines Mädchen neigte ich zur Pummeligkeit. Mein Körper war erst breit und dann rund, und wenn ich die Wörter hörte, mit denen Leute ihn beschrieben, krümmte ich mich innerlich. Gedrungen. Grobknochig. Dick. Unfreundliche Erinnerungen daran, dass ich eher wie ein Junge aussah, nicht wie ein Mädchen. Ich nahm zu viel Raum ein. Die Tüte mit meinem Pausenbrot aß ich immer komplett leer. Jimmy Barnett witzelte gern: »Isst du auch die Serviette?« Aber niemand machte gemeine Bemerkungen über mein Gewicht. Die sachliche Akzeptanz war fast noch schlimmer. Jeder wusste, dass Patty die Stämmige war, so wie man wusste, dass die Erde sich um die Sonne drehte und man niemals den Chili Hot Dog von Dirty Doug's bestellen durfte, es sei denn, man wollte sich die nächsten vierundzwanzig Stunden mit stinkendem Düsenantrieb bewegen.

Man stelle sich vor, man geht als Zehnjährige in einen Kleiderladen und bekommt dort erklärt: »Kleider sind nichts für dich.« – »Kein einziges?«, stieß ich hervor und starrte auf die unzähligen Kleider in allen Farben und Formen. Die Grimasse der Verkäuferin war Antwort genug. Es ist schmerzhaft für ein kleines Mädchen, nicht ›klein‹ zu sein.

Früher träumte ich davon, dünn zu werden, irgendeine bescheuerte Diät zu machen, die nur aus Paprika und O-Saft bestand, und wie im Reality-TV von einem Trainer durchs Fitnessstudio gescheucht zu werden. Aber es war viel einfacher, mir zwischendurch Oreos und Cola Light einzuverleiben, während ich Rose Gold fütterte, unterrichtete oder zum Arzt brachte. Erst im Gefängnis entdeckte ich, wie stark ich bin und wie sehr mir mein Körper nützen kann. Je mehr Raum ich einnehme, desto weniger kann man mich herumschubsen.

Also mache ich das Rührei, bestreiche Rose Golds Toast mit Butter und verdränge meine Kränkung. Ein kurzer Blick zu meiner Tochter zeigt mir, dass sie schon wieder über ihrem Handy hängt. »Was guckst du dir denn da an?«, frage ich.

»Instagram«, antwortet sie.

Mein Schweigen verrät mich.

»Eine Social-Media-Plattform«, erklärt sie.

»Wie Facebook?« Ich hoffe nur, das ist keine blöde Frage.

»Ja, aber besser.«

Da mich die Vorteile von Instagram gegenüber Facebook nicht im Geringsten interessieren, komme ich direkt zu dem, was ich wirklich wissen will: »Und wer hat gestern Abend angerufen?«

Rose Golds ausdruckslose Zombiemiene erwacht zum Leben. »Niemand.«

»Sah aber nicht so aus«, erwidere ich beiläufig. »Wirkte eher, als hättest du ein Gespenst gesehen.«

Schweigen. Wir starren uns quer durch die Küche an. Ich rechne fest damit, dass sie den Blick senkt, aber überraschenderweise hält sie meinem stand.

»War es Adams Vater?«, wage ich einen Versuch.

Rose Gold zögert und nickt dann langsam. »Plötzlich will er wieder mit mir zusammen sein. Nachdem er neun Monate nichts mit mir zu tun haben wollte. Ich hab ihm gesagt, er soll mich in Ruhe lassen.«

»Wieso hat es denn zwischen euch nicht geklappt?«, frage ich sanft.

»Weil er abgehauen ist, als er erfuhr, dass ich schwanger bin«, erklärt Rose Gold mit zittriger Stimme, hebt aber trotzig das Kinn. »Ich zieh das lieber allein durch als mit einem Versager.«

Dagegen ist nichts zu sagen.

Da Rose Gold aussieht, als würde sie gleich in Tränen ausbrechen, wechsle ich das Thema. »Was hast du heute vor?«

»Arbeiten«, antwortet sie.

»Soll ich auf Adam aufpassen?« Ich achte darauf, keinerlei Hoffnung durchschimmern zu lassen.

Rose Gold mustert mich kurz. »Seit ich wieder angefangen habe zu arbeiten, passt Mrs. Stone auf ihn auf.«

Das ist neu. Bei einem ihrer Besuche hat Rose Gold behauptet, sie würde kaum noch mit Mary Stone reden. Ich persönlich habe meine ehemalige Nachbarin und beste Freundin seit dem Prozess nicht mehr gesehen.

Ich stelle den Teller mit Toast vor Rose Gold ab. »Bringst du ihn zu ihr oder holt sie ihn ab?«

»Sie holt ihn ab. Du lässt dich dann am besten nicht blicken.«

»Wieso?«

»Sie will wohl nichts mehr mit dir zu tun haben.« Rose Gold grinst schief.

»Ach so«, sage ich abwehrend. »Mary und ich haben eine Menge aufzuholen. Und ein paar Dinge zu klären.«

Rose Gold wirkt skeptisch. Sie schiebt ihren Teller weg, obwohl sie nur die Hälfte gegessen hat.

»Soll ich auf Adam aufpassen, während du duschen gehst?«, schlage ich vor.

»Das wäre toll.« Dieser Satz ist das Netteste, das meine Tochter an diesem Morgen zu mir gesagt hat. Ihre Erleichterung ist fast spürbar. Wir beide wissen, wie schwer es ist, allein ein Kind aufzuziehen. Ich beobachte, wie sie ihren Sohn voller Liebe ansieht. Mit kaum merklichem Zögern reicht sie mir Adam. Langsam zeigt mein Plan erste Erfolge.

Die Tür zum Bad schließt Rose Gold ebenfalls ab. Dann höre ich die Dusche. Ich werfe einen Blick auf das schmutzige Geschirr in der Spüle, beschließe aber, mich später darum zu kümmern. Wer weiß, wie lange ich noch mit meinem Enkel spielen darf?

Ich lege Adam bäuchlings auf den Wohnzimmerteppich. Sein Kopf wackelt, als er versucht, ihn zu heben. Ich klatsche in die Hände, weil er sich so anstrengt. Er streckt mir die Zunge heraus. Frechdachs.

Von meinem Platz aus kann ich einen gebrauchten

Hochstuhl aus Plastik in einer Ecke der Küche sehen. Adam ist noch viel zu jung dafür. Ich frage mich, ob Rose Gold den ebenfalls vom Sperrmüll hat. Meine Mutter hat unseren hölzernen Hochstuhl genau in derselben Ecke aufbewahrt.

Adam sieht mich mit seinen haselnussbraunen Augen an. Ich plappere mit ihm. Seine Unterlippe zittert, und er macht Anstalten loszuheulen. Also nehme ich ihn auf den Arm, schnappe mir sein Mützchen und eine dicke Decke und eile durch die Seitentür in den Garten meiner Eltern, damit Rose Gold mal wenigstens zwanzig Minuten Ruhe hat.

Als das Baby wirklich anfängt zu weinen, versuche ich es mit all meinen bewährten Tricks. Ich schwinge ihn von Seite zu Seite, stecke ihm den Schnuller in den Mund, versuche ihm ein Bäuerchen zu entlocken. Aber nichts hilft: Adam schreit immer weiter.

»Wer hat dir denn ins Breichen gespuckt?«, frage ich. Das findet er nicht lustig.

Nach einer Weile jedoch kann ich ihn beruhigen. Zwar ist er nicht still, aber jetzt heult er nicht mehr, sondern wimmert nur noch. Gestern war er so entspannt, dass ich dachte, er wäre ein unproblematisches Kind. Aber jetzt höre ich sicherheitshalber nicht auf, ihn zu schaukeln.

Im Garten muss dringend was gemacht werden. Mein Vater hat den Rasen früher immer so kurz gemäht, dass nirgendwo ein vorwitziger Grashalm zu sehen war. Jetzt steht er an manchen Stellen viel zu hoch und ist an anderen völlig kahl, als wäre das Grundstück unbewohnt. An der alten Eiche mit den dicken Ästen hängt immer noch unsere selbst gebaute Schaukel, aber der rote Sitz ist völlig ausgeblichen. Dad hat uns die Schaukel gemacht, als ich noch klein war. Er testete sie ein Dutzend Mal, bevor David und ich uns draufsetzen durften.

Da fliegt die Seitentür auf, und Rose Gold kommt, in ein Handtuch gewickelt, mit tropfnassen Haaren herausgestürzt. »Was hast du mit ihm gemacht?«, brüllt sie, und ihr Blick huscht wild durch den Garten, bis er bei Adam auf meinen Armen landet.

»Wir waren die ganze Zeit hier draußen«, entgegne ich gelassen. »Adam wurde quengelig, und ich wollte nicht, dass du dir beim Duschen Sorgen um ihn machen musst. Er ist gerade ruhiger geworden.«

Aber Rose Gold brüllt mich immer noch an: »Ich dachte, du wärst weg!« Sie hat die Augen so weit aufgerissen wie ein aufgeschrecktes Pferd. Fehlt nur noch der Schaum vor dem Mund.

Ich mache beruhigende Geräusche, damit sie nicht vollends hysterisch wird. Weil Rose Gold so laut brüllt, fängt auch Adam wieder an zu schreien. Da bricht meine Tochter in Tränen aus. Sie entreißt mir das Baby und drückt es so fest an sich, dass ich Angst habe, sie könnte ihm wehtun.

»Ich wollte doch nur helfen«, sage ich schockiert. Sie muss doch wissen, dass ich es nun wirklich besser anstellen würde, wenn ich das Baby entführen wollte. Die Watts machen ihre Arbeit gründlich.

Rose Gold dreht sich mit Adam auf dem Arm um und marschiert mit nackten Füßen zum Haus zurück. Ich sehe, wie ihre mageren Schulterblätter über dem Handtuch hervorragen. Sie erinnern mich an eine jüngere Rose Gold – an eine kranke. Sie knallt die Tür hinter sich zu. Dann ist es wieder still im Garten.

Ich habe ein leicht schlechtes Gewissen, sie so aufgeregt zu haben, gleichzeitig wird mir bewusst, was ich über sie erfahren habe. Seit Rose Gold mich gestern abgeholt hat, zeigt sie eine gewisse Haltung, ein Selbstbewusstsein, das sie vor meiner Haft noch nicht hatte. Sie hat mich in dieses Haus gebracht, obwohl sie wusste, dass ich es hasse. Will sie mich an meinem wunden Punkt treffen? Na schön. Denn jeder hat seine Schwachpunkte.

Und jetzt kenne ich ihren.

Durch die Seitentür gehe ich zurück ins Haus und schleiche auf Zehenspitzen durch den Flur. Die Tür zu Rose Golds Schlafzimmer ist geschlossen. Ich drücke mein Ohr daran und lausche angestrengt.

Rose Gold tigert über den Holzboden, das höre ich am Knarren. Sie tröstet Adam mit leisen Worten. Er wird langsam ruhiger. Den ersten Teil flüstert sie nur, den kann ich nicht verstehen. Aber dann: »... schon bald, versprochen.« Ihr bricht die Stimme. »Es tut mir leid.«

Schon bald was? Was soll geschehen? Sie muss irgendwas geplant haben. Will sie mich in diesem Haus terrorisieren? Mich auf die Straße setzen? Mich körperlich angreifen? Sie ist zwar nicht stark genug, um mich zu überwältigen, und ich kann mir nicht vorstellen, dass sie gewalttätig würde, aber möglich ist alles.

Noch eine Minute stehe ich an der Tür und lausche, aber Rose Gold sagt nichts mehr. Da auch die Holzdielen nicht mehr knarzen, schleiche ich auf Zehenspitzen zurück ins Wohnzimmer, lasse mich auf dem Fernsehsessel nieder und denke nach. Als ich aus dem Gefängnis kam, habe ich Rose Gold die Hand zur Versöhnung ausgestreckt und war bereit, noch mal ganz neu anzufangen. Das also ist ihre Antwort? Sie weigert sich nicht nur, Verantwortung für ihre Taten zu übernehmen, sondern glaubt, sie könnte mir eine Lektion erteilen? Jemand Schwächeres als ich würde vielleicht mit eingezogenem Schwanz das Weite suchen. Aber ich werde meine Tochter nicht im Stich lassen, wenn sie mich am meisten braucht. Unter all der Wut und Berechnung ist sie immer noch eine Frau, die ihre Mutter braucht. Soll sie doch denken, sie hätte die Oberhand. Sie ist nicht die einzige Watts, die Pläne schmieden kann.

Wie ich schon sagte, kenne ich jetzt ihren Schwachpunkt: Adam.

Ich warte, dass meine Tochter wieder auftaucht.

Eine halbe Stunde später dreht sich der Schlüssel im Schloss des Elternschlafzimmers. Rose Gold geht in die Küche, stellt eine Flasche Milch in die Kühltruhe und holt zwei aus dem Kühlschrank. Sie spült die Pumpe aus und räumt sie in einen Rucksack.

»Tut mir leid«, flüstert sie und kommt zu mir ins Wohnzimmer. Sie trägt Khakis und ein königsblaues Shirt mit dem Logo von Gadget World auf der Brust, dazu den Rucksack mit der Pumpe. Sie stellt die Babytrage mit Adam ab. »Ich habe überreagiert.«

»Es ist schwer, sich ans Mutterdasein zu gewöhnen«, sage ich und bemühe mich, aufrichtig zu klingen.

Darauf erwidert Rose Gold nichts.

»Ich bin für dich da, Schatz.« Ich mustere sie von Kopf bis Fuß und suche nach Hinweisen. Obwohl sie eine Hose und ein langärmliges Shirt trägt, sehe ich, dass sie abgenommen hat. Eben im Garten wirkte sie in ihrem Handtuch geradezu mager. Ich denke an ihre wöchentlichen Besuche in meinem letzten Jahr im Gefängnis zurück. Da sah sie ganz normal aus, bis sich ihr Bäuchlein zeigte, und von da an wurde sie immer dicker. Natürlich gibt es Mütter, die vom Stillen ganz schnell wieder abnehmen, aber dass Rose Golds neuer Körper so sehr ihrem alten ähneln würde, hätte ich nicht gedacht. Seit ihrem sechzehnten Lebensjahr war sie nicht mehr so dünn.

Als Teenager bestand meine Tochter fast nur aus Haut und Knochen, wirkte wie ein buckliges Skelett. Bei einem Meter fünfzig hörte sie auf zu wachsen, und sie schämte sich außerordentlich für ihren Körper. Damals versuchte ich sie zu beruhigen, dass Magerkeit in Mode wäre. Ich versicherte ihr, Tausende Mädchen würden für ihre Figur töten, aber ihr Körper blieb ihr immer peinlich. Dass ihre Brust platt wie ein Pfannkuchen war, machte es auch nicht besser. Sie war in ihrem Kinderkörper stecken geblieben.

Das war, bevor ihre Lebensmittelallergien verschwanden. Bevor ihre Ernährungssonde entfernt wurde. Damals hatte ihre Magerkeit einen Grund: Sie war krank. Aber jetzt ist sie gesund. Zumindest hat sie mir das erzählt.

Es klingelt an der Tür. Zwar stehe ich sofort auf, doch Rose Gold kommt mir zuvor. Sie öffnet die Haustür, aber nur einen Spalt. Sofort erfüllt Mary Stones warme Stimme das Haus.

»Wie geht es dir, Schätzchen? Bekommst du überhaupt genug Schlaf?« Ich habe diese Fürsorge, dieses echte Interesse vermisst, das sich in Marys Gesicht spiegelt. Früher galt ihre Fürsorge mir. Wenn sie wusste, dass ich mit Rose Gold einen schweren Tag hatte, brachte sie einen Teller mit Brownies oder einen Krug Eistee rüber und wir unterhielten uns stundenlang.

»Nein, mir geht's gut«, murmelt Rose Gold.

Ich nehme die Babytrage und gehe zur Tür. »Der kleine Adam ist ein munteres Bürschchen«, sage ich und ziehe die Tür weiter auf.

Mary Stone hat sich in den letzten fünf Jahren kein bisschen verändert: vernünftiger Muttihaarschnitt, reizloses, aber vertrauenswürdiges Gesicht und viel zu viel Pink. Gott segne sie.

Als Mary mich sieht, reißt sie Mund und Augen auf. Manchmal ist sie ein wandelndes Klischee.

»Hallo, Mary«, sage ich herzlich. »Schön, dich endlich wiederzusehen.«

Ich neige mich nach vorne, um sie zu umarmen, aber sie weicht vor mir zurück.

Sie starrt Rose Gold an und spielt mit der strassbesetzten Schmetterlingsbrosche an ihrer Bluse. »Wer hatte denn *die* Idee?«

Rose Gold meidet Marys Blick. »Ich. Mom konnte doch nirgendwohin.«

Mary kneift leicht die Augen zusammen. »Ich wüsste da schon was.«

Das ist fraglos der aggressivste Satz, den das Lämmchen Mary Stone jemals von sich gegeben hat. Offenbar hilft etwas Abstand nicht immer, alten Groll zu vergessen.

»Ich hab dich so vermisst, Mary«, sprudle ich hervor. »Während ich weg war, habe ich ständig an dich gedacht.«

Mit hochrotem Gesicht krallt sich Mary so fest an den Türrahmen, dass ihre Knöchel weiß werden. Wie hart müsste man eine Tür zuschlagen, um einen Finger von der Hand abzutrennen? Sie entreißt mir die Babytrage und späht hinein, als hätte ich Adam zum Frühstück verschlungen. Ich brauche unbedingt einen spitzen, schwarzen Hut.

Mary wendet sich zu Rose Gold. »Komm doch nach der Arbeit zu mir nach Hause. Dann können wir uns mal wieder in aller Ruhe unterhalten.«

Mit gesenktem Blick zieht Rose Gold ihre Schultern bis zu den Ohren. Angesichts dieser Unterwürfigkeit vermisse ich fast die Version meiner Tochter, die mich noch vor einer halben Stunde im Garten hysterisch angebrüllt hat.

»Ich würde gerne kommen«, schalte ich mich ein. »Du und ich haben auch eine Menge zu bereden.«

»Du bist in meinem Haus nicht willkommen«, erwidert Mary. »Nie wieder.«

Sie umklammert die Babytrage und eilt die Einfahrt hinunter zu ihrem Wagen. Ich vermute, dass ich mittlerweile nicht mehr als die gute Seele dieses Viertels betrachtet werde.

Ich trete hinaus in den wolkigen, nebligen Tag. Mary

schnallt Adam gerade auf dem Rücksitz ihres Wagens an. Eine Bewegung auf der gegenüberliegenden Straßenseite weckt meine Aufmerksamkeit. Am dunklen Fenster des unbewohnten Hauses stehen drei Gestalten und schauen zu mir herüber. Als sie bemerken, dass ich sie sehe, rühren sie sich nicht. Eine von ihnen verschränkt die Arme. Ich folge ihrem Beispiel, obwohl sich mir die Nackenhärchen sträuben. Ein Blick zur Einfahrt zeigt mir, dass Mary verschwunden ist. Als ich wieder zum unbewohnten Haus blicke, sind auch die schemenhaften Gestalten weg. Kopfschüttelnd gehe ich ins Haus und verriegle die Tür hinter mir.

Meine Tochter steht da und betrachtet mich.

»Die Reporter haben in diesem Ort einiges angerichtet«, bemerke ich achselzuckend.

»Möglicherweise wäre es leichter, dir zu verzeihen, wenn du nicht so fidel wärst«, antwortet Rose Gold.

»Schatz, wenn man fünf Jahre für etwas im Gefängnis gesessen hat, was man nicht getan hat, dann muss man die verlorene Zeit so schnell wie möglich aufholen«, kontere ich. »Ich werde mich nicht verstellen.«

Rose Gold beißt kurz die Zähne zusammen. Dann zwingt sie sich zu lächeln. Vielleicht kann sie so Mary Stone täuschen, aber vor ihrer eigenen Mutter kann sie ihren Zorn nicht verbergen. »Ich muss zur Arbeit«, sagt sie nur. »Gegen sechs bin ich wieder da.«

Sie knallt die Tür hinter sich zu und geht zu der frei stehenden Garage. Vom Wohnzimmerfenster aus beobachte ich, wie das Tor sich öffnet und Rose Gold den Wagen auf die Einfahrt zurücksetzt, aber dann verharrt sie einen Moment und starrt mich an. Ich starre zurück. Da verzieht sie verächtlich den Mund, so wie ich es nur einmal bei ihr gesehen habe: am 22. August 2012, als sie im Zeugenstand gegen mich aussagte.

An diesem Mittwoch war es im Gerichtssaal kochend heiß. Die Galerie war bis auf den letzten Platz besetzt. Die meisten Einwohner von Deadwick waren gekommen, um ihren Sensationshunger zu stillen. Es waren auch viele Reporter da: Zu groß war die Versuchung, noch ein paar skandalöse Lügen in die Welt zu setzen. Mein Anwalt – ein unfähiger Pflichtverteidiger, der eigentlich hinter die Theke einer Ausgabestelle für medizinisches Marihuana gehört hätte – fächelte sich Luft zu und zupfte an seinem ausgebeulten Anzug herum. Schon bei unserem ersten Treffen hatte ich gewusst, dass ich geliefert war.

Der Staatsanwalt hatte gerade einen von Rose Golds ehemaligen Kinderärzten zu Ende befragt. Dieser Schwachkopf von einem Arzt hatte behauptet, ich hätte mich bei den Terminen ›verdächtig‹ benommen. Komisch, dass er zehn Jahre zuvor kein Wort darüber verloren hatte. Dieses angeblich verdächtige Verhalten hatte er weder seinem Vorgesetzten noch dem Jugendamt gemeldet. Wenn man mich fragt, hatte der Staatsanwalt nur bewiesen, dass dieser Kronzeuge ein Krontrottel war, der mit wilden Geschichten ins Licht der Öffentlichkeit wollte. Jetzt kehrte er auf seinen Platz zurück.

Der Staatsanwalt hob das Kinn und reckte die Schultern wie ein Held auf der Suche nach Gerechtigkeit. Er warf einen kurzen Blick auf seine Notizen, dann wandte er sich zum Richter: »Euer Ehren, ich möchte Rose Gold Watts in den Zeugenstand rufen.«

Mir krampfte sich der Magen zusammen. Mein Anwalt hatte zwar schon gesagt, Rose Gold würde gegen mich aussagen, aber ich hatte gehofft, sie würde es sich doch noch einmal anders überlegen. Ich drehte mich um und blickte zu meiner Tochter, die an ihrem üblichen Platz zwischen Alex und Mary Stone auf der Galerie saß. Rose Gold wohnte seit sechs Monaten bei den Stones – seit dem Tag meiner Verhaftung. Ich durfte keinen Kontakt mit ihr aufnehmen.

Alex legte beschützend ihren Arm um Rose Gold. Diese falsche Schlange: Alex mochte mit ihrem Besorgte-Freundin-Gehabe vielleicht die Reporter täuschen, aber ich wusste genau, dass sie nur ihre fünfzehn Minuten Ruhm haben wollte. Bis zu meinem Prozess hatte sie sich kein Stück für Rose Gold interessiert.

Als meine Tochter aufstand, zeichneten sich ihre knochigen Schultern unter den Ärmeln ihrer Strickjacke ab. Sie hatte die Augen aufgerissen und schwankte leicht, als würde sie jeden Moment ohnmächtig werden. Ihre Haut war sogar noch blasser als sonst. Sie sah viel jünger aus als achtzehn.

Meine Tochter hatte Angst.

Setz dich wieder hin, wollte ich ihr zurufen. *Blasen wir das Ganze doch ab. Ich fahr dich nach Hause und bring dich ins Bett, und dann erzählen wir uns Geschichten von Prinzessinnen und Zauberflüchen in fernen Ländern.*

Rose Gold ging einen zittrigen Schritt nach dem anderen immer weiter auf den Zeugenstand zu, bis sie mir irgendwann so nah war, dass sie die Hand hätte ausstrecken und mich berühren können. Ich musste sie aufhalten. Ich durfte nicht zulassen, dass sie sich weiter solchen Qualen aussetzte.

»Du musst das nicht tun«, flüsterte ich.

Rose Gold wandte sich zu mir. Ihre traurigen Augen flehten mich an, sie nach Hause zu bringen.

»Miss Watts«, bellte Richter Sullivan, der aussah wie ein Walross. »Wenn Sie mit der Zeugin sprechen, belange ich Sie wegen Missachtung des Gerichts.«

Als Rose Gold seine Stimme hörte, wandte sie sich ab und schlurfte weiter zum Zeugenstand. Waren denn alle im Gerichtssaal blind? Sah niemand, wie sehr es meinem kleinen Mädchen widerstrebte, hier zu sein? Sie mussten doch merken, dass sie gegen ihren Willen gezwungen wurde, gegen mich auszusagen.

Rose Gold nahm im Zeugenstand Platz. Sie hob die rechte Hand und schwor, die Wahrheit zu sagen. Der Staatsanwalt forderte sie auf, den Geschworenen ihren Namen zu nennen.

»Rose Gold Watts«, murmelte sie. Die Geschworenen neigten sich vor, um sie besser hören zu können.

»Ein bisschen lauter, bitte«, sagte der Staatsanwalt.

Sie räusperte sich. »Rose Gold Watts«, wiederholte sie.

»In welcher Beziehung stehen Sie zur Angeklagten?«, fragte der Staatsanwalt.

»Sie ist meine Mom«, antwortete Rose Gold mit gesenktem Blick und umklammerte die Armlehnen ihres Stuhls.

»Und nur Sie und Ihre Mom haben in der Claremont Street Nummer 22 gewohnt, ist das korrekt?«

Rose Gold nickte.

»Könnten Sie das bitte laut sagen?«

»Ja«, antwortete Rose Gold.

»Ohne Vater? Ohne Geschwister?«

Jetzt umklammerte ich die Armlehnen meines Stuhls. Dieser Einfaltspinsel würde meine Tochter zwingen, sich an jeden schlimmen Augenblick ihrer Kindheit zu erinnern: an jedes fehlende Familienmitglied, jede Infektion, jeden verpassten Schulausflug. Ich hatte versucht, sie vor allem abzuschirmen. In unserem Haus hatten wir uns auf das Positive konzentriert. Diese Idioten wollten sie in ihren traurigen Erinnerungen ertränken.

»Können Sie beschreiben, wie Ihre Schulbildung von der Vorschule bis heute aussah?«, fragte der Staatsanwalt.

Nervös erklärte Rose Gold, wie sie aus der Grundschule genommen und von da ab zu Hause unterrichtet wurde. Sie hob zitternd die Hand, um eine störrische Haarsträhne glatt zu streichen. Ich fragte mich, ob sie ihre Periode hatte. Der Zeitpunkt würde ungefähr hinkommen. Ich hatte ihr immer noch nicht gezeigt, wie man einen Tampon benutzte. Es gab so vieles, was ich ihr nicht hatte beibringen können. Sie war noch nicht bereit, sich allein der Welt zu stellen.

Der Staatsanwalt fuhr fort: »Nun möchte ich Ihnen ein paar Fragen zu Ihrer Ernährungsweise stellen.«

Rose Gold hatte sich noch nie ein Sandwich gemacht oder Wäsche gefaltet. Ich hatte ihr Zimmer aufgeräumt und geputzt, ihr Bett gemacht und sie überall hingefahren. Hin und wieder hatte ich versucht, sie zu etwas mehr Selbstständigkeit zu bewegen, indem ich sie ein paar Stunden in der Bibliothek oder im Wartezimmer beim Arzt allein ließ, aber das wollte sie eigentlich nicht. »Bleib doch«, hatte sie gebettelt und meine Hand umfasst. Also blieb ich. Vielleicht hätte ich sie mehr fordern sollen. Sie war achtzehn und hatte weder den Führerschein noch Freunde. Auf die Härten dieser Welt war sie nicht vorbereitet. Meinetwegen saß sie jetzt da oben und zitterte wie ein Blatt im Wind. Ich hätte strenger sein und öfter Nein sagen sollen, sie weniger verwöhnen. Aber in all den Jahren hatte ich sie genauso gebraucht wie sie mich.

»Durften Sie Freunde haben?«, fragte der Staatsanwalt.

Mein ganzes Leben lang war ich immer wieder im Stich gelassen worden. Ich war nicht gut genug für meine Familie und nicht gut genug für Rose Golds Vater. Und auf einmal hatte ich diesen kleinen Engel, der auf mich angewiesen war, der mich liebte, und zwar immer mehr, je länger wir zusammen waren. Ich hatte jemanden, der mir den Reißverschluss am Rücken zuzog, der noch über meine lahmsten Witze lachte. Von meinen Geschichten konnte sie nie genug kriegen, und nie wollte sie, dass ich sie in Ruhe ließ. Wenn ich an manchen Abenden, nachdem wir die Schulaufgaben erledigt hatten, in mein Zimmer oder in die Küche ging, um ihr etwas Freiraum zu lassen, kam sie mir immer nach.

Jetzt wirkte Rose Gold leicht entrückt, als würde sie träumen.

Der Staatsanwalt wiederholte seine Frage. »Miss Watts, durften Sie Freunde haben?«

»Nein«, antwortete sie und sah niemanden an, schon gar nicht mich. »Meine Nachbarin Alex Stone war der einzige Mensch in meinem Alter, mit dem ich überhaupt reden durfte – und fast immer nur, wenn meine Mutter dabei war.«

»Was nannte sie als Grund, Sie von anderen Kindern fernzuhalten?«, fragte der Staatsanwalt.

Rose Gold schob mit steifen Armen die Hände unter die Oberschenkel. Sie erschauerte. Offenbar war ihr kalt. Mary hatte nicht daran gedacht, ihr einen zusätzlichen Pullover mitzugeben. Eine schöne Ersatzmutter war sie!

»Sie sagte, sie hätte Angst, mein Immunsystem könnte die Keime der Kinder nicht abwehren. Wegen meines Chromosomendefekts.«

»Den Sie, wie wir jetzt wissen, ja gar nicht haben«, bemerkte der Staatsanwalt. Die zwei hatten diese Befragung wohl geprobt.

»Genau«, sagte Rose Gold widerstrebend. »Das war nur ein Vorwand. Eigentlich wollte sie mich nur für sich allein haben.«

»Und warum? Was meinen Sie?«

Rose Gold erklärte gerade so laut, dass man sie hören konnte: »Sie sagte, sie wollte mir die Kindheit geben, die sie nie hatte.«

Mir drehte sich der Magen um. Mein ganzes Gesicht brannte, bis zu den Ohren.

»Wie war denn ihre Kindheit?«

Rose Gold sah den Staatsanwalt mit weit aufgerissenen Augen an und flehte still um Anerkennung, die sie sonst immer von mir wollte. »Sie hat nicht viel erzählt, aber ich weiß, dass ihre Eltern nicht sehr nett zu ihr waren. Offen gesagt, hat ihr Vater sie misshandelt. Wahrscheinlich hat sie das von ihm.«

Ich wischte mir meine feuchten Hände an der Hose ab. Die Geschworenen starrten mich neugierig an; nicht einer wirkte mitleidig. Ich senkte den Blick, als betrachtete ich die Maserung der Tischplatte.

Zu Dads Verteidigung muss ich sagen, dass er eine posttraumatische Belastungsstörung hatte, als es so was noch gar nicht gab – geschweige denn eine Behandlung dafür. Wenn ich raten müsste, würde ich sagen, dass die Ardennenoffensive verglichen mit seinem Kampf gegen den Alkohol ein laues Lüftchen gewesen war. Zwar rührte er meine Mutter nie an, dafür ließ er seine Wut an David und mir aus. In den Sechzigern kochte das ganze Land über, und mein Elternhaus war keine Ausnahme.

Dad befehligte sein Haus mit militärischer Präzision, es hieß immer nur »Yes, Sir« und nie »Stehen Sie bequem!«. Meine rückgratlose Mutter war sein erster Offizier. Zwar schlug sie uns nie, aber ich lernte ihre Drohung »Warte, bis dein Vater heimkommt« genauso zu fürchten wie die unvermeidlichen Prügel, die darauf folgten. Bis heute kann ich keinen Gürtel anschauen, geschweige denn tragen, ohne dass die Narben auf meinem Rücken jucken.

Mit gerunzelter Stirn betrachtete Rose Gold den Staatsanwalt und schien mit sich zu ringen. Im Stillen flehte ich sie an, nicht das zu sagen, was als Nächstes in ihrem Skript stand.

Dann lehnte sie sich entschlossen auf ihrem Stuhl zurück. Leise, mit gesenktem Blick, sagte sie: »Einmal ertappte ich sie, wie sie in der Küche weinte. Sie sagte, ihre Eltern hätten sie nie geliebt.«

Ich spürte einen Kloß in der Kehle. Mein ganzes Leben habe ich versucht, fröhlich und zuversichtlich zu sein, aber an dem Morgen, von dem Rose Gold sprach, bekam ich das einfach nicht hin. Als meine zehnjährige Tochter mich weinend an der Spüle entdeckte, vertraute ich mich ihr an. Ich ließ mich auf den Fliesenboden sinken, lehnte mich an den Schrank und schluchzte, meine Eltern hätten mich nie geliebt. Mein Dad hatte nie an Abschlussfeiern, Elternsprechtagen oder Talentshows teilgenommen. *Du gewinnst ja sowieso nicht*, sagte er nur, und meine Mutter saß neben ihm und stimmte ihm mit ihrem Schweigen zu.

Damals auf dem Küchenflur hatte Rose Gold ihr Gesicht an meine Schulter geschmiegt. *Ich liebe dich mehr als alle Menschen auf der ganzen weiten Welt zusammen*, hatte sie gesagt. Ihre Liebe half mir, mich zusammenzunehmen, das Frühstück auf den Tisch zu bringen und zu Ende zu spülen.

Ich weiß, ich habe schreckliche Fehler gemacht, aber niemals würde ich irgendjemandem verraten, was sie an sich selbst am meisten hasst.

Im Gerichtssaal ritt der Staatsanwalt auf diesem Punkt herum. »Könnte man sagen, Patty Watts habe eine toxische Umgebung geschaffen, in der kein Kind unbeschadet aufwachsen konnte?«

Rose Gold nickte. »Sie ließ mich nie in Ruhe.«

Zum zweiten Mal innerhalb weniger Minuten hatte ich das Gefühl, einen Schlag ins Gesicht zu bekommen. *Ließ mich nie in Ruhe?* Ich konnte nicht mal ins Bad gehen, ohne dass Rose Gold mir folgte. Sie wollte zu allem meine Meinung hören: ihren Kleidern, ihren Haaren, den Namen ihrer Barbiepuppen. Noch vor nicht mal einem Jahr wollte sie bei mir im Bett schlafen, und jetzt hatte sie den Nerv zu behaupten, *ich* hätte *sie* erdrückt? Wenn es tatsächlich eine ungesunde Abhängigkeit in unserem Verhältnis gegeben hatte, dann war sie beidseitig. Natürlich fanden Außenstehende diese Beziehung merkwürdig, aber seit wann scherten wir uns um deren Meinung? Ich hatte ihr vertraut. Sie war ein Teil von mir.

Rose Gold fuhr fort: »Beim Arzt ergriff immer nur Mom das Wort.« *Weil du mich darum gebeten hattest – gegenüber Fremden warst du schüchtern und nervös.*

»Meine Mom suchte mir jeden Tag die Kleider aus, bis ich siebzehn war.« *Weil du meintest, keinen guten Geschmack zu haben.*

»Meine Mom kaute alles Essen vor, das sie für geeignet hielt. Erst dann durfte ich es essen.« *Weil du sagtest, wenn du es selbst zerkauen müsstest, würde dir übel.*

Vor meinem inneren Auge zog eine Erinnerung nach der anderen vorbei. Lachten wir nicht in den meisten? Flehte sie mich nicht um mehr Körperkontakt, mehr Geschichten, mehr Anerkennung an? Mehr, mehr, mehr. Und weigerte ich mich jemals? Erzählte ich einem Nachbarn, einem Lehrer oder Arzt jemals etwas Schlechtes über sie? Ließ ich sie jemals am Wochenende allein, um ein Date zu haben oder eine Freundin zu besuchen? Bat ich sie je um mehr Freiraum, um die Möglichkeit, mein Bett für mich zu haben, auszuschlafen und mal ein Schaumbad zu genießen, ohne dass sie von draußen nach Apfelsaft verlangte?

Rose Golds Kinn zitterte. »Ich weiß, sie war kontrollsüchtig, aber ich wusste nicht, dass die Medizin, die sie mir gab, Erbrechen hervorrief, wieder und wieder und wieder, bis meine Zähne anfingen zu verrotten. Sie hat mich vergiftet und ausgehungert«, ihre Stimme bebte, »und meine gesamte Kindheit ruiniert.« Sie spielte mit dem Ärmel ihrer Strickjacke, rieb den Stoff zwischen Zeige- und Mittelfinger, so wie sie es auch schon als Kleinkind mit ihrer Kinderdecke gemacht hatte, um sich zu trösten. Als ich mich daran erinnerte, wie klein und naiv sie damals war, begann mein Zorn zu verfliegen.

Ich mochte zwar protestieren, so viel ich wollte, aber die Schuld lag doch ganz allein bei mir. Wenn ich besser auf meine Tochter aufgepasst hätte, säße sie jetzt nicht im Zeugenstand, um gegen ihre eigene Mutter auszusagen. Ich wünschte, ich könnte die Zeit um sechs Monate zurückdrehen und noch mal ganz von vorne anfangen. Vielleicht konnten wir ja zu einer Familienberatung gehen.

»Danke, Miss Watts«, sagte der Staatsanwalt und wandte sich zum Richter. »Keine weiteren Fragen, Euer Ehren.«

»Ist gut«, nickte der Richter. »Eine Stunde Mittagspause.«

Der Gerichtsdiener näherte sich dem Zeugenstand. Rose Gold verknotete ihre Finger und schaute sich im Saal um, bis ihr Blick meinen traf.

Ich liebe dich, sagte ich stumm und lächelte sie an.

Da verdüsterte sich ihre Miene. Sie blickte zu den Geschworenen, die ihre Sachen zusammensuchten, und neigte sich zum Mikrofon. Als sie sprach, hallte ihre Stimme laut und selbstbewusst durch den Saal. »Meine Mutter gehört ins Gefängnis.«

Der Gerichtsdiener scheuchte Rose Gold aus dem Zeugenstand. Hinter mir auf der Galerie brandete Stimmengewirr auf.

Ich biss die Zähne zusammen und kämpfte gegen den Drang, meinem entgeisterten Anwalt die Krawatte abzureißen und meiner Tochter damit das Maul zu stopfen. All die Monate hatte ich gedacht, *sie* hätten sie dazu gebracht: Alex Stone, die Polizei, der Staatsanwalt, die Reporter. Ich hatte gedacht, sie sei nur das Sprachrohr anderer, plappere das nach, was andere ihr eingaben. Wie ein braves Mädchen eben. Aber nun stand sie da oben, aus eigenem Antrieb, und gab intime Einzelheiten unseres Lebens preis. Sie wollte, dass ich in einer Zelle verrottete, obwohl ich mein ganzes Leben geopfert hatte, um für sie zu sorgen. Der Schock über ihren Verrat durchzuckte mich wie ein Starkstromschlag. Ich war sicher, mein Herz würde aufhören zu schlagen.

Wie konntest du nur?, dachte ich und sah sie an. *Du warst nicht nur meine Tochter, du warst auch meine beste Freundin. Du warst mein Ein und Alles.*

Rose Gold wandte sich zu mir, als hätte ich laut gesprochen. Wieder trafen sich unsere Blicke, und ich sah in ihren Augen Reue, die Bitte um Vergebung. Da erkannte ich: Eines Tages würde sie zu mir zurückkommen. Natürlich würde sie für ihren Verrat büßen, aber wir würden das überwinden.

An diesem Prozesstag und noch viele Jahre danach war

meine Tochter verloren. Aber am Ende behielt ich recht: Selbst alle bösen Menschen dieser Erde konnten uns nicht trennen. Rose Gold fand den Weg zu mir zurück.

Und dieses Mal, mein liebes Mädchen, lass ich dich nicht mehr fort. Das verspreche ich.

8

ROSE GOLD

August 2014

Am wackligen Tisch im Pausenraum von Gadget World aß ich mein Mittagessen. Für heute hatte ich mir gemischten Salat gemacht. Zwar war ich immer noch keine Meisterköchin, doch zumindest waren meine Mahlzeiten jetzt essbar. Es waren anderthalb Jahre vergangen, seit mein Interview in der *Chit Chat* erschienen war. Vinny hatte zwar behauptet, er wolle meine Version der Geschehnisse darstellen, aber letzten Endes erschien ich immer noch als das Opfer. Es war eine rührselige Geschichte, die sich im hinteren Teil der Boulevardzeitung über zwei Seiten erstreckte. Ich hatte sechs Exemplare dieser Ausgabe zu Hause.

Mein Leben hatte sich nicht so verändert, wie ich gehofft hatte. Kein Disneyprinz klopfte an meine Tür. Die Nachbarn waren immer noch neugierig, und meine Arbeit war immer noch langweilig.

Mir gegenüber saß meine Mitarbeiterin Brenda. Da sie vor ein paar Monaten ein Kind bekommen hatte, hockte sie ständig im Pausenraum, um Milch abzupumpen. Sie hatte eine Decke über ihrem Busen, aber die Pumpe war so laut, dass ich kaum meine eigenen Gedanken hörte. Jedes Mal, wenn ich Brenda sah, fragte sie, ob ich mit Phil über einen Besuch gesprochen hätte. Denn ich hatte vor einiger Zeit den Fehler gemacht, ihr von meinem Internetfreund zu erzählen.

»Und?«, fragte Brenda. »Hast du Phil mittlerweile gefragt?«

»Nein«, sagte ich in der Hoffnung, das Thema nicht vertiefen zu müssen.

»Rose Gold, dies sind deine wilden Zwanziger! Schon bald wirst du Mitte dreißig sein und zwei Kinder haben, so wie ich, und glaub mir, Mädchen, dann willst du dich an ein paar Abenteuer erinnern, die dich durch den Tag bringen. Was hast du denn zu verlieren?«

Verlegen zuckte ich die Achseln. Brenda war keine Freundin.

Sie sah mich eine Weile mit schräg gelegtem Kopf an. »Ich sag dir was«, meinte sie schließlich. »Wenn du ihm jetzt eine SMS schickst, kriegst du fünf Dollar von mir.«

Ich dachte an meine neuen Zähne. Da würde jeder Dollar helfen. Also holte ich mein Handy heraus.

Ich: *Wie ist der Sommer bei dir?*

Phil: *Hier in der Gegend ist Natur pur. Neulich habe ich eine Schwarzbärin mit ihrem Jungen und ein paar Füchse gesehen.*

Ich: *Du wohnst in einer Hütte in den Bergen, oder?*

Phil: *Ja, nicht weit vom Platte Canyon. Die Hütte ist klein, aber sie gefällt mir.*

Ich: *Aber sie gehört deinem Onkel und deiner Tante, oder?*

Phil: *Genau, aber weil sie so oft unterwegs sind, kommt es mir vor, als wäre es meine eigene.*

Ich: *Cool. Eine eigene Hütte in den Bergen!*

Phil: *Ja, ist schon was ganz Besonderes …*

Das war die Gelegenheit. Ich holte tief Luft. Brenda schaute mich abwartend an und holte ihr Portemonnaie aus der Tasche. Ich tippte meine Frage, bevor ich's mir anders überlegen konnte.

Ich: *Ich könnte mir sie ja mal anschauen. Oder?! :-)*

Die SMS zeigte ich Brenda. Sie rief »Ja!« und gab mir die fünf Dollar.

Seine Antwort kam sofort.

Phil: *Ich weiß nicht, Katie …*

Ich hatte Phil einen falschen Namen genannt. Damals, als ich Phil kennenlernte, wusste ich nicht viel übers Internet, nur, dass man Fremden nicht seinen richtigen Namen angeben sollte. Und als ich bereit war, ihm die Wahrheit zu sagen, standen Mom und ich in allen Zeitungen, mit Schlagzeilen wie GIFTMISCHER-PATTY BEKOMMT GERECHTE STRAFE oder GERECHTIGKEIT FÜR ROSE GOLD. Ich wollte nicht, dass Phil mich aufspüren konnte. Ich konnte nur hoffen, dass die Zeitungen in Colorado keine Geschichte aus einem fernen Bundesstaat bringen würden. Irgendwann wollte ich ihm die Wahrheit erzählen.

Ich: *Aber du meinst doch, wir würden uns bald mal treffen. Du hast es versprochen.*

Phil: *Ich weiß, Schatz. Ich will nur nicht das riskieren, was wir haben.*

Was hatten wir denn? Ich war zwanzig und meinem ersten Kuss keinen Schritt näher gekommen. Jetzt warf ich meine leere Capri-Sonne weg und räumte meine Tüte mit dem Lunch wieder in den Schrank. Ich ließ mich auf die schwarze Kunstledercouch sinken und schloss die Augen.

»So schlimm?«, fragte Brenda mit sichtlich schlechtem Gewissen.

Ich nickte mit geschlossenen Augen. Was würde Alex tun? Sie war zwar nicht die beste Freundin gewesen, hatte aber viel Glück mit Typen. Ich dachte eine Minute nach. Alex stellte gern Ultimaten. »Entweder macht er das, oder ich bin fertig mit ihm«, hatte ich sie mehr als einmal sagen hören. Aber Alex war auch cool und wunderschön. Und sie hatte diese *Haare*. Also kam sie mit so was durch. Ich war keine Alex. Trotzdem hatte sie mich vielleicht auf was gebracht.

Ich warf einen Blick zur Wanduhr. Meine Mittagspause war fast vorbei. Ich mühte mich von der Couch, winkte Brenda zu und verließ den Pausenraum, um zu Kasse eins zurückzukehren. Heute ging es ruhig zu. Also hatte ich viel Zeit, über das Problem mit Phil nachzudenken.

Ich blieb am Kiosk neben meiner Kasse stehen und wartete auf Kunden. Das war eine neue Regel von Scott, er meinte, wir sollten entgegenkommender wirken. Ich beobachtete die Kunden im Gang mit den Videospielen. Alles Teenager, abgesehen von einem ordentlich gekleideten Mann um die vierzig. Ich ging ein paar Schritte und warf einen Blick in den Gang mit den DVDs: leer, wie immer.

Wieder spähte ich den Gang mit den Videospielen hinunter. Der Mann in den Vierzigern starrte mich an, wandte aber den Blick ab, als er merkte, dass ich ihn ertappt hatte. Wahrscheinlich kam er aus dem Nachbarort, um sich das berühmte Opfer anzusehen. Ich ermahnte mich, keine voreiligen Schlüsse zu ziehen. In letzter Zeit stimmte was nicht mit meiner Einstellung; meinem letzten Kunden hatte ich nicht mal einen schönen Tag gewünscht.

Ich konzentrierte mich darauf, den Kiosk aufzuräumen, die Zeitschriften und Kaugummipäckchen zu ordnen. Nach einer Minute warf ich einen Blick über die Schulter. Der Mann beobachtete mich schon wieder. Als ich mich umdrehte, fuhr er zusammen und entfernte sich von mir. Weiter den Gang hinunter griff er nach einem Videospiel, dann stellte er es wieder ins Regal.

Der Mann war mittelgroß, mittelblond und hatte eine Hand in die Hosentasche gesteckt. Er betrachtete seine Umgebung, als wäre er vorher noch nie in einem Elektronikgeschäft gewesen. Er wirkte wie jemand, der verlorene Brieftaschen zurückgab, seiner Frau kleine Streiche spielte und eine Wasserschlacht mehr genoss als seine Kinder. Wie ein TV-Dad. So einer verirrte sich normalerweise nicht hierher.

Ich ging zurück zur Kasse. Zumindest konnte ich es ihm ein bisschen schwerer machen, mich anzustarren. Ich warf einen Blick über die Kassen, um sicherzustellen, dass Scott nicht irgendwo rumlungerte. Checkte mein Handy. Keine neue Nachricht.

Ich legte das Handy zurück in mein Fach, dann schrak ich zusammen, denn der Mann stand nun am Kiosk und begutachtete die Sachen, die ich gerade geordnet hatte. War der Kerl ein Freak? Er nahm ein Kaugummipäckchen, als wäre es ein kostbarer Wertgegenstand. Ich kannte ihn nicht, aber er sah mich immer wieder verstohlen an. Das reichte!

»Kann ich Ihnen helfen?«, fragte ich ganz und gar nicht

entgegenkommend. Hoffentlich merkte er, dass ich genervt war.

Er ließ das Kaugummipäckchen fallen und legte es zurück ins Regal. Dann kam er zu mir und stellte eine Flasche Cola Light aufs Kassenband.

»Das wär's?«

Er nickte, räusperte sich, starrte auf mein Namensschildchen und zappelte nervös herum. »Rose Gold?«, fragte er.

Ich nickte. Langsam verlor ich die Geduld, und mein Herz fing an zu hämmern, weil ich mich auf eine weitere Demütigung gefasst machte. Aber das würde ich ihm nicht durchgehen lassen wie Alex, Brandon und all den anderen.

Er zögerte und dachte nach. Sein Gesicht war ganz blass geworden. »Billy Gillespie«, sagte er dann mit Nachdruck und bot mir die Hand.

Verwirrt sah ich ihn an.

Er kniff die Augen zusammen und zog seine Hand zurück. »*Billy Gillespie*«, wiederholte er in einem Tonfall, als wäre sein Name ein geheimes Passwort. Offensichtlich ging Billy Gillespie davon aus, dass ich ihn kannte. Ich runzelte die Stirn und scannte die Cola, um die peinliche Situation zu beenden.

»Bar oder mit Karte?«, erkundigte ich mich.

Billy Gillespie hob seine Kreditkarte und zog sie durchs Lesegerät. Er seufzte. »Sie wissen nicht, wer ich bin.«

Ich schüttelte den Kopf und wandte mich zum Quittungsdrucker, froh, etwas zu tun zu haben. Dann gab ich ihm den Kassenzettel. »Brauchen Sie eine Tüte?«

»Nein, danke«, antwortete Billy Gillespie und wurde knallrot, als ein paar Kunden an uns vorbeigingen. »Hören Sie, könnte ich vielleicht kurz mit Ihnen sprechen? Draußen?«

Jetzt war ich nicht mehr neugierig, sondern alarmiert.

»Tut mir leid«, sagte ich, »ich muss eingestempelt bleiben.« Ich verschränkte die Arme. Der Mann wirkte nicht bedrohlich, benahm sich aber wirklich komisch.

Billy Gillespie sah aus, als wollte er noch was sagen, doch dann ließ er entmutigt die Schultern sinken. »Okay, ich verstehe.« Ich sah ihm nach, als er zum Ausgang trottete. Er warf noch einen letzten Blick auf mich und verschwand.

Während ich beim nächsten Kunden kassierte, durchforstete ich mein Gedächtnis, woher ich einen Billy Gillespie kennen konnte. Eigentlich war ich mir sicher, noch nie von ihm gehört zu haben.

Nachdem der Kunde verschwunden war, ging die gläserne Eingangstür wieder auf, und Billy Gillespie kam mit großen Schritten auf mich zu.

»Wenn ich nur fünf Minuten Ihrer Zeit haben könnte«, flehte er, bevor ich ihn abwürgen konnte.

»Muss ich den Geschäftsführer rufen?«, erwiderte ich in dem Versuch, mutig zu wirken.

Billy Gillespie hob kapitulierend die Hände und fing an zu erklären: »Ich wollte nicht, dass es auf die Weise passiert, aber gut, die Sache ist die: Ich glaube, ich bin Ihr Vater.«

Mir klappte die Kinnlade nach unten. Von all den Irren, die mich belästigt hatten, war noch keiner so weit gegangen. Ich hob die Stimme. »Finden Sie das etwa witzig?«

Billy Gillespie krümmte sich vor Verlegenheit. »Ihre Mutter ist doch Patty Watts, richtig?«

Das wusste jeder, der im Umkreis von dreißig Meilen wohnte und die Zeitung las.

»Mein Dad starb, bevor ich geboren wurde«, quetschte ich zwischen zusammengebissenen Zähnen hervor.

»Sie sind zwanzig, stimmt's? Etwa im Februar 1994 geboren?«

Beunruhigt starrte ich Billy an und überlegte, ob in einem der Artikel mein Geburtsdatum angegeben worden war. Die meisten kannte ich auswendig – und ich war ziemlich sicher, dass es nirgendwo erwähnt worden war. Aber er hätte die Information auch online finden können.

»Wenn Sie nicht sofort gehen, rufe ich den Sicherheitsdienst«, sagte ich mit erbärmlich quiekender Stimme.

»Woher wissen Sie, dass Ihr Dad gestorben ist?«, fragte er.

»Bitte gehen Sie«, wiederholte ich, ohne ihn anzusehen.

Billy Gillespie schob seine Hand in die hintere Tasche seiner Khakihose und holte ein gefaltetes Foto heraus. Er entfaltete es und strich es glatt. Dann zeigte er es mir und tippte mit dem Finger auf die Personen darauf. »Sehen Sie?«, sagte er und gab es mir.

Ich wollte schon Robert rufen, den muskulösen Wachmann, der uns bereits aufmerksam zusah, um herauszufinden, ob er eingreifen sollte. Da entdeckte ich Moms Gesicht auf dem Foto.

Sie war zwanzig Jahre jünger und lächelte einen jungen Billy Gillespie an.

»Alles in Ordnung, Rose Gold?«, fragte Robert hinter mir.

»Woher haben Sie das?«, flüsterte ich.

»Ich sage die Wahrheit«, erklärte Billy Gillespie traurig. »Reden Sie jetzt mit mir?«

Ich schaute mich im Laden um. Würde irgendjemand bemerken, dass ich nicht da war? Dann warf ich einen Blick auf meine Uhr. »Alles okay, Robert«, sagte ich zum Wachmann. »Fünf Minuten«, bemerkte ich, an Billy Gillespie gewandt, und folgte ihm aus dem Geschäft.

Auf dem Bürgersteig blieben wir stehen. Ich schlang meine Arme um meinen Bauch. »Was wollen Sie?«, fragte ich.

Er wirkte überrascht. »Gar nichts. Ich dachte nur, ich sollte das Richtige tun.« Er warf mir einen verstohlenen Blick zu. »Vielleicht habe ich mich geirrt.«

»Meine Mom hatte viele Freunde, bevor sie ins Gefängnis kam«, sagte ich. »Dieses Foto beweist nur, dass Sie sie kannten, als Sie beide noch jung waren.« Ich merkte, dass ich das Foto immer noch in der Hand hielt, und wollte es zurückgeben.

»Sehen Sie genauer hin«, bat Billy.

Ich musterte das Foto. Die zwei lagen in einem Bett, hatten Kissen unter dem Kopf. Beide waren nackt. Glücklicherweise endete das Foto oberhalb der Brust. Moms kurze Haare waren zerzaust. Billy hatte das Foto mit ausgestrecktem Arm geschossen.

»Aber mein Dad hieß Grant Smith«, protestierte ich.

»Woran starb er denn?«, gab Billy zurück.

»An einer Überdosis.« Mir war übel. Ich sehnte mich danach, meine Stirn gegen kühle Badezimmerfliesen zu drücken, obwohl das normalerweise bedeutete, dass ich grüne Galle spucken musste. Mir drehte sich der Magen um.

Billy seufzte. »Ihre Mom hat Sie angelogen.«

Was war wahrscheinlicher? Dass ein Fremder vorgab, mein Vater zu sein, oder dass meine Mutter mich angelogen hatte – wieder einmal?

Mist.

Wenn du was machen willst, mach es gut, sagte sie.

Billy fuhr fort: »Ich bin nicht stolz darauf, abgehauen zu sein, aber ich dachte, es würde dir gut gehen. Weil ich keine Ahnung hatte, wie Patty wirklich war. Aber vor ein paar Monaten musste ich zum Zahnarzt und las eine alte Ausgabe der *Chit Chat*, mit deinem Interview«, erklärte er verlegen. »Mir wurde klar, dass du mich für tot hältst. Als ich versuchte, deine Telefonnummer oder E-Mail-Adresse zu erfahren, kam ich nicht weiter.«

»Was willst du?«, wiederholte ich benommen. Sollte ich weinen oder schreien? Ich fühlte mich, als wäre mein Innerstes nach außen gekehrt, und kniff mich heftig.

»Keine Ahnung«, wich Billy aus. »Ich fühle mich nur schuldig.«

Ich starrte ihn an. Eigentlich hätte ich wissen müssen, dass heute ein schlechter Tag war: Am Morgen hatte ich mitten auf der Straße einen Taschenrechner gefunden.

»Ich wollte mich vergewissern, dass es dir gut geht«, erklärte er. Er musterte mich von Kopf bis Fuß, als würde er durch meine Uniform hindurch Hinweise darauf finden, wie es mir ergangen war. Bei meinen Zähnen hielt er inne. Ich merkte, dass mir der Mund offen stand.

»Und? Geht es mir gut?«, fragte ich. Mein Hirn drehte sich wie ein Karussell. Auf einem Karussell hatte ich nie fahren dürfen, weil Mom dachte, davon würde mir übel. Dasselbe galt für Rutschen, Schaukeln und praktisch alles, was eine Kindheit schön macht.

Ich blinzelte gegen meine Tränen an und spürte, wie meine Hände pochten. »Du kümmerst dich ZWANZIG JAHRE nicht um mich und kommst jetzt angeschlichen, um zu sehen, OB ES MIR GUT GEHT?«

Billy zuckte zusammen, aber jetzt kam ich in Fahrt. Wieso passierte mir das immer wieder? Zuerst verriet mich meine Mutter, dann Alex und jetzt dieser Mann, der angeblich mein Vater war. Und Phil wich mir ständig aus. Würde ich es denn nie lernen? Würde ich mein ganzes Leben lang andere auf mir rumtrampeln lassen?

»Du hast uns im Stich gelassen!«, brüllte ich. »Mein ganzes Leben lang habe ich mir nur einen Dad gewünscht, wie jedes Kind. Du hast uns unserem Schicksal überlassen. Mom hatte ständig Geldsorgen. Natürlich geht es mir nicht gut! Nichts von meinem beschissenen Leben wäre passiert, wenn du bei uns geblieben wärst!«

Mein Hals tat weh, so wie wenn man versucht, nicht zu weinen. Aber ich hatte schon zu viel gesagt: Jetzt flossen die Tränen. Ich setzte mich auf den Bordstein und vergrub das Gesicht in den Armen. Mein Shirt roch nach Moms Parfüm, Vanilla Bean vom Bath Shop. Am Morgen hatte ich es in der

Wohnung versprüht, um das Gefühl zu bekommen, sie wäre noch da.

Billy hockte sich wortlos neben mich. Nach ein paar Minuten hörten meine Schultern auf zu zucken. Bestimmt war mein Gesicht von der Wimperntusche verschmiert und ich sah schrecklich aus. Ich wollte ihn gar nicht ansehen.

»Es tut mir unendlich leid, was du durchgemacht hast«, sagte er mit zittriger Stimme. »Das ist alles meine Schuld.« Er klang, als würde er das wirklich so meinen.

Ich hob den Kopf und sah Billy forschend an. Er hatte genau wie ich haselnussbraune Augen und eine kleine Nase. Wir beide hatten straßenköterblonde Haare. Sein Bein zuckte genau so wie meine, wenn ich nervös war.

»Bist du wirklich mein Dad?«, fragte ich.

Billy nickte. Er zögerte, dann legte er seinen Arm um meine Schultern. Er roch nach herbem Aftershave und McDonalds. »Nachdem ich den Artikel gelesen hatte, wusste ich nicht, was ich tun sollte. Ich dachte, es wäre vielleicht besser, dich in Ruhe zu lassen und dir nicht auch noch diesen Schock zuzumuten. Dann wieder dachte ich, du würdest vielleicht deinen Vater kennenlernen oder zumindest wissen wollen, dass er lebt. Ich hatte schreckliche Albträume. Schließlich fuhr ich von Indiana, wo ich wohne, hierher. Tut mir leid, wenn das eine falsche Entscheidung war.« Billy löste seinen Arm von meinen Schultern und biss sich auf die Unterlippe. So wie ich, wenn ich nervös war. So viele Gemeinsamkeiten konnte ich nicht einfach abtun.

»Ich habe so viele Fragen«, sagte ich. Würden wir Thanksgiving zusammen feiern? Würde er versuchen, mit mir das Eltern-Kind-Gespräch über Sex zu führen? Würde ich ein Fan seiner Lieblingsmannschaft werden müssen?

Da hörte ich ein Klopfen am Schaufenster hinter mir. Scott stand am Eingang und starrte mich mit in die Hüften gestemmten Händen finster an. Billy half mir auf.

»Wann hast du Feierabend?«

»Um fünf«, antwortete ich. Ich dachte noch an Billys halbe Umarmung und sehnte mich nach einer weiteren.

»Können wir zusammen zu Abend essen? In Tinas Café um fünf? Da werde ich dir alle Fragen beantworten«, sagte er. »Ich möchte anfangen, alles wiedergutzumachen.«

Ich dachte daran, wie oft ich mir am Weihnachtsmorgen einen dritten Strumpf am Kamin gewünscht hatte. »Ja, das ginge«, hörte ich mich sagen.

Billy strahlte. »Okay, Rose, dann sehen wir uns um fünf in Tinas Café.«

Ich hob die Hand zum Abschied und sah ihm nach, wie er den Parkplatz überquerte. Er stieg in einen roten Camry. In Moms Gegenwart nannte mich niemand Rose. Sie korrigierte jeden, der versuchte, meinen Namen abzukürzen.

Tatsächlich war Mom beim Stichwort Babynamen als Erstes *Rose* eingefallen. Sie meinte, ihr hätte immer der Begriff *rosarote Brille* gefallen. Sie wollte, dass ihr kleines Mädchen zuversichtlich in die Zukunft blickte, obwohl sie keinen Vater und keine große Familie hatte. Allerdings war *Rose* doch ein bisschen zu schlicht für Patty Watts' Tochter. *Rose Gold* hingegen war einfach perfekt! »Das erinnerte mich an errötende Wangen. An einen blassrosa Sonnenuntergang. Es ist genau der richtige Name für ein kleines Mädchen, das man einfach nur lieben kann«, hatte sie mir eines Abends erklärt und mich angestrahlt.

Jetzt trottete ich zurück zu Kasse eins und ließ einen Vortrag von Scott über mich ergehen, weil ich Arbeit und Privates miteinander vermischt hatte. Sollte Billy wirklich mein Dad sein, war er die ganze Zeit am Leben gewesen, und ich war nur ohne Vater aufgewachsen, weil Mom gelogen hatte. Wie oft hatte ich sie nach meinem Dad gefragt? Wie oft hatte sie mich abgewimmelt und behauptet, er sei ein nichtsnutziger Kerl gewesen und sowieso tot?

Glücklicherweise kam eine Kundin und unterbrach Scotts Predigt. Ich schenkte ihr ein mattes Lächeln und bongte ihre neue Kamera.

Mom hat ihn von mir ferngehalten.

Sie wollte mich ganz für sich allein haben. In Billys Gegenwart wäre sie nie mit dem Gift durchgekommen. Sie hätte mich nie aushungern können. Billy wäre eingeschritten und hätte mich beschützt.

Von all den Verbrechen, die meine Mutter an mir verübt hatte, war das bei Weitem das schlimmste.

Die nächsten Stunden fühlten sich an wie Treibsand. An diesem Tag war der Laden wie ausgestorben, und ich hatte kaum Kunden, abgesehen von dem alten Mr. McIntyre, der bei Walsh's Grocery arbeitete und den ich schon mein ganzes Leben kannte. Ich versicherte ihm, das Videospiel *LEGO City Undercover*, das er in der Hand hielt, würde seinem Enkel ganz bestimmt gefallen. Bevor er davonschlurfte, sagte er zum tausendsten Mal, er hoffe, mich am Sonntag in der Kirche zu sehen, denn die Lehre von Jesus sei genau das, was jemand wie ich brauchen könnte. Und ich ignorierte das zum tausendsten Mal und winkte ihm nach.

Den gesamten Nachmittag musste ich an meinen Ausbruch Billy gegenüber denken und schämte mich sehr. Zugegeben, er hatte ein paar schlechte Entscheidungen getroffen, aber ich konnte mir doch zumindest seine Geschichte anhören. Um Viertel vor fünf holte ich Mantel und Tasche aus dem Pausenraum und verstaute sie unter der Kasse. Während ich auf meinen Feierabend wartete, holte ich das Handy hervor und schrieb Alex eine SMS. Irgendjemandem musste ich es erzählen.

Ich: *Du wirst nicht glauben, was heute passiert ist …*

Ich: *Ich hab erfahren, dass mein Dad noch lebt!*

Alex: *Wow. Irre!*

Seit dem Abend in der Bar hatten Alex und ich kaum noch Kontakt gehabt. Sie war enttäuscht gewesen, als ich ihr sagte, der Fototermin sei abgeblasen, kam aber drüber hinweg, als mein Interview erschien. Am nächsten Tag machte sie mit mir und ein paar Freunden einen Video-Chat.

Sie hatte sich nie für das entschuldigt, was sie hinter meinem Rücken gesagt hatte. Entweder hatte sie nicht mitgekriegt, dass ich es gehört hatte, oder sie war zu betrunken gewesen, um sich überhaupt noch daran zu erinnern. Trotzdem war ich immer noch ein bisschen wütend auf sie, gab ihr aber eine Chance, es wiedergutzumachen. Ich wollte kein Mensch sein, der einen Freund schon nach einem einzigen Fehler fallen ließ. Außerdem hatte ich sonst keine Freunde.

Ich: *Wir treffen uns zum Reden in Tinas Café. Bin sehr nervös.*

Alex: *Viel Glück.*

Bislang war ihre Wiedergutmachung kümmerlich gewesen.

Die Uhr auf meinem Handy sprang auf 17:00. Ich zog meinen Mantel an, winkte Robert zu und eilte ins Freie.

Wie viele Stunden hatte ich damit verbracht, Grant Smith zu googeln? Jede Minute, in der ich nicht meine Krankengeschichte nachverfolgte oder mit Phil redete, hatte ich versucht, Spuren meines nichtsnutzigen Vaters zu finden. Aber es gab einfach zu viele Grant Smiths. Ich konnte niemanden mit diesem Namen finden, der in meinem Geburtsjahr in Illinois gestorben war. Nachdem ich ein paar Wochen nächtelang vergeblich Nachforschungen angestellt hatte, gab ich es auf.

Jetzt parkte ich vor Tinas Café und trug etwas Lipgloss auf. Ein paar Parknischen weiter entdeckte ich den roten Camry und ging ins Café. Billy saß in der hinteren Ecke. Er lächelte und winkte. Ich winkte zurück und wischte mir die Handflächen an der Hose ab. Dieses Essen sollte unbedingt gut verlaufen.

»Danke, dass du gekommen bist«, begrüßte er mich. Ich nahm ihm gegenüber Platz. »Ich hatte schon befürchtet, du würdest nicht auftauchen.«

»Tut mir leid, dass ich dich eben angeschrien habe«, erwiderte ich. »Ich hab ziemlich schlechte Erfahrungen mit Menschen gemacht.«

Billy zuckte sichtlich zusammen.

»Aber das ist nicht deine Schuld«, fügte ich hinzu.

Er atmete geräuschvoll aus. »Wie wär's, wenn wir noch mal von vorne anfangen?«, schlug er vor und trommelte mit den Fingern auf der Tischplatte. Er war nervöser, als er es zeigen wollte. Ich bemerkte den Ehering an seiner linken Hand.

»Du bist verheiratet?«, bemerkte ich und zeigte auf den Ring.

Billy nickte. »Meine Frau heißt Kim.«

Ich versuchte mir Kim vorzustellen und befand, sie sei eine dünne, hübsche Rothaarige. Ganz anders als meine Mutter.

»Was macht ihr beide so in eurer Freizeit?«, fragte ich. Ich stellte mir vor, wie die beiden große Abenteuer zusammen erlebten: Safaris, Touren auf den Mount Everest, so was in der Art.

»Wir haben hinter unserem Haus einen kleinen Gemüsegarten angelegt, mit Tomaten, Gurken und Zwiebeln. Ich mache sogar mein eigenes eingelegtes Gemüse.« Billy zögerte. »Ehrlich gesagt verbringe ich einen Großteil der Wochenenden damit, meine Kinder zum Basketball oder Schwimmen zu bringen.«

Ich blinzelte. »Du hast Kinder?«

Billy nickte. »Drei. Sophie ist dreizehn, Billy Junior elf, und Anna ist sechs.«

Ich hatte Halbgeschwister! Schon immer hatte ich mir einen Bruder oder eine Schwester gewünscht. Dies war meine Chance. Wir konnten an Weihnachten Schlittschuh laufen gehen, im Sommer ins Schwimmbad oder am Samstag in Frühvorstellungen im Kino.

»Und was machst du so in Indiana?«, erkundigte ich mich.

»Viel zu viel arbeiten.« Billy zwang sich zu lachen. »Ich verkaufe Lebensversicherungen.«

Wir schwiegen eine Weile. Sein Leben hörte sich so schön, so erfüllt an. Würde er überhaupt Platz für ein weiteres Kind haben? Sollte ich ihn fragen?

»Patty hat dir also erzählt, ich wäre tot?«, bemerkte er schließlich.

Ich nickte. »Sie hat behauptet, du wärst ein Junkie, der an einer Überdosis gestorben ist.«

Billy starrte in seinen Schoß.

»Und, ist da was dran?«, fragte ich.

Erschrocken blickte er auf. »Nein, ich hatte noch nie von irgendwas eine Überdosis – höchstens von Geburtstagskuchen.« Verlegen zwang er sich erneut zu lachen. Wir beide krümmten uns innerlich, weil der Witz so lahm war. Aber deshalb mochte ich ihn irgendwie noch mehr. Ich fragte mich, ob das ein ›Dadwitz‹ gewesen war.

»Also hast du nie Drogen genommen?«, hakte ich nach und verfluchte mich wegen meines hoffnungsvollen Tonfalls.

Ernst schüttelte er den Kopf. »Nur im College hin und wieder Pot geraucht.«

Das glaubte ich ihm. Billy Gillespies Gesicht war so quietschsauber wie das einer Gummiente. Er war ein Vater, zu dem man aufschauen konnte, jemand, der keinen Menschen anlog, an dem ihm etwas lag.

Die Kellnerin kam, um unsere Bestellung aufzunehmen. Ich entschied mich für ein Clubsandwich und Limonade und er ebenfalls – was eindeutig ein gutes Omen war. Als die Kellnerin ging, herrschte einen Moment peinliches Schweigen. Billy räusperte sich, sagte aber nichts.

»Wie hast du meine Mom kennengelernt?«, fragte ich.

»Ich hatte Kurse im Gallatin, einem kleinen Community College in der Nähe meines Wohnorts. Ich wollte mir einen Vorsprung verschaffen und ein paar Credits für meinen Bachelor sammeln, bevor ich im nächsten Jahr an der Purdue University anfing. Patty bin ich in der Cafeteria begegnet. Sie war charmant und kokett und machte den ersten Schritt. Ständig lud sie mich ein, mit ihr ins Kino zu gehen. Beim dritten Mal sagte ich zu.«

Er zögerte, als wollte er die Frage beantworten, die ich nicht gestellt hatte: Warum? »Sie war irre komisch«, erklärte er dann. »Ich fühlte mich wohl in ihrer Gegenwart.«

Die Kellnerin brachte unsere Limonade. Billy und ich griffen gleichzeitig nach den Zuckertütchen. Ein weiteres Omen. Lächelnd rührte ich mit dem Strohhalm meinen Zucker ins Glas. Dieser Mann erschien mir freundlich und normal. Vielleicht brauchte ich meine Mutter gar nicht. Vielleicht hatte ich die ganze Zeit nur meinen Vater gebraucht. Ich gab ihm zu verstehen, dass er weitererzählen sollte.

Billy trank einen großen Schluck von seiner Limonade. »Ich hatte viel Spaß mit Patty, wollte damals aber keine Beziehung. Ich war zweiundzwanzig und wollte studieren, nachdem ich in meiner Heimatstadt ein paar Jahre lang nur herumgejobbt hatte. Nichts sollte mich von meinem Studium ablenken.« Er sah mich an. »Mein Dad hat meine Mom geschwängert, als sie beide achtzehn waren, und sie taten, was man von ihnen erwartete, und heirateten. Sie ließen sich häuslich nieder und verließen niemals ihren Heimatort. Starben im selben Krankenhaus, in dem sie auch geboren worden waren. Sahen nichts von der Welt und hatten keine großen Leidenschaften. In ihren Augen war Glück etwas Frivoles. Oder das ist vielleicht das falsche Wort – ›unerreichbar‹ trifft es eher.«

Billy faltete die Strohhalmhülle. So, wie er ständig mit irgendwas herumspielte, kam er mir vor wie ein kleiner Junge. »Ich respektiere die Entscheidungen meiner Eltern, wirklich. Aber ich selbst wollte nicht so leben. Als Patty mir also verkündete, sie wäre schwanger ...« Er verstummte, trank noch einen großen Schluck aus seinem Glas und lehnte sich auf der Sitzbank zurück, als wäre die Geschichte zu Ende. Aber ich musste den Rest hören.

»Als sie dir verkündete, sie wäre schwanger ...«, soufflierte ich ihm.

Er stöhnte. »Müssen wir das alles noch mal aufwärmen? Ich hab doch schon gesagt, wie leid es mir tut.«

Ich musste vorsichtig sein: Er sollte nicht bereuen, mich kennengelernt zu haben. »Aber ich versuche doch nur, es von deiner Warte aus zu sehen.«

Er kaute an seiner Unterlippe. »Zuerst bekam ich überhaupt nicht mit, dass sie schwanger war. Sie behauptete, die Pille zu nehmen. Und die ist zu 99 Prozent sicher. Das weiß ich, weil ich's nachgesehen habe.« Er rieb sich die Augen. »Sie meinte, das sei ein Zeichen, dass das Baby Bestimmung sei. Als sie mir dann ein Hintertürchen ließ, merkte ich, dass sie alles geplant hatte. Sie hatte mich *reingelegt.*« Letzteres sagte Billy betont munter, als wollte er die Stimmung heben, aber ich sah, wie sein Kiefermuskel arbeitete, und seine Augen lächelten nicht mit. Mom nannte das immer »falsches Lächeln«. Aber ich verdrängte jeden Gedanken an sie.

»Zwei Clubsandwichs«, kündigte die Kellnerin an und stellte die Teller vor uns ab. »Darf ich Ihnen noch etwas bringen?«

Ich schüttelte den Kopf und nahm mir eine Fritte. »Und was ist dann passiert?«, fragte ich Billy.

Billy biss von seinem Sandwich ab und seufzte. »Patty sagte, solange ich Unterhalt fürs Baby zahlen würde, müsste ich nichts mit ihr oder dem Kind zu tun haben. Dem stimmte ich sofort zu. Fast wäre mir alles genommen worden: Purdue, eine echte Liebesbeziehung, mit Kindern, wenn ich dazu bereit wäre. Also schickte ich ihr jeden Monat einen Scheck, bis du achtzehn wurdest.«

Mom hatte behauptet, die Schecks in den absenderlosen weißen Umschlägen kämen von meinem Grandpa und stammten aus seiner Erbschaft. Jetzt fragte ich mich, ob überhaupt irgendwas von dem, was aus ihrem Mund gekommen war, der Wahrheit entsprochen hatte. Billy hatte ein paar Fehler gemacht, aber wenigstens war er ehrlich.

»Sie freute sich so auf das Baby, dass ich dachte, sie würde eine tolle Mutter werden und dir allein schon so viel

Liebe geben wie sonst zwei Elternteile.« Er ließ die Schultern sinken und sah mich an. »Rose, ich hoffe, du weißt, wie leid mir das tut.«

Mein Vater hatte mich nicht gewollt und deshalb das Weite gesucht. So einfach war das. Aber jetzt, da ich ihm gegenübersaß, fand ich das nicht so wichtig. Er war ein dummer Junge gewesen, aber nun war er hier. Er hatte sich entschuldigt, mehrere Male, während sich sonst niemand in meinem Leben entschuldigte.

Ich streckte die Hand aus, berührte seine und lächelte. »Ist schon gut.«

Erleichtert erwiderte er mein Lächeln. »Ich würde dich gerne mal bei mir zu Hause zum Essen einladen. Du könntest Kim und die Kinder kennenlernen. Was meinst du? Die Fahrt dauert zwar fünf Stunden, aber ich kann dir das Geld fürs Benzin geben. Wir kochen was Besonderes. Gibt es irgendwas, was du schon immer mal probieren wolltest?«

Ich fasste es nicht, dass er fünf Stunden gefahren war, um mich zu sehen. So aufgeregt war ich, dass ich mich an der Tischplatte festhalten musste. Ich würde eine ganz normale Familie haben. Heute war der erste Tag in der nächsten Phase meines Lebens – einer besseren Phase. Ich probierte das Wort *Dad* in meinem Kopf aus.

»Das fände ich schön«, sagte ich. »Ich hab noch nie einen Cheeseburger gegessen. Das heißt, als Fast Food schon, aber nie einen richtigen hausgemachten.«

Billy tat, als wäre er schockiert. »Das geht ja gar nicht!« Dann grinste er und hob den Arm, um die Kellnerin zu rufen. »Wir tauschen Telefonnummern aus, und dann vereinbaren wir einen Termin, an dem wir beide können.« Er gab mir sein Handy. Ich tippte meinen Namen und meine Nummer hinein. Er wollte nach meinem Handy greifen, aber ich hielt es fest und gab seine Angaben selbst ein. Er sollte nicht sehen, wie wenige Kontakte ich hatte.

Die Kellnerin brachte die Rechnung. Billy zückte seine Kreditkarte. Ich griff nach meiner Geldbörse, aber er winkte ab. »Das geht auf mich«, sagte er.

»Bist du sicher?«, fragte ich.

Er nickte. Ich musste so spontan lächeln, dass ich fast vergessen hätte, meine Zähne zu verdecken. Das alles war genau wie im Fernsehen, wo die Väter für das Essen der Familie bezahlten und die Kinder sagten: »Danke fürs Abendessen, Dad!«

»Danke fürs Abendessen«, sagte ich.

Als Billy mich zum Wagen brachte, musste ich wieder lächeln. Er war wie König Triton am Ende der *Kleinen Meerjungfrau*, als er zu Arielle nicht mehr so böse war. Ich musste Billy zeigen, dass ich ihm verziehen hatte. Er war einer der Guten.

»Das war seit Langem mein schönster Tag, also vielen Dank«, sagte ich und warf ihm einen Blick von der Seite zu. »Ich hoffe, du weißt, dass ich dir nicht böse bin oder so. Danke, dass du so ehrlich warst«, schloss ich.

Billy sah mich eine Weile an und murmelte: »Ich bin froh, dass wir eine zweite Chance haben.«

Da konnte ich nicht anders: Ich umarmte ihn und drückte ihn fest an mich. Leise schnupperte ich an ihm, um ein letztes Mal diesen Dad-Geruch zu riechen.

Er löste sich von mir und hielt mich an den Schultern

fest. Seine Hände waren feucht, aber stark. Aus der Nähe sah ich jetzt die Falten auf seiner Stirn, die Anspannung in seinen Augen. »Wir telefonieren bald, okay?«

Ich nickte, stieg in meinen Wagen und winkte ihm noch mal. »Bis bald – Dad!« Ich wollte sehen, wie er darauf reagierte.

Zwar stockte sein Schritt, als er das hörte, aber er drehte sich noch mal um und winkte lächelnd, bevor er in seinen Camry stieg. Meine Hände am Lenkrad zitterten. Ich musste grinsen wie ein Honigkuchenpferd. *Cheesing*, nannte sie das immer. Ich runzelte die Stirn.

Um noch eine SMS zu schreiben, griff ich nach meinem Handy.

Ich: *Ich hab's getan und ihn getroffen! Er ist super. Einen besseren Dad hätte ich nicht kriegen können. Schon bald besuche ich ihn in Indiana!!!*

Alex: *Yay.*

Ich ging auf mein Memo im Handy und listete alle Fragen auf, die ich zu stellen vergessen hatte. Ich wollte alles über meinen Dad wissen. Aber ich würde mich zurückhalten müssen und vielleicht nur eine SMS pro Tag schreiben.

Schließlich durfte ich ihn nicht vergraulen.

9
PATTY

Als ich eines Morgens aufwache, beschließe ich, dass es Zeit ist für meine Rückkehr in die Gesellschaft. Die guten Menschen von Deadwick sind schon viel zu lange pattylos, und sie brauchen jemanden, mit dem sie ihr ach so fades Leben würzen können. Auch wenn Mary noch nicht bereit ist, mir zu verzeihen: Der Rest von ihnen wird es tun. Außerdem bin ich seit zwei Wochen aus dem Gefängnis draußen und habe seitdem nicht das Haus verlassen. Am nächsten Donnerstag ist Thanksgiving, und der Lebensmittelladen ist die perfekte Bühne für meine Auferstehung.

Auch wenn meine Sozialkontakte noch gleich null sind, habe ich in anderen Bereichen Fortschritte gemacht: Ich habe den Free-2.0-Job angetreten, begonnen, das Haus wohnlicher zu gestalten, und meiner ehemaligen Zellengenossin Alicia wie versprochen geschrieben. Rose Gold hat mich schon einmal mit Adam allein im Haus gelassen, wenn auch nur für zwanzig Minuten. Aber ich weiß immer noch nicht, was sie vorhat.

Manchmal muss ich mich daran erinnern, wie geduldig ich sein kann.

In der Dusche bemerke ich stöhnend, dass meine Beine einen Pelz bekommen haben. Manche Frauen finden Rasieren entspannend, aber ich gehöre nicht dazu. Es ist so anstrengend, den Körper zu pflegen. Es müssen die Achseln, die Beine, die Bikinizone enthaart werden, die Augenbrauen gezupft, die Nägel geschnitten und lackiert, die Haare geföhnt und geschnitten werden. Es muss täglich geduscht oder gebadet werden, und der Flaum an meinem Kinn verlangt auch ständiges Zupfen. Wenn ich all das erledigt habe, ist es schon wieder Zeit, von vorn anzufangen.

Manchmal möchte ich meinen inneren Hippie befreien und mich nicht mehr an meiner Körperbehaarung stören. Aber meistens wünschte ich, ich hätte gar keine Haare außer auf dem Kopf.

Nach dem Duschen baue ich mich vor meinem Schrank auf und prüfe die Möglichkeiten. Schließlich wähle ich mein Lieblings-T-Shirt, auf dem in Purpurrot steht: *Morgenmuffel trifft es nicht mal annähernd.* Dabei bin ich ein Morgenmensch. Die letzten zehn Jahre bin ich jeden Tag früh um halb sechs aufgewacht. Aber viele Leute finden Morgenmenschen unerträglich. Da ist es besser, sich auf ihr Niveau hinabzubegeben.

Im Haus herrscht dröhnende Stille. Rose Gold ist schon vor Stunden zur Arbeit gegangen und hat Adam auf dem Weg bei Mary abgesetzt. Jeden Morgen, wenn sie weg ist, schaue ich nach, ob ich in ihr Zimmer komme. Aber die Tür ist immer abgeschlossen. Heute versuche ich, mit einer Haarnadel das Schloss zu knacken, aber die bricht nur ab.

Meine Neugier wird langsam unerträglich. Ich will unbedingt in dieses Zimmer.

Doch ich verschiebe diese Aufgabe auf später und nehme meinen schweren Wintermantel, weil ich die zwanzig Minuten zu Walsh's Grocery zu Fuß gehen will. Ohne Auto bleibt mir auch nichts anderes übrig. Als ich ins Freie trete, überrascht mich die grimmige Kälte.

Die meisten Einwohner von Deadwick betrachten die Monate von November bis April als Ausdauertraining. Ich hole tief Luft und spüre, wie meine Nasenhaare verkleben. Selbst die Häuser wirken kalt mit ihren leeren Auffahrten und den zugezogenen Gardinen. Am Ende unserer Einfahrt bleibe ich stehen, starre mit leicht zusammengekniffenen Augen zum ehemaligen Haus der Thompsons und suche nach Lebenszeichen. Vielleicht sollte ich einen kurzen Blick hineinwerfen, um mich zu vergewissern, dass mich keiner beobachtet.

Mit kleinen Schritten überquere ich die Straße, bis ich den Rand des verlassenen Grundstücks erreicht habe. Erst zögere ich, dann befehle ich mir, nicht so albern zu sein. Ich marschiere über den Rasen und weiche dabei den Müllhaufen aus. Als der Wind aufheult, ziehe ich meinen Mantel enger um mich. Vor den beiden Stufen zur Veranda bleibe ich stehen und frage mich, ob das wirklich eine gute Idee ist. Auf einmal wird es um mich herum ganz still, als würde die Luft erstarren. Nur ein leises Knacken ist zu hören. Kommt das aus dem Inneren des Hauses?

Ich setze meinen Fuß auf die erste morsche Stufe. Das Holz gibt sofort nach und bricht. Ich schreie auf und rudere wild mit den Armen, um das Gleichgewicht wiederzuerlangen. Dann mache ich auf dem Absatz kehrt und flüchte aus dem Garten, über die Straße, auf den Bürgersteig vor unserem Haus. Dort stehe ich über eine Minute, die Hände auf die Knie gestützt, und versuche, wieder zu Atem zu kommen. Es ist eher der Schock als die Anstrengung. Finster starre ich zum Haus. Finster starrt es zurück.

Alles klar.

Ich marschiere den Bürgersteig hinunter und versuche, mutiger zu wirken, als ich mich fühle. Während ich an den Häusern vorbeigehe, werden die Gardinen zurückgezogen, und verhärmte Gesichter starren mir nach, ihre Blicke brennen sich in meinen Hinterkopf. Keiner von denen ist zu uns gekommen oder hat mich sonst wie begrüßt. Eine alte Schachtel mit einem Trolley wechselt auf die andere Straßenseite, als sie mich sieht.

Auf meinem Weg bücke ich mich immer wieder, um alte Zeitungen aufzuheben und sie in die überdimensionierten Mülleimer zu werfen. Ich hab gar nichts dagegen, die Nachbarn vor der Lektüre dieses Schunds zu bewahren. Nachrichten sind doch nichts als sensationsheischende Lügen. Das sollte man weder mit Geld noch mit Aufmerksamkeit belohnen. Noch am Tag meines Einzugs habe ich mich vergewissert, dass Rose Gold keine Zeitung abonniert hat.

Deadwick ist mittlerweile überaltert, und nur wenige Kinder ersetzen die Sterbenden und Toten. In diesem Ort gibt es keine Hoffnung, keinen Schwung, kein Streben. Nur heruntergekommene Häuser mit entsprechenden Bewohnern. Wir werden alle verfallen, einer nach dem anderen.

Da geht ein Fenster auf, und ein Sack mit Müll fliegt heraus und explodiert nur wenige Meter vor mir auf dem Rasen. Ich werfe einen vernichtenden Blick zum Fenster, obwohl ich nicht erkennen kann, wer den Müllsack geschmissen hat. Ich gehe weiter.

Da ich entschlossen bin, den heutigen Tag positiv zu betrachten, versuche ich mich auf das zu konzentrieren, was ich an diesem Ort geliebt habe. Seit den Siebzigern ist die Zahl der Einwohner stabil bei etwa viertausend geblieben. Vor zwanzig Jahren wurden Neuankömmlinge normalerweise zur Kenntnis genommen und willkommen geheißen. Während der Rest des Landes wegen unauffälliger weißer Lieferwagen in Panik geriet, mussten sich die Eltern in Deadwick keine Sorgen um die Sicherheit ihres Nachwuchses machen. Die meisten Erwachsenen kannten den Namen jedes Kindes, das auf seinem Rad vorbeifuhr, und auch den der dazugehörigen Familie, falls man darüber tratschen wollte.

Als ich in das Reihenhaus zog, fiel ich ziemlich auf. Meine Kindheit hatte ich im alten Kern von Deadwick verbracht, also war ich im neueren Stadtteil ein unbekanntes Gesicht. Meine Nachbarn waren nur froh, dass ich die Gantzers ersetzt hatte, die sich in einem Viertel, das Wert auf Gemeinschaft legte, ungebührlich reserviert verhalten hatten. Nie hatten sie sich an der städtischen Ostereiersuche beteiligt oder trauernden Familien Eintöpfe oder Aufläufe vorbeigebracht. Außerdem hatte ihr Kater Dante die Hunde des Viertels geärgert. Während ich mir meinen schwangeren Bauch rieb, machte ich mir im Stillen Notizen darüber, was von mir erwartet wurde. Ich war immer eine gute Nachbarin.

Mein Gemeinschaftssinn zahlte sich aus, als ich selbst Unterstützung brauchte. Ich weiß nicht, wie wir Rose Golds Kindheit ohne die Aufläufe und Aufmunterungen meiner Nachbarn überstanden hätten. Es gab immer jemanden, der mir den Rücken streichelte, mitleidig seufzte oder Ideen mit mir austauschte, wenn mir die Ärzte nicht zuhören wollten.

Mittlerweile habe ich den Lebensmittelladen erreicht. Ich hebe den Kopf, straffe die Schultern und trete durch die Eingangstür. Den Knoten im Magen, der sich immer mehr zusammenzieht, ignoriere ich. Mit meinem Einkaufswagen schlendere ich durch den ersten Gang und suche die Waren von meiner Liste zusammen. Niemand achtet auf mich. Glücklicherweise sind mir die meisten unbekannt. Der Knoten in meinem Magen löst sich ein bisschen.

Ich nähere mich der Feinkosttheke. Dort bedient der alte Bob McIntyre die Schneidemaschine. Bob ist harmlos. Mit ihm werde ich anfangen.

»Hallihallo, Bob«, begrüße ich ihn, obwohl er mir den Rücken zuwendet. *Hallihallo?* Ein bisschen übertrieben, selbst für mich.

Bob dreht sich um, doch als er mich sieht, vergeht ihm das Grinsen. Stattdessen bildet sich eine tiefe Furche zwischen seinen flusigen Augenbrauen. »Hab schon gehört, dass du aus dem Gefängnis raus bist«, bemerkt er.

»Da hast du richtig gehört«, erwidere ich. »Ich plane gerade ein Thanksgiving-Essen für meine Familie.«

»Du wohnst wohl jetzt bei Rose Gold?«, fragt er mit verschränkten Armen.

»Natürlich. Wie geht's deiner Familie? Und Grace?«

»Ihr geht's gut«, antwortet Bob. »Was willst du?«

»Ein Pfund Honigschinken. Für Sandwiches«, füge ich hinzu. »Die Pute habe ich schon.« Ich tätschle den Zwanzigpfünder, den ich auf den Kindersitz geschnallt habe. Irgendwie werde ich meine Tochter schon mästen.

»Ja, eine Pute sehe ich«, sagt Bob leise, holt den Schinken aus der Auslage und dreht sich wieder zur Schneidemaschine.

Fast muss ich lachen. Wenn das die schlimmste Beleidigung ist, die mir die Einwohner von Deadwick an den Kopf werfen können, komme ich klar.

»Was für ein Puzzle machst du denn gerade?«, frage ich Bobs Rücken. Bob ist ein Puzzlefanatiker.

Widerstrebend antwortet der Alte: »Das Sonnensystem in tausend Teilen.«

Ich verkneife mir einen Witz über sein überirdisches Talent. Bob ist nicht zum Scherzen aufgelegt. Er reicht mir das Päckchen mit dem geschnittenen Schinken.

»Tja, nett, wieder zu Hause zu sein«, sage ich.

Bob schnaubt. »Einen schönen Tag noch.«

Ich winke und gehe weiter. Das war doch gar nicht so schlimm. Immer einen Schritt nach dem anderen.

Ich zwinge mich, mir viel Zeit zu lassen. Zwar ernte ich ein paar böse Blicke und höre viel Geflüster, arbeite aber weiter meine Einkaufsliste ab und tue so, als bekäme ich nichts davon mit. Ich habe das gleiche Recht wie sie, hier zu sein.

Gerade stelle ich die Zutaten für die Füllung zusammen, da treffe ich auf einen Angestellten, der am Boden hockt und Regale auffüllt. Ich tippe ihm auf die Schulter. »Verzeihung«, setze ich an, verstumme aber, als ich ihn erkenne.

»Josh Burrows.« Ich verschränke die Arme. Er blickt auf und mustert mit seinen kleinen Rattenaugen mein Gesicht, um mich einzuordnen.

Josh Burrows: der kleine Junge und jetzige junge Mann, dem ich einen miesen Abschluss, eine vorzeitige Glatze und ein einsames Leben nur in Gesellschaft von Katzen gewünscht habe. All die Jahre habe ich dem Drang widerstanden, Nachforschungen über ihn anzustellen und herauszufinden, zu welcher Art Psychopath er sich entwickelt hat.

»Kann ich Ihnen helfen?«, fragt er mit falscher Höflichkeit und tut so, als würde er sich nicht an mich erinnern.

»Erinnerst du dich noch an meine Tochter?«, gebe ich zurück.

Er kratzt sich die aknevernarbte Wange. »Leider nicht, sorry. Waren wir zusammen auf der Schule?«

»Wegen dir hat sie die Schule verlassen.« Ich spreche so leise, dass er sich zu mir recken muss.

Verwirrt kneift Josh Burrows die Augen zusammen. Klar, dass er auch als Erwachsener eine Dumpfbacke ist.

Frustriert seufze ich auf. »Sag mir einfach, wo die Truthahnfüllung steht.«

»Gang neun«, antwortet er lächelnd, weil er sich freut, die Antwort zu wissen. »Einen schönen Tag noch.«

Ich verdrehe die Augen und schiebe meinen Wagen in die entsprechende Richtung.

An jenem Nachmittag im März, als Rose Gold in der ersten Klasse war, genoss ich gerade ein seltenes Päuschen. Ich glaube, ich machte ein Kreuzworträtsel, als ich einen Anruf vom Schulsekretariat bekam, ich solle bitte sofort vorbeikommen, weil »zwar alles in Ordnung« sei, Rose Gold sich aber »nicht ganz wohl« fühle. Diese Phrase hatten sie sich im Laufe der Zeit angewöhnt, weil sie mich Dutzende Male anrufen mussten. »Dann ist eben nicht alles in Ordnung«, hätte ich am liebsten gekontert.

Ich raste zur Schule, wo Rose Gold nach Luft schnappend schluchzte, während ihr die Tränen über die Wangen strömten. Sie hatte ihre Perücke in den Händen, die vor Dreck starrte. Mit ihrem kahl rasierten Schädel saß sie da und umklammerte die schmutzigen goldblonden Locken. »Es tut weh, Mommy«, wimmerte sie und drückte die Perücke an ihre Brust. Ich bemerkte, dass ihr jemand Pflaster auf die zerschrammten Knie geklebt hatte. Am Morgen waren sie noch unversehrt gewesen.

»Was tut weh, Schatz?«, fragte ich und zog sie an mich. Die Frage war überflüssig und reine Verzögerungstaktik. Denn die Wahrheit war, dass ihr alles wehtat: die Brust, die Lungen, ihr Bauch, ihr Kopf. Wenn der Schmerz in einem Bereich nachließ, dann flammte er in einem anderen neu auf. Er verschwand nie, sondern veränderte nur seinen Grad an Erträglichkeit. Bei meiner Tochter herrschte immer Flut. Sie erschöpfte mich.

Rose Gold schüttelte den Kopf und antwortete nicht. Jemand von der Schule bat mich zu einer Unterredung, aber ich ignorierte das einfach und trug Rose Gold wie ein Baby auf meinen Armen zu unserem alten Wagen. Ich schnallte sie auf dem Rücksitz an und startete den Motor. Auf der Heimfahrt warf ich immer wieder einen Blick in den Rückspiegel und achtete mehr auf sie als auf den Verkehr. Mein kleines Mädchen starrte schweigend aus dem Fenster.

Nachdem ich in der Garage geparkt hatte, lehnte ich meinen Kopf an den Sitz und ruhte mich kurz aus. Ich schloss die Augen, stellte mir vor, wie ich das Kreuzworträtsel beendete, mit meiner Tochter in den Park ging und sie anfeuerte, während sie mit dem Kopf voran die Rutsche hinuntersauste.

»Schatz, wieso ist deine Perücke so schmutzig?«, fragte ich mit sinkendem Mut, weil ich die Antwort eigentlich schon kannte.

Rose Gold flüsterte hinter mir: »In der Pause hat Josh Burrows gesagt, ich hätte falsche Haare, und mir zum Beweis die Perücke runtergerissen. Und dann haben er und die anderen Jungen sie sich zugeworfen, und ich konnte sie nicht fangen, und sie fiel auf die Erde, und ich wollte sie aufheben, aber Josh hat mich geschubst, und ich bin auch hingefallen. Sie haben mir alle Erde in den Mund gestopft, weil meine Zähne auch immer dreckig sind, haben sie gesagt.« Eine einsame Träne rann ihr über die Wange. »Mommy, was sind Läuse?«

Josh Burrows und seine Kumpane hatten Rose Gold schon seit Monaten schikaniert, ihr Ketchup über die Kleider geschüttet, tote Käfer in ihren Rucksack gesteckt und ihr grausame Spitznamen gegeben, die die anderen Schüler übernahmen. Aber an diesem Tag hatten sie meine Tochter das erste Mal körperlich angegriffen. An diesem Tag wünschte ich jenen Jungen tausend schreckliche Tode an den Hals und habe das seitdem jeden Tag getan. Es interessierte mich kein bisschen, dass Josh erst sieben Jahre alt war.

Zwar hatte ich versucht, meiner Tochter zu zeigen, wie man sich wehrte, aber mit all ihren Gebrechen war sie ein leichtes Opfer. Außerdem konnte ich auf keine eigenen Erfahrungen zurückgreifen, da ich in der Schule beliebt gewesen war, nur Bestnoten bekommen hatte und schon in jungen Jahren Selbstironie entwickelt hatte. Rose Gold hingegen war viel zu empfindsam, um irgendetwas mit einem Lachen abzutun.

Ich entspannte meine Hände, die ich unwillkürlich zu Fäusten geballt hatte. »Deine Haare sind wunderschön, Süße. Und du hast keine Läuse. Wenn einer Läuse hat, dann Josh Burrows.« (Das war natürlich der ganz falsche Ansatz, aber ich bin auch nur ein Mensch.)

In meiner Kindheit hatte mein Vater uns vor allem anderen Einfallsreichtum beigebracht. Es war überflüssig, sich die Probleme anderer anzuhören, wenn man nicht helfen konnte. Ich konnte meiner Tochter helfen. Es drängte mich danach. »Willst du von nun an lieber bei Mommy zu Hause bleiben? Wie fändest du es, wenn Mommy jetzt deine Lehrerin wäre?«

Rose Gold zögerte. In der Woche zuvor hatte sie erklärt, wie gern sie ihre Lehrerin mochte, und sie sprach oft von einem Mädchen in ihrer Klasse. Vielleicht waren die beiden sogar befreundet, aber wie lange würde es dauern, bis sich auch dieses Mädchen gegen sie wendete?

Diese Lösung würde uns beiden das Leben erleichtern. Ich konnte sie während der endlosen Warterei bei den Ärzten unterrichten. So würden auch die Arztbesuche unterhaltsamer werden und nicht nur von Furcht geprägt. Solange ich jeden Monat den Scheck bekam, konnte das funktionieren.

Rose Gold nahm ihre Brille mit dem transparenten Rahmen ab und putzte sie an ihrem Tweety-Shirt. Wenn ich das sah, musste ich immer lächeln: Für ein Kind war das eine viel zu erwachsene Geste. Mir war ihre Brille ans Herz gewachsen. Ohne ihren schützenden Rahmen wirkten Rose Golds Augen wie Perlknöpfe, die jeden Moment abspringen konnten.

»Was meinst du?«, hakte ich nach.

Sie setzte sich die Brille wieder auf und sah mich an. »Aber machen wir auch Pausen?«

Mir zerriss es das Herz, weil ich mir vorstellte, wie es ihr im letzten Jahr in den Pausen ergangen sein mochte. Wie sie beim Fangen oder Kettensprengen immer am Rand stand und im Gegensatz zu ihren herumtollenden Klassenkameraden ständig außer Atem war.

Ich reckte das Kinn und stählte mich. »Aber natürlich, Schatz. Wir wär's, wenn wir zweimal am Tag Pause hätten?«

Rose Gold nickte und schnallte sich ab. Ich hoffte nur, dass Josh Burrows und seine Schläger schon vergessen waren. Supermom hatte mal wieder den Tag gerettet.

Jetzt im Lebensmittelladen schnappe ich mir die letzten Sachen von meiner Liste und gehe zur Kasse. Nur eine ist besetzt, davor warten vier Kunden, während ein Teenager langsam Konserven scannt. Ich stelle mich hinten an.

Vor mir steht ein hoch gewachsener, spindeldürrer Mann. Ich kenne nur einen in Deadwick, der fast zwei Meter groß ist. Als der Mann sich umdreht, als könnte er meine Gedanken hören, blicke ich Tom Behan direkt ins Gesicht.

Er ist entgeistert, fast so sehr wie ich selbst, denn er trägt keinen Schnurrbart mehr.

»Dein Schnäuzer ist weg!«, platzt es aus mir heraus.

Tom ragt über mir auf und rückt seine Brille zurecht. »Hab schon gehört, dass man dich rausgelassen hat«, gibt er zurück.

»Anscheinend bin ich Stadtgespräch«, sage ich, ernüchtert durch seinen Ton. »Komisch, dich nicht in Krankenhauskluft zu sehen.«

Tom und ich haben am Gallatin gemeinsam die Ausbildung gemacht. Er war mein engster Freund. Wir saßen oft bis spät abends in seiner Wohnung und alberten herum, anstatt uns zum Thema Infektionsschutz abzufragen. Er machte dann eine Fortbildung zum Krankenpfleger, und manchmal überschnitten sich unsere Schichten im hiesigen Krankenhaus. Ich glaube, damals hatte Tom eine kleine Schwäche für mich, obwohl ich ihn eher wie einen Bruder sah. Jetzt hat er Frau und Kinder.

»Sparen wir uns den ganzen Scheiß«, sagt er und zeigt mit dem Finger auf mich. »Du hast vielleicht deine Tochter dazu gekriegt, dir zu verzeihen, aber wir anderen haben ein gutes Gedächtnis.«

»Das war alles ein großes Missverständnis«, erwidere ich. »Ich habe ein paar Fehler gemacht, aber dafür auch gebüßt. Jetzt stehen Rose Gold und ich uns näher als je zuvor.« Das entspricht zwar nicht ganz der Wahrheit, aber das muss Tom Behan ja nicht unbedingt wissen.

Tom quetscht zwischen zusammengebissenen Zähnen hervor: »Ich hab mich für dich verbürgt. Ich hab dir bei den Nachforschungen über ihre Symptome und bei der Behandlung geholfen. Du hast dich an meiner Schulter ausgeweint.« Seine Miene wirkt gequält, als er mit leiser Stimme hinzufügt: »Weißt du eigentlich, welchen Schaden wir ihrem armen Körper zugefügt haben? Einem vollkommen gesunden Körper? Wir haben einen Eid abgelegt.«

»Sie konnte kaum laufen. Das würde ich nicht vollkommen gesund nennen.« Ich blicke Tom Behan direkt in die Augen, weil sich plötzlich alles in mir danach sehnt, meinen alten Freund wiederzuhaben, und bemühe mich um einen sanfteren Tonfall. »Ich dachte, wir könnten die Vergangenheit hinter uns lassen.«

Tom starrt mich an. Während der gesamten Zeit hat der Teenager nur einen einzigen Kunden abgefertigt. Hinter mir stellt sich ein weiterer an.

»So, so, so.«

Als ich mich umdrehe, sehe ich Sean Walsh vor mir, einen groben Klotz, den ich kaum kenne, der aber vor fünf Jahren jede Menge über mich zur Presse zu sagen hatte. Tom nickt Sean zu.

»Patty hier meint, wir sollten die Vergangenheit hinter uns lassen«, sagt Tom so laut, dass es jeder in Hörweite mitkriegt. Ich zucke zusammen.

»Die Vergangenheit hinter uns lassen?«, wiederholt Sean und kratzt sich am Bart. Er löst sich von seinem Einkaufswagen und tritt ein paar Schritte vor.

»Ja«, nicke ich, weil er auf meine Antwort wartet. Sean tritt noch einen Schritt auf mich zu. Ich wünschte, er würde sich entfernen. Jeder Einzelne vor uns tut so, als würde er die Süßigkeiten im Regal mustern, während er doch nur die Ohren spitzt.

»Wir kennen uns seit unserem siebzehnten Lebensjahr«, fährt Tom fort. »Vielleicht ist das die Vergangenheit, die wir hinter uns lassen sollten.«

Sean trinkt einen Schluck aus seinem Reisebecher mit Kaffee. »Ich glaube, der ganze Ort würde gerne vergessen, dass du je dazugehört hast.«

Sein Getränk könnte mehr als nur ein paar Tropfen aus dem kleinen braunen Fläschchen mit der weißen Kappe gebrauchen, das ich in meiner Tasche habe.

»Sei doch vernünftig, Tom«, sage ich kaum hörbar.

Nun tritt Tom auch einen Schritt auf mich zu. »Vernünftig?«, sagt er mit gepresster Stimme. »Sagt eine Frau, die ihr kleines Mädchen fast hat verhungern lassen?« Er blickt zu Sean und hebt die Augenbrauen. Tom zieht eine Show ab, aber ich bemerke den Schmerz in seiner Stimme. Ich weiß, wie aufgewühlt er ist. Wenn wir allein wären, würde ich ihn innig umarmen, so wie damals, als er durch seine erste Abschlussprüfung rasselte. Ich war diejenige, die ihn überredete, es noch mal zu versuchen. Aber wenn ich ihn jetzt umarmen würde, direkt vor Sean Walsh und den anderen Kunden, würde er mich vielleicht schlagen.

»Erzähl du uns nichts von *vernünftig*«, bemerkt Sean und tritt noch einen Schritt auf mich zu. Jetzt ist er so nah, dass er nur den Arm ausstrecken müsste, um mich zu berühren. »Das einzig *Vernünftige* für dich wäre, dich aus diesem Laden zu entfernen, bevor ich das persönlich übernehme.«

Jemand in der Nähe beginnt zu klatschen. Meine Wangen fangen an zu glühen. »Aber ...« Ich zeige auf meinen vollen Einkaufswagen.

»Mein Bruder braucht dein Geld nicht«, erwidert Sean und weist zur Tür. Bill Walsh ist der Besitzer des Ladens. »Kauf dein Zeug woanders.«

Tom und Sean bauen sich so vor mir auf, dass ich nur noch zum Ausgang zurückweichen kann. Draußen scheinen die nackten Äste, die im Wind schaukeln, nach mir zu greifen.

Ich stelle mir einen Baum für jeden einzelnen Bürger von Deadwick vor. Ihre langen Holzarme heben sie höher und immer höher. Dann, wenn jeder Tom und Sean und sogar der kleine Timmy etwa fünfzig Meter hoch in der Luft schweben, lassen alle Bäume sie gleichzeitig los, vollkommen synchron. Ich bin ihr Dirigent. Die Körper schweben nicht wie Rosenblätter zu Boden, sondern knallen dort auf, mit dem Kopf zuerst, mit dem Nacken, mit dem Rücken. Die Leichen sind mein blutroter Teppich. Ich wische mir die Schuhe an ihren Gesichtern ab.

Einen Moment lang halte ich mit gerecktem Kinn und

geballten Fäusten die Stellung. Ich versuche, Tom in die Augen zu schauen, um Gnade zu bitten, aber er weicht meinem Blick aus und zieht ein Gesicht, als wäre er in einen Hundehaufen getreten.

Sie lassen mir keine Wahl. Mit gesenktem Blick trotte ich zum Ausgang und lasse meinen vollen Einkaufswagen zurück. Ich denke an den leeren Kühlschrank zu Hause und an Tom Behans verschleierten Blick.

Als ich durch die Tür trete, brandet hinter mir Applaus auf.

10
ROSE GOLD

November 2014

Ich war schon seit vier Stunden unterwegs, zuerst auf der I-74 Richtung Osten und dann nordwärts auf der I-69. Heute war der große Tag: Ich würde Dads Familie kennenlernen und in Indiana übernachten. In den letzten vier Monaten hatten er und ich uns oft gesimst und ein paarmal sogar telefoniert. Wobei ich während dieser Gespräche eigentlich nur zuhören musste, denn Dad redete genug für uns beide. Als ich ihn einmal darauf hinwies, gestand er, dass er mit zunehmendem Alter immer öfter mit Fremden reden würde, ob nun in der Kassenschlange oder an einer Mautstelle.

Ich hatte ihn, Kim und seine beiden älteren Kinder auf meinen Social-Media-Accounts als Freunde hinzugefügt, weil ich gehofft hatte, die Familie würde mich ins Herz schließen, bevor sie mich persönlich kennenlernte. Dad und Kim waren online nicht so aktiv wie die Kinder, vor allem wie die dreizehnjährige Sophie. Ich mochte jedes einzelne ihrer zahlreichen und wahllosen Postings.

Meine zweiten Zehen sind länger als meine großen. Als Kind sagte mir mal jemand, das sei ein Zeichen, dass ich ein Genie wäre. Aber schon damals wusste ich, dass ich einfach nur hässliche Füße habe.

Ich sag's schon mal jetzt: Vermutlich werde ich an Krebs sterben. All meine Großeltern sind daran gestorben: Brust, Kehlkopf, Haut und/oder Prostata. Bleibt nur noch die Frage, welchem ich erliegen werde, obwohl letzterer unwahrscheinlich ist.

Vermutlich nannte man Sophie »ein Unikum«.

Der Sommer hatte sich bis weit in den Herbst erstreckt, aber jetzt, im November, wurde es kühler. Je mehr ich mich Dad annäherte, desto wütender wurde ich auf Mom. Er war so ein freundlicher, liebevoller Mensch, und sie hatte ihn von mir ferngehalten. All die Jahre hatte ich gedacht, ich wäre für sie das Wichtigste. Noch als ich gegen sie aussagte, war ich mir nicht sicher gewesen, das Richtige zu tun: Ich zog es nur durch, weil Mrs. Stone und die Polizei sagten, das müsse ich. Dabei quälten mich die ganze Zeit Zweifel. Aber die Reporter hatten recht: Sie war ein Monster, sie war toxisch. Meine Mutter war eine selbstsüchtige Frau. Sie liebte sich selbst mehr als jeden anderen.

Seit Dad im vergangenen August bei Gadget World aufgetaucht war, hatte ich alle Spuren von Mom aus meinem Leben gelöscht. Ich hatte versucht, meinen Nachnamen zu ändern, aber *Rose Gold Gillespie* klang mir zu umständlich. Weil Mrs. Stone untrennbar mit den Erinnerungen an meine Mutter verbunden war, hatte ich mich von ihr distanziert. Ich nahm auch nicht mehr Moms dämliche Sprüche und Begriffe in den Mund: keine *Weihnachtsaugen* mehr und keine *Welpensprünge.* Keine Überlegungen mehr, was sie wohl an meiner Stelle tun würde. Ich war nicht länger ihr Fußabtreter, ich war fertig mit ihr. Jetzt hatte ich eine neue Familie.

Ich hoffte nur, sie würde mich heil und in einem Stück lassen.

So sehr war ich mit dem Besuch bei meinem Vater beschäftigt, dass ich den bei Phil aufschieben musste. Die fünfstündige Fahrt nach Fairfield war wichtiger als die Reise nach Colorado. Ich konnte – und wollte – beides, aber einstweilen würde Phil warten müssen. Als ich ihm von meinem Dad erzählt hatte, war er süß und fürsorglich gewesen. Er verstand, dass ich ihn liebte, aber nicht mehr immer für ihn da sein konnte. Erst musste ich die verlorene Zeit mit meinem Vater nachholen.

Die letzte Stunde der Fahrt verflog so rasch, dass ich schneller als erwartet in einer properen Vorstadt landete, die aussah wie eine bessere Version von Deadwick: Die Häuser waren größer, das Gras war grüner, und selbst die Hunde wirkten glücklicher.

Ich bog in die Einfahrt der Sherman Street Nr. 305. Passenderweise hatte mein Bilderbuchvater ein echtes Bilderbuchhaus, ein zweistöckiges Backsteingebäude, das solide und gepflegt, aber nicht protzig wirkte. Es signalisierte, dass die Familie Gillespie wohlhabend, wenn auch nicht reich war. Ich konnte es kaum erwarten, es von innen zu sehen.

Ich holte meine Papiertüte mit dem Übernachtungszeug vom Rücksitz und ging die Einfahrt hinauf. Dad öffnete die Haustür und sagte: »Willkommen!«

Ich umarmte ihn, hielt ihn ganz fest und war erleichtert, dass er immer noch nach herbem Aftershave und McDonald's roch.

»Herein, herein«, sagte Dad und schob mich ins Haus. Im Flur wartete eine Frau, die ich auf Ende dreißig schätzte, obwohl sie durch ihre falsche Bräune älter wirkte. Ich breitete die Arme aus, um auch sie zu umarmen, aber sie streckte mir ihre Hand mit künstlichen Fingernägeln entgegen. Es waren French Nails, und einer war gesprungen. Sie war ganz anders, als ich erwartet hatte.

»Kim«, sagte sie und musterte mich. »Schön, dich kennenzulernen.«

Ich ergriff ihre Hand und lächelte mit geschlossenem Mund. »Ich freu mich auch.« Morgen, bevor ich fuhr, wollte ich noch mal versuchen, sie zu umarmen.

»Komm, ich führ dich rum«, sagte Dad und zwinkerte mir zu. Er stellte meine Papiertüte im Flur ab.

Zuerst gingen wir durchs Wohnzimmer, in dem zwei schäbige beige Sofas und ein Fernseher fast den gesamten Raum einnahmen. Neben einem der Sofas stand ein Kasten mit dicken Decken. Die Wände waren von oben bis unten mit gerahmten Schwarz-Weiß-Fotos der Familie bedeckt: Ausflüge in Freizeitparks, Erstkommunionsfeiern, Geburtstage, die Kinder, die durch Rasensprenger rannten, die Kinder, die sich vor einem Eiswagen anstellten, die Kinder, die ihren ersten verlorenen Milchzahn in die Höhe hielten. *Seht uns an!*, schrien sie. *Seht die Orte, wo wir gewesen sind, die Dinge, die wir getan haben. Seht, wie toll wir sind!* Mein Herz zog sich zusammen, als ich sah, was ich alles verpasst hatte.

Weiter ging es in die Küche. Spuren einer umtriebigen Familie auf dem Kühlschrank. Ein Magnetalphabet hielt Zeugnisse, Einladungen und Listen an Ort und Stelle. Ein paar Weihnachtskarten waren bereits zu sehen. Ich dachte an die Zeit vor der Verhaftung meiner Mutter zurück, als alle Nachbarn in Deadwick uns Weihnachtskarten geschickt hatten. Mom erlaubte mir, sie an den Türrahmen zwischen Wohnzimmer und Küche zu kleben. Ich verdrängte den Gedanken.

Dad zeigte mir das Esszimmer mit dem Tisch für sechs Personen. An einer Wand stand eine Vitrine voller Porzellanfiguren und anderer zerbrechlicher Dinge. Neben der Vitrine lag Legospielzeug auf dem Boden. Kim folgte uns von Zimmer zu Zimmer. Ich spürte ihren Blick auf meinem Rücken, spürte, wie sie mich genau musterte, während ich sie nicht sehen konnte. Ich versuchte, mich auf Dads Führung durchs Haus zu konzentrieren.

Während wir durch den Flur gingen, zeigte Dad auf die Gästetoilette. Als wir zur Treppe gingen, bemerkte ich eine kleine Tür darunter.

»Was ist das?«, fragte ich und berührte den Türgriff.

»Unser Jahreszeitenschrank«, erklärte Dad und bedeutete mir, die Tür zu öffnen. »Mit Christbaumschmuck, Dekokram, Geschenkpapier und so weiter. Ansonsten unbenutzt.«

Ich zog den Kopf ein und betrat den kleinen, unverputzten Raum. Kränze, Weihnachtsstrümpfe, Osterkörbchen, ein großer Nähkasten, Halloweenkostüme und anderes mehr füllte den Schrank. Er war stickig, nichts Besonderes, aber mir gefiel die intime Atmosphäre, als würde er Geheimnisse in sich bergen, obwohl er für alle zugänglich war.

Dad gab mir ein Zeichen, ihm zu folgen. Er öffnete eine

Schiebetür im Wohnzimmer, die auf den Garten hinausging. Ich trat auf die Terrasse. Die Abendluft war kühl, der Himmel wurde langsam dunkler.

Die Gillespies hatten in der einen Ecke des Gartens eine Schaukel und in der anderen ein Trampolin. Auf der Terrasse standen ein paar Sitzgelegenheiten und ein Gasgrill. Dort blieb Dad stehen und umfasste den Griff des Deckels. Als ich mich nicht mehr umsah, sondern auf ihn konzentrierte, lüftete er mit großer Geste den Deckel.

»Ta-da!«, sagte er. Auf dem Rost lag ein Dutzend Rindfleischpattys.

Er hatte es nicht vergessen. Ich musste mit den Tränen kämpfen.

»Und jetzt«, verkündete er, »pass gut auf.« Von einem Stuhl schnappte er sich eine Schürze – auf der in verschnörkelter Schrift stand: *Ich koche nur für Küsse* – und band sie sich um. Dann zündete er den Grill an.

»Zuerst würzen wir die Pattys mit Knoblauch- und Zwiebelsalz«, erklärte er und zeigte es mir. »Dann mit ein paar Spritzern Worcestershire-Soße.« Obwohl das Fleisch noch roh war, lief mir schon das Wasser im Mund zusammen.

»Beim Braten niemals die Burger herunterdrücken«, warnte Dad. »Sonst tritt der ganze Saft aus. Nur einmal wenden, jede Seite etwa drei Minuten braten. Und schließlich rösten und buttern wir die Brötchen.«

Zwar sagte ich nichts, war aber begeistert, weil ich mit meinem Dad im Garten grillte, als wäre das was vollkommen Normales. Als die Burger und Brötchen fertig waren, trugen Dad und ich die Servierplatten nach drinnen in die

Küche und stellten sie auf der Arbeitsfläche ab. »Während die Burger kurz ruhen, stelle ich dich den Kindern vor.« Noch bevor ich nachfragen konnte, fügte er hinzu: »Dann kann sich der Saft wieder im Fleisch verteilen.«

Ich folgte ihm zur Treppe im Flur.

»Kinder«, rief Dad. »Kommt mal kurz runter, Rose ist hier.«

Ich wappnete mich, freute mich aber, sie kennenzulernen. Jemand stampfte laut die Treppe herunter. Zwei weitere folgten.

Zuerst lernte ich die sechsjährige Anna kennen. Sie grinste mich an und zeigte ihre fehlenden Schneidezähne – ein gutes Omen. Dad legte seine Hand auf ihre Schulter. »Anna, das hier ist Rose Gold«, erklärte er etwas nervös.

Ich ging in die Hocke, gerade als Anna einen Schritt vortrat, und unversehens landeten wir in einer Umarmung. »Deine Haare riechen gut«, flüsterte Anna und wickelte eine Strähne um ihre Finger. Ich stellte mir vor, wie wir am Strand zusammen eine Sandburg bauten, wie ich sie im Park auf der Schaukel anschubste und wie sie mich zu einer Teeparty einlud.

»Rose, das hier ist Billy Junior«, sagte Dad. Ein dünner elfjähriger Junge stand vor mir, hatte die Hände in die Hosentaschen geschoben und sah mich nicht an. Er wirkte peinlich berührt, andererseits war das bei Jungen in seinem Alter wohl normal. Er winkte mir kurz zu und schob seine Hand sofort wieder in die Hosentasche zurück.

»Und dies hier ist Sophie«, erklärte Dad. Das dreizehnjährige Mädchen stand mit verschränkten Armen auf der

Treppe. Sie hatte ein paar Pickel und eine Zahnspange. Was hätte ich in ihrem Alter nicht für eine Klammer gegeben!

Ich lächelte sie mit geschlossenen Lippen an. Sie erwiderte das Lächeln und spähte dann aus dem Vorderfenster auf die Straße. »Du fährst einen Van?« Sie klang gelangweilt, sogar ein bisschen unhöflich.

Eigentlich hatte ich erwartet, meine neuen Geschwister und meine Stiefmutter würden mich mit offenen Armen empfangen. Ich hatte gedacht, sie würden sich über mich genauso freuen wie ich mich über sie. Aber bislang wirkten alle außer Anna ziemlich desinteressiert.

»Sophie«, rief Kim aus der Küche. »Hilf mir mal beim Tischdecken.«

Wortlos ging Sophie an mir vorbei. Ich versuchte, meinen Unwillen zu unterdrücken, schließlich hatten wir noch den ganzen Abend, um diesen ersten Eindruck zu korrigieren.

»Setzen wir uns doch, Kinder«, sagte Dad. Damit war auch ich gemeint. Ich war eins seiner Kinder. Strahlend tat ich so, als würde ich meine Fingernägel begutachten, damit er nicht bemerkte, wie jämmerlich begeistert ich darüber war, zu ihnen zu gehören.

»Kann ich irgendwie helfen?«, fragte ich.

Er schüttelte den Kopf.

Wir kehrten ins Esszimmer zurück. Auf dem Tisch standen unzählige Soßen, Gewürze und Salat.

Anna, Billy Junior und ich nahmen Platz.

»Das ist Mommys Stuhl«, sagte Anna und zeigte auf meinen. Peinlich berührt sprang ich auf.

Billy Junior verdrehte die Augen. »Ist doch egal, Anna.«

»Sei nett zu deiner Schwester«, mahnte Dad.

Billy Junior seufzte und holte eine Tüte Goldfish-Kräcker aus seiner Tasche. Er stopfte sich zehn auf einmal in den Mund, wie ein Kleinkind, ohne jede Selbstbeherrschung.

»Leg die weg. Du ruinierst dir den Appetit«, befahl Dad.

Billy Junior schob die Tüte zurück in seine Hosentasche.

»Wo soll ich mich hinsetzen?«, fragte ich.

Anna klopfte auf den Stuhl neben ihrem. Ich nahm darauf Platz. Wieder fing sie an, mit meinen Haaren zu spielen. Ich hatte schon ganz vergessen, wie gut es sich anfühlte, von jemandem umsorgt zu werden.

Kim kam mit der Burgerplatte herein, dicht gefolgt von Sophie mit den Brötchen. Dad füllte unsere Gläser mit Milch. Als alle am Tisch saßen, sprach Dad das Gebet. Kim senkte den Kopf und schloss die Augen, aber die Kinder starrten nur auf die Burger. Ich senkte ebenfalls den Kopf, schloss die Augen aber nicht, um ja nichts zu verpassen. Allerdings geschah nichts; die Kinder saßen nur da und warteten.

Als Dad fertig war, rieb er sich die Hände. »Okay, Rose, wir haben heute Abend fünf Käsesorten: Schmelzkäse, Cheddar, Monterey Jack, Schweizer Käse und Provolone. Wir haben gelben und Dijonsenf, wir haben Ketchup, Mayonnaise und Barbecuesoße. Und hier haben wir Tomaten, Kopfsalat und rote Zwiebeln. Du hast die Wahl. Hau rein!«

Ich wusste gar nicht, wo ich anfangen, was ich auswählen sollte. Also sah ich zu, wie Kim einen Burger für Anna machte, bevor ich ihrem Beispiel folgte. Als ich mir ein

Rindfleischpatty und ein Brötchen nahm, hatte Billy Junior seinen ersten Burger bereits zur Hälfte aufgegessen. Ich staunte, wie schnell er etwas verdrücken konnte. Blieb nur zu hoffen, dass er mir noch etwas übrig ließ. Vorsichtig schnitt ich eine Tomate auf und zog ein Blatt vom Kopfsalat ab.

»Warst du schon mal in Indiana, Rose?«, erkundigte sich Dad.

»Nein, es ist das erste Mal«, erwiderte ich. Alle warfen mir verstohlene Blicke zu, wenn sie meinten, ich merkte es nicht. Ich spielte mit und bedeckte die Tomate mit roten Zwiebeln.

»Na, dann herzlich willkommen«, sagte Dad. »Wir freuen uns, dass du es geschafft hast.«

Ein paar Minuten aßen alle in unbehaglichem Schweigen. Ich fragte mich, ob sie immer so still waren oder ob sie sich meinetwegen unwohl fühlten.

Dann ergriff Kim das Wort. »Wie war die Fahrt? Nicht viel zu sehen, oder?«

»Ach, so schlimm war es nicht«, antwortete ich. »Viele Getreidefelder, aber es hat Spaß gemacht, weil es meine erste Reise mit dem Wagen war. Ich habe Doritos gekauft und das Alphabetspiel gespielt.«

»Wie nett«, sagte Kim, während Billy Junior gleichzeitig »Ganz alleine?« murmelte.

Ich quetschte Ketchup und Senf auf mein Brötchen und verteilte sie gleichmäßig mit dem Messer. Ich arrangierte jede einzelne Zutat so, als käme mein Burger als Titelbild auf eine Kochzeitschrift.

Billy Junior starrte mich ungläubig an. »Jetzt iss ihn endlich«, murrte er leise.

»Lass Rose in Ruhe«, mahnte ihn Dad und sah mir erwartungsvoll zu.

Ich räusperte mich, nahm den Burger und sog den Duft vom Grillfleisch ein. Dann öffnete ich weit meinen Mund und schob den Burger so hinein, dass ich von jeder Zutat etwas mitbekam, weil ich davon ausging, dass der erste Bissen der entscheidende war. Danach würde der Burger nicht mehr Kunst sein, sondern Nahrung.

Ich versenkte meine Zähne hinein und verteilte die Mischung in meinem Mund: der scharfe Senf, der knackige Salat und das salzige, saftige Fleisch. Der Burger war einfach köstlich. Und sie hatten sich all die Mühe gemacht, nur für mich.

Ich gab genüssliche Geräusche von mir und wippte sogar ein bisschen mit dem Kopf, um meine Gaumenfreude anzuzeigen. Dad blickte lächelnd zu Kim. Nachdem sie mich eine Weile beobachtet hatten, widmeten sie sich wieder ihren eigenen Tellern. Alle aßen schweigend.

»Deine Mom sitzt also im Gefängnis?«, bemerkte Sophie unvermittelt.

»Sophie«, sagte Dad tadelnd und blickte um Unterstützung heischend zu Kim. Aber die sah zu mir und wartete auf eine Antwort.

Ich räusperte mich. »Ja, seit etwa zwei Jahren.«

»Du musst sie doch sicher hassen, oder?«, fragte Billy Junior und schaute seine Mutter an. Als die ihn nicht zurückpfiff, fügte er hinzu: »Wenn alles stimmt, was du sagst.«

»Über so was spricht man nicht beim Essen«, sagte Dad mit einer Schärfe in der Stimme, die er bei der Ermahnung seiner Tochter nicht gehabt hatte.

Sophie warf Billy Junior einen kurzen Blick zu. Sie respektierten unseren Vater nicht. Mir tat Dad leid, und ein bisschen tat ich mir auch selbst leid. Ich biss mir auf die Unterlippe.

Leise ergriff Kim das Wort: »Sie wollten doch nur mehr über Rose Gold erfahren.«

»Was ich nicht kapiere«, meldete sich Sophie erneut, »wieso du nicht einfach gegessen oder dir die Zähne geputzt hast. Anna konnte schon vor einem Jahr selbstständig ihre Zähne putzen.«

Zwar klappte mir nicht die Kinnlade nach unten, aber ich starrte Sophie ungläubig an, weil ich nicht fassen konnte, wie schnell sich die Unterhaltung gedreht hatte. Mom hatte immer gesagt, man sollte gemeine Menschen etwas von ihrer eigenen Medizin schmecken lassen. Und natürlich hätte ich Sophie mit Freuden ihren Burger ins Gesicht gedrückt. Andererseits: Hatte ich nicht beschlossen, ganz anders als meine Mutter zu werden? Außerdem würden Dad und Kim mich nie in ihre Familie aufnehmen, wenn ich nicht nett zu ihren Kindern wäre. Vielleicht bedeutete eine Schwester zu haben, dass man ihr sechzig Prozent der Zeit ihr Essen am liebsten ins Gesicht klatschen wollte.

Anna grinste, um mir ihre Zähne zu zeigen. »Ich benutze auch Zahnseide, stimmt's, Mommy?«

»Ganz genau, Schatz.« Die Anspannung auf Kims Miene schmolz zu Mitgefühl. »Rose, es hat uns sehr leidgetan zu hören, was du in deiner Kindheit hast durchmachen müssen.«

Ich lächelte matt. »Danke, Kim.« Hoffentlich begriffen sie den Hinweis und merkten, dass ich nicht über die Vergangenheit reden wollte. Seit drei Jahren hatte ich mich stetig erholt, aber die Leute sahen mich immer noch lieber als Kümmerling und nicht als die gesunde Frau, zu der ich mich entwickelt hatte. Jetzt musste ich ganz schnell das Thema wechseln.

Ich bedachte Billy Junior mit meinem herzlichsten Lächeln. »Ich hab mir schon immer einen Bruder gewünscht.«

»Halbbruder«, murmelte Sophie mit gesenktem Kopf.

Hitze schoss mir ins Gesicht. Dad wandte sich erneut zu Kim, damit sie etwas sagte, aber die trank nur einen großen Schluck von ihrer Milch.

»Und eine Schwester«, fügte ich hinzu, weil ich dachte, Sophie fühlte sich vielleicht ausgeschlossen.

»Halbschwester«, berichtigte mich Billy Junior.

Bei den beiden konnte ich nichts reißen. Sie waren wie Aschenputtels böse Stiefschwestern.

»Das reicht«, bellte Dad Billy Junior an. »Möchtest du so ein Mensch werden? Einer, der gemein zu Schwächeren ist?«

Billy Junior senkte den Blick.

Dad sah mich entschuldigend an und wandte sich dann zu Sophie. »Wie war das Training heute?«

Daraufhin stürzte sich Sophie in eine zehnminütige Erläuterung all der neuen Übungen, die der Basketballtrainer von ihnen verlangt hatte. Ich verstand kein Wort davon, war aber erleichtert, nicht mehr von allen fünf gleichzeitig angestarrt zu werden. Zumindest für eine Weile. Mit bemüht interessierter Miene aß ich meinen Burger auf. So hatte ich mir das Abendessen nicht vorgestellt.

Ich musste noch mal einen Versuch starten – vielleicht war Sport der Eisbrecher. Wenn ich doch nur sportlicher gewesen wäre!

»Habt ihr die Olympiade in London gesehen?«, fragte ich, als Sophie zu Ende geredet hatte. »Ich fand Gabby Douglas toll, vor allem am Stufenbarren.«

Billy Junior verdrehte die Augen. »Das war doch vor zwei Jahren!«

Dad warf seinem Sohn einen vernichtenden Blick zu. »Im Sommer 2012 war Rose ein bisschen beschäftigt, weil sie als Hauptzeugin in einem Strafprozess aussagen musste. Da hatte sie nicht den Luxus, den ganzen Tag im Schlafanzug herumzulümmeln. So wie du.«

Billy Junior starrte wieder auf seinen Teller und sagte nichts. Kim warf Dad einen bittenden Blick zu. Aber er ignorierte sie. Zwar fühlte ich mich ein bisschen schlecht, weil Dad Billy Junior so anfuhr, platzte aber gleichzeitig vor Freude darüber, dass er mich verteidigte und nicht seinen Sohn. Außerdem hatte Billy Junior den Ärger verdient. Er war ein Rabenaas.

Kim wandte sich zu mir. »Wir fanden das Turnerteam auch alle toll. Und Gabby Douglas war ebenfalls unsere Favoritin.« Wahrscheinlich gab sie sich nur versöhnlich, um die Spannung zwischen ihrem Mann und ihrem Sohn zu lösen. Dann aßen wir schweigend weiter.

Als Billy Junior seinen zweiten Burger verschlungen

hatte, dachte ich, ich könnte auch noch einen nehmen. Kim erkundigte sich bei Sophie, wie es einer Mitspielerin gehe, die ihren Knöchel verletzt hatte, und ob sie am Wochenende spielen könne. Ich neigte mich vor.

»Könntest du mir bitte die Brötchen reichen ... Dad?«, murmelte ich.

Kims Kopf fuhr herum. Sophie verstummte mitten im Satz. Sie blickten sich über den Tisch hinweg an. Dad tat so, als bemerkte er nichts, und reichte mir die Servierplatte.

Ich brach das Schweigen mit einem Kompliment, das hatte bei meiner Mutter auch immer funktioniert. »Euer Haus ist wunderschön, Kim«, sagte ich. »So gemütlich, mit all den Familienfotos in jedem Zimmer.«

Kim lächelte mir verkrampft zu. Dad legte seine Hand auf ihre.

»Wir sind mit diesen dreien gesegnet worden«, erwiderte Kim und nickte zu ihren Kindern. »Es sind zwar keine Engel, aber wir haben wohl ziemlich Glück gehabt.«

Anna strahlte. Billy Junior verdrehte die Augen. Sophie zuckte zusammen.

Dads Miene erhellte sich, er legte seinen Arm um Kim. »Wir hätten gerne noch eins bekommen, aber ...«

»Dad«, stöhnte Sophie peinlich berührt. »Ekelhaft.«

Anna zupfte an meinem Arm. »Wir werden in einem Zelt schlafen«, verkündete sie aufgeregt.

Verwirrt sah ich mich um.

»Nächsten Sommer fahren wir in den Yellowstone Nationalpark«, erklärte Dad. »Zum Zelten.«

Sofort wurden alle munterer und redeten begeistert wild durcheinander.

»Wir werden uns Kanus mieten«, sagte Sophie.

»Und Marshmallows rösten«, rief Anna.

»Ich werde das Lagerfeuer machen«, fügte Billy Junior hinzu. »Und wir gehen angeln. Oder, Dad?« So ernst und hoffnungsvoll blickte er unseren Vater an, dass ich dachte, er wäre vielleicht doch kein Rabenaas. Vielleicht war er nur ein Kind, das die Anerkennung seines Vaters suchte und nicht wusste, wie es sich gegenüber einer unbekannten Schwester verhalten sollte.

Dad nickte grinsend. Seine schlechte Laune war wie weggeblasen.

»Wann soll die große Reise denn stattfinden?«, fragte ich.

»In den Ferien rund um den Unabhängigkeitstag«, erklärte Kim und entspannte sich ein bisschen. Sie musste lächeln, weil die Kinder so aufgeregt waren. Wenn sie lächelte, war sie hübsch. »Wir sind seit Jahren nicht mehr zelten gewesen, nicht seit Annas Geburt.«

»Als ich in deinem Bauch war?«, fragte Anna.

»Noch davor«, erklärte Kim.

Anna wirkte verwirrt, sagte aber nichts.

Sophie ergriff wieder das Wort. »Anna glaubt, dass sie mich und Billy in Mommys Bauch gesehen hat.« Alle fingen an zu lachen. »Sie sagt, da war auch ein ganzer Spielzeugladen.«

»Nein, hab ich nicht gesagt«, protestierte Anna.

»Doch, hast du«, erwiderten alle. Sie klangen jetzt glücklicher, sie scherzten und lachten. Das war die Familie, die ich mir gewünscht hatte.

»Ich zeig diesen Unwissenden mal, wie man Waffeln auf einem Lagerfeuer macht«, erklärte Dad. Er war genauso aufgeregt wie die Kinder.

Ich stellte mir vor, wie ich zwischen Sophie und Billy Junior gequetscht auf einem Baumstamm saß und in der Dunkelheit die gruseligsten Geistergeschichten erzählte, die mir einfielen. Wir würden die ganze Nacht aufbleiben, essen und lachen. Dad würde mich beauftragen, die Burger zu grillen.

»Ich würde gern mitkommen«, platzte es aus mir heraus.

Kim holte scharf Luft. Sogar Dad verschlug es die Sprache. Sophie und Billy Junior ließen ihre Eltern nicht aus den Augen.

Nur Anna klatschte in die Hände und rief laut: »Au ja! Darf Rose auch mitkommen? Ich will im Auto neben ihr sitzen!«

Dad schenkte Anna ein schwaches Lächeln. »Das sehen wir dann, Schatz.« Er wandte sich zu mir. »Wir sprechen später darüber, ja?«

Ich nickte. Das hieß Nein. Mist. Hatte ich alles vermasselt? Mir hämmerte das Herz. Ich hätte mich nicht einfach so selbst einladen sollen. Aber sie hatten die Reise so verlockend dargestellt. Ich hatte mich schon gesehen, wie ich im nächsten Sommer nicht allein in Deadwick mit einem traurigen Stapel DVDs auf dem Sofa saß, sondern in einen Schlafsack gekuschelt war, während meine Geschwister leise in unserem gemeinsamen Zelt schnarchten. Seit ich zehn war und die Show *Disney on Ice* sehen wollte, hatte ich mir nichts mehr so sehnlich gewünscht.

Kim fing an, den Tisch abzuräumen. »Anna, geh doch mit Rose schon mal ins Wohnzimmer und zeig ihr deine DVDs. Sie könnte den Film für heute Abend auswählen.«

Sofort zog Anna mich an der Hand zum Wohnzimmer und zeigte mir ihre Disneysammlung. Ich strich mit den Fingern über die Hüllen der Filme, die ich mir seit zwei Jahren immer wieder ansah: *Peter Pan*, *Mulan*, *Dumbo, der fliegende Elefant*. Diesen Film zog ich vom Regal.

»Ich hasse den«, stieß Anna hervor.

»Wieso?«, fragte ich und starrte sie verblüfft an.

Sie blickte auf ihre Füße. »Weil die Mädchen in der Schule sagen, ich hätte Ohren wie Dumbo.«

Ein Stich fuhr mir durchs Herz.

Ich ging vor ihr in die Hocke. »Aber du weißt, dass Dumbo am Ende fliegen kann. Er ist der coolste von allen Elefanten.«

Anna sah mich zweifelnd an.

Ich strich ihr die Haare hinter die Ohren, die zwar groß waren, aber nicht so, wie sie wahrscheinlich befürchtete. Erwartungsvoll sah sie mich an. Was sollte ich tun? Ihr etwa sagen, sie sollte ihre Makel lieben, während ich selbst jeden Cent zusammenkratzte, um meine loszuwerden?

»Was ist denn dein Lieblingsfilm?«, fragte ich.

»*Die Eiskönigin*«, kam es wie aus der Pistole geschossen.

Überrascht holte ich Luft. »Meiner auch! Komm, dann gucken wir den, und ich flechte dir die Haare.«

Anna schüttelte so heftig den Kopf, dass ihr die Haare wieder über die Ohren fielen. »Ich will keine Zöpfe.«

Nein, du willst nicht, dass deine Ohren zu sehen sind. Mit solchen Tricks war ich bestens vertraut.

»Ach, komm schon, du wirst wie Anna und Elsa aussehen«, entgegnete ich. »Weißt du was? Wenn dir die Zöpfe nicht gefallen, löse ich sie sofort wieder auf. Aber gucken wir doch einfach mal, wie sie aussehen.«

Anna dachte darüber nach und nickte dann. »Abgemacht.«

Während der Rest der Familie das Abendessen abräumte, flocht ich Anna einen Zopf, als hinge mein Leben davon ab. Ich flocht sogar ein dunkelrotes Band hinein. Mit meiner Perücke hatte ich das schon tausendmal gemacht, aber noch nie mit den Haaren eines anderen. Jetzt wusste ich, dass ich nur für diesen Augenblick geübt hatte.

Am Ende war der Zopf perfekt. Anna rannte ins Bad, um sich im Spiegel zu betrachten. Ich hielt die Luft an. Sekunden später kam sie wieder ins Wohnzimmer gesaust und umarmte mich heftig. Grinsend legte ich meine Wange auf ihren Schopf und genoss die schlichte Freude darüber, einen anderen Menschen glücklich gemacht zu haben.

Als das Esszimmer aufgeräumt war, versammelten sich alle Familienmitglieder auf der Couch, um sich gemeinsam *Die Eiskönigin* anzuschauen. Anna informierte mich, dass ich auf Dads Platz saß, aber Dad meinte, das sei schon in Ordnung, er wolle heute Abend einen neuen Platz ausprobieren. Ich strahlte, so dankbar war ich, dass er mich in seine Familie integrierte.

Billy Junior und Sophie fanden den Film nicht so toll wie Anna und ich. Sie beschäftigten sich die ganze Zeit mit ihren Handys. Sophie seufzte sogar, als Anna aus voller Kehle »Let it Go« mitsang. Ich fand sie süß. Sie spielte die ganze Zeit mit ihrem Zopf.

Nach dem Film sagte Kim, die Kinder sollten sich bettfertig machen, und ging mit mir nach oben, um mir kurz den ersten Stock zu zeigen: das Elternschlafzimmer, das Bad, Sophies und Annas Zimmer, Billy Juniors Zimmer. Und das Gästezimmer, wo ich schlafen würde.

Das Gästezimmer hatte ein großes Einzelbett und pastellgelbe Wände. An den Fußleisten waren mit Schablonen kleine Enten aufgemalt worden. Kim bemerkte meinen Blick.

»Das war früher das Kinderzimmer«, erklärte sie und holte eine zusätzliche Decke aus einer Truhe. »Wir sind noch nicht dazu gekommen, es neu zu streichen. Gott, ist Anna wirklich schon sechs? Das ist mir ziemlich peinlich.« Sie zwang sich zu lachen. Ich winkte ab und versicherte, es gefalle mir.

Sie legte die Decke ans Fußende des Betts. »Falls du frierst.«

Schmerzliche Sehnsucht durchströmte meinen ganzen Körper. Es fehlte mir so, bemuttert zu werden.

Kim zeigte auf ein Badezimmer zwischen meinem und Billy Juniors Zimmer. »Wenn du dich waschen willst – Gesichtsreiniger, Zahnpasta und so weiter sind im Schränkchen.«

Anna kam hereingestürmt und hopste aufs Bett. »Ich will bei Rose schlafen!«

»Du solltest längst im Bett liegen«, mahnte Kim. »Rose siehst du morgen wieder. Jetzt müssen wir sie schlafen lassen. Sie hat eine lange Fahrt hinter sich.«

Anna verzog schmollend den Mund. »Aber ...«

»Kein Aber«, unterbrach Kim sie und wies zur Tür. »Marsch, marsch.«

Anna seufzte genauso wie Sophie eben beim Film und stapfte zur Tür.

Kim folgte Anna und sagte, während sie die Tür zuzog: »Sag Bescheid, wenn du was brauchst.«

Ich schnappte mir ihre Hand und drückte sie. »Danke für alles«, bemerkte ich und sah ihr direkt in die Augen, damit sie wusste, dass es wirklich ernst gemeint war.

»Schlaf gut«, erwiderte sie und drückte auch meine Hand.

Sie ging zum Elternschlafzimmer und ließ dort die Tür einen Spalt offen. Ich wusch mir im Bad das Gesicht und dachte an unser altes Reihenhaus zurück. Wir hatten nur ein Bad gehabt. Die Gillespies hatten drei, und jedes davon war schöner als unseres. Ich hatte immer gedacht, es wäre meine Schuld, dass Mom und ich nicht genug Geld hatten: Hätte sie sich nicht die ganze Zeit um mich kümmern und mich von einem Arzttermin zum nächsten karren müssen, hätte sie regelmäßig arbeiten können. Aber da hatte ich mich geirrt. Mom hatte mich benutzt, um Dad und unsere Nachbarn auszunutzen. Sie hatte nur hin und wieder gearbeitet: als Putzfrau, Altenpflegerin, Büroaushilfe – immer dann, wenn wir Gefahr liefen, die monatliche Rate für die Hypothek nicht bezahlen zu können. Es war ihre Entscheidung gewesen, dass wir nur gerade so über die Runden kamen.

Nachdem ich mir die Zähne geputzt und den Wasserhahn zugedreht hatte, hörte ich Gemurmel aus Kims und Dads Schlafzimmer. Ich schlich zu ihrer Tür und spähte hinein. Sie waren beide in ihrem Bad, das geschlossen war. Auf Zehenspitzen wagte ich mich so nah wie möglich zur Badezimmertür und spitzte die Ohren.

»Du kannst von ihnen doch nicht erwarten, dass sie sie behandeln, als wäre sie ihre beste Freundin!«, sagte Kim gerade. »Sie ist doch praktisch eine Fremde für sie. Und wieso lädt sie sich selbst zu einem Familienurlaub ein? Wie kommt sie denn auf die Idee?«

»Ich weiß, Schatz«, erwiderte Dad. »Es ist eine große Veränderung, aber ich weiß einfach nicht, was ich tun soll. Sie hat doch sonst niemanden.«

»Hat sie denn keine Freunde?«, gab Kim zurück. »Sag ihr doch, sie soll mit denen in Urlaub fahren!«

Schweigen.

»Ich rede mit ihr«, sagte Dad dann. »Aber ich kann sie nicht im Stich lassen.«

Langsam ging die Badezimmertür auf. Alarmiert wich ich zurück und huschte so schnell wie möglich ins Gästezimmer. Mein Herz klopfte so heftig, als wollte es meine Brust durchstoßen. Obwohl sie sich in gleicher Lautstärke weiter unterhielten, bekam ich nichts mehr davon mit.

Leise schloss ich meine Tür und kletterte in das große,

bequeme Bett. Wie ein Seestern breitete ich Arme und Beine unter der Decke aus. Bislang hatte ich immer in einem Einzelbett geschlafen. Wenn ich meine Zähne hatte richten lassen, würde ich vielleicht für ein großes Bett sparen.

Erstaunlicherweise war ich nicht besonders aufgebracht. Zwar hatte Kim mich nicht blitzartig in ihr Herz geschlossen, aber Dad eben schon. Er hatte mich zu sich eingeladen, ließ mich in seinem Haus übernachten und verteidigte mich gegenüber seiner Frau. Wir knüpften schon unauflösliche Bande. Nun musste ich daran arbeiten, auch Kim, Sophie und Billy Junior auf meine Seite zu ziehen. Ich brauchte eine Erklärung, einen zwingenden Grund, warum ich unbedingt zum Campingurlaub im nächsten Jahr mitmusste. Nach einer ganzen Woche Zeit miteinander würden sie dann sehen, dass ich gar keine Fremde mehr war, sondern genauso wie sie. Ich lauschte auf die Geräusche der Gillespies, die sich bettfertig machten, starrte an die Decke und dachte nach.

Am nächsten Morgen machten Dad und ich noch einen Spaziergang durch ihr Wohnviertel, bevor ich wieder aufbrach. Länger konnte ich nicht bleiben, weil ich am nächsten Tag arbeiten musste.

Eine Weile gingen wir in einvernehmlichem Schweigen nebeneinanderher. Ich dachte immer noch über das nach, was ich am Abend zuvor mitgehört hatte. Irgendwann musste ich noch mal den Campingurlaub zur Sprache bringen, um ihm die Gelegenheit zu geben, mich einzuladen. Meine neue Familie würde all die Erinnerungen schaffen, auf die wir in dreißig Jahren zurückblicken würden. Unser erster Familienurlaub – da musste ich einfach dabei sein.

Wir bogen um eine Ecke. Dads Haus kam wieder in Sicht.

»Wann sehen wir uns wieder?«, fragte ich.

»Schon bald. Wir überlegen uns was«, erwiderte Dad. »Du weißt ja jetzt, wo du mich findest.« Als er mich anzwinkerte, lächelte ich knapp. Eines Tages würde ich in der Lage sein, ihn selbstbewusst anzugrinsen und ihm all meine perfekten, geraden Zähne zu zeigen.

»Rose«, fuhr er fort, »du hast mir noch gar nichts von deinen Freunden erzählt. Wohnen sie alle in Deadwick?«

Alle? »Tja, also, meine beste Freundin ist Alex. Sie studiert in Chicago«, antwortete ich. »Aber in letzter Zeit lief es nicht mehr so zwischen uns.«

»Wieso nicht?«

»Keine Ahnung«, sagte ich und versuchte, mir jede Einzelheit des Viertels einzuprägen – den alten Mann, der zum Zeitungshändler schlurfte, die Kinder mit ihren Skateboards auf der Straße, den Hundesitter, der versuchte, sieben Schützlinge unter Kontrolle zu halten. »Wir haben unterschiedliche Ansichten.«

»Wie lange kennt ihr euch schon?«, erkundigte sich Dad.

»Seit unserer Kindheit«, erklärte ich. »Bis sie nach Chicago zog, war sie meine Nachbarin.«

»Klingt aber wie eine ziemlich starke Freundschaft, wenn sie so lange gehalten hat«, wandte Dad ein. Ich zuckte die Achseln. »Vielleicht solltest du dich mal mit ihr zusammensetzen und alles klären«, schlug er vor. »Solche Freundschaften sind seltener, als man denkt.«

Ich nickte. »Okay, ich versuch's noch mal.«

Dad wirkte zufrieden.

Ich wandte mich zu ihm. »Glaubst du, Kim mag mich?«

Er gab sich überrascht. »Aber natürlich! Wieso fragst du?«

Dies war meine Chance.

»Ich, äh, hab zufällig gehört, was ihr gestern Abend besprochen habt. Sie will nicht, dass ich zum Campingurlaub mitkomme.« Ich starrte ihn an, aber er wich meinem Blick aus.

»Rose«, sagte er und berührte mich an der Schulter, »du darfst da nicht zu viel hineindeuten. Wir beide hatten Monate, um uns kennenzulernen, aber der Rest meiner Familie hat dich gestern zum ersten Mal gesehen. Da gibt es einiges zu verarbeiten. Aber alle mögen dich. Da bin ich ganz sicher.«

Ich verzog die Lippen zu einem leichten Lächeln. »Ich mag sie auch.«

Immer noch hatte er mich nicht eingeladen. Mir wurde klar, dass er es auch nicht tun würde.

Dies hier war tatsächlich genauso wie bei *Disney on Ice.* Als ich zehn war, sah ich im Laden ein Poster, das für die Show warb. Wochenlang bettelte ich Mom an, mit mir nach Chicago zu fahren. *Ich bleibe im Rollstuhl,* versprach ich. *Ich nehme meine Perücke nicht mit. Ich tue alles, was du sagst.* Ich stellte mir vor, wie ich Arielle im echten Leben traf und einen von diesen leuchtenden Zauberstäben bekam, die auch

Alex hatte. Vielleicht konnte ich sogar mit den anderen Kindern ins Gespräch kommen.

Schließlich gab Mom nach. Wir suchten ein Datum heraus – 10. Mai 2004 – und sie kaufte dafür Tickets, zumindest erzählte sie mir das. Ich hatte schon geplant, ihr eine Dankeskarte dafür zu schreiben, dass sie mit mir dorthin fuhr; ich würde ihr einen Anhänger für ihren Autoschlüssel schenken. Sechs Monate lang zählte ich die Tage bis zur Show.

Am Morgen des zehnten Mai jedoch musste ich mich, eine Stunde bevor wir nach Chicago aufbrechen wollten, übergeben und konnte nicht mehr aufhören. Ich versuchte zwar, es vor Mom zu verbergen, aber sie ertappte mich mit dem Kopf über der Toilette. *Das tut mir ja so leid, Schatz,* sagte sie. *Wir fahren ein anderes Mal.*

Aber wir fuhren nie.

Dad und ich gingen weiter, bis wir fast meinen Wagen in seiner Einfahrt erreicht hatten. Ich musste einfach mit in diesen Urlaub. Ich konnte Indiana nicht ohne Dads Versprechen verlassen. Angestrengt zerbrach ich mir den Kopf. Da fiel mir auf einmal Kims mitfühlender Blick beim Essen am Abend zuvor wieder ein – in dem einzigen Moment, als sie wirklich auf meiner Seite gewesen war. Vielleicht hatten auch die Gillespies mein altes, schwaches Ich lieber.

Wer nicht wagt, der nicht gewinnt, sagte Mom.

Ich blieb stehen und zwang Dad damit, ebenfalls innezuhalten. »Die Sache ist die«, setzte ich an, »ich bin krank.«

Fragend legte Dad den Kopf schräg.

Ich holte tief Luft. Die Geschichte platzte so unvermittelt

aus mir heraus, dass es sich fast so anfühlte, als wäre sie wahr. »In den letzten Monaten hatte ich ständig Nachtschweiß, Fieber und so weiter. Zuerst dachte ich mir nichts dabei, aber irgendwann ging ich doch zum Arzt, nur zur Sicherheit. Als ich ihm alles erzählte, wollte er eine Biopsie machen. Es wurde ein Lymphknoten aus meiner Achselhöhle entfernt und eingeschickt. Vor zwei Tagen rief der Arzt an und teilte mir das Ergebnis mit. Ich habe Lymphdrüsenkrebs.«

Mir kamen die Tränen, weil ich mir einen Augenblick lang vorstellte, wirklich Krebs zu haben. Ich spürte fast den Nachtschweiß und das Fieber und konnte förmlich vor mir sehen, wie schmal der Mund des Arztes gewesen war, als er mir die Diagnose erklärte.

Dad wich alles Blut aus dem Gesicht. Es war mir zuwider, ihn anzulügen. Er stotterte. »Das ist ja – Gott –, das ist ja furchtbar. Rose, das tut mir unendlich leid.« Er nahm mich in den Arm. Vor lauter Erleichterung überkam mich ein Schauer. Es war so tröstlich, im Arm gehalten zu werden, das Gefühl zu haben, zu Hause zu sein.

»Welches Stadium?«, fragte er.

»Drei«, antwortete ich und klammerte mich noch fester an ihn.

Endlich erwies sich Moms enzyklopädisches Wissen über Krankheiten doch noch als nützlich. Sie hatte einmal darauf bestanden, dass ein Arzt eine Biopsie bei mir vornahm, weil ich angeblich alle Symptome für die Hodgkinsche Krankheit hatte. Natürlich war das Ergebnis negativ.

»In zwei Wochen fange ich mit der Chemo an«, sagte ich,

»aber wer weiß, ob die anschlägt. Deshalb wünsche ich mir so sehr, euch bei eurem Campingurlaub zu begleiten. Tut mir leid, ich weiß, ich hätte mich nicht selbst einladen sollen, aber ich hatte vorher noch nie Familienferien. Für den Besuch bei dir habe ich zum ersten Mal in meinem Leben den Bundesstaat verlassen. Es gibt noch so vieles, was ich erleben will. So viele Dinge, die ich nie tun konnte, weil ... Tja, du kennst ja die Geschichte.«

Dad zog mich noch enger an sich und tätschelte mir den Kopf. Ich hätte für immer hier mit ihm zusammen auf dem Bürgersteig stehen können.

»Ich möchte nur einmal Urlaub machen«, flüsterte ich, und Tränen strömten über meine Wangen. »Was ist, wenn das nicht mehr geht ...?«

»Schsch«, beruhigte mich Dad. »Hey, du wirst wieder gesund, okay? Sieh mich an.« Er hob mein Kinn, sodass wir uns direkt in die Augen blicken konnten. »Wir kriegen das schon hin. Zusammen.«

Ich schloss die Augen und ließ mich von ihm in den Armen wiegen. *Together, together, always together, together always.* Ich grinste und zog die Nase hoch. Da musste ich mich wohl um Wanderstiefel kümmern.

Wir standen so da, bis ich spürte, dass uns jemand beobachtete. Ich öffnete die Augen und warf einen Blick zum Haus der Gillespies. Kim stand auf der Vordertreppe und sah zu uns.

»Alles okay?«, rief sie.

Nicht nur okay, Kim. Alles super.

11
PATTY

Punkt vier Uhr wird das Festessen serviert. Nachdem ich die letzte Schüssel auf den Küchentisch gestellt habe, trete ich einen Schritt zurück und betrachte mein Werk. Mag sein, dass ich Süßkartoffelbrei im Haar habe, dennoch empfinde ich reinen Triumph.

In der Mitte des Tischs prangt der Truthahn, umrandet von einem halben Dutzend Schüsseln mit Füllung, Kartoffelbrei, glasierten Yamswurzeln, Brokkoliauflauf, Cranberrysoße und gebratenem Butternusskürbis. Apfelkuchen und Chess Pie – eine köstliche Version mit Vanillepudding – stehen im Kühlschrank bereit. Ich habe alles allein gemacht, ohne irgendetwas anbrennen zu lassen. In der Küche herrscht Chaos, aber darum kümmere ich mich später. Ich habe ein Festmahl zu Thanksgiving vorbereitet. Die Liebe zu meiner Tochter ist auf dem Tisch ausgebreitet.

Ich streiche die Leinenservietten glatt, die ich bei TJ Maxx gekauft habe, und zünde die Kerzen an. Ein paar Stunden lang war ich so mit der Zubereitung dieses Essens beschäftigt, dass ich Toms gequälte Miene und den wütenden Applaus vergessen konnte, der mich aus dem Supermarkt hinauskomplimentierte. Um unsere Lebensmittel zu kaufen, musste ich mit dem Bus zwei Orte weiter fahren. Die gesamte Woche schon läuft diese Demütigung als Endlosschleife in meinem Kopf. Ich muss mir einen neuen Tom suchen, mich mit einer neuen Pflegekraft im Krankenhaus anfreunden. Mir werden die Knie weich, wenn ich daran denke, nie wieder mit ihm zu reden.

»Essen ist fertig!«, rufe ich Richtung Wohnzimmer, wo Rose Gold dem Kleinen »Row, Row, Row Your Boat« vorsingt.

Mit ihm auf dem Arm gesellt sie sich zu mir. Bevor sie ihn in den Stubenwagen legt, küsst sie ihn auf beide Wangen. Als sie dann den gedeckten Tisch betrachtet, quellen ihr fast die Augen aus dem Kopf. »Du hast dich selbst übertroffen«, sagt sie lächelnd.

Ich wehre ab, obwohl wir beide wissen, dass dies schon etwas Besonderes ist. Denn vor dem Gefängnis war ich nicht gerade für meine Kochkünste berühmt, sondern habe nur Fertigmahlzeiten serviert, die gerade im Angebot waren. Rose Gold konnte sie ja ohnehin nicht essen.

Sie will schon nach dem Kartoffelbrei greifen, da halte ich sie auf und sage: »Bevor wir essen, sollten wir uns vielleicht noch erzählen, wofür wir dankbar sind. Du fängst an.«

Na gut, ich will noch ein bisschen gelobt werden.

Rose Gold denkt einen Augenblick nach. »Ich bin dankbar für Adam«, verkündet sie strahlend. »Er wird mein Leben verändern.«

Adam?

Hat Adam etwa dieses prächtige Festmahl zubereitet?

Hat Adam ihr angeboten, die Hälfte der Hypothekenraten zu übernehmen? Adam macht doch nichts anderes, als zu kacken und nachts alle wach zu halten.

Das Wunder des Lebens verliert beträchtlich an Reiz, wenn es das Wunder eines anderen ist.

Ich werfe einen Blick auf den Kleinen im Stubenwagen. Er strampelt mit den Beinchen und strahlt mich an, als wollte er mich daran erinnern, was für ein hinreißender kleiner Kerl er ist.

Ich drücke Rose Golds Hand. »Das hat er doch schon.«

»Und was ist mit dir?«, fragt Rose Gold.

»Ich bin dankbar für dich«, antworte ich und sehe ihr in die Augen. »Für dich und eine neue Chance.«

Sie erwidert meinen Blick, wendet dann aber verlegen den Kopf ab.

»Essen wir«, sage ich, um das Schweigen zu brechen.

Wir füllen unsere Teller mit den dampfenden Speisen. Ich koste zuerst vom Truthahn, weil ich bei seiner Zubereitung die meisten Bedenken hatte. Aber er ist perfekt: delikat und kein bisschen trocken. Ich schaufle mir das Essen in den Mund und vergesse dabei fast zu atmen. Nachdem ich den ganzen Tag auf den Beinen war, bin ich völlig ausgehungert.

»Du hast morgen frei, oder?«, frage ich und lade mehr Füllung auf meine Gabel.

Rose Gold schüttelt den Kopf und dreht ihren Löffel durch den Kartoffelbrei. »Wir haben doch Black Friday, da muss ich Überstunden machen und schon um sechs anfangen.«

»Sechs Uhr morgens?«, rufe ich aus. »Wer will so früh

am Morgen einen Fernseher kaufen? Solche Leute kriegen einfach nicht genug Tryptophan, wenn sie am Tag nach Thanksgiving schon in aller Herrgottsfrühe wach sind!«

Rose Gold zuckt die Achseln.

»Aber dann lass Adam doch hier«, schlage ich vor. »So musst du nicht noch früher aufstehen, um ihn zu Mary zu fahren.«

Rose Gold denkt darüber nach. »Okay«, stimmt sie nach einer Weile zu. »Wenn es dir nichts ausmacht.«

Erfreut klatsche ich in die Hände. Zum ersten Mal ist sie bereit, uns für längere Zeit allein zu lassen. Ein ganzer Tag mit dem kleinen Adam? Was wir da alles machen können!

Nachdem ich auch meine zweite Portion aufgegessen habe, kann ich nicht länger ignorieren, dass Rose Golds Teller immer noch voll ist. »Schatz, du hast ja kaum was gegessen. Schmeckt es dir nicht?« Sie wird es doch nicht wagen, mein Meisterwerk zu schmähen?

Rose Gold nickt und isst etwas von den Kartoffeln. »Nein, es ist alles köstlich.«

»Du musst mehr essen, schließlich arbeitest du und stillst ein Baby. Du musst bei Kräften bleiben«, dränge ich. »Wenn schon nicht für dich, dann wenigstens für Adam.« Ich sehe meine Tochter ernst an. »Versprochen?«

»Na gut, na gut.« Rose Gold hebt kapitulierend die Hände und wirft einen besorgten Blick zum Baby. »Versprochen.«

Zufrieden nicke ich und stehe auf. Ich öffne den Gefrierschrank, um das Vanilleeis herauszuholen. Es soll schon mal etwas auftauen, damit es die perfekte Konsistenz hat. Obwohl ich in allen Schubladen suche, kann ich es nicht finden.

»Hast du das Vanilleeis gegessen?«, frage ich Rose Gold und drehe mich zu ihr um.

Sie betrachtet das Stück Truthahn auf ihrer Gabel. »Nein, das habe ich in den Gefrierschrank im Keller getan«, erklärt sie. »Damit ich mehr Platz für meine Milch habe.«

Ich stemme die Hände in die Hüften. Sie weiß doch ganz genau, dass ich den Keller hasse. Im Gefrierschrank hier oben ist jede Menge Platz.

»Könntest du es dann holen?« Seit meinem Auszug war ich nicht mehr unten.

Rose Gold verzieht das Gesicht. »Würde ich ja, aber ich habe jemandem versprochen, den ganzen Teller leer zu essen.« Sie zeigt auf ihren übervollen Teller und steckt sich das Stück Fleisch in den Mund. »Also habe ich noch viel zu tun.« Sie kaut und lächelnd mich freundlich an.

Da weiß jemand immer noch nicht, wer hier das Sagen hat.

Ich beiße die Zähne zusammen und verlasse die Küche. Sie blickt mir hinterher.

Ich öffne die Tür zum Keller. Unten rechts von der Treppe kann ich den strahlend weißen Gefrierschrank sehen. Ich werde ganz schnell hinuntergehen, das Vanilleeis holen und direkt wieder zurückkommen.

Zaghaft trete ich auf die erste Stufe. Denk an Adam. Zweite Stufe. Denk an Rose Gold. Dritte Stufe. Adam. Vierte Stufe. Rose Gold. Siebte Stufe. Dad. Neunte Stufe. Mom. Zehnte Stufe. Er. Mein Mund wird trocken, meine Knie zittern. Ich sinke auf eine Stufe und ringe nach Luft. Als ich einen Blick zu den Deckenbalken werfe, baumelt da mein Bruder David.

Dad und die Sanitäter brachten David weg, bevor ich von der Schule nach Hause kam. Manchmal vergesse ich aber, dass ich nicht dabei war, denn so oft habe ich mir meinen siebzehn Jahre alten Bruder dort vorgestellt, dass ich bei seinem Selbstmord auch genauso hätte dabei sein können. In Wirklichkeit habe ich David zum letzten Mal an jenem Morgen gesehen, beim Frühstück. Ich glaube, keiner von uns hat etwas zum Abschied gesagt, als ich aus dem Haus rannte, um noch den Bus zu erreichen. Ich war sieben.

Er benutzte dazu Dads Gürtel, genau den, mit dem er uns unzählige Male blutig geprügelt hatte. Diesen Gürtel benutzte Dad bei mir nie mehr. Und auch keinen anderen.

»Hast du's gefunden?«, ruft Rose Gold aus der Küche.

Ich stemme mich von der Stufe hoch und richte mich auf. Noch immer zittern meine Beine. Trotzdem gelingt es mir, das Eis aus dem Gefrierschrank zu holen und die Treppe wieder hinaufzusteigen. Doch kehre ich nicht in die Küche zurück, sondern gehe ins Bad und schließe hinter mir ab. Nachdem ich das Eis abgestellt habe, lasse ich mich auf der Toilette nieder und nehme den Kopf zwischen die Knie. Als sich mein Puls endlich beruhigt hat, spritze ich mir kaltes Wasser ins Gesicht und sehe zu, wie mir die Tropfen über die Nase und die Wangen rinnen.

Nach ein paar Minuten habe ich meine Fassung wiedergewonnen und bin bereit, ihr gegenüberzutreten. Aus reiner Gewohnheit drücke ich die Klinke an Rose Golds Schlafzimmer herunter und vergesse kurz, dass sie im Haus ist und mich hören könnte. Aber die Tür ist wie immer abgeschlossen. Immer noch weiß ich nicht, warum. Es wird langsam Zeit, dieses Rätsel zu lösen.

Ein paar Tage zuvor wollte ich durchs Fenster in ihr Zimmer steigen, aber das war ebenfalls verschlossen und außerdem alt und schwer. Es bewegte sich keinen Zentimeter. Ich stand keuchend draußen, die Hände auf die Knie gestützt, und musste plötzlich an das verlassene Haus gegenüber denken. Als ich einen Blick über die Schulter warf, bewegte sich bei den Thompsons ein Vorhang, und ein Schauer fuhr mir über den Rücken.

Ich bin hier nie allein, selbst wenn sonst keiner zu Hause ist.

Als ich zurück in die Küche komme, bemerke ich erfreut, dass Rose Golds Teller fast leer ist. Sie isst gerade ein letztes Stück Truthahn. Ich hole die beiden Kuchen aus dem Kühlschrank und stelle sie und das Vanilleeis auf den Tisch.

Rose Gold stöhnt lachend auf. »Nicht auch noch Nachtisch!« Sie zeigt keinerlei Reue, obwohl sie mich durch die Hölle geschickt hat – weder damals während des Prozesses noch jetzt.

Ich zwinge mich, ruhiger zu werden. »Ein Thanksgiving-Essen ohne Pie?«, erwidere ich tadelnd. »Nein, heute kriegst du das ganze Programm, Schätzchen.« Ich gebe je ein Stück Apfel- und Eiercremekuchen auf meinen Teller und kröne beide mit einem Klacks Eiscreme.

»Ich esse nur ein bisschen von dir mit«, sagt sie, bricht ein winziges Stück von meiner Chess Pie ab und steckt es sich in den Mund. Ich schiebe ihr meinen Teller zu, falls sie noch mehr will, und betrachte sie. Vielleicht ist sie jetzt bereit zu reden.

So gleichmütig wie möglich frage ich: »So, also warum hast du wirklich mein altes Elternhaus gekauft?«

Rose Gold blickt auf, verblüfft – oder zumindest tut sie so. »Hab ich doch gesagt, als Überraschung für dich. Um dir zu helfen, dein Leben wieder aufzunehmen.«

»Und ich hab *dir* gesagt, dass mein Vater uns misshandelt hat«, entgegne ich und zwinge mich, nicht mit den Zähnen zu knirschen. »Ganz zu schweigen davon, dass mein Bruder sich im Keller umgebracht hat. Hast du es wirklich für eine gute Idee gehalten, mich das noch mal durchleben zu lassen?«

Rose Gold legt den Kopf schräg und mustert mich. »Meinst du nicht, es ist langsam Zeit, deinem Dad die Kontrolle über dein Leben zu nehmen?«

»Er hat doch nicht die Kontrolle über mein Leben!«, setze ich zum Protest an, doch da merke ich, was sie tut. Sie drängt mich in die Defensive, stellt mich an meinem eigenen Küchentisch vor Gericht. Dabei soll das doch *ihre* Befragung sein, nicht meine.

»Warum hast du dann immer noch Angst vor diesem Haus?«, hakt Rose Gold nach. »Dein Dad ist schon seit Jahrzehnten tot. Er wird nicht plötzlich vor dir stehen und dich schlagen.«

Höchste Zeit für einen Kurswechsel. Ich drehe meine Gabel in der Hand und blicke zu Adam, der wach in seinem Bettchen liegt und mich ansieht. »Weißt du eigentlich«, sage ich beiläufig, »dass die meisten Babys mit zwei Monaten schon das Gesicht und die Stimme ihrer Mutter erkennen? Ist dir aufgefallen, dass Adam nie den Kopf zu dir wendet, wenn du redest?«

Rose Gold zuckt zusammen, als hätte ich ihr ein Messer ins Herz gestoßen. »Das ist nicht wahr!«

Ich zucke die Achseln. »Mir kommt es nicht so vor, als hätte er schon eine große Bindung zu dir aufgebaut.« Ich lasse Adam nach meinem Finger greifen.

Panik breitet sich auf Rose Golds Gesicht aus. Sie hebt Adam aus dem Stubenwagen, drückt ihn an sich und blickt ihn forschend an. »Er ist ein liebes Kind«, sagt sie, mehr zu sich selbst.

»Das ist er«, nicke ich. »Er schreit überhaupt nicht, wenn du weg bist.«

Jäh blickt sie mich an. Ich schenke ihr ein herzliches Lächeln. Sie beißt sich auf die Unterlippe: Zu ihrer Angst kommt noch Zweifel. Ich sehe fast, wie sich die Rädchen in ihrem Kopf drehen. Sie fragt sich, ob ich die Wahrheit sage, ob ich recht habe, was Adam betrifft. Vielleicht erkennt sie durch dieses Gespräch, dass sie sich mehr um ihre Familie kümmern muss, anstatt uns von sich wegzuschieben. Vielleicht macht sie sich endlich mehr Gedanken um die Zukunft als um die Vergangenheit.

Schweigend essen wir den Nachtisch. Ich biete Rose Gold noch etwas an, doch sie schüttelt den Kopf. Sie wiegt Adam auf ihrem Arm, ohne den Blick von ihm zu lösen.

Kaum ist mein Teller leer, steht Rose Gold auf und übergibt mir Adam. »Ruh dich auf deinem Fernsehsessel aus«, sagt sie und tätschelt mir den Rücken. »Wenn du nichts dagegen hast, auf Adam aufzupassen, während ich hier klar Schiff mache.«

»Aber nein«, sage ich und gehe mit dem Baby auf dem Arm zu meinem Sessel.

So ist es schon besser. Es widerstrebt mir zwar, meine Tochter wegen ihrer Fähigkeiten als Mutter zu verunsichern, aber ich werde mich nicht in meinem eigenen Haus terrorisieren oder erniedrigen lassen. Sobald Rose Gold pariert, werde ich ihr Selbstvertrauen wiederherstellen. Ich muss nur sicher sein, dass sie diesen kindischen Drang überwunden hat, mir etwas heimzuzahlen.

Eine Stunde später kommt Rose Gold ins Wohnzimmer und lässt sich auf ihren Sessel fallen. »Alles sauber!«, verkündet sie und wendet sich zu mir. »Das war für mich das schönste Thanksgiving seit Langem.«

»Für mich auch«, erwidere ich lächelnd und denke unwillkürlich an die letzten fünf Jahre mit Tiefkühltruthahn und wässrigem Kartoffelbrei, was uns in Plastikgeschirr auf Cafeteria-Tabletts serviert wurde. Jedes Mal, wenn ich an das Supermarktdebakel denken muss, werde ich mir dieses Kompliment in Erinnerung rufen. Ich beschließe, meiner Tochter zu verzeihen, dass sie mich so schlecht behandelt hat.

Rose Gold wendet sich zum Fernseher. Ich warte noch so lange, bis ich sehe, dass sie sich keine Nachrichten anschaut, dann döse ich ein.

Ich werde wach, als Rose Gold mir den Arm tätschelt. »Wir gehen ins Bett«, flüstert sie. »Nacht, Mom.«

Sie trägt Adam den Flur hinunter. »Bist du müde?«, höre ich sie fragen. »Wirst du von kleinen Hunden träumen? Oder vielleicht von kleinen Kätzchen?« Sie schließt die Tür hinter sich und singt leise ein Schlaflied.

Ich recke und strecke mich und hieve mich aus dem Sessel. Gähnend trotte ich auf dem Weg zum Bett noch mal in die Küche. Als ich den Kühlschrank öffne, sehe ich ein Dutzend ordentlich gestapelter Plastikdosen mit Essen. Die Küchenflächen und der Tisch sind makellos sauber. Rose Gold hat mein Chaos gründlich beseitigt. Dann entdecke ich einen vergessenen Beutel mit Speckfett auf dem Kühlschrank. Mit den Gedanken bei der köstlichen Füllung greife ich ihn mir und gehe damit aus der Seitentür.

Das Flutlicht springt an, und ich trete hinaus in die eiskalte Nacht. Dann öffne ich die Mülltonne und werfe den Beutel mit Fett hinein. Als ich gerade wieder den Deckel schließen will, erblicke ich unter einem schwarzen Müllsack lose Essensreste. Missbilligend schnalze ich mit der Zunge. Rose Gold sollte doch wissen, dass in den Säcken kein Loch sein darf. Nicht wegen der Waschbären, sondern wegen der Müllmänner. Sie haben ganz strenge Regeln: Alles muss sicher in Säcken verpackt sein.

Als ich den Müllsack aus dem Eimer ziehe, rechne ich damit, dass noch mehr herausquillt. Aber der Sack behält seine Form. Ich hebe ihn hoch und prüfe ihn auf Risse. Keine zu sehen. Daraufhin blicke ich in den Mülleimer und sehe Truthahn, Kartoffelbrei, glasierte Yamswurzeln, Brokkoliauflauf, Cranberrysoße und Butternusskürbis: so viel, wie auf einen Teller passt. Mir fällt Rose Golds leerer Teller ein, nach meiner Rückkehr aus dem Bad.

Tja, was soll man da sagen? Meine Tochter verbirgt etwas vor mir, und zwar eine Essstörung. Ich habe lange die Augen davor verschlossen, aber die Tatsachen springen einem förmlich ins Gesicht: ihre Magerkeit, Müsliriegel statt Mahlzeiten, heimlich weggeworfenes Essen. Es ist nicht mehr zu leugnen.

All die Jahre habe ich den Leuten erklärt, dass sie krank ist.

Und wer hat am Ende recht gehabt?

12
ROSE GOLD

Ich beäugte die Schachteln mit chinesischem Essen. Alex und Whitney stocherten bereits mit ihren Essstäbchen darin herum. Solche hatte ich noch nie in der Hand gehabt. Mein erster Versuch sollte nicht in ihrer Gegenwart stattfinden.

»Könnte ich eine Gabel bekommen?«, fragte ich, an beide gewandt.

Alex hörte nicht mal auf zu essen. Whitney murmelte: »Schublade rechts vom Kühlschrank«, und scrollte weiter auf ihrem Handy.

Als ich zurückkam, begannen sie gerade, den Abend zu planen, und riefen Möglichkeiten aus, die auf ihren Displays erschienen.

»Jenna will ins Hangge Uppe«, verkündete Alex.

»Im Kelsey gibt's eine Flatrate aufs Bier«, steuerte Whitney bei. »Ein paar vom Basketballteam gehen dahin.«

»Tyler und die anderen gehen ins Kirkwood.« Alex trank einen Schluck Rosé aus ihrem Wasserglas. Ich sah mir das Etikett an – Sutter Home White Zinfandel – und nahm mir vor, diesen Wein für meinen einundzwanzigsten Geburtstag zu kaufen. Der war in nicht mal einem Monat.

In meiner Tasche vibrierte es. Ich holte mein Handy hervor und aß einen Bissen mongolisches Rindfleisch. Obwohl es lauwarm war, schmeckte es köstlich, zugleich herzhaft und süß – meine Lieblingsgeschmacksrichtung, wie ich entdeckt hatte.

Dad schrieb: *Anna plappert in einer Tour über ihre Ohrlöcher. Sie sagt, alle Mädchen in der Schule lieben ihre Ohrringe.*

Seit der Übernachtung bei Dad waren zwei Monate vergangen. Seitdem hatte ich die Gillespies ein paarmal getroffen. Bei meinem letzten Besuch hatte ich Dad und Kim überredet, Anna zu erlauben, sich Ohrlöcher stechen zu lassen, weil hübsche Ohrringe ihr vielleicht zu mehr Selbstbewusstsein verhelfen würden. Zuerst hatte Dad einige Einwände, schließlich stimmte er aber zu. Kim, Anna und ich waren mit ihrem Wagen zur Mall gefahren, wo wir in einer kleinen Schmuckboutique »einmal Ohrlöcher« bestellten. Dann wägten Anna und ich ausführlich die Vor- und Nachteile von rosa gegenüber lila Ohrsteckern ab. Am Ende entschied sie sich für Rosa. Als die Verkäuferin mit der Pistole kam, quetschte Anna Kims Hand mit ihrer Linken und meine mit ihrer Rechten. Aber sie weinte nicht und zuckte kaum zusammen. Danach war sie begeistert.

Dad: *Zum ersten Mal seit einem Jahr hat sie sich von Kim einen Pferdeschwanz binden lassen.*

Dad: *Vielen, vielen Dank, Rose.*

Ich lächelte, weil ich stolz war, endlich mal eine Lösung gefunden zu haben und dazuzugehören. In der Schule war ich nie akzeptiert worden, aber ich hatte dafür gesorgt, dass Anna akzeptiert wurde.

Ich: *Ich bin froh, dass ich helfen konnte.*

Ich: *Außerdem bin ich problemlos bei Alex gelandet. Sie lässt grüßen.*

Ich schoss ein Foto von Alex, als sie nicht hinsah, und schickte es ihm.

Dad: *Grüße zurück. Aber lass es dieses Wochenende langsam angehen, ja? Pass auf dich auf.*

Seit ich ihm von meiner Krebsdiagnose erzählt hatte, war er noch fürsorglicher und hatte sogar angeboten, mich zur Chemo zu begleiten. Das hatte ich natürlich abgelehnt, mit der Erklärung, Mrs. Stone sei untröstlich, wenn sie mich nicht hinbringen könne. Die letzten Male, die Dad und ich uns seitdem getroffen hatten, entweder bei ihm zu Hause oder bei mir in Tinas Café, hatte er gestaunt, wie gesund ich wirkte. Daraufhin erklärte ich ihm, dass nicht jeder nach einer Chemo seine Haare verlor. Ich behauptete, ich hätte mit Übelkeit und Erschöpfung zu kämpfen und wollte kaum noch etwas essen. Um das zu beweisen, hatte ich nur zweimal von einem Brotstängchen abgebissen, als ich mich eines Sonntags mit den Gillespies zum Essen traf. Zwar warfen sie mir mitleidige Blicke zu, erwähnten den Campingurlaub aber mit keinem Wort. Als ich ihn beim Nachtisch erwähnte, tätschelte Dad mir den Rücken und meinte, es sei wohl keine gute Idee, sich so weit von jeglicher medizinischer Versorgung zu entfernen.

Das hatte ich nicht bedacht.

Also beharrte ich darauf, ich sei lange vor der Reise mit der Chemo fertig. Ich behauptete, mein Arzt habe gesagt, nächsten Sommer könne ich wieder reisen. Als Beweis für meine Erholung war ich Alex besuchen gefahren. Wenn ich schon ein Wochenende bei Freunden bewältigen konnte, *mussten* mich Dad und Kim in den Urlaub mitnehmen, der erst in einem halben Jahr stattfinden würde. Wir würden uns mit Spielen die Fahrzeit vertreiben, nachts in den Sternenhimmel gucken, und am Lagerfeuer würde Dad seinen Arm um mich legen: Diese Ferien würden die besten zwei Wochen meines Lebens werden.

»Ich hab keinen Bock mehr aufs Kirkwood«, sagte Whitney gerade.

»Aber ich will Tyler sehen«, wandte Alex schmollend ein.

»Wer ist denn Tyler?«, fragte ich.

Alex sah mich so überrascht an, als hätte sie vergessen, dass ich überhaupt da war. Hatte sie wahrscheinlich auch.

»Der Typ, mit dem ich zusammen bin«, erklärte Alex und flippte ihren langen, blonden Pferdeschwanz über die Schulter. Sie wandte sich zu Whitney und erklärte: »Wir gehen ins Kirkwood. Du bist mir noch was schuldig.«

Whitney widersprach nicht. Bis jetzt hatte ich von der Freundschaft zwischen ihr und Alex nur mitbekommen, dass sie Alex ständig irgendwelche Gefallen zurückzahlte.

Seufzend räumte Whitney das chinesische Essen weg. »Na gut. Dann leihe ich mir von dir deine neue Lederjacke.«

Ich folgte Alex in ihr Zimmer, wo sie anfing, sich vor dem Kommodenspiegel zu schminken. Ich nahm im Schneidersitz auf ihrem Bett Platz. »Wie ist das Kirkwood so?«, fragte ich.

»Ist eine Sportbar.«

»Also muss ich mich nicht aufbrezeln?«

»Wir brezeln uns immer auf. Aber du brauchst das nicht.« Sie hielt mit dem Lippenstift in der Hand inne und musterte mich. Dann schminkte sie sich weiter.

»Wie entscheidet man sich, welche Lippenstiftfarbe man nehmen soll?«

»Man stimmt es auf den Hautton ab«, erklärte Alex. »Bei kühlen Farben wirken die Zähne weißer.«

Ich nahm mir vor, später »kühle Farben« zu googeln. Mit dem richtigen Lippenstift würden meine zukünftigen Zähne noch besser aussehen.

»Hast du einen falschen Perso?«, fragte Alex.

Manchmal war sie so dämlich! *Ja, Alex, vor einem Jahr habe ich das erste Mal Alkohol getrunken, mit dir zusammen, und seitdem nicht mehr. Meine ganze Zeit verbringe ich damit, Teenagern Videospiele zu verkaufen. Natürlich habe ich einen falschen Personalausweis.*

»Nein«, sagte ich.

»Ooooh«, erwiderte Alex und klang dabei wie das Publikum bei *Glücksrad*, wenn ein Spieler ein supereinfaches Rätsel nicht auflösen kann. »Ins Kirkwood kann man erst ab einundzwanzig.«

Ich starrte sie an. »Hast du denn einen falschen Perso?«

Sie biss sich auf die Lippe. »Als ich einundzwanzig geworden bin, hab ich ihn an eine Mitarbeiterin verkauft, die aussieht wie ich.«

»Und was machen wir jetzt?«, fragte ich.

»Was meinst du mit ›wir‹? Du warst doch schon mal in Chicago und weißt, dass man hier erst ab einundzwanzig in eine Bar darf.«

»Können wir uns nicht irgendwo anders mit Tyler treffen?«

Daraufhin gaffte Alex mich an, als hätte ich vorgeschlagen, Tyler sollte vor einem Schneepflug Walzer tanzen. »Ich hab dich nicht gebeten, mich dieses Wochenende zu besuchen. Du hast dich selbst eingeladen.«

Mir klappte die Kinnlade herunter.

Whitney kam ins Zimmer getänzelt. »Carmen kommt auch ins Kirkwood«, verkündete sie. Als sie meine Miene sah, blieb sie stehen. »Was ist denn mit dieser trüben Tasse los?«

Ohne auch nur den Anflug von schlechtem Gewissen erklärte Alex: »Rose Gold ist noch nicht einundzwanzig. Sie kommt nicht mit.«

Sie schminkte ihre Lippen fertig und wandte sich wieder zu mir. »Aber mein Festplattenrecorder ist randvoll, also kannst du dir alles Mögliche angucken. Ich hab zum Beispiel eine Stylingsendung, die dich interessieren könnte.«

Whitney kicherte. Ich wurde rot.

Alex fuhr fort: »Morgen machen wir uns einen Mädelstag. Wie findest du das?« Ich hasste ihren herablassenden Tonfall, hasste all ihre Gemeinheiten.

»Wir haben noch diese Gesichtsmasken«, bemerkte Whitney.

»Ich wollte schon seit Wochen meine Augenbrauen zupfen und färben«, nickte Alex. Sie warf einen Blick auf meine Stirn. »Deine können wir auch zupfen.«

Die beiden Mädchen begutachteten einander, vollzogen winzige Korrekturen an ihren Frisuren, Oberteilen und Lippen und eilten aus der Wohnung. Sie scherzten und lachten, bis ich sie nicht mehr hören konnte. Innerhalb weniger Minuten hatten sie mich abserviert.

Am liebsten hätte ich Alex' Gesicht mit etwas Scharfem, Ätzendem malträtiert, aber sie war ja nicht mehr da. Stattdessen suchte ich mir eine Schere, um Bobo, ihrem Teddy aus Kindertagen, den Kopf abzuschneiden. Ich würde ihm die Augen aus dem Gesicht reißen, die beiden Knöpfe auf Alex' Kommode hinterlassen und den Rest von ihm in einen Mülleimer auf der Straße werfen. Ich sah es schon in allen Einzelheiten vor mir, aber am Ende musste ich ihn in Ruhe lassen. Schließlich kannte ich Bobo genauso lange wie Alex, und es war nicht seine Schuld, dass sie so ein schrecklicher Mensch war.

Danach war ich müde vom vielen Brüllen und Weinen, also legte ich mich auf die Couch und zappte durch die Fernsehkanäle, bis ich auf *10 Dinge, die ich an dir hasse* stieß. In letzter Zeit holte ich all die Teenagerfilme aus den Neunzigern nach, die ich verpasst hatte. Dieser hier gefiel mir zwar sehr gut, aber meine Wut auf Alex wollte einfach nicht verrauchen. Ich war drei Stunden gefahren, um sie zu besuchen. Sie verdiente mehr, als nur ein geliebtes Stofftier zu verlieren.

Ich ging zurück in Alex' Zimmer und stöberte in dem Kosmetikbeutel, aus dem sie sich eine Stunde zuvor bedient hatte. Der Lippenstift, den sie benutzt hatte, hieß Raspberry Kisses. Ich spannte die Lippen und trug die Farbe so auf, wie ich es bei Alex gesehen hatte. Aus dem Spiegel blickte mir eine gesündere, hübschere Version meiner selbst entgegen. Also steckte ich den Lippenstift ein.

Danach warf ich die Stifte und Tübchen zurück in ihr Schminktäschchen. Wann würde jemand Alex zeigen, dass sie andere Menschen nicht ungestraft schlecht behandeln durfte? Ihr ganzes Leben lang hatte sie ausschließlich gemacht, was sie wollte, und war immer damit durchgekommen, nur weil sie hübsch und charmant war.

Ich öffnete das Medizinschränkchen und schloss es wieder. Nichts Interessantes drin. Unter dem Waschbecken fand ich Haarpflegezeug, Erkältungsmittel, Rasiercreme, eine Schachtel Tampons und eine Tube Enthaarungscreme. Da ich so was nicht kannte, studierte ich die Beschreibung auf der Rückseite.

Schnell und schmerzfrei unerwünschte Härchen entfernen.

Skeptisch trug ich die Creme auf einen kleinen Fleck meiner behaarten Schienbeine auf. Statt der empfohlenen fünf Minuten wartete ich acht, denn fünf bedeutete Pech, dann wischte ich den Fleck mit einem Waschlappen ab. Die Haare lösten sich vom Bein.

Warum hatte mir noch niemand von dieser Creme erzählt?

Ich cremte meine Beine und meine Bikinizone damit ein und untersuchte weiter die Badezimmerregale, während ich darauf wartete, dass mein Handytimer klingelte. Das Ordnungssystem von Alex und Whitney folgte keinerlei Logik. In der untersten Schublade fand ich ein paar Pflaster und eine Schachtel Blondiermittel.

Der Timer klingelte. Ich wischte meine Bikinizone und

meine Beine ab. Alex wollte sich am nächsten Tag die Augenbrauen blond färben. Ich nahm die Schachtel erneut und öffnete sie. Die Tube war schon angebrochen. Ich entfernte den Deckel, roch daran und zuckte wegen des chemischen Geruchs zurück. Dann legte ich das Blondiermittel neben die Enthaarungscreme und betrachtete die beiden Produkte. Meine Mundwinkel hoben sich schon, noch bevor mir bewusst wurde, dass ich eine Entscheidung getroffen hatte.

Es war leicht, umschwärmt zu werden, wenn man hübsch war. Aber wenn man Alex die Schönheit nahm, was blieb dann noch?

Eine zweite Rose Gold.

Als meine Wut sich endlich gelegt hatte, war es zu spät.

In der Nacht konnte ich überhaupt nicht schlafen, sondern wälzte mich nur hin und her, während ich an die Tube unter dem Waschbecken dachte. Bevor Alex und Whitney nach Hause kamen, stand ich schon zweimal von der Couch auf, um sie wegzuwerfen.

Aber dann fiel mir wieder ein, wie Alex einfach aus der Wohnung getänzelt war, ohne mir auch nur einen Blick zuzuwerfen. Also zwang ich mich zurück auf die Couch und zog die dünne Decke über mich. Als Alex und Whitney um zwei Uhr morgens endlich in die Wohnung getaumelt kamen, tat ich so, als würde ich schlafen. Sie waren zu betrunken, um irgendwas mitzukriegen.

Jetzt war es Mittag. Sie lagen beide stöhnend mit einem Kater auf der Couch. Ich saß auf dem Boden und hatte vor lauter Angst einen mir allzu vertrauten Kloß im Hals. Ich fragte mich, ob ich mich übergeben musste. Ob mir das schlechte Gewissen anzusehen war.

»Wann fangen wir denn mit dem Mädelstag an?«, fragte ich mit kieksender Stimme.

Beide stöhnten auf.

»Alex, du hast es versprochen«, zwang ich mich zu sagen. »Komm schon, ich bereite alles vor.«

»Na gut«, sagte Alex, ohne die Schlafmaske von ihren Augen zu nehmen. »Gesichtsmaske und Färbemittel sind im Bad. Hol auch ein Gästehandtuch aus dem Flurschrank.«

Ich sprang auf. Ich musste mich beruhigen, also ging ich so langsam wie möglich zum Bad und brachte dann alles Nötige ins Wohnzimmer, wo Whitney und Alex rote Gatorade tranken. Ich legte jeden einzelnen Gegenstand so feierlich vor Alex auf den Tisch, als wäre er ein Altar. Sie sah sich alles an. Ich fragte mich, ob sie mein Herz hämmern hörte.

Alex wies mich an, vor ihr Platz zu nehmen. Ich beugte mich zu ihr, worauf sie die Peelingmaske auf mein frisch gewaschenes Gesicht auftrug. Ihre Fingerspitzen waren ganz sanft.

»Deine Haut ist so weich«, staunte sie.

Ich sah, wie konzentriert ihre Miene war, und bedauerte, was ich getan hatte.

»Wie lange muss ich die drauf lassen?«, fragte ich.

»Fünf Minuten«, antwortete sie.

Ich nickte. Also acht.

»Whit, machst du jetzt meine Augenbrauen?«, fragte Alex und legte sich wieder auf die Couch.

Daraufhin schnappte sich Whitney das Gästehandtuch und bedeckte Alex' Gesicht von den Augen abwärts. Ich konnte nur noch ihre Stirn und ihre Augenbrauen sehen. Gähnend holte Whitney den Pinsel und die Tube aus der Schachtel. Sie schraubte den Deckel ab, ohne vorher Handschuhe anzuziehen. Offenbar hatte sie das schon oft für Alex gemacht.

Nachdem Whitney ein paar Minuten lang Alex' Augenbrauen betupft hatte, waren sie vollkommen mit einer rötlichen Creme bedeckt. Whitney steckte Pinsel und Tube in die Schachtel zurück, schaltete den Fernseher ein und zappte zu einem Zeichentrickfilm. Sie ließ sich auf die Couch sinken und schloss die Augen.

Ich zählte im Stillen jede Sekunde: eins-Mississippi, zwei-Mississippi. Nach vier Minuten fragte ich mich, ob Alex unter dem Handtuch eingeschlafen war. Whitney hatte sich auch nicht gerührt. Ich widerstand dem Drang, irgendwas zu sagen.

»Willst du das endlich abwaschen, oder was?«, bemerkte Alex. Ich floh aus dem Zimmer.

Mir zitterten die Hände. Noch lange, nachdem nichts von der körnigen Creme mehr zu sehen war, spritzte ich mir immer wieder Wasser ins Gesicht. Dann trocknete ich es ab und betrachtete mich im Spiegel. Ich war noch blasser als sonst.

Da ertönte aus dem Wohnzimmer ein Schrei. Whitney.

Am liebsten wäre ich im Bad geblieben, hinter verschlossener Tür, bis alles vorbei war. Aber die alte Rose Gold wäre auf einen solchen Schrei hin sofort herbeigerannt.

Ich stürzte zurück ins Wohnzimmer.

»Deine Augenbraue löst sich ab«, jammerte Whitney und starrte auf das feuchte Papiertuch in ihrer Hand.

Alex riss sich das Handtuch vom Gesicht. »Was soll das heißen: Sie löst sich ab?« Entsetzt zuckte sie zurück, als sie die Haare auf dem Papiertuch sah. »Was hast du gemacht?« Sie rannte an mir vorbei ins Bad. Ihre rechte Augenbraue war weg. Sie war nicht nur dünner geworden, sondern vollkommen verschwunden. Alex stieß einen Schrei aus, der einem das Blut in den Adern gefrieren ließ. Whitney und ich blickten uns an und stürzten ins Bad.

»Wo zum Teufel ist meine Augenbraue geblieben?«, brüllte Alex, als sie uns sah.

»Ich weiß echt nicht, wie das passiert ist«, beteuerte Whitney panisch und verstört. »Sie ... ist einfach abgegangen.«

»Das sehe ich, du Dumpfbacke!«, zischte Alex.

»Ich hab dir gesagt, du solltest kein altes Färbemittel benutzen«, wehrte sich Whitney.

»Glaubst du etwa, die Haare sind mir ausgefallen, weil es schon abgelaufen war?«, tobte Alex. »Wie blöd bist du eigentlich?«

Ich sah zu, wie Whitney versuchte, Alex' Zorn von sich abprallen zu lassen. »Was sollen wir denn jetzt mit deiner anderen Augenbraue machen?«

Alex starrte in den Spiegel und stöhnte auf. »Versuchen, die Scheiße abzuwaschen, ohne dass die Haare abgehen.« Whitney wollte sich das Toilettenpapier schnappen, aber Alex zischte: »Das mach ich selbst!«

Also beobachteten Whitney und ich mit angehaltenem Atem, wie Alex einen Papierbausch unter den Wasserhahn hielt und dann versuchte, die Creme abzutupfen. Aber so behutsam sie auch vorging, es lösten sich Haare ab. Zwar konnte sie ihre linke Augenbraue teilweise retten, aber die Wirkung war fast noch schlimmer. Ich sah, dass Whitney dasselbe dachte wie ich, aber keiner von uns traute sich, Alex vorzuschlagen, die Sache durchzuziehen und auch die zweite Braue vollkommen zu entfernen.

Wenn Tyler sie jetzt sehen könnte, dachte ich trotz meiner Beklemmung.

Aber dann fing Alex an zu heulen. Ihr Kater war längst vergessen. »Guck doch« – schluchz – »was du« – schluchz – »getan hast!«, jammerte sie. So hatte ich Alex noch nie die Beherrschung verlieren sehen. Ich musste mich immer wieder daran erinnern, dass sie das verdient hatte. Niemand durfte sich über so lange Zeit derart asozial verhalten und damit durchkommen. Diese Lektion hatte ich auch meiner Mutter erteilt.

Whitney entschuldigte sich wieder und wieder. »Was kann ich tun?«

»Du hast schon genug getan!«, kreischte Alex. Sie rannte in ihr Zimmer und knallte die Tür hinter sich zu. Whitney und ich blieben allein im Bad.

Ich wandte mich zu Whitney. Sie hatte Tränen in den Augen. »Ich fahre jetzt mal lieber«, flüsterte ich und tätschelte ihr die Schulter. »Sie wird schon wieder.«

Whitney folgte mir ins Wohnzimmer wie ein verlassener Welpe, allein in der eigenen Wohnung. Zum ersten Mal empfand ich so etwas wie Macht. Ich konnte bewirken, dass diese Mädchen sich so benahmen, wie ich es wollte. Vielleicht konnte ich sie nicht zwingen, mich zu mögen, aber dann konnte ich sie bestrafen.

Ich nahm meine Papiertüte mit den Übernachtungssachen und vergewisserte mich, dass ich auch nichts vergessen hatte. Denn ich würde nicht zurückkommen. Geknickt brachte Whitney mich zur Tür.

»Danke, dass ich hier übernachten durfte«, sagte ich. »Tut mir leid, dass es so doof wurde.«

Whitney nickte benommen.

Ich konnte nicht anders: Bevor ich ging, senkte ich die Stimme und sagte: »Jetzt ist sie auch ein *Opfer.*«

13
PATTY

An der vertrauten Haustür hebe ich die Hand und klopfe selbstbewusster, als ich mich fühle. Wochenlang habe ich nach einem Vorwand gesucht, Mary zu besuchen. Aber die Entdeckung der Essstörung meiner Tochter sollte als Grund vollkommen ausreichen. Auch wenn Mary mich abserviert hat, wird sie die arme Rose Gold doch nicht dem großen, bösen Wolf überlassen.

Eine Woche ist es bereits her, dass ich die Essensreste in der Mülltonne gefunden habe. Doch bislang konnte ich mich nicht entscheiden, was ich mit meiner Tochter machen soll. Vernunft und Einsicht haben nicht funktioniert. Sie sich selbst zu überlassen, kommt nicht infrage. Ich war mir noch nie zu schade, andere um Hilfe zu bitten, vor allem, wenn ich dabei auch noch verkünden kann: »Hab ich dir doch gesagt!«

Ich höre Schritte im Flur. In ein paar Sekunden wird die Haustür aufgehen. Mary späht nicht durch den Spion, bevor sie öffnet. Wie oft hab ich sie schon ermahnt, nicht so vertrauensselig zu sein? Irgendwann wird sie mal im Kofferraum eines fremden Wagens landen.

Als die Tür aufgeht, ist Marys Ausdruck freundlich. Dann erkennt sie, wer vor ihr steht. Mittlerweile habe ich mich schon daran gewöhnt, dass mein Anblick für finstere Mienen sorgt.

»Ich hab dir doch gesagt, dass du hier nicht willkommen bist«, erklärt Mary und schickt sich an, die Tür wieder zu schließen.

»Warte«, erwidere ich und drücke dagegen. »Es geht um Rose Gold. Ich glaube, sie hat ein Problem.«

Mary zögert und sieht mich an. Dann zieht sie seufzend die Tür auf. »Komm rein«, sagt sie.

Bingo.

Das Haus ist noch genau so, wie ich es in Erinnerung habe: alles in Pastellfarben, wie zu Ostern. Marys Sammlung von Engelsfigürchen im Wohnzimmer ist gewachsen; es müssen mittlerweile über fünfzig sein, aus allen möglichen Materialien, von Porzellan über Beton, Glas und Holz bis zu Marmor. Ich frage mich, ob sie je an einem Garagentrödel vorbeigefahren ist, ohne der Versuchung nachzugeben.

Ich setze mich auf die Couch. Auf dem Tisch davor stehen zwei Glasschalen, eine mit Blütenblätter-Potpourri, die andere mit M&M's. Ich überlege schon, ob ich eine Handvoll Potpourri essen soll, um die Stimmung aufzulockern, aber dann mahne ich mich, dass mein Besuch einen ernsten Anlass hat. Ich muss hier die besorgte Mutter spielen. Also nehme ich mir eine Handvoll M&M's. Auch besorgte Mütter müssen essen.

»Was willst du, Patty?«, fragt Mary.

Ich werfe mir die M&M's in den Mund. »Ich glaube, Rose Gold ist krank.«

Sofort wird Marys Miene weich. »Krank? Ist es ein Notfall?« Sie greift nach dem Telefon.

»Nein, nein«, versichere ich. Dann starre ich auf meine Hände, die ich im Schoß gefaltet habe, als fiele es mir schwer, mit der Sprache herauszurücken. Vor einer großen Enthüllung ist das Timing entscheidend. Man will doch, dass das Publikum einem an den Lippen hängt und ungeduldig bis zur Stuhlkante rutscht.

Als könnte Mary meine Gedanken lesen, lehnt sie sich vor. »Wirst du mir jetzt endlich sagen, was mit ihr los ist?«

Ich hole tief Luft. »Wahrscheinlich hat Rose Gold eine Essstörung.«

Ich habe mir Marys Reaktion hundertmal vorgestellt, in unterschiedlichsten Varianten, aber ein ungläubiges Lachen war nie dabei. Sie verschränkt die Arme. »Komisch, als du im Gefängnis warst, hatte sie keinerlei Probleme mit Essen.«

»Woher weißt du das?«, frage ich.

»Früher kam sie ständig zum Abendessen«, erwidert Mary und blickt zu den Cherubim, die auf ihrem Kaminsims tanzen. »Normalerweise hat sie immer mehrfach nachgenommen.«

»Und woher weißt du, dass sie das nachher nicht wieder ausgekotzt hat?«

Marys Miene verfinstert sich. »Das weiß ich eben.«

»Aber woher?«, hake ich nach.

Sie seufzt. »Ich hätte es bemerkt, wenn sie jedes Mal nach dem Essen auf die Toilette gegangen wäre. Aber das ist sie nicht. Sie half mir, den Tisch abzuräumen, und dann sind wir in dieses Zimmer gegangen. Ich habe niemals mitbekommen, dass sie sich übergeben hat – weder in ihrer Schwangerschaft noch davor.«

»Aber sie hätte warten können, bis sie zu Hause ist«, erwidere ich stur und in dem Versuch, die ganze Sache zu ergründen.

»Patty, sie ist nach dem Essen manchmal noch stundenlang geblieben. Dann haben wir uns unterhalten oder einen Film geguckt.«

Ich verdränge die Vorstellung, dass Mary Stone für Rose Gold die Ersatzmutter gespielt hat. Allein beim Gedanken daran krabbeln mir tausend winzige Spinnen über den ganzen Körper.

Mary verschränkt erneut die Arme. »Du machst es schon wieder.«

Fragend schaue ich sie an.

»Du erfindest Krankheiten, die gar nicht da sind«, erklärt sie und presst die Lippen zu einem dünnen Strich zusammen.

Wenn Rose Gold keine Essstörung hat, wieso habe ich sie noch nie essen sehen? Diese Frage will mir nicht aus dem Kopf. Sie isst mein Essen nicht, macht sich aber auch nichts selbst. Seit ich zu ihr gezogen bin, habe ich sie höchstens mal ein Stück Toastbrot oder einen Müsliriegel essen sehen. Mein Schweigen dauert etwas zu lang.

»Du weißt ja gar nicht, wovon du redest«, sage ich mit betont ruhiger Stimme.

»Eins weiß ich«, entgegnet sie. »Die einzige Zeit, die

Rose Gold je gesund aussah, waren die fünf Jahre, die du im Gefängnis gesessen hast.«

Da stelle ich mir vor, wie meine Freundin Mary zwischen ihren Engeln auf dem Kaminsims steht: splitterfasernackt, die Hände zum Gebet gefaltet, den Rücken voll heißem Teer, mit dem ihr falsche Flügel aus schmutzigen Taubenfedern angeklebt sind.

»Wir haben alle gesehen, wie sie um den Block gejoggt ist«, sagt Mary mit zusammengebissenen Zähnen. »Dieses Mädchen wird wieder ausgehungert oder vergiftet. Mag sein, dass sie dich nicht durchschaut, aber wir anderen passen auf. Wir wissen, dass du ihr eine Gehirnwäsche verpasst hast. Und wenn der kleine Adam in deiner Obhut auch nur eine Erkältung kriegt, rufe ich so schnell die Polizei, dass du die Handschellen erst bemerkst, wenn sie dir angelegt sind.«

Vermutlich sollte mich ein solcher Vorwurf nach allem, was ich durchgemacht habe, nicht mehr überraschen. Tatsache ist, dass ich nichts in Rose Golds Essen gegeben habe. Wir haben uns die Mahlzeiten geteilt – hätte ich die Eintöpfe oder Suppen vergiftet, wäre ich auch betroffen gewesen. Selbst wenn sie absurderweise Angst vor meinem Essen haben sollte, erklärt das noch lange nicht, wieso sie sich selbst nichts kocht.

»Ich weiß, sie hat angefangen, dich in deinem letzten Jahr in Haft zu besuchen«, fährt Mary fort. »Aber davor hasste sie dich bis aufs Blut und wollte nichts mit dir zu tun haben. Mir ist zwar nicht klar, wie du es hingekriegt hast, aber seitdem benimmt sie sich anders.«

»Inwiefern?«, hake ich nach.

»Ende der Fragestunde. Höchste Zeit, dass du mein Haus verlässt.« Sie drängt mich – ziemlich rabiat, möchte ich hinzufügen – von ihrer Couch und den Flur hinunter.

Aber kurz vor der Haustür macht es bei mir klick. Mary glaubt, Rose Golds Magerkeit ist meine Schuld. Das glauben sie alle. Aber was ist, wenn Rose Gold genau das beabsichtigt? Was, wenn sie alle gegen mich aufbringen will, indem sie so tut, als wäre sie krank?

»Wenn du Rose Gold liebst, wenn du überhaupt lieben kannst, dann ziehst du bei ihr aus und lässt sie in Ruhe.« Damit öffnet Mary die Haustür und scheucht mich hinaus.

»Mary ...«

Sie bringt mich mit steinerner Miene zum Schweigen. »Pass auf dich auf, Patty.«

Sie drückt mir die Tür vor der Nase zu. Sprachlos stehe ich auf ihrer Schwelle. Der Riegel wird vorgeschoben.

Ich hämmere gegen die Tür. »Und wenn sie alles erfindet, Mary?«

Keine Reaktion.

Wieder hämmere ich gegen die Tür. »Mary!«

Immer noch keine Reaktion.

Ich versuche es ein drittes Mal. »Mary, sie lügt vielleicht!«

Auf der anderen Seite der Tür höre ich Mary seufzen. »Ich war für dich da«, sagt sie und klingt jetzt nicht mehr wütend, sondern eher resigniert. »Ich hab Händchen gehalten, während du dich bei mir ausgeweint hast. Ich habe für dich gekocht und dir Geld gegeben. Für mich warst du wie eine« – ihre Stimme schwankt, und ich merke, dass sie sich bemüht, nicht in Tränen auszubrechen – »Schwester.«

Ich lasse den Kopf hängen. Sie räuspert sich. Ich stelle mir vor, wie sie sich die Augen abtupft und sich um Fassung bemüht. Dann höre ich Schritte, die sich entfernen. Sie ist fertig mit mir.

Ich trete von der Tür zurück, setze mich auf die oberste Stufe und stütze den Kopf in die Hände. Heute habe ich wohl nicht mehr die Kraft, die permanent positive Patty zu sein.

Eines Nachmittags wollten Mary und ich Macarons backen. Weil ich vergaß, den Deckel richtig auf den Mixer zu drücken, verspritzte ich überall Puderzucker und Mandelmehl. Als wir endlich den Teig auf den Backblechen verteilt und die Küche aufgeräumt hatten, waren wir völlig erschöpft. Wir machten es uns auf Marys Couch bequem, um unsere Lieblingsserie *All My Children* zu gucken und entsetzt mit anzusehen, wie unser Schwarm Leo du Pres zu Tode stürzte. Während unsere Macarons im Ofen buken, planten wir einen Protestbrief an die Drehbuchautoren, um Leos Rückkehr zu fordern. Aber diesen Brief schrieben wir nie.

Einen ganzen Frühling trainierten wir für einen Fünftausendmeter-Spendenlauf. Monatelang übten wir, fingen mit Walken an, steigerten uns zu langsamem Joggen und rannten schließlich die drei Meilen. Gemeinsam erzielten wir damit 500 Dollar von unseren Nachbarn und spendeten das Geld einer Organisation, die gegen Leukämie und Lymphome kämpft. Am Morgen des Spendenlaufs waren wir mehr als nervös. Wir hatten vor, die Strecke in unter fünfunddreißig Minuten zu schaffen. Gerade waren wir gestartet, da stolperte Mary über einen Stock und verdrehte sich ihr Fußgelenk. Aber sie bestand darauf, weiterzulaufen und sich von mir stützen zu lassen. Nach einer Stunde und zwölf Minuten hatten wir unser Ziel erreicht.

Einmal gingen Mary und ich mit den Mädchen in eine nahe gelegene Sackgasse und veranstalteten ein Rollstuhlrennen. Rose Gold war seit Tagen bettlägerig gewesen. Sie war zu schwach, um draußen herumzulaufen, langweilte sich aber zu Tode. Also fuhren Mary und ich sie und Alex mit dem Rollstuhl herum, bis wir völlig außer Atem waren, und lachten über unsere Unsportlichkeit. Da kam Mr. Grover, ein verschrobener alter Mann, und hielt uns eine Strafpredigt, weil wir den Rollstuhl als Spielzeug missbrauchten. Jedes Mal, wenn er sich zu Mary wandte, machte ich hinter seinem Rücken Faxen und imitierte seine strenge Miene, und Mary musste sich das Lachen verkneifen. Sie verdrehte sogar einmal die Augen – Marys Äquivalent für den Stinkefinger –, während er mich ausschimpfte.

Jetzt wird mir klar, dass ich meine beste Freundin verloren habe, und das vielleicht für immer. Selbst wenn ich sie dazu bringen könnte, noch mal zur Tür zu kommen, würde sie mir nicht glauben.

Langsam mache ich mich auf den langen Heimweg und konzentriere mich auf den Bürgersteig vor mir. Aus dunklen Garagen und Fenstern im ersten Stock blicken mir unsichtbare Nachbarn nach. Jedes Mal, wenn ich das Haus verlasse, beobachten sie mich, wohin ich auch gehe. Ich spüre ihre Blicke sogar in der Dusche oder bei einem Nickerchen auf dem Fernsehsessel. Sie krabbeln mir über die Haut, aber wenn ich nachsehe, ist da nichts.

Ich gehe schneller und denke zur Ablenkung noch mal über das Gespräch mit Mary nach, lande aber wieder bei der einen Frage: *Ist Rose krank oder nicht?* Wenn nicht, was hofft sie zu gewinnen, wenn sie eine Essstörung vortäuscht? Mitgefühl? Aufmerksamkeit? Will sie, dass meine Nachbarn mich noch mehr hassen? Aber ganz gleich, welches Motiv sie hat: Wenn sie hungert, heißt das doch trotzdem, dass sie krank ist, oder nicht? Vielleicht hat sie eine Depression oder eine Nebenniereninsuffizienz oder Krebs. Sollte ich ihr da nicht Hilfe suchen?

Als ich zurück bin, tigere ich vor lauter nervöser Energie durchs Haus. Rose Gold wird erst in einer Weile heimkommen. Sie ist mit Adam zum Kinderarzt gefahren, weil er geimpft werden muss.

Ich setze mich auf meinen Fernsehsessel, aber meine Beine wollen einfach nicht aufhören zu zucken. Also stehe ich wieder auf und tigere weiter durch die Wohnung. Ich muss diesen Besuch bei Mary verdrängen, denn sonst habe ich nicht die Ruhe, irgendetwas zu planen. Vielleicht war Rose Golds Idee mit dem Sport doch nicht so schlecht.

Unter dem Blick der leuchtend blauen Augen an der Decke ziehe ich mir in meinem Zimmer eine Jogginghose, ein löchriges altes T-Shirt und Sportschuhe an. Meine Beine sind bleischwer, trotzdem gehe ich in die Küche und fülle mir eine Flasche mit Wasser ab. Nachdem ich den Deckel zugedreht habe, durchsuche ich Küche und Wohnzimmer, um zu sehen, ob Rose Gold einen dieser iPods hat, mit denen man Musik hören kann, finde aber keinen. Schließlich gehe ich zum Keller. Denn es kommt gar nicht infrage, dass ich unter all den bösen Blicken draußen jogge. Mir bleibt nur eine Möglichkeit.

Ich atme tief ein und wieder aus und drücke die Türklinke hinunter. Mit starr gesenktem Blick gehe ich die Treppe hinab. Zwar muss ich die ganze Zeit an die Balken denken, aber das heißt noch lange nicht, dass ich sie auch ansehe. Ich eile zum Laufband. *Konzentrier dich auf die vor dir liegende Aufgabe.*

Rose Gold hat es in eine Ecke geschoben, sodass die rechte und die hintere Seite des Geräts fast die Wände berühren. Ich steige hinauf und drücke den Startknopf.

Zwar leuchtet das Display des Geräts auf, aber die Ziffern bei der Tempoangabe blinken nur. Seufzend drücke ich auf den Knopf, um das Tempo zu erhöhen. So was bekommt man, wenn man den Sperrmüll anderer Leute übernimmt. Es gab schon einen Grund, warum unser Nachbar das alte Ding entsorgt hat.

Immer noch setzt das Laufband sich nicht in Bewegung. Ich drücke fester auf den Knopf. Die Liste der Einwohner dieses Orts, die mich gedemütigt haben, ist lang. Eines Tages werden sie bereuen, wie sie mich behandelt haben. Ich haue auf den Knopf mit dem Zeichen ^ und stelle mir vor, es ist Mary Stones Gesicht. Wie konnte sie es wagen …

Da erwacht das Laufband unter meinen Füßen unvermittelt zum Leben, und die Anzeige auf dem Display verkündet: 16,5 km/h. Die Wucht der Beschleunigung lässt mich nach hinten kippen. Ich fuchtele mit den Armen und versuche, mich wieder nach vorn zu lehnen, aber das Band wirft mich einfach ab.

Mit einem dumpfen Schlag knalle ich so heftig gegen die Wand, dass mir die Luft wegbleibt. Brennender Schmerz durchzuckt meine Schienbeine. Als ich nach unten blicke, erkenne ich, dass meine Füße zwischen der Wand und dem Laufband eingeklemmt sind und das Band mir buchstäblich die Haut von den blutigen Beinen schält.

Schreiend muss ich zusehen, wie meine Beine wie ein Gyros am Spieß abgehobelt werden. Am Laufband klebt Blut. Vielleicht werde ich gleich ohnmächtig. Wild schlage ich um mich und kippe nach links. Meine Hände knallen auf den Betonboden. Ich ziehe die Beine an. Sie brennen immer noch. Ich werfe einen Blick auf meine Schienbeine: Sie sind wieder frei, aber blutige Ruinen.

Noch auf dem Boden liegend reiße ich den Stecker des Laufbands neben mir aus der Steckdose. Das Gerät bleibt stehen und verstummt. Ich schreie immer noch. Meine Kehle ist ausgedörrt. Ich presse die Lippen zusammen.

Ich weiß nicht, ob mir vom Schock, vom Schmerz oder von meinem eigenen Geschrei die Ohren klingeln. Der Beton fühlt sich kühl an meiner Wange an. Meine Schienbeine pochen. Ich untersuche sie. Das Säubern wird eine Heidenarbeit, aber die Wunden können mit Neosporin und einem Verband behandelt werden. Das wird schon wieder. Eines Tages kann ich vielleicht sogar darüber lachen.

Von oben ertönen Schritte. Jemand pfeift ein Lied aus *Arielle*. Das, das Ursula in ihrem Versteck singt.

Rose Gold.

War sie die ganze Zeit zu Hause? War sie da oben und hat mich vor Schmerzen schreien hören? Oder werde ich langsam paranoid? Vielleicht bin ich vom Unfall ein bisschen benebelt.

»Rose Gold?«, rufe ich laut.

Das Pfeifen verstummt. Die Kellertür geht auf.

»Ich komme, Mom«, flötet meine Tochter.

14
ROSE GOLD

Juli 2015

Es war nicht die Begrüßung, die ich mir erhofft hatte.

»Rose! Was machst du denn hier?«

Dad joggte von seiner Einfahrt, wo er gerade den blauen SUV geparkt hatte, über die Straße. Ich öffnete die Tür meines Wagens und hüpfte vom Fahrersitz.

»Hi, Dad«, sagte ich.

Die Tür zum Haus der Gillespies ging auf. Sophie erschien als Erste mit dicken Schlafsäcken unter den Armen. Billy Junior trug zwei große Papiertüten mit Lebensmitteln. Kim folgte ihnen, entdeckte mich aber noch vor den Kindern. Sie runzelte die Stirn. Diese Miene hatte ich seit meinem ersten Essen in ihrem Haus nicht mehr gesehen. Nachdem sie von meinem Krebs erfahren hatte, war sie viel netter zu mir gewesen.

Seit meinem ersten Besuch vor acht Monaten hatte ich die Gillespies mindestens einmal im Monat getroffen. Und nach der Sache mit Annas Ohrsteckern waren sogar Sophie und Billy Junior nett zu mir. Dad und Kim waren besonders gastfreundlich gewesen. Manchmal hatte ich wirklich das Gefühl, zur Familie zu gehören.

Dad blieb neben dem Van stehen und ließ die Reisetasche von seiner Schulter gleiten. Leicht kurzatmig sagte er: »Das haben wir doch schon am Telefon besprochen. Du kannst nicht mit uns zum Yellowstone.«

Genau gesagt hatte er gemeint, das sei wegen meiner Krankheit keine gute Idee. Aber rundweg abgelehnt hatte er es nie. Ich hatte mich vorbereitet.

Aus meiner Tasche zog ich einen gefalteten Zettel und drückte ihn Dad in die Hand. »Mein Arzt sagt, ich kann problemlos reisen.«

Dad blickte auf den Zettel und las ihn mit leicht zusammengekniffenen Augen.

Um einen Arzttermin zu bekommen, hatte ich mysteriöse Herzschmerzen nach dem Sport erfunden. Als die Arzthelferin nach der Prüfung meiner Vitalwerte gegangen war, verschloss ich die Tür und wühlte in den Schränken, bis ich Dr. Stantons Rezeptblock fand. Ich riss zwei Vordrucke ab – einen zum Üben –, steckte sie ein, öffnete die Tür und war schon wieder auf dem Untersuchungstisch, bevor Dr. Stanton hereinkam. Er und ich einigten uns, die Herzschmerzen »im Auge zu behalten«.

Langsam dämmerte mir, wieso meine Mutter all die Jahre mit ihren Lügen durchgekommen war. Ärzte waren wandelnde Erste-Hilfe-Koffer: nur darauf bedacht, jedes Loch zu flicken, jedes Knirschen und jeden Schmerz abzustellen. Man musste lediglich den medizinischen Hintergrund bieten, irgendwelche Symptome aufzählen und um Hilfe bitten. Dr. Stanton ging davon aus, dass ich die Wahrheit sagte. Wir zwei waren ein Team mit demselben Ziel. Der

Bilderbuchpatient war eine Rolle, die ich schon vor Jahren perfekt beherrscht hatte.

Und ja, mir ist schon klar, wie heuchlerisch es ist, Krankheiten vorzutäuschen und genau das gleichzeitig meiner Mutter vorzuwerfen. Der Unterschied ist nur, dass sie mit ihren Lügen jemandem schadete. Meine Lüge hingegen diente der Heilung, sollte die Bindung zwischen Vater und Tochter stärken.

Dad gab mir den Zettel zurück. »Es freut mich, dass Dr. Stanton deinen Zustand so positiv einschätzt«, sagte er, ohne mir in die Augen zu blicken. Was das bedeutete, hatte ich schon vor Jahren gelernt. Als ich noch ein Kind war, mied jeder Erwachsene meinen Blick, der schlechte Nachrichten für mich hatte: die Ärzte, die Lehrer, meine Mutter.

»Du kannst trotzdem nicht mitkommen«, fügte er hinzu.

»Aber wieso?«, fragte ich, ohne die Enttäuschung in meiner Stimme verbergen zu können. »Mit der Chemo bin ich fertig. Dr. Stanton sagt, alles sieht gut aus.«

Langsam bereute ich, dass ich überhaupt mit der Krebsgeschichte angefangen hatte.

»In letzter Zeit tue ich nichts anderes, als mir Sorgen um dich zu machen«, erklärte Dad mit gerunzelter Stirn. »Ich bin müde. Das sind auch *meine* Ferien. Ich brauche eine Pause von ...«, er wies zu mir, »all dem. Es ist einfach zu viel.«

Er warf einen Blick zu den anderen. Sie packten den Wagen. Dann richtete er sich auf. »Dies ist *mein* Familienurlaub.«

Ich ballte die Fäuste. »Aber ich gehöre auch zu deiner Familie.«

»Du weißt, was ich meine.« Wieder wandte Dad den Blick ab.

Ich dachte an die Angelrute, die Jumbo-Marshmallows und die Grillkohle auf meinem Rücksitz. Am Abend zuvor hatte ich Sophies Post bei Facebook gesehen, in dem es hieß, die Gillespies würden um Punkt neun Uhr zu ihrem großen Trip aufbrechen. Um es rechtzeitig zu schaffen, war ich um vier Uhr morgens losgefahren.

»Ich fasse es nicht, dass du mich nicht mitnimmst«, sagte ich und verschränkte die Arme.

Dad kaute an seiner Unterlippe. »Wieso verbringst du das Wochenende nicht mit Alex?«

Ich verbiss mir das Lachen. Von Alex hatte ich seit einem halben Jahr nichts mehr gesehen oder gehört. Eine Woche nach dem Augenbrauenfiasko hatte sie mir eine SMS geschickt.

Alex: *Ich weiß, was du getan hast, und will nie mehr was mit dir zu tun haben.*

Geantwortet hatte ich nicht. Das musste ich Whitney lassen: Sie war schlauer, als ich gedacht hatte. Offenbar hatte sie Alex meine Bemerkung mit dem *Opfer* weitergegeben, und entweder sie oder beide hatten daraus die richtigen Schlüsse gezogen. Ich konnte es ihnen nicht verübeln, dass sie nicht mehr mit mir befreundet sein wollten. Wer tat seiner Freundin schon so was an?

Ich war mir nicht sicher, wie ich den Verlust von Alex finden sollte. Zwar waren wir seit unserer Kindheit befreundet gewesen. Aber war es wirklich ein Verlust, wenn ein Freund einen so schlecht behandelte? Seit ich ihr nicht mehr täglich simste, meldete ich mich bei Phil und vor allem bei Dad doppelt so oft.

Jetzt zuckte ich die Achseln. »Sie ist verreist. Dann fahre ich jetzt wohl zurück nach Deadwick und grüble darüber nach, ob die Chemo tatsächlich gewirkt hat.«

Dad sah mich mit finsterer Miene an und knurrte: »Lass das!«

»Was denn?«

»Mir ein schlechtes Gewissen machen. Ich habe angeboten, dich bei all deinen Chemoterminen zu begleiten. Aber du wolltest mich nicht dabeihaben.«

»Tja, aber jetzt brauche ich dich.« Ich wusste, wie erbärmlich das klang, aber der Campingausflug rückte für mich in weite Ferne. Ich warf einen Blick auf meine brandneuen Wanderschuhe und spürte bereits, wie sich an meinem rechten kleinen Zeh eine Blase bildete.

Dad hievte sich die Reisetasche über die Schulter. »Herrgott noch mal!«, stieß er entnervt aus und wies zur Einfahrt. »Willst du dich jetzt noch verabschieden oder nicht?« Ich folgte ihm über die Straße zum Wagen.

Im Haus brüllte Kim: »Anna, wir fahren!«

Kurz darauf kam Anna mit einem Frisbee und einem Regenbogenrucksack aus der Tür gehüpft. Als sie mich in der Einfahrt sah, ließ sie das Frisbee fallen und rannte auf mich zu.

»Rose, Rose!«, rief sie und umarmte meine Beine. »Kommt Rose doch mit?«, fragte sie Dad.

Dad schüttelte den Kopf.

Ich bückte mich und umarmte Anna. »Ich möchte schon«, sagte ich, »aber Dad lässt mich nicht.«

»Wieso nicht, Daddy? Wieso!« Anna brach in Tränen aus. »Rose soll mitkommen!«

Dad biss die Zähne zusammen. »Steigt ins Auto, Kinder«, sagte er, ohne seinen grimmigen Blick von mir zu lösen.

Sophie und Billy Junior ließen schlaff meine Umarmung über sich ergehen. Dann stiegen die Kinder in den SUV und stritten sich, ob sie zuerst ein Spiel spielen oder einen Film gucken sollten. Anna war die Einzige, der es was ausmachte, dass ich nicht mitkam. Und ich hatte gedacht, sie alle hätten mich akzeptiert.

»Ich möchte wirklich, wirklich gerne mitkommen«, wagte ich einen letzten Versuch bei Kim und krümmte mich innerlich wegen meines flehenden Tonfalls.

Kim antwortete nicht darauf, sondern sah mich mit schräg gelegtem Kopf an und fasste vor allem meine Haare ins Auge, die mir mittlerweile bis zu den Schultern reichten. Die Kinder im Wagen waren verstummt – zweifellos spitzten sie die Ohren.

Dad brach das Schweigen. »Wie hieß noch mal dein Arzt?«

»Dr. Stanton«, antwortete ich, »wieso?«

»Und in welcher Straße befindet sich seine Praxis?«

»Kinney«, sagte ich. Ich spürte, wie mir auf der Stirn der Schweiß ausbrach.

Dad holte sein Handy heraus. »Wir können ihn ja anrufen«, sagte er gelassen, »und noch mal nachfragen, ob er wirklich keine Bedenken hat.«

Mein Puls beschleunigte sich. Ich kaute an meiner Unterlippe. »Er hat diese Woche Urlaub«, behauptete ich. »Und ist nicht zu erreichen.« Mir gefiel die Wendung in diesem Gespräch überhaupt nicht.

Dad tippte ein paarmal auf sein Handy. »Es gibt doch bestimmt einen Assistenzarzt oder eine Arzthelferin, mit der wir reden können.«

Ich warf Kim einen verstohlenen Blick zu. Sie wich mir aus. Ich musste den Rückzug antreten.

»Vielleicht habt ihr doch recht«, sagte ich. »Vielleicht ist die Reise zu viel für mich. Ich lass euch jetzt mal fahren.«

Dad und Kim musterten mich. Beide wirkten angespannt.

Billy Junior winkte mir mit einem traurigen Lächeln aus dem Wagen zu. Nun, da Dad auch zu mir gemein war, war er bereit, mich zu akzeptieren. Wahrscheinlich kam es nicht oft vor, dass ein anderer als Prügelknabe herhalten musste.

Eine ganze Minute lang starrte ich Dad finster an. Angeblich war er doch so ein freundlicher, anständiger Mann. »Ich dachte, ich würde dir was bedeuten«, stieß ich hervor und marschierte die Einfahrt hinunter.

Doch bevor ich die Straße erreicht hatte, hörte ich Schritte hinter mir. Dad packte mich am Arm. Ich drehte mich um und hoffte nur, man sah mir nicht an, wie peinlich mir alles war.

»Hör mal, Rose. Es tut mir leid«, sagte Dad und wirkte aufrichtig zerknirscht. »Ich stehe ziemlich unter Stress, hätte das aber nicht an dir auslassen sollen. Du bedeutest mir viel. Wirklich.«

Ich wartete.

»Klar, ich bin hier der Vater, also sollte ich auch wissen, was zu tun ist. Aber es gibt kein Lehrbuch dafür, wie man seine erwachsene Tochter kennenlernt. Ich habe das Gefühl, als würde ich ständig Fehler machen.« Als er sich übers Gesicht rieb, sah ich zum ersten Mal, wie erschöpft er von allem war. Von mir. »Wir könnten uns treffen, wenn ich von diesem Trip zurück bin, was meinst du?«

Ich nickte nur, weil ich fürchtete, die Fassung zu verlieren, wenn ich was sagte. Er umarmte mich unbeholfen und ging wieder auf Kims Seite zurück. Ich setzte ein falsches Lächeln auf und winkte ihnen. Sie winkten zurück, mit ernstem Blick.

Im Wagen tat ich so, als würde ich was im Handschuhfach suchen, damit sie mich nicht mehr beobachten konnten. Was für Eltern waren das, die ihre krebskranke Tochter nicht zum Familienurlaub mitnahmen? Für wen zum Teufel hielten sie sich eigentlich, dass sie sich ein Urteil über meinen Zustand erlaubten? Dad hatte mich schon mal im Stich gelassen, und jetzt versuchte er es schon wieder. Aber so leicht sollten sie nicht davonkommen. Als ihre Wagentüren zuknallten, richtete ich mich auf.

Dad zündete den Motor, und ich tat dasselbe. Er wartete, dass ich losfuhr, aber ich winkte ihm, vorzufahren.

Ich durfte nicht zulassen, dass sich das *Disney-on-Ice*-Desaster wiederholte.

Sie würden nicht ohne mich in Urlaub fahren.

Das Garagentor ging zu. Dad ließ den Explorer langsam die Einfahrt hinunterrollen. Als er an mir vorbeifuhr, hupte er. Kim blickte starr geradeaus. Ich sah, wie sie die Straße hinunterfuhren und am Stoppschild hielten. Da legte ich den Gang ein und folgte ihnen.

Als wir zehn Minuten später eine Landstraße erreichten, die von ein paar kleineren Einkaufszentren gesäumt war, sah ich, dass Dad und Kim mich über den Rückspiegel beobachteten. Ich tat so, als merkte ich es nicht. Rechts wurde der erste Highway angekündigt, den sie nehmen mussten: US-30 W. Ich hatte die Strecke der vierundzwanzig Stunden dauernden Fahrt auswendig gelernt, um Dad beim Navigieren zu helfen, wenn wir kein Signal hatten.

Aber der SUV bog nicht auf den Highway ein, sondern wechselte die Spur. Das tat ich ebenfalls. Dann betätigte Dad urplötzlich den rechten Blinker und bog auf den Parkplatz einer Subway-Filiale ein. Ich lenkte meinen Wagen auf den Platz einer Werkstatt auf der gegenüberliegenden Straßenseite und sah zu, wie die Gillespies im Schnellrestaurant verschwanden. Sophie blickte über die Schulter hinweg zu mir. Sie wussten alle, dass ich ihnen folgte.

Ich umklammerte so heftig das Lenkrad, dass mir die Hände wehtaten. Mom hatte mir einmal von einem Campingurlaub erzählt, den sie in ihrer Kindheit mit ihrer Familie unternommen hatte. Am zweiten Tag im Pokagon State Park war ein Stinktier über ihren Platz gelaufen. Vor lauter Angst sprang ihr Dad auf den Picknicktisch und rührte sich nicht mehr, um das Stinktier nicht zu alarmieren. Mom sagte, dies sei das einzige Mal gewesen, dass ihr Vater Angst gezeigt habe. Nachdem das Stinktier verschwunden war, lachte der Rest der Familie ihn aus. Meine Mutter behauptete, er habe ausgesehen wie ein mitten in der Bewegung erstarrter Roboter. Sie lachten, bis ihnen der Bauch wehtat, bis ihnen die Tränen kamen und ihr Eis geschmolzen war. Noch Wochen später erwähnten sie immer wieder den Vorfall mit Pepé le Pew.

Ich wollte auch so was erleben, wollte meinen eigenen Insiderwitz, eine Geschichte, die bei jedem Familientreffen neu erzählt wurde. Ich wollte, dass der Geruch vom Lagerfeuer in meinen Kleidern haftete – ich hatte vor, meine Jacke mehrere Monate nicht zu waschen, um täglich daran zu riechen, wenn ich wieder in Deadwick wäre. Ich schmeckte schon fast die krosse Haut von gerösteten Marshmallows und das zähflüssige Innere, wenn ich fester zubiss. Ich sah mich bereits auf einem Baumstamm sitzen, mit Anna auf dem Schoß, während Billy Junior uns Gruselgeschichten erzählte.

Ich dachte, ich hätte alles richtig gemacht. Ich war höflich und lustig gewesen, hatte über ihre Witze gelacht und bei jeder Gelegenheit alles getan, um ihnen zu helfen. Als Kim erwähnte, sie habe Blasen an den Händen von der Gartenarbeit, kaufte ich ihr ein Paar Handschuhe. Dad gegenüber hatte ich immer wieder beteuert, welch ein Glück es sei, ihn als Vater zu haben. Ich hatte Anna geholfen, etwas an sich zu lieben, das sie hässlich fand; jetzt hatte sie keine Angst mehr, zur Schule zu gehen. Wie entschieden sie eigentlich, ob ich gut genug für sie war oder nicht? Warum war ich niemals für irgendjemanden gut genug?

Nicht aufregen, heimzahlen, zischte sie.

Ihr Befehl brachte Klarheit. Zuerst musste ich meinen Wagen loswerden. Er war zu groß und damit zu leicht erkennbar. Ich googelte den nächsten Busbahnhof.

Zwanzig Minuten später studierte ich den Busfahrplan und eine Landkarte. Dann kaufte ich mir ein Ticket. In einer Stunde sollte es losgehen.

Als ich eine andere Subway-Filiale auf der gegenüberliegenden Straßenseite sah, merkte ich, wie hungrig ich war. Während ich auf einer der harten gelben Bänke mein Schinken-Käse-Sandwich aß, stellte ich mir vor, ich äße es mit Dad und der Familie zusammen.

»Was, Schinken?«, sagte Billy Junior und rümpfte die Nase. »Salami ist viel besser.«

»Nein, das Beste ist Truthahn«, behauptete Sophie.

»Rose Gold hat recht«, sagte Kim und zwinkerte mir zu. »Mein Lieblingssandwich ist auch mit Schinken.« Sie biss ein großes Stück von ihrem ab und kaute lächelnd.

Kurz darauf aber fing sie an zu husten. Und dann musste sie würgen. Sie umklammerte ihre Kehle und bedeutete Dad, ihr die Wasserflasche zu reichen, aber der hatte auch angefangen zu würgen. Dad und Kim starrten mit hochrotem Gesicht und herausquellenden Augen auf ihre vier Kinder.

Wir Kinder starrten zurück.

»Gehen wir«, sagte ich zu den anderen, »sonst kommen wir nicht mehr rechtzeitig, um Glühwürmchen zu fangen.«

Die Kinder nickten und rieben sich vor Freude die Hände. Kim und Dad kippten um und wanden sich am Boden. Ihre Gesichter wurden ganz blau. Sophie und ich halfen Anna, auf dem Weg nach draußen über sie hinwegzuhüpfen.

Ich blickte auf meine Armbanduhr: Mein Bus würde in zwanzig Minuten losfahren. Ich warf mein Sandwichpapier weg und ging zum Wagen. Bis auf einen kleinen Koffer und die Jumbo-Marshmallows ließ ich alles, was ich eingepackt hatte, im Auto.

Ich schlenderte die lange Reihe der geparkten Busse entlang, blieb an Nummer 942 stehen und überflog die Liste der Ziele nach meinem: Bozeman, Montana. Da war es. Ich umklammerte meine Tüte mit Marshmallows noch fester, gab dem Fahrer mein Ticket und stieg in den Bus.

In Nullkommanichts würde ich sie einholen.

15
PATTY

Ich blinke und wechsle die Spur. Es fühlt sich gut an, wieder hinterm Steuer zu sitzen. Nur Adam und ich auf einer leeren Straße.

Ich werfe dem Baby über den Rückspiegel einen Blick zu. »Wohin?«, frage ich.

»Gadget World, James«, antworte ich mit quäkender Babystimme.

Adam starrt mich an, grinst aber, als ich das Radio einschalte. Er liebt die Musik der Achtziger genauso wie ich. Ich stimme eine mitreißende Version von »Didn't We Almost Have It All« an. Letzte Woche erfuhr ich, dass Whitney Houston gestorben ist, und war sehr betroffen. Adam kaut an seinem Fäustchen.

Nachdem ich mich über einen Monat lang tadellos benommen habe, vertraut mir Rose Gold endlich so sehr, dass ich sie dazu bringen konnte, mir das Baby zu überlassen, während sie arbeiten geht. Jetzt kann Mary Stone meinem Enkel keine hässlichen Lügen mehr einflüstern. Mary hat sicher einen Anfall bekommen, als Rose Gold es ihr mitteilte, aber er ist ja nicht Marys Kind, nicht wahr? War langsam

Zeit, dass sie aufhört, sich das zu nehmen, was rechtmäßig mir gehört.

»Du wirst dir noch den Appetit verderben«, warne ich den Kleinen. Aber er saugt weiter an seinen Fingern.

Ich habe Rose Gold auch überredet, sich von mir zur Arbeit fahren zu lassen, damit ich den Wagen haben kann. Zuerst sträubte sie sich, aber es ist doch idiotisch, dass das Auto den ganzen Tag nutzlos auf dem Parkplatz steht, während ich und Adam damit zum Arzt oder Supermarkt fahren könnten. Ich habe ihr vorgeschlagen, dass sie nach der Arbeit nach Hause joggt, schließlich schwärmt sie neuerdings ja so für Sport. Ich werde die kleine Lügnerin doch nicht täglich bringen *und* abholen. Da habe ich definitiv Besseres zu tun. Außerdem schafft man die Strecke in einer Dreiviertelstunde.

Seit Thanksgiving kümmert Rose Gold sich aufmerksamer um Adam, also hat meine Ansprache wohl gewirkt. Je mehr Zeit sie mit dem Baby verbringt, desto mehr lässt sie mich auch an ihrem Leben teilhaben. Ehrlich gesagt glaube ich, dass sie erleichtert ist, nicht mehr jede Entscheidung allein treffen zu müssen. Mutter zu sein ist so anstrengend. Es ist viel leichter, umsorgt zu werden. Und ich biete nur zu gern meine Dienste an.

Ein Beweis dafür, dass Rose Gold Hilfe braucht: Sie hat heute ihr Pausenbrot vergessen. Glücklicherweise hat sie eine Mutter, die bereit ist, es ihr zu bringen. Sie hat nicht mal darum gebeten, sondern ich habe die Papiertüte auf der Küchentheke gesehen und mir Adam und den Wagen geschnappt. Obwohl ich gar nicht weiß, warum ich mir solche

Mühe mache: In der Tüte sind nur ein paar gestiftelte Möhren und ein Apfel. Sie isst immer noch nichts.

Als ich den Fuß von der Bremse zum Gaspedal bewege, spannt sich die Haut an meinen Schienbeinen. Ich zucke zusammen. Die Schrammen an beiden Beinen sind mittlerweile verschorft. Je länger ich darüber nachdenke, desto lächerlicher kommt mir die Idee vor, Rose Gold hätte was mit meinem Laufband-Unfall zu tun. Eine alte Maschine kann man nicht so manipulieren, dass sie nur funktioniert, wenn man das will. Jedenfalls bin ich mir da ziemlich sicher.

Ich hatte erwartet, dass Rose Gold an einer der Kassen stehen würde, aber ich entdecke sie nirgendwo. Zwar hat sie mir erzählt, dass sie hier als Kassiererin arbeitet, aber wenn ich es recht bedenke, habe ich sie noch nie während einer Schicht besucht. Ganz kurz frage ich mich, ob sie mich wegen des Jobs angelogen hat.

Ich bleibe an Kasse zwei stehen, wo ein schlaksiger Junge mit geschlossenen Augen ein imaginäres Trommelsolo hinlegt. Er bemerkt mich erst gar nicht.

»Arnie?«, frage ich nach einem Blick auf sein Namensschildchen.

Er reißt die Augen auf und erstarrt. Hoffentlich kriegt er Standing Ovations.

»Arbeitet Rose Gold heute?«, erkundige ich mich.

»Ja«, stottert Arnie und wird rot. »Sie ist im Pausenraum. Seit sie aus dem Mutterschutzurlaub zurück ist, darf sie während ihrer Schicht ein paar Pausen mehr machen.«

Erleichtert seufze ich auf. Man kann einen Haushalt nur mit einem gewissen Maß an Lügen belasten.

»Sie hat ihr Pausenbrot vergessen«, erkläre ich und halte die Tüte hoch. »Das wollte ich ihr bringen.«

Ein allzu vertrauter Ausdruck von Neugier huscht über Arnies Gesicht. »Sind Sie ihre Mom?«, fragt er.

Vorsichtig bestätige ich das. Eigentlich dachte ich, ich würde gerne im Mittelpunkt stehen, aber langsam habe ich die Rolle als Sündenbock des ganzen Orts satt und würde lieber mal herumlaufen können, ohne böse Blicke zu ernten.

»Ist das ihr Baby?«, will er wissen.

Ich nicke. »Er heißt Adam.« Adam gurgelt, als wollte er das bestätigen.

Arnie lächelt den Kleinen an, aber mehr interessiert er sich für die Frau, die ihn auf dem Arm hält.

»Wie lange sind Sie schon raus aus dem Knast?«, platzt es aus ihm heraus.

Manieren sind in letzter Zeit wirklich Mangelware geworden. »Fünf Wochen.«

»Ist das Essen so schlecht, wie man immer sagt?«, fragt er mit hoffnungsvollem Unterton.

»Noch schlechter«, lüge ich, um ein bisschen Mitleid zu bekommen.

»Was war denn das Schrecklichste, was Sie essen mussten?«

Ich finde, er genießt das hier ein bisschen zu sehr. Also neige ich mich zu ihm und flüstere: »Rattenhirn.«

Halb entsetzt, halb ungläubig weicht er ein Stück vor mir zurück. Er schüttelt den Kopf, mit zweifelnder Miene.

Ich ziehe die Augenbrauen hoch und nicke.

Angewidert verzieht er das Gesicht.

Ich könnte diesem Jungen den ganzen Tag Horrorgeschichten erzählen, aber viel lieber will ich nach Hause auf meinen gemütlichen Fernsehsessel. Wie lange muss Rose Gold eigentlich Pause machen?

Arnie starrt zuerst zu Adam auf meinem Arm, dann auf die Papiertüte in meiner Hand. »Rose Gold hat uns ein paar Dinge erzählt«, bemerkt er. Jetzt will er sich wohl bei mir revanchieren.

»Ach ja? Was denn?«, frage ich gleichgültig. Ich bin sicher, dieser Einfaltspinsel ist der Letzte, dem meine Tochter etwas anvertrauen würde.

»Ja, also, dass Sie kontrollsüchtig sind.« Er wartet auf meine Reaktion.

Ich gähne. Es ist wahrlich kein Geheimnis, dass Patty Watts gern die Kontrolle hat.

Arnie legt nach. »Und sie kann nichts von Ihrem Essen zu sich nehmen.«

Nun hat er meine Aufmerksamkeit. Hat Rose Gold ihm erzählt, dass sie eine Essstörung hat? Jetzt ganz sachte. Wenn ich zu viel Interesse zeige, könnte er einen Rückzieher machen.

»Und wieso?«, frage ich und begutachte meine Fingernägel.

Daraufhin schweigt Arnie so lange, dass ich gezwungen bin, aufzublicken. An seiner Miene zeigt sich, dass er mit sich ringt. Er murmelt etwas Unverständliches.

»Geht es etwas lauter?«, herrsche ich ihn an.

Ein bisschen deutlicher sagt er: »Sie sagt, Sie wollen sie vergiften.«

Also hatte ich recht. Sie will wirklich, dass alle mich für schuldig halten. Aber wieso? Geht es um Mitleid von unseren Nachbarn oder um etwas Ernsteres? Glaubt sie wirklich, ich wollte ihr schaden?

Ich starre diesen Schwachmaten an und weiß nicht, was ich antworten soll. Vielleicht lügt er. Vielleicht versucht der ganze Ort, mich wieder dazu zu verleiten, ein Verbrechen zu gestehen, das ich nicht begangen habe. Möglicherweise nimmt er das Gespräch ja sogar auf. Wenn man nicht weiß, ob man sich auf festem Grund befindet, bewegt man sich am besten ganz vorsichtig.

Ich lächle. »Schon klar, warum sie Sie mag: Sie haben denselben schwarzen Humor. Ich persönlich finde Witze über Gift nicht lustig, aber jedem das Seine.«

Daraufhin sagt Arnie nichts, sondern starrt mich nur an. Ich winke kurz und schlendere bemüht lässig zum Gang mit den DVDs.

Dort tue ich so, als würde ich die Regale durchstöbern. In der Nähe versammeln sich mehrere Angestellte. Arnie hat den Alarm betätigt, und jetzt wollen mich etwa ein Dutzend finstere Gestalten begaffen. Zwei ältere Mitarbeiter, die unglaublich hässlich und ungepflegt sind, flüstern miteinander und weisen mit dem Kopf in meine Richtung. Ein Mädchen fängt an, mich mit ihrem Handy zu filmen. Ein Mann mit Spitzbärtchen schneidet eine Grimasse, während er ein Verlängerungskabel in den Händen dreht. Die Angestellten rücken immer näher. Keiner von ihnen lächelt. Ich hasse ihre dreisten Blicke, ihre Unverschämtheit.

»Mom?«

Ich wirble herum und entdecke Rose Gold am Ende meines Gangs. Noch nie war ich so erleichtert, ihre hässliche Visage zu sehen. Ihr ist deutlich anzusehen, wie verblüfft sie ist. Sie wirkt so jung und unschuldig, wie sie da steht. Vielleicht ist sie wirklich krank, und ich bin die Einzige, die das erkennen kann.

Mit großen Schritten gehe ich auf sie zu und halte die Lunchtüte in die Höhe. »Die hast du vergessen«, sage ich. Mir ist bewusst, dass ihre Kollegen uns beobachten. Ich gebe ihr ihr Pausenbrot.

»Das hättest du mir nicht bringen müssen«, entgegnet sie, nimmt mir Adam ab und fährt mit den Fingern durch sein feines Haar. »Ich hätte mir auch was kaufen können.«

Doch dann merkt auch sie, dass ein paar Umstehende zuhören, und ich kann förmlich mit ansehen, wie meine Tochter sich verändert. Sie löst den Blick von meinem Gesicht und senkt ihn zu Boden. Ihr Rücken krümmt sich, und sie zieht die Schultern zu den Ohren, wie eine Schildkröte, die sich in ihrem Panzer versteckt. Als sie wieder zu sprechen anfängt, flüstert sie nur noch. »Danke«, sagt sie.

Ich hebe die Hand, um ihr eine widerspenstige Strähne hinters Ohr zu streichen und meinen Mutterinstinkt vor diesen Leuten zu demonstrieren. Aber als meine Hand sich ihrem Gesicht nähert, zuckt sie zurück. Ein Fremder könnte den Eindruck bekommen, sie hätte Angst vor mir.

Ich muss wieder an Arnies Behauptung denken. Vielleicht hat er die Wahrheit gesagt.

Ich lächle meiner Tochter zu, lege ihr die Hand auf die

Schulter und drücke sie sanft. »Wir sehen uns zu Hause«, murmle ich.

Rose Gold nickt, ohne den Blick vom Boden zu heben. Ich nehme ihr Adam ab und verlasse den Laden. Adam umklammert auf dem ganzen Weg meinen Finger. Ich plappere albernes Zeug mit ihm. Er grinst, wenn ich rede, mittlerweile erkennt er meine Stimme.

Im Wagen gehe ich alle möglichen Szenarien durch. Arnie könnte zwar lügen, aber das ist unwahrscheinlich. Oder er könnte die Wahrheit sagen: dass Rose Gold mich bei ihm, bei Mary und bei jedem, der ihr zuhört, schlechtmacht. Aber warum? Hat Rose Gold tatsächlich eine Essstörung, oder versucht sie jeden, der das denkt, zu täuschen? Und wenn Letzteres stimmt, wieso lügt sie dann? Vielleicht hat sie sich während meiner Abwesenheit daran gewöhnt, im Mittelpunkt zu stehen. Vielleicht spielt sie auch gern das Opfer. Vielleicht hat sie das kleine braune Fläschchen mit der weißen Kappe in meiner Tasche entdeckt und leidet jetzt unter Verfolgungswahn. Ich greife in meine Handtasche, schiebe die Finger durch einen Riss im Futter und suche, bis ich es finde. Ich streichle das kühle Glas und verspüre dabei einen Druck in der Brust. Dann zünde ich den Motor.

Vielleicht ist das Ganze nur ein Machtspiel. Oder ihre Art, es mir heimzuzahlen, weil ich die Bindung zwischen ihr und Adam infrage gestellt habe. Ich habe ihr einen Schlag versetzt, also versetzt sie zum Ausgleich mir einen. Albernes Ding. Ein Anfänger sollte keinen Meister herausfordern. Dieses Spiel kann sie nicht gewinnen.

Das erinnert mich an den Sommer, als sie zehn Jahre alt

war. Wir langweilten uns zu Tode, und es war einer dieser schwülheißen Tage, an denen man so sitzen muss, dass die Haut nirgendwo aufeinanderliegt, weil sie sonst zusammenklebt und schmatzend auseinanderreißt, wenn man sich bewegt. Es ging uns miserabel, da wir keine Klimaanlage hatten. Wir hielten abwechselnd unser Gesicht vor den Bodenventilator und unterlegten das Flappen der Blätter mit Seufzen und Stöhnen.

Für Wochenendvergnügungen mussten wir viel Fantasie aufbringen, denn unsere Möglichkeiten waren begrenzt: einerseits durch den Mangel an Geld und andererseits, weil Rose Gold ständig erschöpft war. Sie war diejenige, die den Limonadenstand vorschlug.

Im Laufe der Jahre hatte sie das bei anderen Kindern gesehen, und sie fand die Idee richtig toll, dass Kinder ein richtiges Geschäft betreiben, mit Geld umgehen und mit Kunden sprechen konnten. Das fand sie alles sehr erwachsen.

Wir hatten noch ein paar alte Kartonbögen, also dachte ich, was soll's, und erlaubte ihr, in den Ort zu fahren. Davor schrieb sie zuerst mit Bleistift den Namen für ihr Geschäft auf einen Plakatkarton und malte ihn dann mit Duftmarkern aus: ›Rose Golds Limonadenstand‹. (Die Kreativität hatte sie wohl von ihrem Vater geerbt.) Als sie fertig war, machten wir Limonade aus einer Packung Kool-Aid-Brausepulver und Wasser. Wir hatten nicht die Mittel für Saft aus frisch gepressten Zitrusfrüchten oder exotischen Beeren, womit die Kinder heutzutage ankommen. Unsere Nachbarn hätten den Unterschied sowieso nicht geschmeckt.

Nachdem meine Tochter und ich alles auf dem Rücksitz gestapelt hatten, stiegen wir aufgekratzt in den Wagen und freuten uns auf das Abenteuer, das die krankheitsbedingte Monotonie ihres Alltags unterbrach. An einem leeren Parkplatz vor der Mall stellten wir den Tisch und Stühle auf, befestigten das Schild vor dem Tisch und packten die Limonade und Becher aus. Rose Gold hatte sich für fünfundzwanzig Cent pro Becher entschieden.

Zuerst war sie begeistert und rief laut unbeholfene Wersprüche wie »Es ist so heiß, da hilft ’ne Limo, wie man weiß« oder »Nur fünfundzwanzig Cent, damit die Sonne nicht so brennt«. Ich brachte es nicht übers Herz, ihr zu sagen, dass ihre Unternehmung sinnlos war. Da kein einziger Kunde auftauchte, ließ ihre Begeisterung rasch nach. Nach einer Stunde, in der sie nicht mal einen Becher Limonade verkauft hatte, benutzte sie ihr Plakat, um sich Luft zuzufächeln, und ließ ihren Kopf schlaff über die Rückenlehne hängen.

»Wo sind denn alle?«, jammerte sie. »Es sind nur vier Leute vorbeigekommen, dabei sitzen wir hier schon seit Stunden.«

Statt in meinen Muttermodus zu wechseln und ihr eine Predigt über Jammern und Geduld zu halten, ging ich auf die andere Seite des Tischs.

»Verzeihung, Miss«, sagte ich. »Ich hätte gern eine Limonade, bitte.«

Rose Gold verdrehte die Augen. Verstohlen blickte sie sich um, um zu sehen, ob jemand die peinliche Szene mit ihrer Mutter mitbekommen hatte.

»Gibt es denn noch Limonade?«, fragte ich.

Rose Gold kniff leicht die Augen zusammen. »Haben Sie fünfundzwanzig Cent?«

»Natürlich«, sagte ich, nahm meine unter dem Tisch stehende Tasche und öffnete den Geldbeutel.

Rose Gold griff nach der bis zum Rand gefüllten Thermoskanne mit Eis und musste beide Hände benutzen, um den roten Plastikbecher zu füllen. Dabei gab sie sich ganz lässig. Ich bemühte mich um eine ernste Miene, damit die Szene auch glaubwürdig war. Sie reichte mir den Becher. »Bitte sehr!«

Ich gab ihr den Vierteldollar. »Bitte sehr. Und *danke* sehr!«

Ich führte den Becher zu meinem Mund und trank einen großen Schluck. »Oh, was haben Sie denn da hineingegeben? Feenstaub? Wunderaroma? Was ist Ihre Geheimzutat?«

Unwillkürlich musste Rose Gold lachen. »Mom, du verdeckst die Sicht auf das Plakat.« Sie scheuchte mich zur Seite.

Vor wem denn?, wollte ich erwidern, verkniff es mir aber. Ich setzte mich wieder auf meinen Stuhl und ließ mir die säuerliche Limonade über meine Geschmacksknospen rinnen. Dann bot ich ihr meinen Becher an. Schlürfend trank sie einen Schluck. Limonade gehörte zu den Getränken, die sie vertrug. Manchmal.

Nach einer weiteren halben Stunde waren insgesamt zehn Wagen an uns vorbeigefahren. Sieben gaben Gas, zwei fuhren langsamer, um das Schild zu lesen, und gaben dann Gas, und ein Tattergreis – der bereits alt gewesen sein musste, als das Tote Meer noch krank war – versuchte zu feilschen. Dieses Fossil behauptete glatt, die Limonade sei höchstens zehn Cent wert. (Im Jahr 1720 vielleicht, als er geboren wurde.) Meine Tochter weigerte sich, ihm einen Nachlass zu gewähren. Also zog er ohne Limonade ab. Geschah dem Geizkragen recht.

Zwei Stunden Arbeit und eine einzige verkaufte Limonade – noch dazu an eine Verwandte! – machen kein Mädchen glücklich.

»Komm, wir fahren heim«, sagte Rose Gold. »Keiner will meine blöde Limonade.«

Ich schlug vor, den Stand an die Hauptstraße zu verlegen, wo mehr Betrieb herrschte. Zu Hause warteten nur stickige Luft und Fischstäbchen von gestern auf uns, und es war noch nicht mal Mittag. Mir gingen die Ideen aus, sie zu beschäftigen, deshalb wollte ich diese hier noch für mindestens eine Stunde ausreizen. Achselzuckend stimmte sie einem Ortswechsel zu. Ihr war es mittlerweile egal.

Ich packte Tisch und Stühle in den Wagen. Da leuchteten Rose Golds Augen auf.

»Warum holen wir nicht meinen Rollstuhl?«, fragte sie.

»Wieso?«, erwiderte ich. Normalerweise wollte sich meine Tochter nie in den Rollstuhl setzen.

Sie zuckte die Achseln. »Weil mir von dem harten Klappstuhl der Po wehtut.«

Also stimmte ich zu und fuhr nach Hause. Ich wuchtete den sperrigen Rollstuhl in den Van, fuhr zu unserem neuen Standort und baute Tisch und Stühle wieder auf, während Rose Gold in ihrem Rollstuhl saß.

Es stimmte: An der Hauptstraße herrschte mehr Betrieb. Und es ist viel schwieriger, den Limonadenstand eines Kindes zu ignorieren, wenn man zu Fuß unterwegs ist. Aber ich habe mich immer gefragt, ob nicht die meisten Kunden an diesem Vormittag tatsächlich kamen, weil sie ein kleines Mädchen im Rollstuhl sahen, das sich größte Mühe gab, Limonade zu verkaufen. Wichtiger noch ist jedoch, dass ich mich seitdem immer wieder gefragt habe, ob Rose Gold mit zehn Jahren schon gerissen genug war, um zu wissen, wie man Mitleid erregt. Oder soll ich sagen: wie man ein Handicap zu seinem Vorteil nutzt?

Sie verkaufte innerhalb von zwanzig Minuten zwei Thermoskannen Limonade und bekam dafür 6,40 Dollar. Von dem Geld kaufte sie sich ein Beanie Baby – Nuts, das Eichhörnchen, wenn ich mich recht entsinne.

Ich bin nicht die einzige Manipulatorin in meiner Familie.

In dieser Nacht wache ich auf, weil ich klirrend Glas zerbrechen höre. Ich schaue auf den Wecker: 3:35 Uhr. Gähnend richte ich mich auf und schlurfe zum Fenster. Ich reibe mir die Augen, um besser sehen zu können. Dann schreie ich auf.

Etwas auf unserem Rasen steht in Flammen.

Zwar ist das Feuer näher am Bürgersteig als an unserer Haustür, aber groß genug, um Anlass zur Sorge zu bieten. Ich renne zu Rose Golds Schlafzimmer und versuche, die Tür zu öffnen. Aber die ist wie immer verschlossen.

Ich klopfe. »Rose Gold!«

Nachdem ich einen Schritt zurückgetreten bin, warte ich darauf, dass sich der Schlüssel im Schloss dreht und die Tür aufschwingt. Aber nichts geschieht.

»Rose Gold!« Ich schlage mit der Handfläche auf die Tür.

Dann presse ich mein Ohr ans Holz und höre, wie Adam zu quengeln anfängt. Aber kein Zeichen von meiner Tochter.

Ich renne zurück zu meinem Schlafzimmer und gucke aus dem Fenster. Das Feuer ist größer geworden. In Panik hämmere ich noch mal an ihre Tür, dann stürze ich durch den Flur nach draußen. Beißender Wind an Armen und Beinen. Ich reiße die Seitentür der Garage auf, mache Licht und suche nach dem Feuerlöscher, bis ich ihn in der hinteren Ecke entdecke. Nachdem ich das Gerümpel beiseitegeschoben habe, nehme ich ihn von der Wand und renne wieder hinaus zur Einfahrt.

Von meiner Bewegung springt das Flutlicht an und erhellt den Vorgarten. Jetzt sehe ich, dass unsere Mülltonne brennt. Auf dem Weg dahin bemerke ich eine große Kreidezeichnung auf der Einfahrt, die den gesamten Asphalt bedeckt. Ich umrunde sie, um zu sehen, was das bedeuten soll. Dann erkenne ich einen Schädel mit gekreuzten Knochen.

Das universale Symbol für Gift.

Die Wärme in meinem Rücken erinnert mich an das Feuer. Ich drehe mich um, ziehe an der Pinne des Feuerlöschergriffs, ziele auf den brennenden Mülleimer und drücke den Hebel. Flüssiger Schaum schießt heraus und löscht einen Teil der Flammen. Eine gefühlte Ewigkeit halte ich drauf und schwenke den Feuerlöscher hin und her. Als die letzte Flamme gelöscht ist, sinke ich auf die Knie, starre auf den verkohlten Mülleimer und versuche, wieder zu Atem zu kommen.

Benzingestank reißt mich aus meiner Benommenheit. *Jemand hat dieses Feuer gelegt*, denke ich idiotischerweise. Blinzelnd starre ich zu den Nachbarhäusern, weil der Schuldige bestimmt dort zu finden ist. Aber ich bemerke keinerlei Lebenszeichen. Als ich erschauere, registriert mein Hirn, wie kalt mein Körper ist.

In der Garage finde ich eine Taschenlampe und lasse ihr Licht über den Bürgersteig und die Bäume huschen. Das Grundstück zu verlassen, traue ich mich nicht. Vielleicht suche ich lieber am nächsten Morgen gründlich nach Beweisen. Jetzt will ich nur noch ins sichere Haus zurück und den Riegel vorschieben.

Ich eile hinein und drücke die Tür hinter mir zu. Ein paar Sekunden lang halte ich inne, spüre, wie die geschlossene Tür an meinem Rücken mir Kraft gibt, und hole zitternd Luft.

Als ich am Ende des Flurs angelangt bin, hämmere ich erneut gegen Rose Golds Schlafzimmertür. Dieses Mal öffnet sich die Tür sofort.

Vor mir steht Rose Gold mit zerzausten Haaren und schaut mich blinzelnd an. »Wie spät ist es?«, fragt sie schläfrig.

»Wieso bist du nicht aufgewacht?«, rufe ich aus.

»Ich hab eine Schlaftablette genommen.« Sie gähnt. »Was ist los?«

»Jemand hat unsere Mülltonne angezündet«, erkläre ich.

Meine Stimme klingt so hysterisch, dass ich sie kaum wiedererkenne.

Rose Golds Augenbrauen zucken hoch. Langsam wird sie wach. »Was soll das heißen?«

»Ich habe gerade ein Feuer im Vorgarten gelöscht!« Wie kann man nur so begriffsstutzig sein?

Da klappt ihr die Kinnlade nach unten. »Im Ernst?« Endlich die gewünschte Reaktion. Wir starren uns beide mit offenem Mund an.

In dem Moment stößt Adam einen schrillen Schrei aus. Rose Gold bedenkt mich mit einem finsteren Blick und geht zum Bettchen, um ihn auf den Arm zu nehmen. Wie kann ich es wagen, mit meiner Feuerlöscherei das Baby aufzuwecken!

Kurz vergesse ich die Flammen auf dem Rasen und spähe ins Zimmer, weil ich wissen will, wieso meine Tochter beharrlich abschließt. Aber es sieht genauso aus wie am Tag meines Einzugs. Alles wirkt ganz normal.

Rose Gold kommt gähnend zurück zur Tür. »Könntest du ihn wieder zum Einschlafen bringen?«

Will sie etwa jetzt zurück ins Bett? Ich jedenfalls werde noch Wochen nicht schlafen können!

Ich nehme ihr das Baby ab. Sie lächelt, bevor sie mir die Tür vor der Nase zumacht. Mit Adam auf dem Arm gehe ich ins Wohnzimmer und schaukle ihn, bis er aufhört zu weinen. Als er mir die Zunge rausstreckt, muss ich trotz allem lachen. Ich drücke ihn fester an mich und spüre mein Herz an seinem kleinen Körper pochen.

Dieses Mal hat es jemand mit seiner Wut zu weit getrieben. Zwar hatte ich mir schon gedacht, dass die Einwohner von Deadwick mich nach meiner Haft nicht mit offenen Armen empfangen würden, aber doch nie, dass ich hier ernsthaft in Gefahr wäre. Doch genau so fühle ich mich: gefährdet. Angestrengt überlege ich, wer dahinterstecken könnte: Mary Stone, Tom Behan, Bob McIntyre, Arnie oder andere Angestellte bei Gadget World? Vielleicht spielt einer von ihnen den Ritter auf dem weißen Pferd und ist wild entschlossen, mir eine Lektion zu erteilen.

Ich werfe einen Blick auf das unschuldige Bündel in meinen Armen. Es wäre viel besser für ihn, wenn er woanders aufwachsen würde, weit weg von den Irren in Deadwick.

Seufzend versuche ich, diese letzten Minuten Ruhe zu genießen. Denn ich werde, wenn nötig, die ganze Nacht aufbleiben, um auch noch den letzten Rest Kreide vom Asphalt der Einfahrt zu schrubben. Keiner von Rose Golds Kreuzrittern soll die Genugtuung bekommen, seine Drohung bei Tageslicht zu sehen.

Und Rose Gold auch nicht.

16
ROSE GOLD

Während der vierundzwanzig Stunden dauernden Busfahrt hielten wir sechsmal in Indiana, zweimal in Wisconsin und mussten einmal mit Wartezeit in Chicago umsteigen. Als wir die Grenze zu Minnesota überquerten, vibrierte mein Handy. Eine SMS von Dad. Obwohl er so gemein zu mir gewesen war, freute ich mich doch, seinen Namen auf dem Display zu sehen.

Dad: *Wollte dir nur mitteilen, dass wir fast da sind.*

Dad: *Kim übernimmt das letzte Stück.*

Dad: *Tut mir leid, dass ich dich nicht mitgenommen habe.*

Dad: *Und so kurz angebunden war.*

Dad: *Ich freue mich, dass du die Krankheit besiegst, finde aber immer noch, dass es für dich zu früh für einen solchen Aktivurlaub ist.*

Pause.

Dad: *Ich hab zwar gesagt, nach dem Urlaub sollten wir uns treffen, aber da es dir jetzt besser geht, glaube ich, ich brauche mal eine Weile Freiraum.*

Was? Wie lang ist denn eine Weile?

Dad: *Ich hoffe, du weißt, wie schön ich es finde, dich kennenzulernen.*

Dad: *Das meine ich ganz ehrlich.*

Wieso hatte ich das Gefühl, er wollte mit mir Schluss machen?

Dad: *Es hat mir so viel bedeutet wie dir.*

Dad: *Aber wegen der ständigen Fahrten nach Deadwick und der vielen SMS und E-Mails an dich und wegen der ewigen Sorge um dich habe ich meine Familie vernachlässigt.*

Ich schrieb schon *Ich gehöre AUCH zu deiner Familie*, löschte es dann aber wieder.

Dad: *Seit der Beförderung muss ich mehr denn je arbeiten.*

Dad: *Da möchte ich in meiner spärlichen Freizeit für meine Frau und meine Kinder da sein.*

Ich kämpfte mit den Tränen. Was, wenn er mich nie mehr wiedersehen wollte?

Dad: *Ich weiß, du bist auch mein Kind, aber du bist schon erwachsen, und sieh dich an: Du hast den Krebs besiegt!*

Dad: *Du hast Mrs. Stone und deine Nachbarn, aber meine Kinder haben nur ihre Eltern.*

Dad: *Und Anna ist erst sieben.*

Dad: *Ich könnte es mir nie verzeihen, wenn sie ohne Vater aufwachsen müssten.*

Ein markerschütternder Schrei bildete sich in meiner Kehle. Ich musste mir mit der Hand gegen das Kinn drücken, um nicht vor Wut zu brüllen. Wie konnte er mir das antun?

Dad: *Diesen Fehler habe ich schon einmal begangen.*

Dad: *Es tut mir leid.*

Dad: *Wirklich, es tut mir so leid, Rose.*

Als ich meinen Spitznamen sah, den einzigen Spitznamen, den ich je bekommen hatte, verrauchte mein Zorn. Zum ersten Mal, seit ich in den Bus gestiegen war, sah ich mit kristallklarer Deutlichkeit, was ich da vorhatte: Weil mein Dad mich nicht mit seiner Familie in den Yellowstone Park fahren lassen wollte, folgte ich ihnen heimlich. Was dachte ich mir denn dabei? Wollte ich etwa ihr Essen stehlen? Die Schnüre ihrer Zelte kappen? Ein Loch in ihr Kanu bohren? Jetzt endlich erkannte ich, dass ich ihn für immer gegen mich aufbringen würde, wenn ich auftauchte und ihm den Sommerurlaub verdarb. Ich musste mit kleinen, vernünftigen Schritten versuchen, die Gillespies für mich einzunehmen. Nach Bozeman durfte ich jetzt auf gar keinen Fall.

Ich stand auf und trat in den Gang. »Anhalten!«, rief ich.

Die Fahrerin warf mir über den Rückspiegel einen Blick zu. »Hinsetzen, bitte, Miss«, sagte sie gelangweilt.

Ich sammelte meine Sachen zusammen und schwankte nach vorn. »Ich muss aussteigen«, beharrte ich flehend.

»Sie glauben wohl, Sie wären in einem Film? Wir befinden uns auf dem Highway«, entgegnete sie ungläubig. »Und jetzt setzen Sie sich.«

Ich nahm ganz vorne Platz. »Aber es ist die falsche Richtung«, sagte ich mit tränenerstickter Stimme. »Ich hab einen Fehler gemacht.«

»In zehn Minuten halten wir in Minneapolis«, rief die Fahrerin der Gruppe zu. Zu mir gewandt fügte sie leiser hinzu: »Wir alle machen Fehler. Aber man kann immer wieder neu anfangen.«

Ich klammerte mich an den Sitz vor mir und dachte an

die brandneue Angelrute, die noch in meinem Van in Indiana lag. Ich sah förmlich vor mir, wie die Gillespies in ihrem Boot mit sechs Sitzen die Angelruten aufrichteten. Dad half den Kindern, den Köder anzubringen. Kim versuchte, Anna mit Sonnencreme einzuschmieren, aber die entzog sich zappelnd, guckte ins Wasser und gab jedem Fisch, den sie sah, einen Namen. Dad stellte auf meinen leeren Sitz eine Kühltasche mit Getränken, und die Kinder stritten sich, wer die blaue Gatorade bekam. Wann würde ich je in einem Boot fahren oder angeln lernen? Die Vorstellung, dies alles allein zu tun, kam mir absurd vor. Wieder einmal war mir ein Familienausflug entgangen.

Ich wischte mir die Augen. Dad war nicht schuld an meiner schlimmen Lage. In einer normalen Familie hätte ich mich nicht in einen gemeinsamen Urlaub mogeln oder ihre Gastfreundschaft überstrapazieren müssen. Ohne meine Mutter müsste ich nicht die verlorene Zeit nachholen. Mittlerweile saß sie seit fast drei Jahren im Gefängnis, und ich hatte nicht ein einziges Mal mit ihr gesprochen. Hoffentlich würde ich ihr mieses, verlogenes Gesicht nie wieder sehen müssen. *Sie* verdiente es, zerstückelt zu werden, nicht Dad.

Als der Bus auf dem Parkplatz hielt, stieg ich schnell aus, aber nicht, ohne mich bei der Fahrerin entschuldigt und bedankt zu haben.

Wie war ich nur hier gelandet? Nicht in Minneapolis, sondern in dieser Lage? Meine beste Freundin, auch wenn sie eine gemeine Kuh war, redete nicht mehr mit mir. Mein Dad wollte mehr Freiraum, und meine Mutter war im Gefängnis. Ich hatte niemanden. Ich war ganz allein.

Die Vorstellung, einfach umzukehren und nach Hause zu fahren, war unerträglich. Schließlich hatte ich Scott eine Woche Urlaub abgebettelt. Zwar konnte ich hierbleiben, kannte aber niemanden in Minnesota.

Also studierte ich wieder einmal die Landkarte und den Busfahrplan. Ich musste irgendwohin, denn an diesem Busbahnhof konnte ich nicht bleiben. Aber wo soll man hin, wenn man ganz allein ist?

Da verharrte mein Blick auf der Landkarte. Ich war ja gar nicht allein. All die Jahre hatte ich versprochen, ihn zu besuchen, und einen perfekteren Moment gab es gar nicht. Schließlich hatte ich Zeit und war schon ein Stück westwärts gefahren.

Ich ging zum Ticketschalter. Zwar war ich zu weit im Norden, aber den Kurs konnte ich korrigieren. Bis zum Wochenende würde ich da sein.

»Kann ich Ihnen helfen?«, fragte der Mann am Schalter. Er trug eine Augenklappe. Ein sehr gutes Omen.

»Ein Ticket nach Denver, bitte«, antwortete ich.

Es war längst überfällig, Phil leibhaftig zu treffen.

Um zehn Uhr morgens, als der Bus nur noch eine Stunde von Denver entfernt war, entschied ich, Phil meinen echten Namen zu simsen. Unser erstes richtiges Gespräch sollte nicht damit anfangen, dass ich ihn korrigieren musste, wenn er mich Katie nannte. Schließlich konnte ich nicht ewig so tun, als wäre ich jemand anderes.

Ich: *Ich war nicht ganz ehrlich zu dir.*

Phil: *Was meinst du?*

Ich: *Mein richtiger Name ist Rose Gold.*

Ich: *Ich hab dich angelogen, weil ich nicht wollte, dass du online oder in irgendeiner Zeitung von meiner schlimmen Familiengeschichte liest.*

Ich: *Es tut mir leid.*

Mit zittrigen Händen ließ ich das Handy auf meinen Schoß sinken und seufzte erleichtert auf. Es war schon ein Risiko, meine Lüge zu gestehen, aber es fühlte sich gut an, alles mit Phil zu klären. Blieb nur zu hoffen, dass er mich nicht sofort googelte und herausfand, wie ich aussah, sonst würde er sich niemals mit mir treffen wollen. Ich wartete auf seine Antwort.

Phil: *Aha.*

Phil: *Einerseits bin ich überrascht, andererseits auch nicht. Ist schließlich alles übers Internet gelaufen.*

Ich: *Es tut mir ehrlich leid.*

Phil: *Hey, ich versteh das.*

Ich spürte ein hohles Gefühl im Bauch. Aber fragen musste ich.

Ich: *Willst du immer noch mit mir reden?*

Phil: *Na klar.*

Ich: *Gut, denn ich bin fast in Denver.*

Phil: *Was?*

Ich: *Ich wusste, dass ich dich mit meinem Besuch überraschen muss. Sonst hättest du nie zugestimmt. Ich sitze jetzt im Bus und bin fast da.*

Ich: *Hol mich in einer Stunde am Busbahnhof in Denver ab. Den an der 19th Street. Ich trage einen lila Kapuzenpulli.*

Mir hämmerte das Herz, aber ich war auch stolz auf

mich. In letzter Zeit hatte ich immer mehr die Kontrolle über mein Leben übernommen. Ich hatte mich gegen Alex gewehrt und ihr eine Lektion erteilt. Ich hatte vom Geschäftsführer verlangt, mir eine Woche Urlaub zu geben. Ich hatte meinen Vater kennengelernt und mich von meiner Mutter losgesagt. Und jetzt erteilte ich Phil Anweisungen. Die schüchterne Rose Gold gehörte der Vergangenheit an.

Phil: *Okay, ich werde da sein.*

Ungläubig starrte ich auf die Nachricht. Ich würde tatsächlich meinen Internetfreund kennenlernen.

Phil: *Ich werde eine graue Baskenmütze tragen.*

Ich freute mich so sehr darüber, nicht abserviert zu werden, dass ich das schlechte Omen *Grauer Hut* zu ignorieren versuchte. Zwar hatte ich noch nie einen Snowboarder mit einer grauen Baskenmütze getroffen. Andererseits kannte ich überhaupt keine Snowboarder. Also hieß es: abwarten.

Die letzte Stunde im Bus zog sich endlos dahin. Die meiste Zeit sah ich mir Make-up-Tutorials bei Youtube an. Am Ende aber schminkte ich mich so, wie ich es bei Alex gesehen hatte. Danach übte ich, wie ich mit Phil reden konnte, ohne meine Zähne zu zeigen – obwohl das vollkommen unnötig war, denn das praktizierte ich schon seit Jahren.

Der Bus fuhr auf den Parkplatz. Ich hatte Schmetterlinge im Bauch. Es war ein denkwürdiger Tag, ganz gleich, ob er sich gut oder schlecht entwickeln würde. Ich spähte aus dem Fenster, um einen ersten Blick auf Phil zu erhaschen. Doch der Parkplatz war fast leer. Ein paar Autos warteten, aber ich konnte keinen der Fahrer sehen.

Der Bus hielt, die Türen gingen auf. Ein paar Fahrgäste

verließen mit mir den Bus und reckten sich gähnend. Ich drängte sie, sich schneller zu bewegen, und stieg als Letzte aus. Ein paar der anderen eilten zu den wartenden Autos. Sie steckten den Kopf durchs Fahrerfenster, um ihre unsichtbaren Angehörigen zu begrüßen und zu küssen. Ich überblickte den Parkplatz, sah aber keine graue Baskenmütze.

Was war, wenn er mich einfach versetzte?

Ich tappte mit dem Fuß auf den Boden und verschränkte die Arme.

Niemand achtet hier auf dich, sagte ich zu mir. *Und wenn, dann nehmen sie an, dein Abholer käme einfach zu spät.*

Ich würde ihm eine Viertelstunde geben. Wenn er bis dahin noch nicht aufgetaucht wäre, wüsste ich Bescheid. Ich befürchtete schon, wieder in den Bus zurückzumüssen.

Da tippte mir jemand auf die linke Schulter. »Rose Gold?«

Als ich herumwirbelte, sah ich einen Mann vor mir stehen, der die Arme steif nach unten hielt. In der einen Hand hatte er zwei schlaffe Gänseblümchen. Unter seiner grauen Baskenmütze schlängelte sich ein rotblonder Pferdeschwanz hervor. Er hatte einen Bierbauch und einen Schnurrbart, in dem sich schon weiße Haare zeigten, trug eine Brille und war mindestens sechzig.

Das konnte nicht Phil sein.

Der Mann streckte mir seine Hand entgegen. »Ich bin Phil«, stellte er sich vor.

»Rose Gold«, murmelte ich wie betäubt und drückte ihm die Hand.

Dieser Kerl war alt genug, um mein Großvater zu sein,

und während unserer nächtlichen Plaudereien hatte ich ihm mehr als einmal gesagt, dass ich ihn liebte. Gleich würde ich ihm auf seine Birkenstocksandalen kotzen.

»Hast du Hunger? Ich dachte, wir könnten im Crispy Biscuit da hinten einen Happen essen. Ist ein großartiges Diner.« Phil kratzte sich am Ellbogen, worauf sich ein Hautschüppchen ablöste. Langsam dämmerte mir, dass ich unglaublich dumm gewesen war und einen Riesenfehler gemacht hatte.

Phil ging auf einen schwarzen Pick-up zu. Ich trottete hinter ihm her und ließ mir absichtlich Zeit, weil ich auf gar keinen Fall in den Wagen dieses Typen einsteigen wollte. Erst kürzlich hatte ich angefangen, Horrorfilme zu gucken, und anscheinend machten alle Hauptfiguren ständig fatale Fehler – riefen nicht die Polizei, versteckten sich an naheliegenden Orten, stiegen zu Fremden ins Auto –, während ich sie anbrüllte, nicht so blöd zu sein. Ich hatte mir geschworen, höchstens einen Fehler pro Tag zu machen.

»Wie weit ist das Diner entfernt?«, erkundigte ich mich.

»Nicht mal zwei Minuten Fahrt«, erklärte Phil und räusperte sich, um den Schleim in seiner Kehle zu lösen.

»Vielleicht laufen wir dann besser«, erwiderte ich. »Schließlich hab ich schon etwa vierundzwanzig Stunden im Bus gesessen.«

Phil warf mir einen Blick von der Seite zu. »Kein Problem«, nickte er. Dann hielt er inne, und ich blieb ebenfalls stehen. »Aber du glaubst doch nicht, ich würde dir was antun, oder?«

Ich warf ihm ein mattes Lächeln zu. »Natürlich nicht. Ich brauch nur ein bisschen frische Luft.«

Den Rest des Weges legten wir schweigend zurück. Phil bot mir an, meinen Koffer zu tragen, aber ich lehnte ab, obwohl ich keine Wertsachen darin hatte. Wenn ich ihn im Notfall zurücklassen musste, wäre das nicht schlimm.

Im Crispy Biscuit wies uns die lethargische Kellnerin eine Sitznische zu und gab uns die Speisekarten. Ich zuckte zusammen, als Phil seine Baskenmütze abnahm und seine Geheimratsecken präsentierte. Summend studierte er die Karte. Ich hingegen plante meine Exitstrategie.

Ich würde das Essen hinter mich bringen und dann behaupten, ich hätte eine Tante in der Stadt, die mich abholen käme. Tatsächlich sollte ich ihm vielleicht direkt von der Tante erzählen, damit er wüsste, dass mich jemand vermisste, falls ich verschwand. Andererseits hatte ich ihm in unseren unzähligen Gesprächen immer wieder gesagt, dass ich außer meiner Mutter keine lebenden Angehörigen hatte. Vielleicht konnte es sich um eine lang vermisste Tante handeln. Oder, halt! Ich hatte ihm ja erzählt, ich hätte meinen Vater gefunden. Da konnte ich sagen, mein Dad sei auf einer Geschäftsreise in Denver und würde mich nach diesem Treffen abholen. Sollte ich Dad nicht wirklich simsen, dass ich in Gefahr war? Zwar wollte er seinen Freiraum, aber das schloss Notfälle doch aus, oder? Vielleicht konnte dies die Sache sein, die uns wieder zusammenbrachte. Er würde ein schlechtes Gewissen bekommen und alles vergessen, was er gesagt hatte. Er konnte der Klischeevater sein, der mit der Schrotflinte auf der Veranda saß und darauf wartete, dass seine Tochter von ihrem halbwüchsigen Freund nach Hause gebracht wurde. Vergeblich versuchte ich, mir Dad mit einer Schrotflinte vorzustellen. Wahrscheinlich besaß Phil gleich mehrere Schusswaffen.

»Was soll's sein?«, fragte Phil, der mich beobachtete.

Ich zuckte zusammen. »Wie bitte?«

»Ich bestelle das Denver-Omelett. Spricht dich hier irgendwas an?«

Trotz meiner Beklemmung merkte ich, dass ich kurz vorm Verhungern stand, weil ich seit zwei Tagen nichts Richtiges mehr gegessen hatte. Nach einem Blick auf die Karte entschied ich mich für das Erste, was ich sah: »Blaubeer-Pancakes.«

»Gute Wahl«, grinste Phil und neigte sich vor. »Weißt du, du brauchst keine Angst zu haben. Ich bin kein irrer Axtmörder oder so was.«

Ich quetschte ein Lachen heraus. »Aber würde ein Axtmörder nicht genau so was sagen?« Ich klang schon wie meine Mutter.

»Du wolltest mich unbedingt treffen«, erinnerte Phil mich.

»Ja, aber du bist ...« Ich verstummte.

»Alt?«, schlug Phil vor.

»Du hast gesagt, du hättest die Highschool geschmissen.«

»Habe ich auch. Vor langer Zeit«, gluckste Phil.

»Du hast gesagt, du wohntest im Haus deiner Verwandten.«

»Stimmt auch. Sie haben es mir vor einiger Zeit verkauft.«

Ich runzelte die Stirn. »Du bist ganz anders, als ich mir vorgestellt habe.«

Er musterte mich. »Du auch.«

Was sollte das heißen? Dass ich hässlicher war als erwartet? Flachbrüstiger? Magerer? Ich fragte mich, ob er mich einschätzte, ob er überlegte, wie viel ich wog und ob ich mich wehren konnte, wenn er mich zu seinem Wagen schleppte. Oder er war nicht gewalttätig, sondern versuchte, mich zu überlisten. Aber auf gar keinen Fall wollte ich Sex mit diesem Mann.

»Ich hatte nie vor, ein eingefleischter Junggeselle zu werden, der in seiner Holzhütte im Wald Kafka liest«, bemerkte Phil und hielt dann inne. »Nein, nur Spaß – Kafka ist scheiße. Hast du je was von ihm gelesen?«

Ich schüttelte den Kopf.

»Muss man auch nicht. Ich persönlich bin mehr ein Fan von Margaret Atwood und hab *Der Report der Magd* mindestens dreißig Mal gelesen. Da findet man jedes Mal was Neues, worüber man nachdenken kann, verstehst du? Allerdings gebe ich auch gern zu, dass ich so was wie *Eat Pray Love* lese. Elizabeth Gilbert ist der Liebling der Nation.« Phil war so geschwätzig, dass ich mich fragte, ob er in den letzten sechzig Jahren überhaupt einen echten Gesprächspartner gehabt hatte. Ich musste aber zugeben, dass er mir nicht wie ein Axtmörder vorkam.

»Wohnst du wirklich ganz allein im Wald?«, fragte ich.

Wieder gluckste er. »Mehr ist bei dir nicht hängen geblieben? Ich hab doch gesagt, dass ich in einer Blockhütte wohne.«

»Ja, mit deiner Tante und deinem Onkel«, entgegnete ich finster und spürte, wie meine Angst vor ihm schwand.

»Seien wir doch ehrlich.« Seine Augen glitzerten. »Keiner will online mit einem alten Mann chatten, selbst wenn es ein netter alter Mann ist. Manchmal müssen wir etwas kreativer mit der Wahrheit umgehen. Das verstehst du doch, Katie, oder?« Er amüsierte sich, als wäre das alles ein prächtiger Streich.

Und da hatte er wohl recht. Ich hatte fünf Jahre meines Lebens geglaubt, ich befände mich in einer echten Beziehung, dabei war ich meinem ersten Kuss noch keinen Schritt näher gekommen. Ich wusste nicht, ob ich lachen oder weinen sollte.

»Also kann ich wohl auch davon ausgehen, dass du nicht Snowboard fährst«, sagte ich.

Phil lachte bellend auf und schlug sich auf den Bauch. »Nicht seit ich mir mal in der Schule den Rücken verrenkt habe. Aber einmal habe ich tatsächlich Unterricht gehabt. Hunter meinte, ich sei ein Naturtalent.« Er strahlte.

Hunter – ja, das war der richtige Name für einen Snowboardlehrer Mitte zwanzig. Am liebsten hätte ich mich geohrfeigt.

»Bist du nicht einsam, wenn du so allein lebst?«, fragte ich.

»Aber hast du nicht gesagt, du lebst auch allein?«, gab Phil zurück.

Ich starrte in meinen Kakao. »Aber ich habe nie behauptet, dass ich nicht einsam wäre.«

Phils Miene wurde weich. »Klar hätte ich viel lieber Frau und Kinder gehabt, mittlerweile sogar Enkel. Aber wenn ich im echten Leben versuche, mit jemandem zusammenzukommen, geht das jedes Mal schief. Als mir einmal zu oft das Herz gebrochen wurde, habe ich eben mein Schicksal akzeptiert.« Offenbar sah er mir mein Mitgefühl an, denn er fuhr fort: »Ich mach eben das Beste draus. Züchte Gemüse und backe Brot. Mein Fleisch hole ich von einem Schlachter in Denver. Ich versuche, mein Haus autark zu gestalten, aber ich bin kein Einsiedler oder so. Einmal im Monat zum Beispiel singe ich in einem Chor. Wie Thoreau schon sagte: ›Ich habe nie einen Gefährten gefunden, der so angenehm war wie die Einsamkeit.‹«

In einer anderen Geschichte wäre Phil ein Serienkiller gewesen. In dieser hier war er ein philosophischer Eremit.

Die Kellnerin brachte unser Essen. Ich beträufelte die Blaubeer-Pancakes mit Sirup, schnitt ein Stück ab und steckte es in den Mund. Wie immer, wenn ich den ersten Bissen von einer besonders köstlichen Speise aß, erschauerte ich. Die Pancakes waren dick und fluffig und zergingen mir im Mund. Ich stopfte einen Bissen nach dem nächsten in mich hinein, ohne darauf zu achten, wie das aussah.

»Was meinst du mit ›autark‹?«, fragte ich mit vollem Mund.

»Ich habe Hydrokultur im Garten und heize und kühle meine Hütte unabhängig. Habe auch kein Bankkonto, sondern zahle bar und werde bar bezahlt.«

»Womit verdienst du denn dein Geld?«

»Ich verkaufe Gemüse, gebe Highschool-Kindern Nachhilfe, räume Schnee im Winter.« Er neigte sich vor und flüsterte: »Ich erschaffe falsche Identitäten.«

Ich wollte schon lachen, merkte dann aber, dass er es ernst meinte. Wo war dieser Typ gewesen, als ich beweisen musste, dass ich schon einundzwanzig war und somit Alex und Whitney ins Kirkwood begleiten konnte?

»Ist Phil auch eine falsche Identität?«

Daraufhin zog Phil nur bedeutungsvoll die Augenbrauen hoch.

»Wie ist denn dein richtiger Name?«

Phil schüttelte den Kopf. »Tut mir leid, Kleine, aber das kann ich nicht sagen. Meinen Namen hab ich vor dreißig Jahren geändert, um meiner Vergangenheit zu entfliehen.« Er betrachtete sein Omelett. »Ich hab auch eine Mutter, die ich gerne vergessen würde.«

Ich fasste es nicht, dass der echte Phil und ich etwas gemeinsam hatten. Ich hatte längst vergessen, dass ich ihm die ganze Zeit erzählt hatte, wie grässlich meine Mutter war.

»Ich weiß, was du meinst«, sagte ich und spürte die Wut in meiner Stimme. »Meine Mom hat mir mein Leben ruiniert.«

Phil warf mir ein trauriges Lächeln zu. »Lass die Verbitterung los, Schätzchen. Sonst richtet sie dich zugrunde.«

»Wie lässt *du* sie denn los?«, wollte ich wissen.

»Das ist eine sehr gute Frage.« Er aß den letzten Bissen von seinem Omelett.

Da wurde mir klar, dass ich den echten Phil in diesem

Augenblick mehr brauchte als meinen Fantasiefreund aus dem Internet. Ich lächelte ihn an, es war ein aufrichtiges Lächeln, mit dem ich ihm signalisieren wollte, dass ich froh war, hier zu sein, dankbar, jemandem gegenüberzusitzen, der auch eine schlimme Kindheit gehabt hatte.

Phil schrak kaum merklich zurück – na klar, wegen meiner Zähne. Ich wurde rot. Die ganze Zeit hatte ich gedacht, ich wäre die Einzige, die sich ekelte. Aber jetzt stellte ich mir vor, ich würde Phil in ein paar Jahren wiedersehen, genau in diesem Diner, aber mit strahlend weißen Zähnen. Ich würde mich nie wieder wegen meines Lächelns schämen.

»Entschuldige mich«, sagte Phil, stand auf, faltete seine Serviette und legte sie auf seinen Platz. »Ich muss mal aufs Örtchen.«

Als er weg war, holte ich mein Handy heraus und schickte meinem Dad eine SMS.

Ich: *Ich hab mich in Colorado mit einem Typen getroffen, den ich aus dem Internet kenne.*

Ich: *Wie sich herausstellt, ist er 60 und wohnt allein im Wald. Ich dachte, er wäre 20.*

Ich: *Er wirkt normal, aber wenn du nichts mehr von mir hörst, ruf die Polizei in Denver an, ja?*

Dann las ich meine Nachrichten noch mal. Alles darin entsprach der Wahrheit. Was machte es schon, wenn ich ein paar Details wegließ, die die Befürchtungen meines Vaters gemindert hätten? Jetzt konnte er mich auf keinen Fall mehr ignorieren. Ich musste nur noch warten, bis er ein Netz fand; er hatte mich schließlich gewarnt, dass er beim

Campen nicht erreichbar war. Also steckte ich mein Handy wieder weg.

Phil kam zurück und setzte sich. Beeindruckt schaute er auf meinen Teller, den ich bereits geleert hatte. »Hat es dir geschmeckt?«, fragte er.

»Köstlich«, bestätigte ich.

»Hier bin ich noch nie enttäuscht worden.«

Die Kellnerin brachte die Rechnung, woraufhin Phil zwei Zwanziger auf den Tisch legte. Ich griff zwar nach meiner Brieftasche, aber er winkte ab. Ich protestierte nicht.

Er räusperte sich. »Tja, also, ich glaube, keiner von uns hofft auf was Körperliches, oder?«

Ich schüttelte den Kopf. Einerseits war ich erleichtert, dass Phil nicht interessiert war, andererseits schämte ich mich, dass ich von einem alten, einsamen Knacker zurückgewiesen wurde.

»Für mich ging's in unserer Beziehung sowieso nie um was Körperliches«, erklärte er unbeholfen. »Ich hatte damals den Eindruck, dass du einen Freund brauchst.«

Ich öffnete zwar den Mund, wusste aber nicht, was ich sagen sollte. Es war doch erbärmlich, wie ich als Sechzehnjährige auf Phil gewirkt hatte. Aber noch schlimmer war, dass die Beschreibung fünf Jahre später immer noch auf mich passte.

»Ich brauchte auch mal einen Freund«, versuchte er mich zu trösten, »deshalb habe ich dich heute auch nicht am Busbahnhof stehen lassen. Ich war auch mal ein Kind, das vor Gewalt und Unterdrückung geflohen ist.«

War es das, was ich machte? Die Frage blitzte in mir auf, während Phil weiterredete.

»Hier mein Vorschlag: Wie wäre es, wenn ich dich zum Flughafen bringe, dir vierhundert Dollar für ein Flugticket gebe und du kannst fliegen, wohin du auch willst? Du könntest ganz neu anfangen.«

Hoffnungsvoll sah er mich an. Ich hatte diesen Mann vollkommen falsch eingeschätzt. Er wollte mir nichts antun, sondern mir helfen. Mir kamen nur deshalb nicht die Tränen, weil ich zu erschöpft und überwältigt war.

»Ich will wirklich nicht mehr in den Bus zurück«, lachte ich schwach.

»Musst du auch nicht. Lass dir von mir helfen«, bekräftigte Phil. »Als ich in deinem Alter war, hat mir auch jemand geholfen, wieder auf die Beine zu kommen. Da habe ich mir geschworen, eines Tages das Gleiche zu tun.«

»Bist du sicher?«, fragte ich.

»Absolut«, nickte Phil.

Gemeinsam verließen wir das Diner. Am liebsten hätte ich diesen Fremden umarmt, den ich schon so lange kannte, wollte aber keine falschen Signale aussenden. Sicherheitshalber.

Es war eine stille Fahrt bis zum Flughafen von Denver. Während Phil fuhr, dachte ich darüber nach, wohin ich wollte. Ich konnte nach Kalifornien fliegen und zum ersten Mal das Meer sehen. Oder zur Freiheitsstatue in New York. Ich fragte mich, ob vierhundert Dollar für ein Ticket nach Mexiko reichten: Dort sollte es sonnig und warm sein, und niemand würde meine Geschichte kennen. Ich konnte Rose bleiben oder mir wie Phil einen neuen Namen aussuchen.

Ich gab mich diesen Fantasien hin, obwohl ich mein Ziel schon kannte, längst bevor ich den Schalter erreichte. Ich würde den nächsten Flug nach Indianapolis buchen, von dort mit dem Bus zwei Stunden bis zu meinem Wagen fahren und mit dem fünf Stunden nach Hause zurück.

Ich konnte weder meinen Dad noch das Leben aufgeben, das ich mir aufgebaut hatte. Ich hatte einen Job, ein Auto und ein Sparkonto, auf dem tatsächlich Geld war. In ein paar Jahren würde ich mir neue Zähne machen lassen können. Ich war noch nicht fertig mit Deadwick. Ich konnte nicht einfach wie Phil verschwinden, so verlockend es auch klang.

Phil hielt kurz am Abflugbereich und zog aus seiner Brieftasche vier neue Hundertdollarscheine.

Grinsend gab er sie mir. »Versprichst du, auf dich aufzupassen?«

Ich strahlte. »Ja, versprochen. Vielen, vielen Dank.«

Vor lauter Dankbarkeit drückte ich ihm einen Kuss auf die Wange. Wir zuckten beide zusammen, taten aber so, als bemerkten wir es nicht. Dann stieg ich aus dem Wagen, winkte einmal und sah zu, wie er davonfuhr.

17

PATTY

Weihnachten in Deadwick ist eine armselige Angelegenheit. Da wir keinen Marktplatz in der Ortsmitte haben, findet der ›Weihnachtsmarkt‹ auf dem Parkplatz unseres winzigen Einkaufszentrums statt. Ein Stoffladen, ein Baumarkt, ein Nagelstudio, eine Pizzeria und ein Schreibwarenladen sind die traurigen Zeugen des Feiertagsspektakels.

Tausende Wattebällchen wurden über die Parkplatzfläche verteilt, aber das reicht längst nicht, um es wie Schnee wirken zu lassen, denn man sieht immer noch mehr schwarzen Asphalt als weiße Watte. In einer Ecke steht eine Reihe von mannsgroßen Lebkuchenhäuschen aus Sperrholz – vermutlich trugen die Dekorateure Augenbinden. Die Rentiere sind eigentlich Gartenrehe: aus Plastik und ohne Geweih. Jemand hat ihnen mit roter Farbe ein Grinsen aufs Maul gemalt, sodass sie jetzt aussehen wie Heath Ledger als Joker. (Neulich abends haben Rose Gold und ich *The Dark Knight* angeschaut – liebe Zeit, ist ihr Filmgeschmack düster geworden!) Im Zentrum des Ganzen steht ein mickriger Weihnachtsbaum, der an den von Charlie Brown erinnert, denn der Weihnachtsschmuck ist alt und schäbig, die Girlanden sind zerrupft, und der Engel an der Spitze sieht aus, als würde er sich für uns schämen. Auf einem handgemalten Schild steht *Noch 9 Tage bis Weihnachten*.

Schräg gegenüber von den Lebkuchenhäusern steht heute der Weihnachtsmann. Obwohl es erst zehn Uhr morgens ist, hat sich schon eine Schlange aus rot und grün gekleideten Kindern gebildet. Einige hüpfen aufgeregt, andere sehen aus wie kurz vor der Urteilsverkündung. (Davon kann ich ein Lied singen.) Ein kleines Mädchen heult. Ich wollte, das könnte ich auch.

Eigentlich wollte ich mit Adam zwei Orte weiter den Weihnachtsmann besuchen, aber Rose Gold hat mich überredet, mit ihr zu Deadwicks ›Christmas-Palooza‹ zu gehen. Alle sollen mitkriegen, wie gut wir uns verstehen – und auch, wie süß Adam in seinem Rentierkostüm (mit Geweih) aussieht. Ich beobachte, wie sie Adam alles zeigt, so als wüsste er, was das bedeutet. Aber ihre Begeisterung ist irgendwie rührend. Ich bin doch froh, dass ich mitgekommen bin.

Am Tag nach dem Brand auf unserem Grundstück habe ich Rose Gold zur Rede gestellt, weil sie sich in der Nacht zuvor so komisch benommen hat. Sie gab zu, sie hätte gedacht, ich würde übertreiben. Da sie durch die Schlaftablette betäubt war, hatte sie nicht den Ernst der Lage erkannt. Selbstverständlich hatte sie nichts damit zu tun, das versicherte sie immer wieder, sie war sogar gekränkt, dass ich ihr so was unterstellte. Sie hegte den Verdacht, dass Arnie dahintersteckte. Er schwärmte für sie und hatte ein paar

Wochen zuvor angedeutet, er wolle mir eine Lektion erteilen. Also versprach sie mir, mal bei ihm nachzuhorchen.

Ein paar Tage später kam sie mit der Nachricht von der Arbeit zurück, dass Arnie behauptete, er habe das Feuer nicht gelegt. Allerdings hatte sie eine Ahnung, dass er wusste, wer es war. Sie selbst glaubte, sein jüngerer Bruder Noah und seine Freunde steckten dahinter.

»Was sollten die denn gegen mich haben?«, fragte ich.

Rose Gold zuckte die Achseln. »Viele Leute in Deadwick haben was gegen dich – sogar Leute, die du nicht kennst.«

Ich zog die Augenbrauen hoch. »Dann sollten wir der Polizei Bescheid geben.«

Rose Gold schüttelte den Kopf. »Sei nicht albern. Die sind doch harmlos.«

»Jugendliche Delinquenten mit einem Hang zur Brandstiftung würde ich nicht gerade als harmlos bezeichnen«, entgegnete ich und nagte an meiner Unterlippe.

Rose Gold seufzte. »Ich weiß nicht, was ich dir sagen soll, Mom. Die Leute im Ort halten es für ihre Aufgabe, mich zu beschützen, und sie glauben, das könnten sie am besten, indem sie dich von mir fernhalten. Hör mal, wie wär's, wenn wir nächstes Wochenende zum Christmas-Palooza gehen, dann zeigen wir allen, wie nah wir uns stehen?«

Aus diesem Grund stehen wir jetzt auf einem trostlosen Parkplatz und warten darauf, Adam auf den Schoß eines Fremden zu setzen. Rose Gold hat sich bei mir eingehakt. Ihre Erklärung stellt mich nicht ganz zufrieden, weil ich Arnie, Noah und seine linkischen Kumpane schon öfter im Ort gesehen habe. Die sehen aus, als könnten sie nicht mal mit einer Fliegenklatsche umgehen, geschweige denn, ein fremdes Grundstück abfackeln.

Aber ich habe beschlossen, die Sache erst mal auf sich beruhen zu lassen. Ich will Rose Gold nicht durch Anschuldigungen oder bohrende Fragen verschrecken. Erst muss sie mich noch näher an sich heranlassen, damit ich herausfinde, was sie vorhat. Wenn ich mehr weiß, kann ich wieder die Kontrolle über die Familie erlangen.

Ich tätschle meiner Tochter den Arm. Sie strahlt mich an.

Fünf Familien warten vor uns. Glücklicherweise kenne ich sie nicht, und sie kennen mich nicht. Der Weihnachtsmann ist mir auch unbekannt, ein Typ etwa Mitte vierzig, wenn ich raten müsste. Früher hat Bob McIntyre immer den Weihnachtsmann gespielt. Vielleicht konnte er dieses Jahr nicht rechtzeitig sein Gebiss finden.

Zwei kleine Jungen hüpfen Santa erst vom Schoß, als ihre Eltern vier Millionen Fotos geschossen haben. Was ist aus dem guten alten ›Einmal und fertig!‹ geworden? Die Bilder sind doch nicht für die *National Geographic*, Herrgott noch mal! Santa selbst scheucht sie mit »Hohoho« und »Fröööööhliche Weihnachten!« weg. Während die nächsten Eltern ihren Nachwuchs zurechtzupfen, huscht Santas Blick über die Besucher und bleibt bei mir hängen. Er kneift leicht die Augen zusammen und reißt sie dann auf. Mag sein, dass ich ihn nicht kenne, aber er kennt mich.

Finster starrt er mich an. Ich versuche, ebenso finster zurückzustarren, fühle mich dabei aber leicht unbehaglich. Er ist schließlich der Weihnachtsmann! Also wende ich mich ab. Aber sein Blick ruht immer noch auf mir, obwohl weitere Kinder auf seinen Schoß klettern.

Vielleicht bilde ich mir das auch nur ein. Vielleicht starrt er mich gar nicht an.

Als ich mit einem Blick über die Schulter prüfen will, ob er jemanden hinter mir meint, entdecke ich am anderen Ende des Parkplatzes die wandelnde Witzfigur Arnie Dixon und bei ihm die Kreaturen, die ihn vermutlich gezeugt haben. Eine Wut, wie ich sie seit Rose Golds Zeugenaussage in meinem Prozess nicht mehr verspürt habe, kocht in mir hoch.

Mit großen Schritten marschiere ich auf sie zu. Als Arnie mich sieht, wirkt er verängstigt. Ich baue mich vor ihm auf und stemme die Hände in die Hüften. »Du und dein Feuerteufel von einem Bruder, haltet euch von meiner Familie fern!«, keife ich.

Arnie reißt den Mund auf und sieht sich um, als wäre er nicht gemeint. Seine Eltern, bebrillte Mickerlinge, die riechen wie Katzenliebhaber, sind ebenfalls vollkommen verblüfft.

»Sagt eurer Gang, sie sollen ihre Pyromanie woanders ausleben. Wenn ich noch einen von euch auf meinem Grundstück sehe, rufe ich die Polizei.« Vom Brüllen kriege ich Kopfschmerzen.

Da tritt Arnies Mom einen Schritt vor und hebt ihre sanfte Stimme: »Halten *Sie* sich von meinen Söhnen fern, Sie verrückte Hexe.«

Ich gehe auf sie los. »Ihre Söhne haben meinen Mülleimer in Brand gesetzt!«

Da packt mich ein Riese am Arm und ragt drohend über uns auf. »Wie wär's, wenn du die Dixons in Ruhe lassen würdest, damit der Weihnachtsmann weitermachen kann?«

Tom.

Wie ich merke, ist er nicht der einzige Zuschauer. Das muntere Treiben auf dem Parkplatz ist mehr oder weniger zum Erliegen gekommen. Mondgesichtige Dumpfbacken in Parkas, die aussehen wie Schlafsäcke, starren mich feindselig an. Ein Pärchen bringt ein kleines Mädchen schnell zum Wagen, aber die anderen bleiben und mustern mich mit verschränkten Armen. Sie wollen was zu sehen kriegen? Na gut.

Ich reiße mich von Tom los und keife noch lauter. Das sollen alle hören. »Seit ich zurück bin, wart ihr alle gemein zu mir. Dabei wisst ihr gar nichts über meine Beziehung zu Rose Gold, ihr habt keine Ahnung, wie nahe wir uns wieder stehen, sondern verschwört euch gegen mich.«

Die Supermoms ziehen ihre Kinder demonstrativ enger an sich. Eine Gruppe Halbstarker knackt mit den Fingerknöcheln. Mir wird bewusst, dass ich sinnlos herumtobe. Die, die nichts vom Brand wissen, halten mich vielleicht für irre. Gerade dämmert mir, dass der hiesige Mob mich wieder zwingen könnte, das Weite zu suchen, da ertönt eine heisere Stimme hinter mir.

»Wieso lassen wir Patty hier nicht die Feiertage genießen, und ihr genießt eure?«

Als ich mich umdrehe, sehe ich, dass Hal Brodey, ein alter Freund meines Vaters, auf mich herunterblickt. Hal habe ich seit meiner Kindheit nicht mehr gesehen. Er muss mittlerweile an die neunzig sein, hat sich aber bis auf ein paar

Falten und einen leicht gekrümmten Rücken gut gehalten. Hal war nie freundlich zu mir, als ich noch klein war, also weiß ich nicht, wieso er mich jetzt verteidigt.

Tom starrt Hal ungläubig an. »Willst du sie etwa in Schutz nehmen? Nach allem, was sie Rose Gold angetan hat?«

Hal nimmt kurz seine Baseballkappe ab und setzt sie wieder auf. »Ich weiß, was sie getan hat, Tom«, sagt er, ohne den Blick von mir zu lösen. »Aber die meisten haben Patty nicht als Kind gekannt und wissen nicht, was sie durchmachen musste. Ich schon.«

Die Menge verstummt. Ich bekomme plötzlich keine Luft mehr.

»Ihr Daddy hat sie jahrelang grün und blau geschlagen.« Hals Miene verdüstert sich. »Ich erinnere mich noch an die Striemen.«

Ach, darum geht's hier! Hal Brodey will seine Schuldgefühle loswerden, weil er weggeguckt hat, als sein bester Freund seine Kinder zu Brei geschlagen hat. Ich wusste nicht, dass Hal das mitgekriegt hatte. Ich hätte nicht gedacht, dass irgendein Erwachsener außer meiner Mom das wusste. Mir schießt das Blut ins Gesicht: vor Grauen, mich daran zu erinnern, und vor Scham, weil so viele Menschen von meiner Schande erfahren.

»Viele von uns wurden als Kind mit dem Gürtel verprügelt«, ruft jemand aus der Menge. »Trotzdem sind wir keine Ungeheuer geworden, die ihre Kinder ausgehungert oder vergiftet haben.«

Zustimmendes Gemurmel. Dann klatscht irgendjemand.

Hal runzelt die Stirn. »Na, dann kriegst du im Himmel ein Sternchen dafür, Gott verdammt noch mal! Willst du das hören? Ich mein ja nur, dass die Frau ein schweres Leben hatte und jetzt eine zweite Chance braucht. Vielleicht sollten wir ihr die geben.«

Keine Reaktion. Ich wünschte, ich könnte diesen Augenblick einfrieren. In den letzten sechs Jahren hat kaum jemand etwas Freundliches zu mir gesagt. Ich spüre, wie mir die Tränen kommen, und blinzle.

Hal fährt fort: »Was ist denn mit Vergebung? Soweit ich mich erinnere, ist das ein großes Thema in dem Buch der Bücher, aus dem ihr ständig predigt.«

Stille senkt sich über den Parkplatz. Ich könnte Hal glatt einen Kuss in sein verwittertes Gesicht drücken. Dies ist der Augenblick, auf den ich gewartet habe. Ich schaue kurz zu Rose Gold. Sie wirkt fuchsteufelswild.

»Weißt du, Hal«, meldet sich Jenny Wetherspoon, unsere Schlaftablette von Bibliothekarin. »Was ich jetzt gar nicht brauche, ist eine Predigt über meinen Glauben. Auch Vergebung hat Grenzen!«

Jennys Mann Max tritt einen Schritt vor. »Wenn Patty eine zweite Chance will, soll sie sie woanders suchen. Die Einwohner von Deadwick haben ein gutes Gedächtnis.« Danach spuckt er seitlich aus. Ich frage mich, ob er immer noch eine Waffe im Hosenbund trägt.

»Was hat sie denn erwartet? Eine Willkommensparty?«, fährt Max fort und mustert mich.

Die Supermoms kichern hämisch.

Jenny tut so, als würde sie darüber nachdenken. »Ja, Geschenke hat sie immer gern angenommen. Hatte keine Probleme damit, unser Essen zu essen, sich Geld zu ›leihen‹. Wie viel hat sie im Laufe der Jahre von uns genommen, Max?«

Max räuspert sich und geht auf mich zu. »Über siebenhundert Dollar, schätze ich.« Eine Sekunde lang verrutscht seine Maske, und er ist nicht mehr der zähe Kerl. Ich sehe den Schmerz in seinen Augen.

Jenny nickt, meidet aber meinen Blick. »Dazu kommen noch die ganzen Krankenhausrechnungen. Die Bibliothek hat mindestens ein halbes Dutzend Spendenaufrufe gestartet, um sie zu decken.«

Hier geht's gar nicht um Geld, obwohl sie nur davon reden. Nach jedem Termin in der Kinderwunschklinik hielt ich Jenny und Max im Arm, half ihnen, nach anderen Optionen zu suchen, bis es keine mehr gab. Rose Gold und ich brachten ihnen Hühnersuppe mit Nudeln von Campbell's, nahmen für sie alberne Videos auf und überlegten alles Mögliche, um sie irgendwie aufzumuntern. Zwanzig Jahre, bevor sie mich als Ungeheuer verurteilten, nannten sie mich ihren Schutzengel.

Ich trete einen Schritt zurück. »Lasst meine Tochter und mich in Frieden«, rufe ich laut. »Ich hab eure Anschuldigungen satt!«

Max schiebt die Hände in die Taschen, woraufhin seine Jacke aufklafft. An der linken Seite seines Gürtels blitzt Metall auf. »Wenn du keine Lust mehr auf Reden hast, *zeig* ich dir gerne, was wir alle empfinden«, sagt er freundlich.

Mir gefriert das Blut in den Adern. Ich werfe einen Blick zu Hal, weil ich hoffe, er sagt noch mal was. Aber der kaut auf der Innenseite seiner Wange und sieht Max Wetherspoon nur schweigend an.

»Du bist in Deadwick nicht willkommen, Patty«, meldet sich Jenny erneut. »Wir können dich nicht zwingen, den Ort zu verlassen, aber glaube nicht, dass wir es nicht versuchen.«

Rose Gold eilt mit gesenktem Kopf zu mir und fasst mich am Ellbogen. »Komm, verschwinden wir«, murmelt sie. Sie ist nicht mehr zornig, sondern wieder die sanfte, unterwürfige Rose Gold. Ich krieg noch ein Schleudertrauma bei dem Versuch, ihrem ständigen Switchen zu folgen.

Verwirrt nicke ich. Sie legt den Arm um mich und führt mich zum Van. Ich spüre, wie die anderen uns mit bohrenden, unerbittlichen Blicken verfolgen. Nur Hal Brodey schüttelt bedauernd den Kopf.

Als wir wieder zu Hause sind, tigere ich unruhig im Wohnzimmer umher, so aufgebracht bin ich. Rose Gold kommt irgendwann aus ihrem Zimmer zurück, wo sie Adam gestillt hat, und singt ihm »Twinkle, Twinkle, Little Star« vor. Als sie das Wohnzimmer erreicht, hebt sie den Kleinen hoch und gibt ihm vier Küsse: auf die Stirn, auf die Wangen und sein Kinn. Er kichert.

»Sie haben kein Recht, mich so zu behandeln«, sage ich, zu meiner Tochter gewandt. »Jeden einzelnen Tag versuche ich, nett zu ihnen zu sein. Und jeden einzelnen Tag sind sie gemein zu mir.«

»Wieso spielst du nicht ein bisschen mit Adam?«, schlägt Rose Gold fröhlich vor und drückt das Baby einmal fest an sich, bevor sie es mir gibt. »Ich mach uns Abendessen.«

»Dieses Mal sind sie zu weit gegangen«, sage ich, senke aber die Stimme, weil ich Adam im Arm halte.

»Ich weiß, Mom«, nickt Rose Gold und bemüht sich, ernst zu klingen. Aber ich sehe, wie sich ihr Mundwinkel zu einem Lächeln verzieht, als sie sich umdreht. »Weißt du was? Ich mach dir dein Lieblingsessen.«

Damit verschwindet sie in der Küche. Ihre gute Laune ärgert mich, aber ich widerstehe dem Drang, sie deswegen anzugehen. Stattdessen setze ich mich in meinen Fernsehsessel, versuche, mich auf Adam zu konzentrieren, und wiege ihn in meinen Armen. Wenigstens wird er sich nie an diese schreckliche Szene erinnern. Vielleicht schlage ich beim Essen mal vor, ihn irgendwo anders als in Deadwick aufzuziehen. Rose Gold könnte bereit sein, noch mal ganz von vorne anzufangen, wenn ich sie dem Einfluss dieser rachsüchtigen Leute entziehe. Die haben doch nichts Besseres zu tun, als bösen Klatsch zu verbreiten und Pläne zu schmieden, wie sie Menschen wehtun können. Mit diesem Kaff bin ich fertig!

Eine halbe Stunde später ruft Rose Gold mich in die Küche. Auf dem Tisch steht tatsächlich mein Lieblingsessen: Sauerkraut mit Salzkartoffeln, Würstchen und Salat. Als sie mir meinen gefüllten Teller herüberschiebt, muss ich trotz der grässlichen Geschehnisse lächeln. Seit meiner Entlassung ist dies die erste Mahlzeit, die sie für uns gekocht hat.

Wir legen Adam in den Stubenwagen und setzen uns zu Tisch.

»Sag mir, wie's dir schmeckt«, bemerkt sie und weist auf die Teller. »Das habe ich vorher noch nie allein gekocht. Ich hoffe nur, ich hab's nicht vermasselt.«

»Es schmeckt bestimmt köstlich«, versichere ich, schneide ein Stück Würstchen ab und stecke es mir in den Mund. »Wirklich lecker.« Ich schneide ein weiteres Stück ab.

Rose Gold strahlt und greift nach ihrem Besteck. Sie schneidet erst die Würstchen und Kartoffeln klein und fängt dann an zu essen. Es ist fast ein kleiner Schock, als mir klar wird, was sie da tut.

Meine Tochter isst. Weder schiebt sie das Essen auf dem Teller herum, noch wartet sie, dass es von selbst verschwindet. Sie kaut und schluckt, kaut und schluckt genau wie ich. Woher kommt der plötzliche Appetit? Vielleicht hat sie die ständige Verstellung satt. Vielleicht tue ich ihr auch leid, weil sie die Unversöhnlichkeit der Einwohner von Deadwick persönlich mitbekommen hat. Vielleicht fühlt sie sich schuldig, weil sie mich ihretwegen hassen. Vielleicht aber auch ist sie endlich bereit, sich so zu verhalten, als wären wir eine ganz normale Familie.

Ich ziehe die Servierschüsseln zu mir, um noch nachzunehmen. Mein Magen grummelt.

Komisch.

Ich nehme mir ein weiteres Würstchen und schneide ein Stück davon ab. Es befindet sich auf halbem Weg zu meinem Mund, da überkommt mich so heftige Übelkeit, dass ich die Gabel fallen lasse.

Rose Gold springt auf. »Was ist los?«

Noch eine Welle der Übelkeit – schlimmer als die erste – rollt über mich hinweg. Ich muss mich übergeben. Mein Stuhl rutscht quietschend über den Boden, als ich ihn abrupt zurückschiebe und dann zum Bad stürze. »Mom?«, ruft Rose Gold, aber ich denke nur noch an die Toilette.

Kaum hängt mein Kopf über der Schüssel, fange ich schon an zu würgen. Ich kneife die Augen zu, um nicht mit anzusehen, wie mein zerkautes Abendessen wieder rauskommt. Ich umklammere den Rand der Toilette und fühle mich schwindelig und zittrig, klamm und kalt. Es riecht durchdringend nach Erbrochenem. Um den Gestank aus der Nase zu bekommen, drücke ich auf die Wasserspülung, wage es aber nicht, dabei den Kopf zu heben. Unwillkürlich muss ich an einen Artikel denken, den ich mal gelesen habe: Wenn man die Toilette spült, werden Partikel der Fäkalien über drei Meter weit in die Luft geschossen und bedecken Waschbecken, Zahnbürsten und jetzt mein Gesicht. Aber mir ist viel zu übel, um mich noch zu ekeln. Ich werde bis in alle Ewigkeit brechen.

An der Tür klopft es.

»Mom, alles in Ordnung?«, ruft Rose Gold.

Ich halte mein Gesicht weiterhin über die Schüssel, obwohl nur noch Galle hervorkommt. »Der Salat war wohl schlecht.«

»Aber mir geht's gut«, erwidert sie irritierend munter.

Applaus, Applaus!, möchte ich am liebsten schreien.

»Kannst du mir ein 7 Up bringen?«, frage ich.

Sie läuft den Flur hinunter und kehrt eine Minute später

mit einem Glas und einer Dose 7 Up zurück. Erst schenkt sie das Glas voll, dann klopft sie damit mehrfach auf eine Ablage, um die Kohlensäure zu entfernen – genau wie ich früher, wenn ihr übel war.

»Stell's ab«, sage ich, den Kopf immer noch über der Toilette, weil ich auf die nächste Welle warte.

»Puh«, stöhnt Rose Gold. »Stinkt ja grässlich hier. Ich weiß nicht, wie du das all die Jahre ausgehalten hast.«

Darauf antworte ich nichts. Sie soll einfach still sein und verschwinden.

»Sag Bescheid, wenn du noch was brauchst«, sagt sie und tänzelt den Flur hinunter.

Wie ist das möglich, dass ich mit meinem robusten Magen hier hocke, während Rose Gold mit ihrem empfindlichen Verdauungssystem gar nichts hat?

Nachdem fünf Minuten lang nichts mehr gekommen ist, hebe ich meinen Kopf von der Schüssel und lasse mich auf die Fliesen sinken. Ich bin zu erschöpft, um mich auch nur aufzusetzen und nach dem 7 Up zu greifen, geschweige denn, mir die Zähne zu putzen. Ich kann nur beten, dass der Albtraum vorbei ist. So reglos wie möglich liege ich da, weil ich meine Organe nicht in Aufruhr bringen will.

Rose Gold sieht ein paarmal nach mir und gibt mir kleine Tipps, die mich nur noch wütender machen. Es sind genau die Dinge, die ich ihr vorgeschlagen habe, als sie noch klein war: kleine Schlückchen von der Limo, ein kalter Waschlappen auf die Stirn, tief durchatmen.

Ich weiß nicht, wie viel Zeit vergangen ist, aber schließlich steckt sie den Kopf ins Bad und verkündet: »Adam und ich gehen jetzt schlafen. Hoffentlich fühlst du dich morgen früh besser.«

Sie grinst, als das Baby auf ihrem Arm zappelt.

Ich sage nichts.

Da blickt sie zu mir herunter und bemerkt mit ruhiger Stimme: »Ich weiß nicht, wie du das all die Jahre gemacht hast.«

Hat sie das nicht schon gesagt?, denke ich gereizt und hebe die Hand. »Nacht, Schatz.«

Die Tür zum Elternschlafzimmer schließt sich. Ich höre, wie sich der Schlüssel im Schloss dreht. Dann ist es still, und ich bin meinen Gedanken überlassen.

Irgendwann richte ich mich mühsam auf und taste mich an den Wänden entlang ins Wohnzimmer. Mein Fernsehsessel wartet schon auf mich. Ich lasse mich darauf sinken und spüre, wie mir die Augen zufallen.

Nein, früher am Abend hat sie gesagt: *Ich weiß nicht, wie du das* ausgehalten *hast.* Aber eben: *Ich weiß nicht, wie du das* gemacht *hast.* Mein dehydrierter und erschöpfter Körper meldet nur: *Und wenn schon.* Aber mein Hirn will mir irgendwas signalisieren.

Meinte sie mit *gemacht*, dass ich mich um sie gekümmert habe, wann immer sie sich übergeben musste? Oder will sie mir was unterstellen?

Meine Augen springen auf.

Rose Gold hat das Abendessen gemacht. Rose Gold hat es gegessen. Rose Gold musste nicht brechen.

Aber ich.

Der Gedanke ist abwegig – oder doch nicht? Hat meine eigene Tochter mein Essen vergiftet?

Vielleicht haben Arnie, Mary oder Tom sie dazu verleitet. Vielleicht glaubt sie der Presse, dem Richter, den Geschworenen. Vielleicht ist dies die Lektion, die sie mir erteilen will, der Grund, aus dem ich bei ihr wohnen darf. Sie will meine Aufmerksamkeit. Na gut, Süße, die hast du.

Niemand will mich hierhaben, nicht mal meine eigene Tochter. Gehässigkeit und Einschüchterungsversuche sind eine Sache, aber körperliche Verletzungen eine ganz andere. Der Laufbandunfall, der Brandanschlag, das vergiftete Essen: Einige in diesem Ort sind ernsthaft gestört, und meine Tochter gehört dazu. Soll ich etwa warten, bis sie mich auf dem Scheiterhaufen verbrennen?

Mein Hirn arbeitet auf Hochtouren, zieht so schnell Schlüsse und trifft Entscheidungen, dass ich kaum folgen kann. Wie konnte ich nur so naiv sein zu glauben, dass sie mich mit den besten Absichten aufgenommen hat, aus reiner Herzensgüte? Ich muss aufhören, Rose Gold zu helfen, aufhören, ihre Pläne zu ergründen. Dies ist kein Machtkampf mehr, sondern etwas viel Ernsteres.

Ich kann hier nicht bleiben. Ich muss weg. Wenn meine Tochter gestört ist, könnte sie auch gefährlich werden. Tatsächlich hat sie schon bewiesen, dass sie gefährlich ist. Was heißt: Ich kann auch Adam nicht hierlassen.

Ich werde ihn mitnehmen müssen.

18

ROSE GOLD

November 2015

Seit vier Monaten hatte ich meinen Vater nicht mehr gesehen. Jetzt lief er an der Seitenlinie des Fußballfelds entlang und feuerte seine Mannschaft an. Hinter ihm saßen fünf kleine Mädchen auf der Ersatzbank und sahen dem Spiel zu.

Auf dem Feld wollte Anna gegen den Ball treten, verfehlte ihn aber. Ich sah, dass sie einen Pferdeschwanz trug, und strahlte. Ein Mädchen von der anderen Mannschaft rannte an Anna vorbei und nahm ihr den Ball ab. Aber das merkte Anna erst, als die andere schon übers halbe Feld gerannt war.

Dad bemühte sich sichtlich, geduldig mit seiner Tochter zu sein. Vielleicht glaubte er, sie wäre so sportlich wie Sophie oder wenigstens so geschickt wie Billy Junior. Aber Anna kam mehr nach Billy selbst als nach Kim, ähnelte eher mir als Sophie. Mein Herz schwoll an vor Liebe, als ich sie schwerfällig übers Feld trotten sah.

Kim saß mit anderen Eltern auf der Tribüne, feuerte Annas Mannschaft an und unterhielt sich lachend mit ihren Freundinnen. Wenn sie lächelte, wirkte sie jünger. Mich hatte sie noch nie so angelächelt.

Vor vier Monaten hatte mich Dad um mehr Freiraum gebeten, und den ließ ich ihm. Aber ich dachte nur, das hieße weniger SMS und Besuche. Nicht völlige Funkstille. Als er meine SMS über Phil bekam, simste er alarmiert zurück. Doch nachdem ich ihm versichert hatte, dass alles in Ordnung sei, meldete er sich nicht mehr. Seit dem Urlaub im Yellowstone Park hatte er nur auf die Hälfte meiner Nachrichten geantwortet und dann nur mit einem Wort oder höchstens einem Satz. Wenn ich anrief, ging er nicht dran. Seit dem Morgen, als die ganze Familie in die Ferien aufbrach, hatten wir uns nicht mehr gesehen. Ich bemühte mich um Geduld, konzentrierte mich auf die Arbeit und sparte jeden Cent für meine Zähne – die Hälfte hatte ich schon zusammen. Aber ich war immer noch einsam. Und ich hatte Angst, wenn ich mich nicht mehr bei ihm meldete, würde ich vielleicht nie mehr was von meinem Vater hören.

Als Dad im Gadget World aufgetaucht war, hatte er sich benommen, als wollte er wirklich eine Beziehung mit mir. Aber jetzt, nach anderthalb Jahren, schmiss er schon wieder das Handtuch? Was dachte er sich eigentlich? Offenbar hatte ihm noch niemand erklärt, dass die Elternliebe bedingungslos sein sollte. Ich verlangte ja nicht viel – nur, ein Teil seiner Familie zu sein.

Also tat ich, was jede gute Tochter oder Schwester tun würde: Ich behielt die Familie über die sozialen Netzwerke im Auge. Und als ich sah, dass Anna an diesem Nachmittag ein Fußballspiel hatte, stieg ich in den Wagen und fuhr fünf Stunden Richtung Norden, um sie anfeuern zu können. Zwar hatte ich mich bis jetzt nicht getraut, aus dem Wagen zu steigen, aber vom Parkplatz aus konnte ich das Feld ziemlich gut sehen. Es stand null zu null. Zwar war es kein besonders fesselndes Spiel, aber ich staunte, wie leicht diese Gruppe Siebenjähriger übers Feld rennen konnte. Ihre Energie war unerschöpflich, ihre Körper stark und folgsam. Sie würden ihre Kindheit damit verbringen, herumzurennen und durchs Gras zu tollen. Sie würden nicht an einen Infusionsständer oder ein Krankenhausbett gefesselt sein. Sie wussten gar nicht, wie viel Glück sie hatten, und hielten es für ganz selbstverständlich.

Ein schriller Pfiff beendete das Spiel. Die Mannschaften stellten sich auf, um sich die Hand zu schütteln. Ich streckte mich, öffnete die Wagentür und stieg mit mulmigem Gefühl im Magen aus. Als ich sah, wie Anna sich mit den Mädchen aus der anderen Mannschaft abklatschte, musste ich grinsen und entspannte mich ein bisschen. Ich liebte meine kleine Schwester und hatte sie all die Monate vermisst. Nichts wünschte ich mir sehnlicher, als zu spüren, wie sie ihre rundlichen Arme um mich legte. Wann war ich das letzte Mal umarmt worden? Wann hatte mich das letzte Mal ein menschliches Wesen berührt?

Ich ging direkt auf Anna zu und ignorierte die Blicke der Eltern auf der Tribüne, die Schiedsrichter, die vom Feld gingen, und die Mädchen der beiden Mannschaften. Als Anna mich sah, leuchteten ihre Augen auf.

»Rose!«, brüllte sie und rannte schneller auf mich zu, als sie in den letzten Stunden dem Ball nachgelaufen war.

Als wir uns in der Mitte des Fußballfelds trafen, prallte sie mit ihrem kleinen Körper gegen mich, und ich hob sie hoch und schwang sie herum. Anna lachte und quiekte entzückt. Immer schneller wirbelte ich sie herum. Ich wollte so gut zu ihr sein, wie Phil zu mir gewesen war. Ich wollte etwas zurückgeben.

»Gleich muss ich brechen«, rief Anna, lachte aber dabei, sodass ich sie weiter herumwirbelte. Unser Wiedersehen war genau so, wie ich es mir vorgestellt hatte. »Guck dir mal meine neuen Ohrringe an!«

Ich hielt inne und stellte Anna wieder ab. Schwankend warteten wir beide darauf, dass der Schwindel sich legte. Ich bewunderte ihre winzigen Minnie-Maus-Stecker. Am liebsten hätte ich mich ins Gras gelegt und die Zeit angehalten.

»Rose? Was machst du denn hier?«, hörte ich eine Stimme hinter mir. Kim.

»Sie wollte mich spielen sehen«, erklärte Anna.

Mein Blick huschte von Anna zu Kim. Manchmal konnte ich kaum glauben, dass sie verwandt waren. Ich versuchte, Annas unbekümmerten Ton zu übernehmen. »Hey, ich hab euch vermisst.«

Kim legte Anna die Hand auf die Schulter und zog meine Schwester zu sich. »Geh zur Mannschaft zurück, Schatz«, sagte sie und zeigte auf den Kreis Mädchen, wo Dad gerade eine Nachbesprechung abhielt. Anna trottete davon.

Kim sah ihr nach, dann wandte sie sich zu mir. »Du hättest nicht kommen sollen«, begann sie. »Billy hat doch gesagt, dass er Freiraum braucht.«

Eine ganze Weile starrte ich Kim nur stirnrunzelnd an, weil ich überlegte, wie ich es am besten angehen sollte. Sie verschränkte die Arme.

»Darüber würde ich lieber mit meinem Dad reden«, sagte ich dann. Zu ihm drang ich besser durch.

»Billy hat zu tun«, erwiderte Kim. »Worüber wollt ihr überhaupt reden?«

Ich hatte noch nie jemanden beschimpft, aber Kim wäre die perfekte erste Kandidatin dafür gewesen. Ich biss mir auf die Zunge und sah zu, wie alle von Annas Mannschaft die Hände in die Mitte hielten und auf drei mit dem Ruf »Team!« in die Höhe rissen. Kim folgte meinem Blick, machte ein paar Schritte und versuchte mir die Sicht auf Dad und die Mädchen zu versperren.

Anna zupfte Dad am Ärmel und zeigte zu mir. Mit leicht zusammengekniffenen Augen blickte Dad in meine Richtung und erkannte mich. Er schob Anna zu den anderen Mädchen und joggte mit Klemmbrett und Rucksack in der Hand zu mir und Kim.

Als er uns erreichte, war er außer Atem. Ich breitete die Arme aus und rief: »Dad!«

Steif erwiderte er meine Umarmung. Ich versuchte, den stummen Blickwechsel zwischen ihm und Kim zu ignorieren.

Dad löste sich aus der Umarmung. »Was machst du denn hier? Das hatten wir doch geklärt.«

Trotz des Knotens in meinem Magen lächelte ich. »Ich hab dir jetzt vier Monate Freiraum gegeben. Wie viel brauchst du denn noch?«

Zwar hatte ich mich um einen unbekümmerten Tonfall bemüht, dennoch klang meine Frage verzweifelt. Schlimmer jedoch war, dass ich keine Antwort bekam. Dad starrte mich finster an und wurde rot. Kim sah aus, als würde sie gleich explodieren – sie verschränkte ihre Arme noch fester, sodass sie fast wie eine Brezel aussah.

Das Schweigen zog sich quälend in die Länge. Ich wollte unbedingt, dass jemand was sagte, egal was. Selbst Kims Stimme hätte ich lieber gehört als dieses Schweigen.

Dachte ich wenigstens. »Billy«, fauchte Kim, »wenn du es nicht sagst, mach ich es.«

Dad wandte sich zu seiner Frau. »Kim«, erwiderte er mit tödlicher Ruhe, »warte im Wagen.«

Kim zog einen Flunsch, trollte sich aber.

Mit ausdrucksloser Miene blickte Dad wieder zu mir. »Wir wissen Bescheid, Rose.«

»Worüber denn?«, fragte ich und spürte, wie mein Herz zu hämmern anfing.

»Stell dich nicht dumm«, sagte er knapp. »Ich weiß, dass du gelogen hast.«

Ich bemühte mich ebenfalls um eine ausdruckslose Miene. »Worüber denn?«

Die Eltern sammelten ihre Töchter ein. Die Väter legten ihnen den Arm um die Schultern und gratulierten ihnen zu dem großartigen Spiel. Die Mütter räumten die Kühltaschen ein. Die Kinder plapperten aufgeregt und tranken ihre Saftpäckchen. Alle kamen auf uns zu, weil ihre Autos auf dem Parkplatz standen.

»Über deinen Krebs«, stieß Dad hervor und bemühte sich sichtlich, leise zu sprechen, weil die anderen Eltern in der Nähe waren. Ich hatte ihn noch nie so wütend erlebt.

»Du hast behauptet, du hättest Krebs! Was zum Teufel stimmt bloß nicht mit dir!«

Ich wurde knallrot. Meine Empörung musste so groß sein wie seine, damit er mir glaubte. »Wie bitte?!«

Die Eltern, die uns am nächsten waren, starrten uns neugierig an. Wahrscheinlich hatten sie noch nie erlebt, dass Billy Gillespie die Stimme erhob.

»Ich habe in Dr. Stantons Praxis angerufen«, erklärte Dad.

Mist.

»Er ist kein Onkologe, sondern praktischer Arzt«, fuhr er mit vor Wut zitternden Händen fort. »Kannst du dir überhaupt vorstellen, wie peinlich das für mich war?«

Ich hatte befürchtet, dass das passieren könnte. Also tat ich das, was meine Mutter getan hätte: leugnen, leugnen, leugnen. »Dr. Stanton ist mein Hausarzt, aber ich habe auch einen Onkologen«, entgegnete ich mit wachsender Entrüstung. »Wieso rufst du überhaupt bei meinem Arzt an?«

»Weil dein Attest von Dr. Stanton war«, gab Dad zwischen zusammengebissenen Zähnen zurück.

»Na und?« Trotzig reckte ich das Kinn. »Er ist durchaus in der Lage zu entscheiden, ob ich reisefähig bin oder nicht.«

»Aber du hast erzählt, Dr. Stanton würde dich behandeln«, entgegnete Dad und fuchtelte wie ein Behinderter mit den Armen. »Wer ist also dein mysteriöser Onkologe?«

Leise sagte ich: »Ich bat meinen Onkologen, mir ein Attest auszustellen, aber er weigerte sich. Also hab ich Dr. Stanton überredet.«

Dad runzelte die Stirn. »Und wieso hat sich dein Onkologe geweigert?«

Ich zuckte die Achseln. »Weil er meinte, mein Körper hätte so viel durchgemacht, da sollte ich ihm noch ein paar Wochen Ruhe gönnen.«

Darauf schwieg Dad eine ganze Weile und sah mich nur an. »Rose«, sagte er schließlich mit gequälter Stimme, »ist ein Familienurlaub wirklich so wichtig, dass man seine Gesundheit gefährdet?«

Ohne zu zögern, erwiderte ich: »Für mich schon.«

Das entsprach der Wahrheit. Unsere Blicke trafen sich. Ich biss mir auf die Unterlippe.

Eine Sekunde lang hatte ich ihn.

Dann blinzelte er ein paarmal und rieb sich über die Stirn, als würde er aus einer Trance erwachen. »Herrgott, was sage ich denn da?«, schäumte er. »Wieso sollte ein Arzt was erlauben, was ein anderer verboten hat? Du kamst uns nie krank vor. Über die Behandlung hast du kaum was erzählt. Du wolltest ständig Unterstützung, aber zur Chemo sollte ich nicht mitkommen.« Er verstummte, weil wieder die Wut in ihm hochkochte. »Du hast mir vorgelogen, Lymphdrüsenkrebs zu haben, um mir Schuldgefühle einzujagen. Damit du zum Campingurlaub mitdarfst. Was zum Teufel ist bloß los mit dir?« Jetzt brüllte er.

Die anderen Eltern wechselten Blicke: Sie mussten zusehen, wie der Fußballtrainer ihrer Kinder eine hilflose junge Frau zusammenstauchte. Ich stellte mir vor, wie sie sich später zuraunten: *Sollen wir so einem Mann wirklich unsere Kinder an-*

vertrauen? Ich fragte mich, ob sie ihn aus der Mannschaft werfen würden.

Am liebsten wäre ich im Boden versunken. Jetzt begriff ich, dass ich einen Riesenfehler gemacht hatte. Meine Mutter war nie bei einer Lüge ertappt worden – erst ganz am Schluss. Wieso war alles so schiefgelaufen? Ich wollte doch nur eine Familie. Meine Familie.

Ich räusperte mich und öffnete den Mund, hatte aber keine Ahnung, was ich sagen sollte.

Dad kam mir zuvor. »Wag es ja nicht, mir weitere Lügen aufzutischen. Denk nicht mal dran, noch ein Wort über Krebs oder Krankheiten zu verlieren oder zu beteuern, wie sehr du mich und meine Familie brauchst.«

Anna kam zu uns gerannt. Sie war zerzaust, lächelte aber. Als sie die wütende Miene ihres Vaters sah, blieb sie abrupt stehen. »Daddy?«, sagte sie zögernd.

Dads Blick huschte kurz zu Anna. »Geh zu Mommy zum Wagen.«

Anna widersprach nicht, sondern marschierte schnurstracks zum Wagen, drehte sich aber noch einmal zu mir um.

Ich bemühte mich, unter Dads zornigem Blick nicht noch weiter zu schrumpfen. Stattdessen schaute ich auf zum erstaunlich blauen Himmel. Die Sonne schien, und keine einzige Wolke war in Sicht. Wie konnte an so einem schönen Tag meine ganze Welt zusammenbrechen? Im Film würde es jetzt in Strömen regnen und ich hätte keinen Schirm. Ein ausgewachsener Tornado wäre mir jetzt gerade recht gekommen: Der hätte mich einfach von den Füßen gerissen und von hier weggebracht. Irgendwohin, weit, weit weg.

Auch wenn ich die Stimme letztes Jahr aus meinem Kopf verbannt hatte, ertappte ich mich immer noch dabei, dass ich auf Anweisungen von ihr wartete. Aber seit meiner Ankunft am Fußballfeld hatte sie geschwiegen. Da merkte ich, dass ihre Stimme zum ersten Mal in meinem Leben wirklich weg war. Fast zwanzig Jahre lang hatte sie mich durch jeden einzelnen Tag geleitet. Sie hatte mir gesagt, was ich essen und anziehen sollte, wie ich mich benehmen und Pläne schmieden sollte. Ich hatte nicht gewusst, wie abhängig ich davon war, bis sie verstummte. Ich hasste mich dafür, dass ich mir ihre Hilfe wünschte, wo ich doch so überzeugt gewesen war, nie wieder irgendwas von dieser Frau zu wollen. Aber da hatte ich mir was vorgemacht. Und jetzt, wo ich sie am meisten brauchte, musste ich mir selbst helfen.

Dad trat näher zu mir und fuchtelte mit seinem Finger vor meinem Gesicht. »Halte dich von meiner Familie fern, klar?« Er versuchte, mir Angst zu machen, doch vergeblich. Ich hatte keine Angst vor Dad – ich hatte Angst davor, *keinen* Dad mehr zu haben. Ich fürchtete mich vor der drohenden Leere in meinem Leben. Trotz aller Mängel war er immer noch besser als nichts.

»Und lass *mich auch* in Ruhe, verdammt noch mal«, fügte er hinzu. Aber langsam ging mir seine Selbstgerechtigkeit wirklich auf die Nerven. Als wäre er ein Heiliger. Als hätte er noch nie einen Fehler gemacht. Dabei hatte er sich zwanzig Jahre lang vor mir versteckt. Und dann war *er* zu mir gekommen. Er hatte mir die Aussicht auf eine Familie geboten und dann wieder weggenommen.

Wir hatten den Point of no Return erreicht. Von hier aus gab es kein Zurück. Es würde keine große, glückliche Familie geben – zumindest nicht für mich.

»Dass mein Sohn mal verrücktspielt, war zu erwarten«, sagte er mit immer noch zornesrotem Gesicht. »Aber Mädchen sollten sich doch zu benehmen wissen.«

Das hatte meiner Mom vermutlich niemand gesagt.

Dad sah zu, wie die anderen Familien ihre Sachen in den Kofferraum packten, in den Wagen stiegen und losfuhren. Ein paar Versprengte trödelten noch herum, um zu sehen, wie unser kleines Drama endete.

»Du bist ganz genau wie deine Mutter«, sagte er verächtlich.

Wenn er doch nur die Klappe gehalten hätte und einfach abgehauen wäre! Ich stellte mir vor, wie ich die vier ältesten Gillespies verfluchen würde, ihnen Tumore und Stichwunden anhexte, bis sie blutüberströmt dalagen.

Aber das durfte er nicht wissen. Er musste mich für harmlos halten, ja sogar für zerknirscht. Wie lautete noch der Kinderreim? *Sugar and spice and all things nice, that's what little girls are made of.* Das wollte er: kleine Mädchen, so süß wie Zuckerguss.

»Es tut mir ja so leid«, sagte ich und krümmte mich innerlich wegen meines erbärmlich verzweifelten Tonfalls. Aber der war notwendig. »Ich wollte dich nicht verletzen.«

Dad stopfte das Klemmbrett in seinen Rucksack. Bevor

er abmarschierte, schüttelte er noch den Kopf. »Ich bereue es, je nach dir gesucht zu haben.«

Da stand ich ganz still und sah ihn mit leicht zusammengekniffenen Augen an. So einfach sollte er nicht davonkommen. Doch ich schluckte meine Wut herunter.

»Tut mir leid, Dad«, rief ich ihm nach, wie die alte Rose Gold, das unterwürfige Mädchen ohne Rückgrat. Dabei war sie schon längst tot. Ich tanzte auf ihrem Grab. »Was soll ich denn sonst noch sagen? Es tut mir leid!«

Dad wirbelte herum und starrte mich finster an. »Eines weiß ich ganz sicher«, begann er.

Wir hatten die gleiche kleine Nase, die gleichen haselnussbraunen Augen. Er ballte die Fäuste.

»Was man dir angetan hat, hast du alles verdient!«

19
PATTY

Ich starre in die verstörend blauen Augen an meiner Zimmerdecke, bin aber zu erschöpft, um Angst zu haben. Nach meiner vierstündigen Toilettensitzung am Abend zuvor fühle ich mich vollkommen leer. Ich schwinge meine Beine aus dem Bett, weil ich Rose Gold zur Arbeit fahren muss. Aber zuerst will ich sie zur Rede stellen.

Ich schlurfe gerade noch rechtzeitig zum Wohnzimmer, um zu hören, wie die Haustür zugezogen wird. Rose Gold geht in Joggingklamotten am Fenster vorbei: Tanktop, Shorts und Sportschuhe. Mitte Dezember ist ein solcher Aufzug einfach lächerlich. Ich beobachte sie eine Minute. Sie läuft unbeholfen die Apple Street hinunter, nur Haut und Knochen, nur eckige Bewegungen. Mich überkommt der Drang, ihr mit Schal und Handschuhen hinterherzurennen, aber den unterdrücke ich. Als sie nach rechts in die Evergreen Street einbiegt, kann ich sie nicht mehr sehen.

Na schön, dann muss diese Unterhaltung eben warten, bis Rose Gold auf der Fahrt zur Arbeit nicht mehr ausweichen kann.

Vierzig Minuten später verlassen wir zur üblichen Zeit

gemeinsam das Haus. Während ich die Haustür abschließe, schnallt sie Adam im Kindersitz an und steigt auf den Beifahrersitz. Ich umfasse das Lenkrad, starte den Motor und fahre Richtung Highway.

»Geht es dir heute besser?«, erkundigt sich Rose Gold.

Ich nicke, obwohl mir immer noch ein bisschen flau im Magen ist. Aber ich will keine Schwäche zeigen.

Rose Gold spielt mit Adam das Kuckuck-Spiel, während ich überlege, wie ich sie am besten konfrontiere. Mag sein, dass sie mit dem Laufband und dem Feuer im Vorgarten nichts zu tun hat, aber ich weiß genau, dass sie sich gegenüber Arnie, Mary und wer weiß wem noch als Opfer darstellt. Und jetzt hat sie mein Essen vergiftet. Das geht zu weit.

»Ich kann es kaum glauben, dass du gestern gar nichts abbekommen hast«, setze ich an.

Rose Gold zuckt die Achseln. »Die Gefängniskost hat sicher dein Verdauungssystem geschwächt. Du musst dich noch umgewöhnen.«

»Ich bin jetzt seit anderthalb Monaten draußen. Und mir ist vorher noch nie übel geworden.« *Ganz ruhig, Patty, beherrsch dich.*

»Das stimmt«, sagt sie nur, zufrieden, dass meine Übelkeit ein Rätsel bleibt.

Aber ich bin wild entschlossen, Rose Gold heute festzunageln. Ich werde ihr kein vages Achselzucken, keine Ausweichmanöver mehr durchgehen lassen.

Ich blicke starr geradeaus und fahre fünfzig in einer

45-Meilen-Zone. *So ist's recht, Patty. Überschreite die Grenzen, aber nicht so weit, dass man dich drankriegen kann.*

»Hast du was in mein Essen getan?«, frage ich bemüht sachlich.

Sie reißt die Augen auf und wendet sich zu mir. »Was?«

»Wir haben dasselbe Essen gegessen. Wieso hast du nichts, während ich fast gestorben bin?«

Der schockierte Ausdruck, die falsche Unschuldsmiene: Am liebsten würde ich ihr eine Ohrfeige verpassen.

»Willst du etwa behaupten, ich hätte dich vergiftet?«

Sie ist empört. Der Tacho zeigt jetzt sechzig. Adam brabbelt im Kindersitz vor sich hin.

»Wie willst du das sonst erklären?« *Ruhe, nur Ruhe, Patty. Tödliche Ruhe.*

»Das weiß ich nicht, *Mom*.« Da ist er wieder, dieser sarkastische Ton bei diesem Wort. »Weißt du eigentlich, wie beschissen abartig es ist, dass dir *das* als Erstes in den Sinn kommt? Nach allem, was ich für dich getan habe?«

Ich beiße so heftig die Zähne zusammen, dass meine Kiefermuskeln schmerzen. Nach allem, was *sie* für *mich* getan hat? Sie hat mich ganze sechs Wochen bei sich aufgenommen, während ich mich achtzehn Jahre lang völlig für sie aufgeopfert habe. Und das hat sie mir gedankt, indem sie mich ins Gefängnis schickte.

Außerdem weiß sie genau, dass sie nicht fluchen darf.

Der Tacho zeigt jetzt siebzig.

Rose Gold hebt die Stimme: »Wieso in aller Welt sollte ich dich vergiften?«

Ich bin die Oberfläche eines stillen Sees, der Kaktus in

der Wüstenhitze. Nur der klare Kopf siegt. »Vielleicht aus Rache?«

Rose Gold kneift die Augen zusammen und fragt provokant: »Wieso sollte ich auf Rache aus sein, wenn du doch unschuldig bist?«

Ihr Grinsen reizt mich, soll bedeuten, dass sie mehr weiß als ich, dass sie mich irgendwie ausgetrickst hat. So eine Unverschämtheit!

»Vielleicht bist du wie alle anderen der Gehirnwäsche der Medien erlegen.«

Als ich die Autobahn verlasse, fahre ich gezwungenermaßen langsamer. Hinter einer Kurve sehe ich schon den Parkplatz von Gadget World.

»Alle bis auf dich, was?«, entgegnet Rose Gold höhnisch. »Jeder Einzelne im Ort ist verrückt geworden, nur Patty Watts nicht. Wie immer ist es die Schuld der anderen. Niemals deine eigene.«

Ich spüre das weiche Fleisch ihres Halses zwischen den Fingern. Meine Daumen drücken den Kehlkopf zu. Das Rückenmark beugt sich meinem Willen.

Wie kann sie es wagen? Immer und immer wieder frage ich mich das.

Eine solche Behandlung werde ich nicht dulden.

• • •

Auf der Suche nach Lebenszeichen betrachten Adam und ich den zugefrorenen Teich im Park. Aber alle Tiere sind vor dem Winter nach Süden geflohen. Der Wind frischt auf. Ich ziehe Adam den Reißverschluss des Schneeanzugs bis zum Kinn hoch.

Für einen Tag im Park ist es ein bisschen zu kalt, aber ich habe es nicht länger in diesem Haus ausgehalten. Vierzig Minuten mussten wir fahren, um einen Spielplatz zu finden, wo uns niemand kennt. Hier kann uns keine Mary Stone, kein Tom Behan oder Arnie Dixon was antun. Niemand, denn der Park ist heute menschenleer.

Ich hole Adam aus seinem Kinderwagen und lasse ihn auf meinen Knien hüpfen. Er entwickelt sich schon zu einer kleinen Persönlichkeit: lächelt, wenn er furzt, kaut auf seinen Fäustchen, sabbert alle Kleider voll, die ich doch gerade erst gewaschen habe. Er ist mittlerweile an mich gewöhnt, da ich in den letzten Wochen mehr Zeit mit ihm verbracht habe als Rose Gold. Wenigstens wird er nicht mit einer Fremden verschwinden.

Denn wir müssen verschwinden. Das ist mir ganz klar. Bei seiner Mutter ist keiner von uns sicher.

Meine Tochter hat den ganzen Ort gegen mich aufgewiegelt, hat der gesamten Nachbarschaft beim Joggen ihre ausgezehrte Gestalt präsentiert. Mary und alle anderen denken, dass ich sie vergifte. Ihre Mitarbeiter glauben, ich würde sie foltern. Die ganze Zeit ging ich davon aus, dass Tom oder Arnie oder auch ein paar Nachbarn mich verscheuchen wollten.

Aber Rose Gold hat es schon immer sehr gut verstanden, das Opfer zu spielen.

Und die Aufmerksamkeit zu genießen, als sie noch krank war. Das geschenkte Spielzeug und die Dauerlutscher von den Krankenschwestern, die überströmende Liebe aller Einwohner von Deadwick. Sie fraßen ihr aus der Hand – aber sie beschloss, das alles wegzuwerfen. Und jetzt will sie es wiederhaben.

Ich habe mich bemüht, die hingebungsvolle Mutter zu sein, die meine Tochter sich doch wünschte. Aber ich habe nicht fünf Jahre Gefängnis ertragen, um schon wieder als die Böse dargestellt zu werden. Sie will mich verscheuchen? Dann gehe ich eben!

Ich betrachte das Baby auf meinem Schoß. »Du siehst aus wie deine Mutter, als sie so alt war wie du«, sage ich. Die gleichen haselnussbraunen Augen, die gleiche kleine Nase. Ich hoffe nur, er wird noch kräftiger.

Ich werfe Adam in die Luft und fange ihn wieder auf. Schwinge ihn zwischen meinen Beinen hindurch. Er gackert entzückt und sieht mich mit großen, neugierigen Augen an.

Bis jetzt ist er ein gesundes Baby.

Aber wohl nicht mehr lange.

Schließlich fingen Rose Golds Verdauungsprobleme etwa in Adams Alter an. Zwar sieht man keinerlei Anzeichen von Schlafapnoe oder Lungenproblemen, aber irgendwas lauert ganz sicher hinter diesen rosigen Wangen. Kein Kind ist perfekt.

Ich lege Adam auf den Bauch ins gefrorene Gras. Das wird ihn abhärten. Mit dem Gesicht in der Kälte strampelt er mit Armen und Beinen.

»Adam«, flüstere ich. »Adam, wo ist Grandma?«

Als hätte er das verstanden, hebt er den Kopf, ballt die

Fäustchen und strampelt heftiger. Er reißt den Mund auf. Ich frage mich, ob ich ihn schreien lassen sollte.

In der letzten Sekunde beuge ich mich zu ihm, schwinge ihn hoch und werfe ihn in die Luft. Das reicht für einen Tag. Sein Quengeln verwandelt sich in freudiges Lachen. Ich lache ebenfalls und lege ihm die Hand auf die Stirn. Seine Wangen sind rot – oder grünlich? Könnte er eine Erkältung haben? Oder gar Grippe? Ich glaube, da ist bald ein Besuch beim Arzt angezeigt. Lieber auf Nummer sicher gehen.

Ich setze Adam zurück in seinen Buggy und schiebe ihn zum Wagen. Dann fahre ich nach Deadwick zurück.

Seltsam, wie man sich an neue Lebensumstände gewöhnt. Es kommt mir schon vollkommen normal vor, in die Einfahrt meines ehemaligen Elternhauses zu fahren. Mein Magen zieht sich jetzt aus einem ganz anderen Grund zusammen.

In der Küche nehme ich zwei Beutel mit Rose Golds gefrorener Milch aus dem Eisschrank und lege sie in den Kühlschrank. Dann hole ich eine Flasche mit gekühlter Milch heraus. Wir haben bereits unsere Routine: Rose Gold pumpt Muttermilch ab und lagert sie im Gefrierschrank, und ich taue sie für Adam auf. Vielleicht muss ich ihn an Milchnahrung gewöhnen, aber das ist ja nicht das Ende der Welt. Ich bin auch nie gestillt worden und habe mich prächtig entwickelt.

Adam saugt am Fläschchen. Er hat großen Appetit und spuckt die Milch nur selten wieder aus. Seine Größe und sein Gewicht werden keinen Arzt überzeugen, dass er Verdauungsprobleme hat. In dieser Hinsicht kommt er gar nicht nach seiner Mutter. Mit reiner Hingabe starrt er mich an, während er trinkt. Das liebe ich am meisten an Babys: ihre Abhängigkeit. Ohne uns können sie nicht überleben.

Alles, was ich als Mutter je wollte, war, gebraucht zu werden. In den ersten Lebensjahren eines Kindes ist niemand wichtiger als die Mutter. Diesem biologischen Gesetz muss Folge geleistet werden, immer und immer wieder. Aber wenn das Kind irgendwann zehn wird, dann zwölf und dann achtzehn, ist man nicht mehr wichtig. Wie soll man denn damit zurechtkommen? Als Mutter gibt man alles für seine Kinder auf – bis sie das nicht mehr wollen.

Ist es nicht typisch für Töchter, dass sie all ihre Fehler ihren Müttern anlasten? Ob es nun ein Hang zum Lügen oder dünne Haare sind, an jeder schlechten Eigenschaft sind die Mütter schuld, nicht sie selbst. Andererseits haben ihre besten Eigenschaften rein gar nichts mit den Müttern zu tun. Welche Fallen hat Rose Gold noch hinter ihrer geschlossenen Tür für mich? Sie hat dieses ganze verfluchte Haus manipuliert, um mir zu schaden.

Ohne Adam den Schneeanzug auszuziehen, lege ich ihn in die Wiege. Es könnte nicht schaden, seine Temperatur ein bisschen zu erhöhen, damit seine Wangen unnatürlich rot wirken. Er fängt an zu wimmern. Vielleicht braucht er eine neue Windel.

Als ich durch den Flur zum Bad gehe, drücke ich aus reiner Gewohnheit Rose Golds Türklinke. Aber wie immer ist ihr Zimmer abgeschlossen.

Ich öffne den Schrank unter dem Waschbecken und hole eine Windel heraus. Adam schreit lauter. Ich eile zurück und wechsle die Windeln. Aber er brüllt weiter. Ich versuche, ihm ein Bäuerchen zu entlocken, schuckle ihn und lenke ihn mit Spielzeug ab – alles auf Mutter-Autopilot. Er muss still sein, sonst kann ich nichts planen. Ich brauche mal Ruhe, um nachzudenken.

Noch bevor ich ihn in den Garten schieben kann, beruhigt er sich.

Ich betrachte das Baby in meinen Armen. Ich kann Adam nicht bei Rose Gold lassen, nicht wenn sie so verrücktspielt. Es wird später noch genug Zeit sein, ihn zu einem Arzt zu bringen. Außerdem wird ein neuer Arzt – oder eine neue Ärztin – in einem anderen Staat meinen Namen nicht erkennen. Wieso sollte sie die Geschichte nicht glauben, dass eine Großmutter ihren Enkel nach einer schrecklichen Familientragödie allein aufziehen muss?

Ich nehme mir mein Handy und suche nach Flügen von Chicago aus. Wohin sollen wir gehen? Nach Kalifornien? Maine? Montana? Bislang habe ich nur in diesem gottverlassenen Nest gelebt. Vielleicht sollte ich einfach den nächsten Flug nehmen, egal, wohin er geht.

»Nein, warte mal, Patty«, sage ich zu mir, um mich zu beruhigen. »Denk gründlich nach. Du bist die Rationale. Sie ist die Emotionale.«

Ich blicke auf meine Uhr: 16:48 Uhr. In einer Dreiviertelstunde kommt Rose Gold nach Hause. Das reicht nicht als Vorsprung. Wenn ich Adam mitnehme, wird Rose Gold Himmel und Hölle in Bewegung setzen, um ihn zu finden. Er und ich werden niemals Ruhe haben.

Das alles wäre so viel einfacher, wenn sie einfach ... verschwinden würde.

Draußen hat es angefangen zu schneien. Noch acht Tage bis Weihnachten. Weder Rose Gold noch ich haben das Haus geschmückt. Es ist das einzige im ganzen Viertel ohne rote und grüne Lichterketten am Dach. Zweifellos hat sie erwartet, dass ich mich um alles kümmere. Sie hat immer alles, was ich getan habe, als selbstverständlich betrachtet: die selbst ausgeschnittenen Schneekristalle, die winzige Krippe, die *Kołaczki*-Plätzchen, die ich in der polnischen Bäckerei besorgt habe. Jedes Jahr habe ich mich unermüdlich für sie abgemüht.

Ich drücke Adam an mich, erleichtert, nicht allein zu sein. Bis Rose Gold von der Arbeit nach Hause kommt, können wir nirgendwohin gehen. Ich drehe meinen Fernsehsessel so, dass ich die Haustür im Blick habe.

Fürs Erste heißt es warten.

20

ROSE GOLD

November 2016

Mit steinerner Miene tippte der Sicherheitsbeamte der Justizvollzugsanstalt in Mordant auf die gestrichelte Linie. »Hier unterschreiben«, knurrte er.

Ich unterschrieb das Formular und schob das Klemmbrett wieder zu ihm.

»Nehmen Sie Platz. Sie werden abgeholt.« Er wies auf eine Reihe Plastikstühle hinter mir. Dabei erhaschte ich einen Blick auf die Waffe in seinem Gürtel und fragte mich, wie es sich wohl anfühlte, jemanden zu erschießen.

Im Gefängnis war es stiller, als ich erwartet hatte – zumindest im Empfangsbereich. Außer mir wartete niemand. Ich starrte auf den hässlichen Linoleumboden und spürte den Blick des Wachmanns. Hoffentlich musste ich nicht zu lange warten.

Es war bereits über ein Jahr her, dass mein Vater sich von seiner schlimmsten Seite gezeigt hatte. Mit Alex oder Phil hatte ich schon genauso lang nicht gesprochen. Stattdessen hatte ich versucht, Freunde auf der Arbeit zu finden, aber von denen interessierte sich keiner für mich. Also hatte ich angefangen, in meiner Freizeit oscarprämierte Filme zu gucken und zu zeichnen. Überraschenderweise konnte ich ziemlich gut zeichnen. Zwar würden meine Kunstwerke nicht im Museum oder so landen, aber meine Bilder von Dads brechenden Knochen auf einem mittelalterlichen Folterstuhl waren erschreckend realistisch. Gesichter konnte ich auch gut.

Mittlerweile hatte ich fast genug Geld für meine Zähne zusammengespart, und bald würde ich jemand sein, der *strahlte*, mit den Händen in den Taschen und nicht vor dem Mund. Danach wollte ich für eine Anzahlung auf ein Haus sparen. Jeden Tag bei Gadget World erinnerte ich mich daran, worauf ich hinarbeitete.

Trotzdem füllte es nicht meine gesamte Freizeit aus, meinen Ersparnissen beim Wachsen zuzusehen. Ein Jahr nachdem Dad mich bei Annas Fußballspiel abserviert hatte, wurde mir bewusst, dass ich todunglücklich war. Ich hatte auf die harte Tour gelernt, dass Eltern nicht immer die Lösung für alle Probleme haben. Obwohl wir uns das wünschen. Je nachdem, wie sie sind und wie gut sie sich verstellen können, glauben wir das die erste Zeit unseres Lebens. Doch am Ende läuft es wie bei dem Osterhasen und dem Weihnachtsmann, und wir erkennen, dass unsere Eltern auch nur Menschen sind.

Jetzt war jeder Tag gleich: aufwachen, arbeiten, essen vor dem Fernseher, einen Film gucken, zeichnen, schlafen gehen. Nachdem die Gillespies mich geächtet hatten, redete ich mir ein, ich bräuchte sie gar nicht zu meinem Glück. Ich kaufte eine Topfpflanze, taufte sie Planty und sagte mir, das würde als Gesellschaft völlig ausreichen.

Dann kam Brenda, meine Mitarbeiterin, die mir zugesetzt hatte, ich sollte Phil besuchen, von einem Tag auf den anderen nicht mehr zur Arbeit. Keiner wusste, warum, bis Scott uns ein paar Wochen später vor der Arbeit im Pausenraum zusammenrief. Er erklärte, bei Brenda sei Krebs an der Bauchspeicheldrüse festgestellt worden. Einen Monat später war sie tot. Ihre vier Jahre alte Tochter und ihr zwei Jahre alter Sohn waren jetzt ohne Mutter.

So richtig war ich mit Brenda nie befreundet gewesen – schließlich war sie schon über dreißig und hatte zwei Kinder. Wir befanden uns in verschiedenen Lebensabschnitten. Aber ich musste ständig daran denken, wie sie nachmittags immer mit ihrer Milchpumpe im Pausenraum gesessen hatte. Jetzt war sie tot. Ich würde nie wieder mit ihr reden. Zum ersten Mal war jemand, den ich persönlich kannte, gestorben. Es klingt albern, aber Brendas Tod machte mir klar, dass ich nicht ewig leben würde. Wenn mir mein Leben nicht gefiel, würde es niemand für mich in Ordnung bringen. Ich selbst musste etwas tun. Ich musste zum Anfang zurückkehren, zur ersten Fehlentscheidung – und das hieß, zurück zu Mom.

Als ich die Kontaktsperre gegen sie erwirkte, hatte ich da ernsthaft geglaubt, meine Mutter nie wieder zu sehen, nie wieder mit ihr zu reden, solange wir lebten? Vielleicht dachte ich das während meiner Wutanfälle, aber die ehrliche Antwort lautete natürlich: nein. Zwar musste ich ständig andere Menschen aus meinem Leben ausschließen, aber keiner von denen war meine Mutter. Mom war immer noch im Besitz all der Informationen, die ich unbedingt haben wollte: über ihre Kindheit, über meine und vor allem über das *Warum*.

Diese eine Frage erschien vor meinem inneren Auge, wenn ich morgens aufwachte oder abends im Bett lag: Warum? *Warum?* WARUM? Sie musste es mir erklären, mir die Wahrheit sagen. Und mich um Verzeihung bitten.

Deshalb war ich jetzt hier.

Ich versuchte, mir nicht allzu große Hoffnungen zu machen. Mom war die größte Lügnerin, die ich kannte. Vielleicht war sie gar nicht fähig, ehrlich zu sein oder um Verzeihung zu bitten. In diesem Fall würde ich eine neue Kontaktsperre erwirken. Von nun an würde *ich* entscheiden, wie sich unsere Beziehung gestaltete und ob sie eine zweite Chance bekam. Nach vier Jahren Selbstständigkeit würde ich nie mehr nach der Pfeife eines anderen tanzen.

Ein riesiger Uniformierter mit mächtigem Bizeps tauchte in der Tür auf. Er hatte einen Schnurrbart – ein schlechtes Omen. »Ist sie die Einzige?«, fragte er den ersten Beamten.

Dieser nickte.

»Folgen Sie mir«, sagte der zweite.

Ich stand auf, wischte mir die feuchten Hände an der Hose ab und redete mir ein, es gäbe keinen Grund, nervös zu sein, es wäre mir ja eigentlich egal.

Der Riese führte mich durch einen langen Betonflur. Über uns flackerte das Licht. In die Wände waren Schimpfwörter und Initialen geritzt. Auf dem Boden sah ich einen rostroten Fleck.

Als wir am Ende des Gangs an eine Tür kamen, blieben

wir stehen. Der Wachmann hielt seinen Ausweis vor ein Lesegerät, woraufhin die Tür klickend aufsprang. Der Wachmann zog sie weiter auf, und wir gingen hindurch. Neben der Tür hing ein Schild mit der Aufschrift: *Besucherzentrum.*

Im Raum befanden sich Tische und leere Stühle, zusammengestellt für Zweier-, Vierer- und Sechsergruppen. In einer Ecke hingen ein paar Kinderbilder mit Thanksgiving-Truthähnen aus Bastelpapier. Die Federn waren rot, orange und braun. Auf einem Bild stand: »Ich hab dich lieb, Mom.« Ich verdrängte den Gedanken daran, wo die Kinder jetzt waren und wie ihr Leben aussah.

»Nehmen Sie Platz«, forderte der Wachmann mich auf und verließ den Raum. Ich blieb allein zurück.

Ich zog einen Stuhl heraus – ein Plastikstuhl wie im Wartebereich – und setzte mich. Vielleicht hätte ich nicht kommen sollen.

Eine andere Tür öffnete sich. Der Wachmann kam zurück, gefolgt von meiner Mutter. Sie wirkte kleiner, als ich sie in Erinnerung hatte.

War sie geschrumpft? Oder war ich gewachsen? Vielleicht lag es an ihrer Haltung. Früher war sie mit hoch erhobenem Kopf durch Deadwick stolziert, aber jetzt hingen ihre Schultern schlaff nach vorn. Sie ging mit eingezogenem Kopf, wie eine Schildkröte, die sich im Panzer verstecken will. Die Verwandlung war erschreckend.

Als ihr Blick vom Wachmann zu mir huschte, leuchtete ihr ganzes Gesicht auf. *Weihnachtsaugen*, dachte ich.

Ihre Schritte wurden energischer, als sie sich mir näherte. Ich wollte ihr nicht die Genugtuung geben, sie zu umarmen. Sie sollte nicht denken, ich hätte ihr verziehen. Gleichzeitig sehnte ich mich schmerzlich nach einer der berüchtigten Umarmungen meiner Mutter. Noch bevor ich entscheiden konnte, ob ich eine derart intime Geste zulassen würde, hatte sie mich schon in ihre fleischigen Arme genommen, und mein Körper verschmolz mit ihrem.

»Oh, mein Baby«, flüsterte sie mir ins Ohr und strich mir übers Haar. »Du hast ja keine Ahnung, wie schön es ist, dich zu sehen.«

Ich zwang mich, steif zu werden und mich von ihr zu lösen. Auf gar keinen Fall durfte ich vergessen, dass es kein Zeichen von Liebe war, wenn meine Mutter jemanden umarmte oder seine Hand hielt: Es waren Formen der Kontrolle. Das hatte mir eine Therapeutin klargemacht. Ich hatte ein paar Sitzungen absolviert, bevor ich entschied, dass ich das Geld lieber für meine neuen Zähne sparen wollte.

Ich streckte die Hand nach der Lehne meines Stuhls aus und wollte mich schon wieder setzen, da sah ich ihre Lippe: hässlich angeschwollen, dunkellila und aufgerissen.

»Oh mein Gott! Was ist denn mit deinem Mund passiert?«, platzte es aus mir heraus.

Mom nahm mir gegenüber Platz und tippte mit dem Finger daran. »Ach, das«, sagte sie. »Ich bin neulich gestolpert und hingefallen. Da habe ich mich verletzt. Ich bin eben ein Tollpatsch.«

Meine Mutter war noch nie ungeschickt gewesen. »Du bist gefallen und auf dem Gesicht gelandet?«

»Aber nein, auf allen vieren. Aber ich hab mir auf die Lippe gebissen.«

Ihre Hände lagen vor mir auf dem Tisch und waren weder aufgeschürft noch bandagiert. Sie wirkten vollkommen normal, nur hatte sie mehr Dreck unter den Fingernägeln als früher.

Eigentlich hatte ich gedacht, meine Mom hätte im Gefängnis alles unter Kontrolle. Sie würde das Wachpersonal in die Tasche stecken und jeden Anführer entthronen. Sie war lebhaft und gewitzt, da sollte sie doch unantastbar sein. Sie hatte immer die Schwachen beschützt, die schikaniert wurden.

Und jetzt wurde sie selbst schikaniert.

Die Frau, die da vor mir saß, hatte blutunterlaufene Augen, unfrisierte Haare und fahle Haut. Für einen Fremden wäre sie dieselbe gewesen, die Frau, die mich aufgezogen hatte. Aber für mich hatte sie keinerlei Ähnlichkeit mit meiner Mutter. Ich wusste noch alles, was ich im Zeugenstand ausgesagt hatte: wie ich sie gedemütigt und kein fieses Detail ausgelassen hatte. Ihre aufgeschlagene Lippe war zum Teil meine Schuld. Wenn ich sie nicht angezeigt hätte, wäre sie nie ins Gefängnis gekommen.

»Bist du dir sicher, dass es dir gut geht, Mom?«, fragte ich.

Sofort verfluchte ich mich. Ich wollte sie doch »Patty« nennen, um Distanz zwischen uns zu schaffen – und sie zu kränken.

Es ist nicht deine Schuld. Sie sitzt im Gefängnis, weil sie dich misshandelt hat.

Langsam begann ich, auf meine innere Stimme zu hören statt auf ihre.

Mom winkte ab und zwang sich zu lächeln. »Klar, alles in Ordnung, Schatz. Mach dir keine Sorgen um mich.« Sie stützte ihr Kinn auf die Hand, zuckte zusammen und wechselte die Position. »Aber jetzt erzähl mir genau, wie es dir ergangen ist. Hast du einen Job? Einen Freund? Ich will alles hören.«

Also berichtete ich Mom von Gadget World, von dem Geld, das ich gespart hatte, und dass ich in den letzten zwei Jahren dreimal Angestellte des Monats geworden war. Sie strahlte. Dann erzählte ich ihr von Phil, meinem ersten echten Freund, den ich in Denver besucht hatte. Dass ich ihn seit anderthalb Jahren nicht mehr gesprochen hatte und er älter war als sie, ließ ich aus. Ich überlegte kurz, ob ich ihr von Dad erzählen sollte, entschied aber, mir das für ein anderes Mal aufzuheben. Ich hatte das Gefühl, das sollte ich lieber vor ihr geheim halten.

»Und Deadwick? Wie ist es da so?«, fragte Mom.

»Wie soll es da sein?«

»Hast du noch Kontakt zu unseren alten Nachbarn und Freunden?«

»Mrs. Stone sehe ich kaum noch, wenn du das meinst«, antwortete ich, ohne lange nachzudenken. Ich wusste, dass ihr das gefallen würde, aber es stimmte auch. Mary Stone hatte mich wie alle anderen enttäuscht. Sie behandelte mich immer noch wie ein Kind und erinnerte mich ständig daran, dass ich mich ruhig bei ihr ausweinen konnte. Aber ich wollte nicht mehr weinen, wollte nicht, dass die Leute mein altes Ich mehr mochten als mein neues. Mrs. Stone jedenfalls gefiel ich besser als Bedürftige. Dann konnte sie sich als guter Mensch fühlen, als meine Retterin. Doch ich konnte mich selbst retten, also vielen Dank auch.

Wie vorauszusehen war, freute sich Mom. Es hatte ihr gar nicht gefallen, wie Mrs. Stone sie während des Prozesses bei den Reportern angeschwärzt hatte. Bis zu ihrer Verhaftung hatte sich nie jemand gegen Patty Watts gestellt.

»Wie geht's denn meiner alten Freundin?«, fragte Mom mit falscher Freundlichkeit. Das war die Mutter, die ich kannte: Sie hatte wieder Farbe bekommen, und ihre Augen blickten wach und aufmerksam. Sie hing an meinen Lippen und registrierte noch die kleinste Einzelheit.

»Wie immer«, sagte ich, um das Thema zu beenden. Ich war hier, um Antworten zu bekommen, und bis jetzt hatte nur ich geredet. Meine Mutter manipulierte mich schon wieder, so wie sie jeden manipulierte, so wie sie mich meine ganze Kindheit hindurch kontrolliert hatte.

»Hör zu, Mom«, sagte ich und gab damit endgültig den Vorsatz auf, sie »Patty« zu nennen. »Wenn wir noch mal ganz von vorne anfangen sollen, musst du ehrlich zu mir sein. Hör auf, das Gespräch zu steuern und Fragen auszuweichen, indem du selbst welche stellst.«

Mom sah mich nur an.

»Wenn du mich anlügst, bin ich sofort weg«, erklärte ich, den Blick auf die Tischplatte gesenkt. Ich zwang mich, sie anzusehen. »Und dann komme ich nicht mehr zurück.«

Schweigen breitete sich quälend lang zwischen uns aus.

»Haben wir uns verstanden?«, fragte ich schließlich.

Mom nickte. »Natürlich, Schatz«, murmelte sie. »Ich würde nie wieder was tun, was unsere Beziehung gefährden könnte. Ich hab dich schon einmal verloren.«

Zwar wusste ich nicht, ob sie das aufrichtig meinte, aber zumindest ging es in die richtige Richtung. Ich hatte zahlreiche Fragen, um ihre Ehrlichkeit zu testen.

»Gut«, sagte ich. »Dann frage ich noch mal: Wie hast du dir die Lippe aufgeschlagen?« Ich verschränkte die Arme und lehnte mich zurück, um zu zeigen, dass mit mir nicht zu spaßen war.

Mom faltete die Hände im Schoß. Hätte ich einen Blick unter den Tisch geworfen, hätte ich mit Sicherheit gesehen, dass sie Däumchen drehte. Diese Angewohnheit hatte sie von meinem Großvater, zumindest hatte sie das erzählt. Ich hatte mich selbst schon mal dabei ertappt, als ich fernsah. Den Rest der Serienfolge hatte ich auf meinen Händen gesessen.

Mom seufzte. »Eine Mitgefangene hat mich geschlagen.«

»Wieso?«, wollte ich wissen.

»Sie mag mich nicht besonders.«

»Mom«, sagte ich warnend, »sei nicht so evasiv.«

Überrascht zog sie die Augenbrauen hoch. Wahrscheinlich fragte sie sich, woher ich das Wort »evasiv« kannte. Das hatte sie mir nicht bei einer ihrer Wortschatzübungen beigebracht, wo hatte ich es also aufgeschnappt? Ich sollte doch ihr Ableger sein, von ihr erschaffen und geformt.

Sie rieb sich die Augen. »Stevens hatte schon von Anfang an was gegen mich. Alle paar Monate geht sie mit ihrer Gang auf mich los. Zwei von ihnen drücken mich gegen die Wand, und dann verpasst sie mir ein paar Schwinger.« Mom zuckte die Achseln. »Keine Ahnung, wieso sie mich hasst. Ich hab ihr nichts getan.«

Da ich meine Mutter kannte, bezweifelte ich das, ließ es ihr dieses Mal aber durchgehen. Es gab Wichtigeres.

»Wieso hast du wegen deiner Lippe gelogen?«

»Weil du dir keine Sorgen machen solltest«, erklärte Mom resigniert. »Das machen wir Mütter eben so: Wir beschützen unsere Kinder vor grausamen Wahrheiten. Um ihnen Schmerz zu ersparen, nehmen wir lieber den Schlag auf uns.«

»Aber ich bin kein Kind mehr«, entgegnete ich ruhig. »Und in den letzten Jahren bin ich mit ein paar ziemlich grausamen Wahrheiten klargekommen.«

Mom tätschelte mir die Hand. »Es ist egal, wie alt du bist. Der Wunsch, das eigene Kind zu schützen, verschwindet nie. Und dafür werde ich mich nicht entschuldigen.« Sie zuckte zusammen. Gut so – sie nahm meine Drohung, bei Lügen zu verschwinden, ernst.

»Wenn du eigene Kinder hast, wirst du das verstehen«, fügte sie hinzu.

Ich schnaubte. Als würde ich Kinder wollen, nach der beschissenen Kindheit, die ich gehabt hatte!

»Ich möchte, dass du mir von deiner Familie erzählst«, sagte ich. »Jedes Mal, wenn ich dich danach gefragt habe, hieß es nur, du hättest eine schlimme Kindheit gehabt. Ich will Einzelheiten hören. Was war so schlimm? Wie waren meine Großeltern? Und wie mein Onkel David?«

Mom stöhnte. »So willst du also unseren ersten gemeinsamen Nachmittag seit fast fünf Jahren verbringen? Mit einem Gespräch über deine verkorksten Vorfahren?«

»Mom«, warnte ich sie erneut, »du hast versprochen, ehrlich zu sein.«

»Aber deswegen muss mir das noch längst nicht gefallen«, murrte sie. Dann schob sie ihre Ärmel hoch und lehnte sich mit der Brust an den Tisch. »Mein Vater wurde mit neunzehn Jahren eingezogen und musste 1944 nach Belgien. Er hatte meine Mutter zwar schon kennengelernt, aber sie waren noch nicht verheiratet.«

In der nächsten halben Stunde schilderte Mom mir ihre Kindheit und erzählte bis ins letzte schmerzliche Detail von den Misshandlungen durch meinen Großvater. Vom Selbstmord ihres Bruders. Von den Fehlgeburten ihrer Mutter: drei, um genau zu sein, nach David, vor ihr. Sie erklärte, in der Familie Watts sei jeder auf sich allein gestellt gewesen. Ihre Mutter hatte sich nicht für sie eingesetzt. Genauso wenig wie ihr Bruder. Also war Mom direkt nach ihrem achtzehnten Geburtstag ausgezogen, ans andere Ende der Stadt, und hatte sich eine Stelle als Schwesternhelferin gesucht. Sie brach jegliche Verbindung zu ihren Eltern ab. Wenn sie einen von ihnen zufällig im Supermarkt oder in der Bank sah, machte sie auf dem Absatz kehrt und verschwand ohne ein Wort. Mit keinem von beiden versöhnte sich Mom je wieder.

»Tut mir leid, dass ich dir nie davon erzählt habe«, sagte Mom. »Du hast es verdient, alles zu erfahren. Aber nur, wenn du willst.« Als sie sich erschöpft auf ihrem Stuhl zurücklehnte, wusste ich, dass sie fertig war.

Erschöpft war ich ebenfalls. Ich hatte zwar mit einer traurigen Geschichte gerechnet, aber nicht mit einer *so* traurigen. Jetzt verstand ich, wieso sie mir all die Jahre ausgewichen war, wann immer ich nach meiner Familie gefragt hatte. Sie wollte mir nicht schaden, sondern mich beschützen. Ich dachte zurück an den Morgen, als ich Dad vorlog, ich hätte Krebs. Auch ich hatte ihm nicht schaden wollen, sondern mich nur nach der Anerkennung der Gillespies gesehnt. Moms und meine Absichten waren gut, so fragwürdig unsere Methoden auch sein mochten. Wir sehnten uns nach Liebe.

Niemand hatte mich je so angesehen wie meine Mutter. Weder Dad noch Phil oder Alex. Wann immer ich etwas sagte, verschwanden für sie alle anderen Personen im Raum. Hatte ich Schmerzen, ignorierte sie ihre eigenen Beschwerden. Meine Mom hasste die, die mich ärgerten, mehr als ich. Ich hätte ihnen verzeihen können, aber meine Mutter nie.

Die Schuld zwischen einem Kind und einer Mutter kann niemals beglichen werden; es ist, als würde man ein Rennen gegen jemanden laufen, der fünfzehn Meilen Vorsprung hat. Da gibt es keinerlei Hoffnung, ihn jemals einzuholen. Es ist ganz gleich, wie viele Muttertagskarten man malt, wie viele Liebesschwüre man hineinschreibt. Man kann ihr versichern, sie sei der liebste Mensch auf Erden, ihr verschwörerisch zuzwinkern, ihr jedes belanglose Detail aus dem täglichen Leben erzählen, aber nichts davon ist genug. Ich habe

Jahre gebraucht, um zu erkennen, dass wir unsere Mütter niemals so lieben können wie sie uns. Denn sie haben schon Erinnerungen an uns, als wir noch ein kleiner Punkt in ihrem Bauch waren. Wir selbst haben erst mit drei, vier oder fünf Jahren angefangen, uns zu erinnern. Sie haben einen Vorsprung. Wie sollen wir das schlagen? Wir akzeptieren, dass die Mütter ihre Liebe stolz vor sich hertragen wie einen protzigen Pokal, weil ihre Liebe tatsächlich besser ist als unsere.

»Danke«, sagte ich. »Und es tut mir leid, was du alles hast durchmachen müssen.«

Mom wurde rot und zuckte die Achseln. Ich sah ihr an, dass sie nicht mehr darüber sprechen wollte.

Aber Moms Geschichten über ihre Kindheit hatten nur als Vorbereitung auf die Fragen gedient, die mich wirklich interessierten. Ich fühlte mich zwar schlecht wegen ihrer Vergangenheit, aber noch schlechter wegen meiner. Sie sollte zugeben, dass sie mir meine Kindheit geraubt hatte – genauso, wie ihr ihre geraubt worden war. Ich wollte, dass Mom für ihre Missetaten die Verantwortung übernahm. Sie musste mir in die Augen sehen und mich um Verzeihung bitten.

Diese Forderung an sie hatte ich immer wieder geprobt, seit ich die Kontaktsperre aufgehoben hatte. Dann hatte ich monatelang gezögert, im Gefängnis anzurufen. Wollte ich die Büchse der Pandora wirklich noch mal öffnen? Eigentlich war mir gar nicht danach, in dieses Wespennest zu stechen.

»Da wäre noch was«, setzte ich an.

Mom blickte zu mir auf.

»Alles, was du willst.« So ernst hatte ich meine Mutter noch nie erlebt. Ihre Darbietung war oscarreif.

Aber da ging auf der anderen Seite des Raums die Tür auf, und der Wachmann von eben erschien. »Die Zeit ist um, Watts«, rief er barsch.

»Schon?«, fragte sie.

Da sie aufstand, erhob ich mich ebenfalls. Sie schloss mich noch einmal in ihre Arme und flüsterte mir ins Ohr: »Kommst du wieder?«

Dieser erste Besuch war viel besser gelaufen als erhofft. Eigentlich hatte ich ihn als letzten Versuch betrachtet und gedacht, ich würde irgendwann wütend rausstürmen und meine Mutter nie mehr wiedersehen. Bislang war sie bereit gewesen, mir entgegenzukommen. Offenbar hatte sie mich nicht angelogen. Vielleicht würden wir doch noch über unsere Vergangenheit hinwegkommen.

»Wie wär's nächste Woche?«, erwiderte ich, ebenfalls flüsternd.

Sie löste sich aus der Umarmung, schob mich ein Stück von sich weg und betrachtete mich, um zu sehen, ob ich es ernst meinte. Dann breitete sich, trotz der gesprungenen Lippe, ein breites Grinsen über ihr Gesicht. Sie drückte meine Hand. »Liebend gern.«

Ich sah meiner Mutter nach, als sie dem Wärter durch die Tür folgte. Jetzt hatte sie den Kopf erhoben und die Schultern gestrafft. Sie pfiff leise und winkte mir mit einem Zwinkern, bevor sich die Tür hinter ihr schloss.

Das war die Patty Watts, die ich kannte.

21

PATTY

Rose Gold ist immer noch nicht nach Hause gekommen. Dabei sollte sie schon seit einer Stunde hier sein. Angerufen oder gesimst hat sie auch nicht.

Vielleicht ist bei Gadget World heute besonders viel zu tun, und der Geschäftsführer hat sie gebeten, Überstunden zu machen. Oder sie ist was trinken gegangen, mit Freunden, die ich nicht kenne.

Ich schicke ihr eine SMS.

Ich: *Hi, Schatz, kommst du bald nach Hause?*

Dann starre ich aufs Display. Aber es kommt keine Antwort.

Adam gurgelt in seinem Stubenwagen, er weiß nicht, dass seine Mutter vermisst wird. Ich stehe vom Fernsehsessel auf, gehe in die Küche, hole sein Fläschchen aus dem Kühlschrank und fülle weitere Fläschchen aus dem Gefrierfach nach. Glücklicherweise hat Rose Gold auf Vorrat abgepumpt.

Ich wärme das Fläschchen und gehe damit zurück ins Wohnzimmer, wo ich Adam auf den Arm nehme.

»Damit du groß und stark wirst«, säusle ich. Er trinkt mit riesigen Schlucken.

Um mich abzulenken, kümmere ich mich besonders sorgfältig um Adam. Nach seinem Fläschchen nehme ich ihn hoch, damit er sein Bäuerchen macht. Dann wird er gebadet, bis er makellos sauber ist. Ich ziehe ihm den Pyjama mit den Küken an und wiege ihn im Arm. Dabei stelle ich mir vor, dass es von nun an jeden Abend so sein wird: Adam und ich kommen irgendwo in einem stillen Haus zur Ruhe. Nur wir beide.

Ich bin dazu bestimmt, seine Mutter zu sein.

Ich rolle den Stubenwagen vom Wohnzimmer in mein Schlafzimmer. Um halb acht schläft Adam tief und fest. Der Stubenwagen muss reichen, denn sein richtiges Bettchen steht in Rose Golds abgeschlossenem Zimmer.

Zweimal versuche ich, sie anzurufen. Vergeblich.

Wir könnten morgens schon ganz früh aufbrechen.

Aber ich zwinge mich, diesen Gedanken zu verdrängen. Es würde verdächtig wirken, wenn ich am Morgen nach Rose Golds Verschwinden losfahren würde.

Ich rufe bei Gadget World an, aber da geht niemand ans Telefon. Wenn sie bis morgen früh noch nicht wieder da ist, versuche ich es erneut. Denn es wäre gut, Anrufe und Textnachrichten vorweisen zu können, als Beweis, dass ich mir Sorgen gemacht und nach meiner Tochter gesucht habe. Falls sie nie wieder auftaucht.

Ich: *Mache mir Sorgen, Schatz. Bitte melde dich.*

Keine Reaktion, natürlich.

Unruhig tigere ich vom Wohnzimmer in die Küche, vom

Flur zurück ins Wohnzimmer und wieder in die Küche. Mit dem Handy in der Hand gehe ich Runde um Runde. So wie es sich für eine besorgte Mutter gehört, nicht wahr? Diese Rolle muss ich überzeugend spielen.

Im Flur zupfe ich Fäden von der Textiltapete, genau wie früher als kleines Mädchen, wenn ich meine Eltern beim Streiten belauschte. Mit Daumen und Zeigefinger rolle ich den Faden zu einem kleinen Knäuel zusammen. Das ganze Haus wird heimgesucht von den Geistern der Verschwundenen: Mom, Dad, David und jetzt Rose Gold.

Noch ein Dutzend Mal versuche ich, meine Tochter übers Handy zu erreichen, und hinterlasse besorgte Nachrichten, stoße mir sogar extra den Zeh an, um bei der letzten weinen zu können. Um elf gebe ich es auf und mache mich bettfertig, wasche mir das Gesicht und putze mir die Zähne.

Um meinen vermissten Liebling werde ich mich am nächsten Morgen kümmern.

Allerdings kann ich die ganze Nacht kaum schlafen, weil Adam ständig gefüttert werden muss und ich mir doch Sorgen um Rose Gold mache. Um sechs stehe ich auf.

Sie ist nicht nach Hause gekommen.

Ich werfe einen Blick aufs Handy, obwohl ich es laut gestellt habe, um etwaige Anrufe nicht zu verpassen. Aber keine Anrufe. Keine SMS. Keine E-Mails.

Während ich Adam sein Fläschchen gebe, überlege ich, was ich tun kann. Eigentlich würde eine typische *besorgte Mutter* die Polizei anrufen, aber die stellen mir zu viele Fragen. Außerdem weiß die besorgte Mutter nicht, ob Rose

Gold wirklich in Gefahr ist. Meine Tochter könnte genauso gut abgehauen sein, weil sie von mir und Adam die Nase voll hatte.

Diese Erklärung gefällt mir. Wenn jemand uns aufspürt, kann ich sagen, dass Rose Gold als Erste verschwunden ist. Also habe mich nichts und niemand mehr in Deadwick gehalten. Adam und ich hätten ganz neu anfangen wollen.

Als ich versuche, Adam ein Bäuerchen zu entlocken, denke ich kurz daran, die Nachrichten einzuschalten, entscheide mich aber dagegen. Seit fünf Jahren und zwei Monaten boykottiere ich die mittlerweile und werde heute nicht damit aufhören. Die Behörden hätten sich schon lange gemeldet, bevor die Presse Wind von einem ›Knüller‹ bekommt. Außerdem stellen die Medien sowieso immer alles ganz falsch dar. Ich erinnere mich noch an eine Schlagzeile in der *Deadwick Daily*, kurz vor meinem Prozess: WIE DIE PATTY WATTS DIESER WELT UNSERE KINDER GEFÄHRDEN. Lächerlich. Ich lege meinen Enkel in seinen Stubenwagen und verspreche ihm, ganz schnell zu machen.

Nach einem erneuten Anruf bei Rose Gold dusche ich und versuche es ein weiteres Mal. Auf dem Weg zu meinem Zimmer bleibe ich an Rose Golds Tür stehen. Was hat sie in den letzten sechs Wochen vor mir verborgen? Vielleicht findet die besorgte Mutter Hinweise auf den Verbleib ihrer Tochter.

Nachdem ich mich angezogen und nach Adam gesehen habe, der eingeschlafen ist, kehre ich zum Elternschlafzimmer zurück. Zum tausendsten Mal versuche ich die Tür zu öffnen, aber sie ist natürlich abgeschlossen. Mit einer Haarnadel aus dem Bad starte ich noch mal den Versuch, das Schloss zu knacken, aber wieder einmal bricht die Haarnadel ab.

Also verlasse ich das Haus und nähere mich von außen Rose Golds Zimmer. Wie üblich sind alle Vorhänge zugezogen und versperren den Blick hinein. Es ist unsinnig, ein Fenster aufzubrechen, wenn man drinnen eine Tür aufbrechen kann. Außerdem können meine schnüffelnden Nachbarn nicht sehen, was ich im Haus mache. Also marschiere ich wieder hinein.

Erst will ich googeln *Wie man in ein Zimmer einbricht*, befinde dann aber, dass dazu keine Zeit ist. Eine besorgte Mutter wäre nicht so vernünftig, erst Recherche zu betreiben, um ihre Tochter zu finden. Sie würde einfach die verdammte Tür aufbrechen.

Wieder nähere ich mich der Tür und versuche zuerst, sie mit der Schulter aufzubrechen. Die Tür bleibt verschlossen, aber ich habe danach Blutergüsse am Arm. Immer wieder ramme ich gegen die Tür und wechsle zwischendurch die Seite, wenn die eine Schulter zu weh tut. Nach fünf Minuten gibt die Tür leicht nach, bricht aber immer noch nicht auf.

Also marschiere ich in mein Zimmer, ziehe schwere Stiefel an und binde sie fest zu. Seufzend kehre ich zu Rose Golds Zimmertür zurück und fange an, dagegenzutreten. Beim vierten Tritt splittert das Holz. Beim sechsten bilden sich tiefe Risse. Beim achten gibt die Tür endlich nach und knallt gegen die Innenwand. Ich habe es geschafft.

Fast ängstlich spähe ich ins Zimmer, aber es sieht noch genauso aus wie an dem Tag, als ich aus dem Gefängnis kam und Rose Gold mich durchs Haus führte. Das Bett ist gemacht. Adams Bettchen ebenfalls. Die Fenster sind geschlossen.

Ich fahre mit den Fingern über die Kommode und ziehe alle acht Schubladen auf: Sämtliche Kleider sind noch da. Ich untersuche ihr Schmuckkästchen, aber alle billigen Ohrringe und Halsketten befinden sich dort, wo sie hingehören. Dann der Schrank. Ich ziehe die Schiebetür mit dem Spiegel auf. Ein flüchtiger Blick zeigt mir, dass auch hier nichts fehlt: Der Schrank ist wie zuvor mit billigen Klamotten zugemüllt.

Danach durchwühle ich die drei Schubladen ihres Schreibtischs in der Ecke. Sie sind vollgestopft mit zerknittertem Papier und alten Tagebüchern. Ich sehe mir die Daten der Tagebücher an, aber in den letzten fünf Jahren ist nichts mehr hinzugekommen. Und da ich sie vor meiner Haft immer gelesen habe, weiß ich, was drinsteht.

Ihr Computer ist ausgeschaltet. Ich stöpsle das Stromkabel ein und drücke auf den Powerknopf. Summend erwacht der Laptop zum Leben. Die besorgte Mutter tappt ungeduldig mit dem Fuß.

Anstatt noch mehr Zeit mit Warten zu verschwenden, reiße ich die Bettwäsche samt Laken vom Bett. Aber ich finde nur die Schmusedecke, die ich Rose Gold als Baby genäht habe. Es überrascht mich, dass sie noch damit schläft. Ich werfe das verschlissene Ding auf den Boden.

Grunzend wuchte ich die Matratze vom Lattenrost, weil ich überzeugt bin, irgendwas darunter zu finden. Fehlanzeige. Also lege ich mich mit einer Taschenlampe auf den

Bauch und sehe unter dem Bett nach. Dort liegt ein Stapel angestaubter *Cosmopolitans* und *National Geographics*, Zeitschriften, die früher Alex gelesen hat. Während ich sie durchblättere, stelle ich mir vor, wie Rose Gold hier einsam und verlassen versucht hat, das Leben ihrer coolen älteren Freundin Alex zu kopieren, indem sie die gleichen Lebensmittel, das gleiche Make-up und die gleichen Zeitschriften kauft. Erbärmlich.

Aber nichts fällt aus den Zeitschriften heraus. Keinerlei verräterische Kritzeleien auf irgendeiner Seite. Ich wende mich wieder zum Laptop. Aber der ist passwortgeschützt.

Ich versuche es mit verschiedenen Kombinationen von Rose Golds und Adams Namen und Geburtsdaten, sogar mit meinem Namen, obwohl der natürlich unwahrscheinlich ist. Nach dem sechsten Fehlversuch fährt der Computer herunter. Ich haue mit der Faust auf den Tisch. Mittlerweile ist die besorgte Mutter verzweifelt. Ich wische mir über die feuchte Stirn.

Dann setze ich mich auf den Schreibtischstuhl meiner Tochter und sehe mich aufmerksam im Zimmer um. Jetzt ist es zwar ziemlich unordentlich – meine Schuld –, aber nichts wirkt ungewöhnlich oder verdächtig. Hier gibt es kein Geheimnis aufzudecken.

Wieso hat sie dann all die Wochen die Tür abgeschlossen?

Ich werfe einen Blick auf die Uhr: Es ist neun. Gadget World sollte mittlerweile geöffnet haben.

Ich wähle die Nummer vom Abend zuvor und warte. Es

ertönt das Rufzeichen. Beim dritten Klingeln meldet sich jemand.

»Gadget World, Zach am Apparat. Wie kann ich Ihnen helfen?«, ertönt eine muntere, junge Stimme.

»Hi, Zach, ist Rose Gold da?«, frage ich.

»Nein, aber wir haben gerade erst geöffnet, vielleicht ist sie ein paar Minuten zu spät.« Zach klingt, als hätte er keinerlei Sorgen. Der kleine Scheißkerl.

Ich überlege, wie ich möglichst harmlos meine nächste Frage stellen kann.

»War sie denn gestern da?«, erkundige ich mich so fröhlich, wie es nur geht.

»Weiß ich nicht genau, ich hatte frei. Moment mal, ich verbinde Sie mit dem Geschäftsführer.«

Zach drückt mich weg. Der Rufton ertönt zweimal.

Dann eine müde Stimme, die Begeisterung mimt. »Scott Coolidge, Manager von Gadget World, am Apparat. Wie kann ich Ihnen helfen?«

»Hi, ich rufe wegen Rose Gold Watts an«, sage ich.

»Was ist mit ihr?«, fragt Scott nach kurzem Schweigen.

Ich zögere. »Hier spricht ihre Mutter, Patty.«

Wieder Schweigen.

»Ich hab mich gefragt, ob sie gestern auf der Arbeit war«, sage ich bewusst beiläufig und kneife die Augen zu.

»Nein, war sie nicht«, antwortet Scott verärgert. Bingo.

Ich gebe ein Geräusch von mir, das alles Mögliche bedeuten könnte.

»Hat sich nicht mal die Mühe gemacht, mich anzurufen«, grummelt Scott. »Ich hab's dreimal bei ihr versucht. Keine Reaktion.«

»Das tut ihr sicher sehr leid, Scott«, versichere ich. »Ich kann sie ebenfalls nicht erreichen.«

»Also kommt sie heute auch nicht?«, braust Scott auf und wirkt nicht im Geringsten besorgt. »Hören Sie, sie weiß, dass ich hier ein strenges Regime führe. Wenn man nur einmal Nachsicht zeigt, denken alle, sie könnten einem auf der Nase rumtanzen. Also: erste Verwarnung für sie.«

»Ja, sehr verständlich. Ich weiß, dass sie Ihre Autorität respektiert«, erwidere ich. »Ich sag ihr, sie soll Sie anrufen, sobald ich was von ihr gehört habe.«

Ich beende den Anruf, bevor mir Scott noch einen Vortrag über Verantwortung halten kann, und wähle erneut Rose Golds Nummer. Immer schön den Schein wahren. Sie meldet sich nicht. Ich lege das Handy auf den Schreibtisch.

Ein lautes Heulen reißt mich aus meinen Überlegungen. Adam. Ich habe vergessen, dass er die ganze Zeit im Nebenzimmer war. Du meine Güte, kann der laut brüllen! Es ist wichtig, dass man schon früh lernt, sich selbst zu beruhigen – manche schaffen das ihr ganzes Leben lang nicht.

Die Hände in die Hüften gestemmt, gehe ich im Zimmer umher und versuche, mich zu konzentrieren, zu erkennen, was ich übersehen habe. Nach einer Minute steigert sich Adams Geheul zu schrillem Kreischen. Abrupt bleibe ich stehen. Dies ist nicht mehr das Geschrei eines Babys, das müde ist, Hunger hat oder Zuwendung will. Es signalisiert etwas Ernsteres, das mir allzu vertraut ist. Dieses Kreischen würde ich jederzeit wiedererkennen.

Ich eile zum Stubenwagen. Adam liegt wild strampelnd auf dem Bauch.

Unter seinem Kopf sehe ich eine grüne Pfütze mit Erbrochenem. Mit tränenüberströmtem Gesicht starrt Adam zu mir hoch.

Genau wie früher Rose Gold.

22

ROSE GOLD

November 2016

Meine Mutter lehnte sich zu mir und senkte die Stimme, obwohl die nächste Insassin am anderen Ende des Besucherraums saß und einer älteren Frau etwas vorschluchzte.

»Ich habe eine neue Zellengenossin«, verkündete Mom.

Zwar versuchte ich, positiv zu bleiben, aber es gefiel mir gar nicht, wie ihre Augen dabei aufleuchteten.

Noch bevor ich etwas sagen konnte, fuhr sie fort: »Sie heißt Alicia und ist höchstens zwanzig. Rate mal, wieso sie sitzt.«

»Wieso?«, fragte ich. Mein erster Besuch hier war zwei Wochen her. Wir hatten einen guten Start gehabt, aber ich erhoffte mir noch mehr. Sie sollte mir erklären, wieso sie mir all das angetan hatte, und Verantwortung dafür übernehmen. In einem Jahr würde sie rauskommen.

»Rate«, wiederholte Mom.

»Einbruch?«

»Falsch.«

»Drogen?«

»Auch falsch.«

»Zu oft Trunkenheit am Steuer oder so?«

»Du wirst es nie erraten«, frohlockte Mom.

Ich lehnte mich zurück und dachte nach. Moms Zellengenossin war mir egal, aber ich beschloss mitzuspielen, damit wir zu Wichtigerem übergehen konnten.

Mom beugte sich noch weiter vor. »Während ihres letzten Schuljahrs bekam sie einen kleinen Jungen. Und als er zwei Wochen alt war, ging sie mit ihm in den Zoo und ließ ihn einfach dort – in einem Busch beim Gorillagehege.«

Erschrocken blickte ich auf. »Haben die Gorillas ihn verletzt?«

Mom schüttelte den Kopf. »Am nächsten Morgen wurde er von einem Zoowärter gefunden. Der Kleine brüllte sich die Seele aus dem Leib, war aber nicht verletzt. Nach ein paar Tagen hatten sie herausgefunden, dass Alicia die Mutter war.«

»Und was geschah dann mit ihm?«, fragte ich.

Mom zuckte die Achseln. »Das Jugendamt hat sich um ihn gekümmert, und Alicia wurde verhaftet.«

»Aber warum wollte sie das Baby loswerden?«

»Das hab ich noch nicht aus ihr rausgekriegt. Sie ist verschlossen wie eine Auster. Aber für ein junges Mädchen ist ein Baby eine Riesenaufgabe.« Immer wieder warf Mom verstohlene Blicke zu der schluchzenden Gefangenen, um dahinterzukommen, worum es bei dem Drama ging. Die Besucherin war eine kräftige Frau mittleren Alters. Wenn sie den Kopf schüttelte, wackelten ihre Hängebacken.

»Wieso haben die Wärter ihn nicht schon abends gefunden, als der Zoo geschlossen wurde?« Ich versuchte mir vorzustellen, ich wäre diejenige gewesen, die Alicias Sohn gefunden hätte. Ein Baby hatte ich noch nie im Arm gehalten.

Mom verdrehte die Augen. »Was soll das werden? Ein Quiz? Ich weiß es nicht, Rose Gold.« Sie legte den Kopf leicht in den Nacken und blickte mich von oben herab an. »Sie ist erst seit einer Woche in meiner Zelle. Gestern Nacht musste sie auf die Krankenstation, weil sie sich die Pulsadern aufgeschnitten hatte.«

Ich schlug mir die Hand vor den Mund. »Das ist ja schrecklich!«

Mom nickte. »Sie hat auf dem Boden gelegen und alles vollgeblutet.« Sie klang fast fröhlich, wie früher, wenn sie an der Wursttheke einen Rabatt bekommen hatte.

Doch als sie meine entsetzte Miene sah, hob sie die Hand. »Keine Sorge. Ich bin doch zertifizierte Schwesternhelferin, schon vergessen? Ich hab sie auf die Krankenstation gebracht und ihr das Leben gerettet.«

Diese Bescheidenheit!

»Man wird sie wieder zusammenflicken und im Nullkommanix zu mir zurückschicken. Hier wird nicht lange über Gefühle und so geredet. Ich werde mich selbst um sie kümmern müssen und glaube tatsächlich, ich kann etwas Gutes in Alicias Leben bewirken«, schwadronierte Mom weiter. »Die anderen Frauen haben ihr das Leben zur Hölle gemacht. Wer sein Kind im Stich lässt, ist hier nicht besonders gut angesehen.«

Dies war die Gelegenheit. »Ach ja? Und wie ist es mit denen, die ihr Kind misshandeln?«

»Eine Umfrage habe ich nicht durchgeführt«, gab sie zurück, ohne mit der Wimper zu zucken. »Aber viele Fans haben die wohl auch nicht.«

Die schluchzende Insassin hatte sich beruhigt – obwohl die Besucherin mit der steinernen Miene nichts dazu beigetragen hatte. Die Gefangene stand auf und wandte sich zum Gehen. Da sah sie meine Mutter, biss die Zähne zusammen und ruckte den Kopf nach oben.

Mom wackelte mahnend mit dem Finger und grinste sie leicht hämisch an. »Stevens«, sagte sie und nickte zum Gruß.

Die Insassin ignorierte meine Mutter, marschierte an ihr vorbei und knallte die Tür hinter sich zu. Mom gluckste leise.

Ich hätte gerne gewusst, was zwischen meiner Mutter und dieser Frau ablief, aber ich musste beim Thema bleiben, bevor sie sich wieder rauswinden konnte. »Weißt du eigentlich, wieso du hier bist?«, fragte ich.

Mom wandte mir wieder ihre Aufmerksamkeit zu. »Aber natürlich, Schätzchen«, sagte sie.

Dann warteten wir beide darauf, dass die andere etwas sagte. Als deutlich wurde, dass sie nicht die Absicht hatte, das Wort zu ergreifen, räusperte ich mich. »Ich möchte, dass du es sagst.«

Fragend zog sie die Augenbrauen zusammen.

Ich versuchte es erneut, den Blick fest auf die Tischplatte geheftet. »Ich möchte von dir hören, wofür du verurteilt wurdest.« Ein Schweißtropfen rann mir das Dekolleté hinunter.

Mom breitete die Arme weit aus. Wie Jesus am Kreuz, hätte sie gesagt. »Schwere Kindesmisshandlung.«

Ich bekam eine Gänsehaut, weil ich einfach nicht fassen konnte, dass sie es tatsächlich laut ausgesprochen hatte. Endlich übernahm meine Mutter die Verantwortung für all die Verletzungen, die sie mir zugefügt hatte. War sie endlich bereit zuzugeben, dass sie meine Kindheit zerstört hatte? Vielleicht war dies der Wendepunkt in unserer Beziehung. Vielleicht musste ich sie nicht mehr aus meinem Leben verbannen.

Als ich aufblickte, summte Mom munter vor sich hin. Dann zog sie die Nase hoch. »Aber wir beide wissen ja, dass das völliger Quatsch ist.«

Nein, dachte ich. *Nein, nein, nein*. Bis zu diesem Moment war mir gar nicht klar gewesen, wie sehr ich mir gewünscht hatte, dass zwischen uns alles wieder gut würde.

Mom ergriff fest meine Hände. »Du weißt doch, wie sehr ich dich liebe, Baby. Ich würde dir nie, nie wehtun.«

Ich entriss ihr meine Hände. Gleich würde ich explodieren, in tausend Einzelteile zerspringen. Lava würde mir aus den Augen und Ohren quellen. »Du behauptest also, du bist unschuldig?«, quetschte ich zwischen zusammengebissenen Zähnen hervor.

Mom winkte ab und kicherte. »Ich habe nie gesagt, dass ich eine perfekte Mutter bin«, erwiderte sie. »Aber ich habe mein Bestes gegeben.«

»Lass das!«

»Hab ich dir schon erzählt, dass ...«

»Dass du immer ausweichst?«, unterbrach ich sie einfach, so wie sie es früher ständig bei mir gemacht hatte. »Klartext jetzt: Gibst du zu oder nicht, dass du mich als Kind vergiftet hast?«

Mein Herz machte einen Satz. Ganz bestimmt würde es mir entweder in die Hose rutschen oder aus dem Mund hüpfen. Mom beobachtete, wie ich mir die Hände an der Jeans abwischte. Sie saß da, mit amüsierter Miene, und sah mich eine ganze Weile nur an.

Dann lachte sie in sich hinein. »Genau das ist der Grund, warum du als Kind nicht so viel fernsehen durftest. Wenn man zu viel Aufregendes sieht, schmilzt einem das Hirn. Dann glaubt man, das Leben wäre wie im Film.«

»Ja oder nein!«, fragte ich mit einer Stimme, aus der jedes Wohlwollen verschwunden war.

Ihr Lächeln verblasste. Stattdessen bedachte sie mich mit einem vernichtenden Blick. »Nein, natürlich nicht«, konterte sie. »Und jetzt Schluss damit! Das geht erheblich zu weit. Vergiss nicht, wer dich aufgezogen hat, du undankbares Gör.«

Ich zuckte zurück. Sie hatte sich kein bisschen verändert. Ich hätte es wissen müssen. Jeder einzelne Mensch, der in meinem Leben auftauchte, war eine Enttäuschung.

»Es ist nicht meine Schuld, dass du keine Freunde und keinen anständigen Job hast«, wetterte sie und wurde immer röter. Jetzt kochte sie. »Für deine Hässlichkeit und Gehemmtheit bist nur du selbst verantwortlich. Ich habe dir alle Möglichkeiten eröffnet. Ich habe meine Unabhängigkeit und meine Karriere aufgegeben, außerdem jegliche Hoffnung auf eine Beziehung. Ich habe dir alles gegeben, alles, was ich hatte – kriegst du das in deinen harten Schädel? Und für all diese Opfer dankst du mir, indem du dich bei der ersten Gelegenheit gegen mich wendest und mich schnurstracks vor Gericht zerrst? Du hast dieser kleinen Nutte Alex und ihrer großmäuligen Mutter mehr geglaubt als mir? Es ist *deine* Schuld, dass ich hier sitze, nicht meine!«

Nur weiter, flehte ich im Stillen. *Hinterlass einfach verbrannte Erde!*

»Wie kannst du es wagen, nach vier Jahren des Schweigens einfach hier hereinzustolzieren und Entschuldigungen zu verlangen?«, brüllte sie. »*Du* bist diejenige, die sich entschuldigen sollte! Ich weiß nicht, was in aller Welt ich getan haben soll, um eine Tochter wie dich zu verdienen. Als ich noch klein war, wurde ich für weit weniger halbtot geprügelt! Du kannst von Glück sagen, dass ich nichts davon halte, den Gürtel rauszuholen!«

»Ruhe!«, befahl der Wärter in der Ecke des Besucherraums.

Seine Stimme erinnerte mich daran, wo wir uns befanden. Ich löste meine Hände von den Stuhllehnen. Hier konnte sie mir nicht wehtun. Ich brauchte keine Angst zu haben.

Mom lehnte sich zurück. Wie immer war ihre Wut schnell verraucht. Früher hätte ich alles versucht, um wiedergutzumachen, was auch immer ich verbrochen hatte; um die perfekte Tochter zu sein, die ich doch sicher sein konnte. Aber jetzt musste ich nichts mehr gutmachen. Mom hatte keine Gewalt mehr über mich. Ich war frei und konnte jederzeit gehen.

Entschlossen sammelte ich meine Sachen zusammen und holte meine Sonnenbrille aus der Tasche heraus. Sie würde hier in ihrer Zelle verrotten, während ich draußen das schöne Wetter genießen konnte. Ich schob meinen Stuhl zurück.

»Tut mir leid«, stieß meine Mutter hervor. »Das mit dem Gürtel hätte ich nicht sagen sollen. Das ging zu weit. Du weißt doch, dass ich nie meine Hand gegen dich erheben würde.«

Ich saß auf dem zurückgeschobenen Stuhl und war viel zu aufgebracht, um zu antworten.

Meine Mutter bedeutete mir, näher zu rücken. »Komm schon, bitte. Ich hab dir extra dieses Foto mitgebracht: vom Hund einer Mitgefangenen.« Sie holte es aus ihrer Tasche. »Brokkoli – so heißt der Hund – lebt bei ihrem Ehemann in Kalifornien und hat gerade den Wettbewerb des Hässlichsten Hundes der Welt gewonnen. Komm, guck mal.« Da ich keine Anstalten machte, mich zu bewegen, sondern mit verschränkten Armen dasaß, stand meine Mutter auf. »Hier, ich komm zu dir.«

Sie stand vor mir, hielt mir das Foto vors Gesicht und plapperte munter über den urkomisch hässlichen Hund. Sie war einfach wieder die liebe, lustige Mom. Ich bekam kein Wort von ihrem Geplapper mit. Zum ersten Mal seit langer Zeit sah ich alles glasklar.

In nicht mal einem Jahr würde sie wieder rauskommen und eine Neuauflage ihrer Dr.-Jekyll-and-Mr.-Hyde-Tour starten. Mal Liebe und Witze, dann der unvermeidliche Stimmungsabfall bis zur Misshandlung, um danach wieder den Liebling des ganzen Orts zu spielen. Eine einmalige lautstarke Schimpfkanonade oder gar ein Schlag mitten ins Gesicht war einfach nicht genug, um solche Bösartigkeit zu bestrafen.

Sie verdiente etwas Dauerhaftes. Eine Narbe.

Ich warf einen Blick zur Wanduhr: In sechs Minuten würde der Wärter meinen Besuch beenden. Sechs Minuten konnte ich aushalten. Also tat ich so, als würde ich ihren Geschichten zuhören. An den richtigen Stellen grinste und lachte ich oder holte erstaunt Luft. Ich spielte die hingebungsvolle Tochter, bis der Wärter mir signalisierte, dass die Zeit um war. Um meine Mutter in ihrem eigenen Spiel zu schlagen, war Verstellung das A und O. Als ihr einmal gelungen war, mit Schmeicheleien um einen Strafzettel herumzukommen, erklärte sie mir, es sei leichter, jemanden zu manipulieren, wenn der einen nicht als Bedrohung betrachte.

Also schob ich meinen Stuhl zurück, ging um den Tisch herum zu ihr und schloss sie in die Arme.

»Alles wieder gut?«, fragte sie und sah mir forschend ins Gesicht.

Strahlend nickte ich. Ich ging Richtung Ausgang und rief ihr mit der Begeisterung von tausend Cheerleadern zu: »Bis nächste Woche!«

• • •

Später saß ich schäumend vor Wut in meinem Wagen auf dem Parkplatz vor dem Supermarkt. Ich nahm die Hände vom Lenkrad und sah staunend, dass sie bebten. Meistens hatten sich meine aufgestauten Gefühle in Form von Tränen oder Angst gezeigt.

Aber ich konnte mir nicht vorstellen, jemals wieder zu weinen. In der Zeit, in der ich das Besucherzentrum betreten und wieder verlassen hatte, war ich um vierzig Jahre gealtert. Wieder war ich betrogen worden. Wieder und wieder und wieder.

Ich sah mich nicht in der Lage, irgendwelchen Leuten gegenüberzutreten. Erst mal musste ich mich beruhigen. Tief ein- und ausatmen. Ich holte mein Handy heraus.

Zuerst scrollte ich durch meinen Social-Media-Account, auf dem ich die meisten Freunde hatte: fünfunddreißig. In ein paar Wochen war Weihnachten, also ging es bei den meisten Statusmeldungen um die Feiertagsaktivitäten. Da waren die Johnsons, die im Riverfield Park Schlittschuh liefen. Da war Kat Mitchum, die Fotos von dem Welpen postete, den ihre Eltern ihr geschenkt hatten, als vorgezogenes Weihnachtsgeschenk. Bei Sophie Gillespies Account verweilte ich länger: Sie, Dad und die anderen Gillespies standen neben einer großen Tanne auf der Weihnachtsbaumfarm. Dad hielt die Daumen hoch und grinste dämlich. So glücklich hatte ich ihn noch nie gesehen. Offensichtlich hatte er keine schlaflosen Nächte wegen mir.

Seufzend stieg ich aus dem Wagen und trottete in den Supermarkt. Ich brauchte ein paar Fertiggerichte. Dann wollte ich nach Hause, um mit Planty abzuhängen.

Als ich gerade meinen Wagen den Gang mit der Tiefkühlkost hinunterschob und Hacksteak aus der Truhe nahm, hörte ich, dass jemand meinen Namen rief. »Rose Gold? Schätzchen, bist du das?«

Noch bevor ich mich umdrehte, wusste ich, dass es Mrs. Stone war. Ich stöhnte innerlich. Was ich jetzt am wenigsten brauchen konnte, war ihr Geplapper. Ich zwang mich zu grinsen und wandte mich zu ihr um. »Hi, Mrs. Stone.«

Sie umarmte mich und musterte dann meinen Einkaufswagen. »Isst du auch genug? Du kaufst ja gar kein Gemüse!«

Halt einfach die Klappe!, hätte ich am liebsten gebrüllt. Wieso meinte jeder, den ich kannte, er könnte mir in mein Leben reinreden? Wo waren denn all diese Leute, als ich achtzehn Jahre lang in meinem eigenen Haus vergiftet wurde? Da hatte keiner von ihnen es besser gewusst – wieso also jetzt?

»Das kommt als Nächstes«, log ich, obwohl mir aufging, dass ich jetzt auch Gemüse kaufen musste für den Fall, dass wir uns noch mal bei der Kasse trafen. Dabei wollte ich doch nur nach Hause, mir Popcorn machen und *Amadeus* gucken, den nächsten oscarprämierten Film auf meiner Liste. War das zu viel verlangt?

»Oh, gut. Du weißt ja, dass Vitaminmangel zu Haarausfall führen kann. Und du warst doch immer so empfindlich wegen deiner Haare …«

»Wie war Ihr Tag«, unterbrach ich sie und bewegte meinen Kiefer leicht hin und her, um ihn zu lockern. »Irgendwas Interessantes?«

»Ach, eigentlich nicht«, antwortete sie. Mrs. Stone war die Schulsekretärin der Grundschule in Deadwick, also glaubte ich ihr ohne Weiteres. »Obwohl, du kennst doch Karen? Miss Peabody?«, fügte sie hinzu. Karen Peabody war meine ehemalige Nachbarin und Schuldirektorin, bevor ich zu Hause unterrichtet wurde.

Als ich nickte, fuhr Mrs. Stone fort: »Ihre Eltern wollen ihr Haus in der Apple Street verkaufen. Geralds Krebs ist zurück. Es sieht nicht gut aus, Gott schütze ihn. Mabel meint, allein kann sie das Haus nicht mehr halten. So eine Schande.«

Ich hatte keine Ahnung, wieso Mrs. Stone glaubte, diese Geschichte würde irgendjemanden interessieren. Glück für mich, dass ich damit etwas anfangen konnte.

»Apple Street 201?«, fragte ich betont gleichmütig nach.

»Genau«, sagte Mrs. Stone und verstummte kurz. »Da fällt mir ein, das war doch das Elternhaus deiner Mom, nicht wahr?«

Ich nickte. Tausend Gedanken wirbelten mir durch den Kopf.

Sie schenkte mir ein selbstgerechtes Lächeln und tätschelte meinen Arm. »Du schläfst bestimmt gut mit der Gewissheit, dass sie endlich dort ist, wo sie hingehört.« Sie hatte keine Ahnung, dass ich meine Mutter neuerdings im Gefängnis besuchte. Wie ich kürzlich erfahren hatte, gab es so einiges, was diese Wichtigtuerin nicht über ihre ehemalige beste Freundin wusste.

Ich verabschiedete mich und pfiff auf dem Weg zur Obst- und Gemüseabteilung leise vor mich hin. Vielleicht würde ich tatsächlich ein paar Mangos oder so was kaufen, zur Feier des Tages.

Zwei Wochen zuvor hatte Mom mir – der verschlossenen

Rose Gold, ihrer süßen, kleinen Vertrauten – genau geschildert, was in der Apple Street 201 vorgegangen war. Sie behauptete, die grässlichen Einzelheiten bislang noch niemandem erzählt zu haben. Patty Watts hatte mir ihre Geheimnisse verraten, weil sie mir und nur mir allein vertraute. Oder vielleicht auch nicht. Vielleicht hätte sie einfach nur nie gedacht, ich könnte ihre Schwächen gegen sie verwenden.

Vielleicht hatte sie mich unterschätzt.

23
PATTY

Ich hebe Adam aus seinem Bettchen, umfasse ihn mit einem Arm und lege ihm die Hand auf die Stirn. Nicht heiß – kein Fieber. Obwohl ich ihn ein bisschen in meinen Armen wiege, heult er immer weiter. Der Gestank von Erbrochenem dringt mir in die Nase. Ich muss den Stubenwagen säubern.

Also lege ich meinen Enkel in sein Bettchen in Rose Golds Zimmer.

»Nur ein paar Minuten, Süßer«, versuche ich sein Gebrüll zu übertönen.

Ich renne in die Küche und hole eine Rolle Küchenpapier und Desinfektionsspray. Zwar schreit Adam immer noch, ist aber schlechter zu hören. Ich könnte durch die Seitentür in den Garten gehen und dort bleiben, bis er sich beruhigt hat. Was ich natürlich nicht tue. Kontrollsüchtig? Gut möglich. Aber pflichtvergessen war ich nie.

Ich straffe die Schultern und gehe mit Küchenpapier, Desinfektionsmittel und Mülltüte zurück in mein Zimmer. Während ich das Erbrochene aus dem Stubenwagen entferne, pfeife ich »Ein Löffelchen voll Zucker« aus *Mary Poppins* vor mich hin, um das Babygeheul zu übertönen.

Als alles wieder sauber ist, kehre ich in Rose Golds Zimmer zurück, beuge mich übers Bettchen und sehe mir Adam an. Er brüllt zwar immer noch, aber schwächer.

Also nehme ich ihn auf den Arm. »Wir sind jetzt ein Team«, sage ich zu ihm, »da musst du für Grandma ganz brav sein.«

Als ich sehe, wie seine Unterlippe zittert, wird mein Herz weich. Sein Geheul klingt wirklich mitleiderregend.

»Was ist denn los, Süßer? Hast du Hunger?«

Ich gehe mit ihm in die Küche und hole ein neues Fläschchen aus dem Kühlschrank. Noch vor Kurzem war sie da, hat Milch abgepumpt und ihr Kind gefüttert. Jetzt hat sie mich im Stich gelassen.

Als ich das Fläschchen an Adams Mund halte, fängt er hungrig an zu saugen und hört Gott sei Dank auf zu brüllen. Ich lasse mich auf den Stuhl sinken und versuche, ihn ganz langsam trinken zu lassen, weil ich jede stille Sekunde genieße. Die alte Maxime stimmt schon: Kinder sollten zu sehen, aber nicht zu hören sein.

Weil das Baby jetzt ruhig ist, kann ich nachdenken. Ich muss einen Plan schmieden und herausfinden, wo meine Tochter ist.

Als das Fläschchen leer ist, bringe ich Adam in den sauberen Stubenwagen in meinem Zimmer zurück. Zwar quengelt er ein bisschen, aber das hört man durch die geschlossene Tür nicht. Sicherheitshalber lasse ich sie dennoch einen Spalt offen.

Nicht mal vier Minuten habe ich im Wohnzimmer nach Hinweisen gesucht, da fängt er wieder an zu brüllen. Ich beiße mir auf die Unterlippe. So was kann ich in einer Krise nun gar nicht brauchen! Ich eile den Flur hinunter, um nach ihm zu sehen.

Er hat sich wieder übergeben, noch heftiger diesmal. Ich zermartere mir das Hirn nach dem Grund: Erkältung? Luft im Bauch? Magen- und Darmgrippe? Als ich an seiner Windel schnuppere, zucke ich zusammen. Natürlich hat er auch Durchfall! Auf der Wickelkommode in Rose Golds Zimmer ziehe ich ihm eine neue Windel an, bevor er noch mehr dreckig macht.

Von seinem Gebrüll kriege ich Kopfschmerzen. Ich lege ihn in sein Bettchen und mache mich zum zweiten Mal an diesem Morgen daran, seinen Stubenwagen zu säubern. Fast bin ich fertig, da höre ich, wie er schon wieder würgt. Ich renne zu ihm und sehe, dass er sich erneut übergibt.

»Jetzt keine Panik!«, sage ich laut zu mir und höre, wie meine Stimme zittert. Mir hämmert das Herz. Dabei sollte ich das doch eigentlich gewohnt sein – schließlich habe ich mich jahrelang um ein krankes Kind gekümmert. Aber das ist schon eine ganze Weile her, ich bin aus der Übung.

Erst säubere ich Adams Gesicht, dann renne ich ins Bad. Dort reiße ich die Schubladen und Schranktüren auf und schmeiße ein Medikament nach dem anderen auf den Boden. Irgendwo müssen doch auch Elektrolyte sein. Obwohl: Gibt man die Kindern heute noch, wenn sie sich erbrechen? Ich weiß es nicht. Ich bin schon lange aus meinem Beruf raus. Adam schreit lauter.

Auf der Suche nach einer passenden Arznei habe ich das ganze Bad auseinandergenommen, aber ich finde nichts. Rose Gold hat nur ganz wenige Medikamente für Kinder. Auf ein krankes Baby ist sie gänzlich unvorbereitet.

Ich renne durch den Flur zu Adam zurück. Jetzt brüllt er nicht mehr in kurzen Stößen, sondern kreischt ununterbrochen. Ich hebe ihn aus dem Bettchen. »Schschsch, Kleiner. Alles wird wieder gut«, sage ich flehend und versuche, ihn zu beruhigen. Da erbricht er sich auf mein Shirt.

»Was ist bloß los mit dir?«, jammere ich und versuche, mir das Shirt mit einem Arm auszuziehen, während ich mit dem anderen Adam halte. Wenn er weiter so bricht, wird er schnell dehydriert sein.

Ich sollte seinen Arzt anrufen, nur zur Sicherheit. So weiß noch jemand, was los ist. Jemand, der mir helfen kann, eine Lösung für dieses Problem zu finden. Und wenn sich herausstellt, dass es nur eine kleine Magenverstimmung war, dann ist es auch gut. Es ist nichts falsch daran, nur zur Sicherheit anzurufen.

Ich nehme mein Handy von der Aufladestation und drücke das Adressbuch-Icon, da wird mir klar, dass ich die Nummer von Adams Kinderarzt gar nicht habe. Vielleicht hat Rose Gold sie in ihrem richtigen Adressbuch notiert. Ich wühle in der Küchenschublade, bis ich es finde, und blättere es sorgfältig durch. Aber als ich bei Z ankomme und keinen Eintrag mit einem Dr. davor gesehen habe, würde ich am liebsten genauso heulen wie das Baby.

»Vielleicht in Mommys Schreibtisch?«, frage ich Adam und gehe mit ihm zurück in Rose Golds Zimmer. Zwar habe ich schon alle Schubladen nach einem Hinweis auf ihr Verschwinden untersucht, nicht aber nach der Adresse des Kinderarztes. Vielleicht habe ich was übersehen.

Wieder durchwühle ich den Schreibtisch, diesmal noch hektischer und ohne darauf zu achten, dass alles wieder an seinen Platz kommt. In den Ordnern ist nichts. Auch nichts in den Seitenregalen. Nichts in der Stifteschublade. Sie muss die Kontaktdaten des Kinderarztes auf ihrem Handy haben. Ich brülle mir meinen Frust aus dem Leib.

Eine Stunde später schreit Adam immer noch und übergibt sich wieder und wieder. Ich weiß einfach nicht weiter, stehe kurz vor dem Zusammenbruch und würde mich am liebsten auf den Boden schmeißen und einen Wutanfall kriegen. *Was mach ich, was mach ich*, denke ich nur noch. *Sag mir doch einer, was ich machen soll!*

Da kommt mir eine Idee: Ich werde ihm noch ein Fläschchen geben. Beim letzten hat er sich für etwa zehn Minuten beruhigt. Und mehr brauche ich nicht – nur ein wenig Zeit, um nachzudenken und eine Strategie zu entwickeln. Und er darf nicht dehydrieren. Ein bisschen Milch ist gut für ihn. Zum hundertsten Mal renne ich vom Schlafzimmer in die Küche.

Adam saugt sich sofort am Fläschchen fest und verstummt. Ich gehe fast in die Knie vor lauter Dankbarkeit. Während Adam trinkt, betrachte ich sein tränenüberströmtes Gesicht. Ich brauche Hilfe. Da kommt mir eine Idee.

Ich könnte – nein, sollte – mit ihm ins Krankenhaus.

Ein Kribbeln durchströmt mich, denn ich sehe schon vor mir, wie die Ärzte und Schwestern herbeilaufen, um sich um mein krankes Baby zu kümmern. Wie sie mich mit Fragen bestürmen und an meinen Lippen hängen.

Was soll eine *besorgte Großmutter* denn sonst machen? Ich habe keinerlei Möglichkeit, Adams Kinderarzt zu erreichen. Mein Enkel erbricht sich schon seit fünf Stunden. Dies ist eindeutig ein Notfall.

Ich lasse Adam das Fläschchen austrinken und lege ihn auf Rose Golds Bett. Dann sause ich durchs Haus und packe die Windeltasche: Windeln, Milchfläschchen, Feuchttücher und so weiter. Danach eile ich in mein Zimmer, um ein sauberes Shirt anzuziehen. Als Nächstes laufe ich nach draußen, in die Garage, und starte schon mal den Wagen, damit er warm ist, wenn ich Adam hineinsetze.

Direkt danach haste ich wieder ins Haus. Doch als ich die Hintertür öffne, empfängt mich absolute Stille. Kein Laut, keinerlei Geräusch.

Mir stockt das Herz.

Ich habe Adam auf Rose Golds Bett gelassen. Vielleicht ist er hinuntergefallen und verletzt – oder Schlimmeres. In Panik stürze ich aus der Küche den Flur hinunter. Was ist, wenn jemand ... Nein, daran darf ich nicht denken. Ich war ja nur für eine Sekunde weg.

»Alles gut, alles gut«, murmle ich beschwörend.

Ich erreiche Rose Golds Schlafzimmer. Adams Gebrüll trifft mich wie ein Eimer eiskaltes Wasser. Trotzdem überkommt mich Erleichterung, als ich sehe, dass er wild strampelnd auf dem Bett seiner Mutter liegt. Ganz kurz ist mir sogar egal, dass er sich schon wieder übergeben hat. Er ist hier. In Sicherheit.

Ich schwöre mir, ihn niemals mehr aus den Augen zu lassen.

Doch meine Erleichterung verpufft schnell. Ist es möglich, dass er noch lauter brüllt? Instinktiv weiß ich, dass irgendwas wirklich nicht in Ordnung ist. Adam braucht dringend ärztliche Hilfe.

»Okay, Kleiner, los geht's«, sage ich, nehme Adam auf, hänge mir die Windeltasche über die Schulter und werfe einen letzten Blick auf Rose Golds verwüstetes Zimmer. So wollte ich das Haus eigentlich nicht verlassen. Wenn sie zurückkommt, merkt sie sofort, dass ich ihre Sachen durchsucht habe. Allerdings werde ich bis dahin dafür gesorgt haben, dass ihr Sohn wieder gesund ist. Also sage ich mal, wir sind quitt.

Ich schnalle Adam in seinem Kindersitz fest und denke daran, wohin wir fahren. Wie wird der Arzt wohl sein? Herzlich und fürsorglich oder eher förmlich und nur an Fakten interessiert? Ich wette, die Krankenschwestern werden mir den Rücken tätscheln und mir zuflüstern, dass ich mich genau richtig verhalten habe. Die anderen im Wartezimmer werden Adam hätscheln wollen, staunen, wie ähnlich er mir sieht, und Ratschläge verteilen. Das liebe ich so an Gesundheitseinrichtungen: Alle wollen nur helfen.

Als ich rückwärts mit dem Wagen aus der Einfahrt fahre, beschleicht mich allerdings leises Unbehagen. Wahrscheinlich arbeiten noch einige von Rose Golds Ärzten und Krankenschwestern in der Klinik – und schlimmer noch: Tom wird vielleicht da sein. Andererseits hat er sonst immer die Nachtschichten übernommen. Außerdem bleibt mir keine andere Wahl. Auch wenn die Leute noch Ressentiments gegen mich haben, müssen sie sich doch um meinen Enkel kümmern. Schließlich haben wir alle den Eid geschworen, niemandem zu schaden.

Vielleicht quält Adam eine schwere Lebensmittelallergie, die diagnostiziert und behandelt werden muss. Wäre gar nicht so abwegig. Schließlich hat seine Mutter auch jahrelang Probleme mit dem Verdauungssystem gehabt.

Ich trete aufs Gaspedal. Vielleicht braucht der kleine Adam ebenfalls eine Ernährungssonde.

24

ROSE GOLD

Dezember 2016

Ich begutachtete die drei Fertigmahlzeiten vor mir auf dem Klapptisch: Hacksteak, Lasagne und gefüllte Paprika. Mit der Lasagne wollte ich anfangen, also zog ich sie zu mir heran. Die Mühe, selbst zu kochen, machte ich mir schon lange nicht mehr: Welchen Sinn hatte es denn, raffinierte Mahlzeiten zuzubereiten, nur um sie allein vor dem Fernseher zu essen? Ich schenkte mir mehr vom Sutter Home White Zinfandel ein.

Während ich das Essen in mich hineinschaufelte, zappte ich durch die verschiedenen Netflix-Angebote. Eine neue Version von *Die Schöne und das Biest* war gerade erschienen – als Disneyversion war das früher Moms Lieblingsfilm gewesen. Daher drückte ich den weg und hielt bei einer Doku über Wiesel inne, aber die erinnerte mich auch an sie. Also suchte ich weiter. Nachdem ich mir sämtliche Angebote angesehen hatte, schaltete ich den Fernseher aus und verputzte meine drei Mahlzeiten in Stille.

Seit zwei Wochen funkte wie in einer Endlosschleife nur ein einziges Wort durch meinen Kopf: *Lügnerin! Lügnerin! Lügnerin! Lügnerin! Lügnerin!* Genau wie eine Autosirene, nur dass man sie nicht abstellen konnte. Ich hatte am Vorabend schon einen Teller deswegen zerschmissen.

Nachdem ich die Plastikverpackungen weggeräumt hatte, ließ ich mich auf meinen Fernsehsessel sinken und trommelte mit den Fingern auf der Armlehne. *Arielle – Die kleine Meerjungfrau* hatte ich diese Woche schon vier Mal geguckt. Da wanderte mein Blick zu Planty in der Ecke. Aber als ich endlich die Schere gefunden hatte, fiel mir ein, dass ich erst gestern alle vertrockneten Blätter entfernt hatte. Ich steckte den Zeigefinger in die Erde: gegossen hatte ich ebenfalls.

Rastlos tigerte ich durch die Wohnung. Ich öffnete den Kühlschrank und starrte auf die alphabetisch geordneten Soßen, Öle und Beilagen. Mir wurde plötzlich bewusst, dass sie sie genauso geordnet hatte. Also drehte ich die Etiketten weg und verstellte die Gläser und Flaschen so lange, bis in den drei Fächern das reinste Chaos herrschte. Als ich mit dem Ellbogen ein Glas anstieß, knallte es auf den Boden und überall verteilten sich Scherben und saure Gurken.

Ich ballte die Fäuste und brüllte los.

Das fühlte sich gut an. In letzter Zeit hatte ich oft gebrüllt. Normalerweise nur ins Kissen, damit die Nachbarn nichts hörten und dann die Polizei riefen.

Ohne mich um die Bescherung zu kümmern, stampfte ich in mein Zimmer, wo mein Blick als Erstes auf mein Kopfkissen fiel. Ich schnappte es mir und zerrte, so heftig ich konnte, an einer Ecke. Vor lauter Wut oder Anstrengung zitterten meine Arme. Ein Schauer überlief mich, als ich das befriedigende Reißen des Stoffs hörte. Die Füllung fiel heraus und landete auf meinen Füßen. Ich stand in einer Wolke.

Ein Klopfen riss mich aus meiner Raserei. Ich blinzelte, warf die Reste meines Kopfkissens aufs Bett und rannte zur Tür.

Wie lange war es her, dass außer mir noch jemand in dieser Wohnung gewesen war? Vor sechs Monaten hatte ich was von Amazon geliefert bekommen ...

Ich riss die Wohnungstür auf. Im Hausflur stand Mrs. Stone. Wie war sie ins Gebäude gekommen? Erst wollte ich ihr die Tür vor der Nase zuschlagen. Andererseits wäre ein bisschen menschliches Miteinander jenseits meiner Arbeitsstelle vielleicht ganz nett. Möglicherweise brauchte ich Mrs. Stone irgendwann ja noch.

»Hallo, Liebes«, sagte sie und musterte mich von Kopf bis Fuß, als hätte ich vielleicht eine Bombe umgeschnallt. Ich fragte mich, welches Bild ich ihr bot. An diesem Tag hatte ich weder geduscht noch überhaupt in den Spiegel gesehen. Wieso auch, an meinem freien Tag!

»Wie komme ich zu dieser Ehre?«, fragte ich und zog die Mundwinkel zu einem falschen Lächeln auseinander.

»Du hast dich schon ein Weilchen nicht mehr blicken lassen. Da dachte ich, ich statte dir einen kleinen Besuch ab. Darf ich reinkommen?« Mrs. Stone wies auf die Wohnung hinter mir.

Ich öffnete die Tür ganz, ließ sie eintreten, nahm ihr den Mantel ab und legte ihn auf einen Sessel. Sie ging an mir vorbei und sah sich um. Mir war nicht klar, was sie hier wollte. Diese Frau verdiente eine Medaille, weil sie in Rekordzeit nerven konnte. Auch jetzt war sie höchstens dreißig Sekunden hier.

»Wie läuft's auf der Arbeit?«, erkundigte sie sich und ging in die Küche. Beim Anblick des Kühlschranks blieb sie abrupt stehen. »Was ist das denn?«

Mir fielen die sauren Gurken auf dem Boden ein. »Das wollte ich gerade sauber machen«, erklärte ich und bückte mich, um die Bescherung wegzuräumen. »Ein kleines Missgeschick.«

Mrs. Stone schlug die Hände vors Gesicht – eine krasse Überreaktion. »Oh, Schatz, alles in Ordnung mit dir?«

Nie wieder, wirklich *nie wieder* wollte ich diese Frage hören. Langsam dämmerte mir, dass es Schlimmeres gab als Einsamkeit – unerwünschte Gesellschaft zum Beispiel.

Ich warf die Gurken weg und zog den Mülleimer zum Kühlschrank. Dann hockte ich mich hin und sammelte die Scherben ein.

»Oh, Schatz, doch nicht mit bloßen Händen! Du wirst dich noch schneiden! Vorsicht!«

Mit einer Scherbe zwischen Daumen und Zeigefinger schloss ich die Augen und sah förmlich vor mir, was man damit einer wichtigen Ader an Mrs. Stones Hals zufügen konnte. Ohne auf ihre Warnung zu reagieren, warf ich eine Scherbe nach der anderen in den Abfalleimer. Ich blickte zu ihr hoch und fragte: »Alles in Ordnung, Mrs. Stone?«

Sie stotterte erst ein bisschen herum, doch dann sagte sie: »Ich habe gehört, du hättest deine Mutter im Gefängnis besucht. Und die Kontaktsperre aufgehoben.«

Herrgott, warum kümmerte sie sich nicht um ihren eigenen Kram! War das wirklich so schwer?

Ich warf die letzte große Scherbe in den Mülleimer und fing an, die Marinade aufzuwischen. Dann blickte ich wieder zu Mrs. Stone hoch, sagte aber nichts.

»Also ist es wahr?«, fragte sie und fummelte nervös an einem Knopf ihrer rosa Strickjacke.

Ich ging zum Flurschrank, riss Besen und Kehrblech heraus und kehrte damit in die Küche zurück. »Ja, es ist wahr«, bestätigte ich und fegte die kleineren Scherben zu einem Häufchen zusammen. Mrs. Stone sah mir zu und beeilte sich dann, das Kehrblech neben den Haufen zu halten. Ich fegte ihn hinauf, woraufhin sie alles in den Mülleimer kippte. Ich nahm ihr das Kehrblech ab und brachte es mit dem Besen wieder zum Flurschrank. Mrs. Stone folgte mir ins Wohnzimmer. Als ich mich auf meinen Fernsehsessel setzte, blieb sie stehen und fummelte weiterhin nervös an ihrer Jacke herum.

»Vielleicht geht es mich ja nichts an«, sagte sie und räusperte sich, »aber wieso?«

Allerdings geht es dich verdammt noch mal nichts an!

Ich riss die Augen auf und mimte die Unschuldige. »Ja, weil sie doch immer noch meine Mutter ist!«

Mrs. Stone verzog das Gesicht, als hätte ich von ihr verlangt, das Glas Gurken zu essen, mit Scherben und allem. »Nach dem, was sie dir angetan hat, schuldest du ihr nicht das Geringste!«

Bislang hatten wir das Thema immer strikt gemieden – wahrscheinlich, weil keiner von uns beiden daran erinnert werden wollte, wie Mom uns reingelegt hatte und wie dumm wir gewesen waren, all die Jahre an ihre Lügen zu glauben. Ich war ja noch ein Kind gewesen. Aber Mrs. Stone musste sich wahrhaft dämlich gefühlt haben, als Erwachsene derart getäuscht worden zu sein. Jetzt sah ich, wie wütend sie war – ihre Nasenflügel hatten noch nie so gebebt.

»Sie sitzt seit über vier Jahren im Gefängnis«, sagte ich und faltete die Hände im Schoß. »Finden Sie nicht, dass sie eine zweite Chance verdient?«

Mrs. Stone presste die Lippen so fest zusammen, dass sie nur noch ein Strich waren. »Nein. Ich finde, du solltest nichts mehr mit dieser Frau zu tun haben.«

Wahrscheinlich war jetzt nicht der richtige Zeitpunkt, ihr mitzuteilen, dass ich mich mit Gerald und Mabel Peabody getroffen hatte und sie bereit waren, mir das Haus unter dem ursprünglich geforderten Preis zu verkaufen. Mabel meinte, das sei das Mindeste, was sie nach meiner »beschwerlichen« Kindheit für mich tun könnten. Sie war mit meiner Großmutter befreundet gewesen und erklärte, sie habe schon immer gedacht, meine Mutter wäre das »schwarze Schaf« der Familie gewesen.

Der Hauskauf bedeutete, dass ich meinen Traum von den schönen weißen Zähnen aufgeben musste. Die Entscheidung fiel mir nicht leicht. Solange ich denken konnte, musste ich mir verbieten zu lächeln, wenn ich glücklich war. *Stopp*, befahl ich mir immer, sobald meine Mundwinkel sich nach oben bogen. Lächeln war schlecht. Und jetzt war ich so nahe daran gewesen, das zu ändern! Jahrelang hatte ich mir ausgemalt, wie sich Freude ohne jegliche Scham anfühlen mochte. Was konnte wertvoller sein als mein Selbstvertrauen, mein Glück?

Genugtuung zum Beispiel, so tiefe Befriedigung, dass jede Faser des Körpers davon erfüllt war. Eine Art Glück, die alle, die noch nie misshandelt worden waren, als pervers bezeichnen würden.

Sollte meine Mutter aus der Haft entlassen werden, würde sie sich wünschen – nein, erwarten –, dass ich sie bei mir aufnahm. Da würde ich doch mit Freuden mein hart verdientes Geld darauf verwenden, ihr das Leben zur Hölle zu machen, während sie unter meinem Dach, in ihrem ehemaligen Elternhaus wohnte. Meine Zähne konnte ich später noch in Ordnung bringen lassen. Dies war eine einmalige Gelegenheit, die sofortiges Handeln gebot. Dieses Mal hatte ich die Kontrolle.

Mrs. Stone tönte weiter: »Sie ist gefährlich, Rose Gold. Sie hat dir schon einmal geschadet. Ich würde mich nicht wundern, wenn sie es noch mal versucht.«

Die Vorstellung, dass meine Mutter mir, einer erwachsenen Frau, schaden sollte, amüsierte mich. »Aber ich bin doch kein Kind mehr, Mrs. Stone«, erwiderte ich lächelnd. »Ich glaube, gegen Psychospielchen bin ich mittlerweile gewappnet.«

»Ich rede nicht nur von Psychospielchen«, gab Mrs. Stone zurück. »Sie hat uns alle manipuliert und dich am meisten. Wie willst du das verhindern? Was ist, wenn sie dein Essen vergiftet, sobald du nicht aufpasst?«

Das war doch lächerlich. Oder nicht?

»Glauben Sie, das würde sie wirklich tun?«, fragte ich.

Ohne zu zögern, antwortete sie: »Ich wäre überrascht, wenn sie es *nicht* versuchen würde. Sollte sie nach ihrer Entlassung tatsächlich nach Deadwick zurückkommen, werden wir sie alle mit Argusaugen beobachten.«

Die ganze Zeit hatte ich in viel zu kleinen Dimensionen gedacht. Auch wenn alberne Streiche im Haus ihr vielleicht Angst einjagten, würden sie ihr doch keine echte Lektion erteilen. Aber das alte Haus zu kaufen, war nur der erste von vielen Schritten.

Mrs. Stone riss mich aus meinen Gedanken. »Schatz, versprich mir, dass du sie nicht mehr in dein Leben lassen wirst.«

»Das kann ich Ihnen nicht versprechen«, erwiderte ich und bemühte mich um eine ernste, aufrichtige Miene. »Ich möchte mit ihr noch mal ganz neu anfangen.«

Mrs. Stone riss schon den Mund auf, um zu protestieren, doch da stand ich auf und legte ihr den Arm um die Schultern. »Ich sag Ihnen was: Sollte sie tatsächlich wieder mit ihren Psychospielchen anfangen oder mir auch nur ein Härchen krümmen, sind Sie die Erste, die ich anrufe.« Ich starrte ihr durchdringend in die Augen, um ihr zu verstehen zu geben, dass ich es ernst meinte. Das entsprach auch der Wahrheit. »Versprochen.«

Mrs. Stone seufzte, denn eigentlich reichte ihr das nicht. »Ich weiß nicht, was du dir davon erhoffst. Sie ist einfach kein guter Mensch, Liebes.«

Ich lächelte. »Sie ist meine Mom, Mary«, erwiderte ich freundlich und sah ihre überraschte Miene, als ich sie beim Vornamen nannte. »Die Verbindung zwischen Mutter und

Tochter ist heilig. Das wissen Sie doch besser als jeder andere: Ganz gleich, wie grässlich sie sind, in unseren Herzen ist immer noch genug Liebe für sie.«

Mrs. Stone – Mary – wirkte verwirrt. So als fragte sie sich, ob ich ihr Ein und Alles beleidigt hätte. »Apropos Töchter«, sagte sie. »Alex sagt, ihr beide wärt nicht mehr befreundet?«

Alex und ich hatten schon fast zwei Jahre nicht mehr miteinander gesprochen, und das erzählte sie ihrer Mutter erst jetzt? Unfassbar.

Ich nickte traurig.

»Seit wann denn das? Ich hatte ja keine Ahnung!«

Nein, natürlich nicht. Weil deine Tochter ein verlogenes Miststück ist, das dir gar nichts erzählt!

Ich blickte zu Boden. »Ich will ja nichts Schlechtes über sie sagen, aber sie war nicht sehr nett zu mir. Ich habe sie dabei ertappt, wie sie hinter meinem Rücken über mich lästerte.«

Mrs. Stone wirkte peinlich berührt. »Alex hat behauptet, du wärst schuld. Aber wenn es stimmt, was du sagst, dann tut es mir sehr leid. So habe ich sie nicht erzogen.«

Nein, du hast sie so erzogen, dass sie auf dir und allen, die sie kennt, herumtrampelt.

Ich nahm ihren Mantel und gab ihn ihr. »Tut mir leid, dass ich dieses Gespräch jetzt beenden muss, Mary, doch ich treffe mich mit einem Freund von der Arbeit«, erklärte ich und führte sie zur Tür. »Aber vielen Dank, dass Sie vorbeigeschaut haben. Das bedeutet mir viel.«

Ich drängte sie über die Schwelle, obwohl sie versuchte,

das Gespräch fortzusetzen. »Ist das ein neuer Freund? Wie heißt er denn?«

»Arnie«, antwortete ich, weil mir das als Erstes in den Sinn kam. Obwohl ich fast lachen musste bei der Vorstellung, wir würden außerhalb der Arbeit was zusammen machen.

»Ist Arnie dein fester Freund?«, fragte sie lächelnd.

Himmel!

»Nein, nur ein ganz normaler«, erwiderte ich ebenfalls lächelnd und winkte. »Wiedersehen.«

Mrs. Stone drehte sich um und ging den Flur hinunter. »Wiedersehen, Liebes«, rief sie zurück.

Ich schloss die Tür und schlich mich zum Fenster, um zu sehen, wann ihre rundliche Gestalt auf dem Parkplatz erschien. Eine Minute später tauchte sie auf, blieb auf dem Bürgersteig stehen und spähte in die Dunkelheit. Fürchtete sich zweifellos vor den nicht existenten Verbrechern in Deadwick. Ich löste mich vom Fenster, um weiter die Wohnung aufzuräumen.

Als ich fünf Minuten später wieder am Fenster vorbeikam, war Mary Stone immer noch auf dem Parkplatz, nur saß sie jetzt in ihrem Auto. Sie hatte sowohl den Motor als auch das Licht eingeschaltet, also wollte sie nicht heimlich spionieren. Aber worauf wartete sie dann? Kontrollierte sie mich etwa?

»Mist«, stöhnte ich. Jetzt musste ich selbst ins Auto steigen und irgendwohin fahren, damit meine Lüge nicht aufflog. Denn wer einmal lügt, dem glaubt man nicht, und wenn er auch die Wahrheit spricht.

Ich zog eine Jacke an und schnappte mir meine Tasche. Dann joggte ich zum Wagen, als wäre ich in Eile, und tat so, als bemerkte ich nicht Mrs. Stones Auto zwei Parkreihen weiter. Schließlich war der Parkplatz voll. An einem Mittwochabend um neun Uhr hockten die meisten meiner Nachbarn vor dem Fernseher, genau wie ich sonst auch.

Ich fuhr die kurze Strecke zur Dorfkneipe und warf dort einen Blick in den Rückspiegel. Zwar glaubte ich nicht, dass Mrs. Stone mir gefolgt war, ging aber doch für alle Fälle hinein.

In der Bar war es ruhig, nur zwei alte Kerle saßen in einer Ecke und hatten eine Menge leerer Gläser vor sich stehen. Einer von beiden bemerkte mich, als ich eintrat. Ich nahm an der Theke Platz, so weit wie möglich von ihnen entfernt.

Der Barkeeper kam – ein verlotterter Typ etwa in meinem Alter – und fragte, was er mir bringen sollte. Ich bestellte einen Wodka mit Cranberrysaft. Als er das Glas vor mich hinstellte, hatte ich schon fünf Minuten den Eingang zur Bar beobachtet. Aber Mrs. Stone tauchte nicht auf. Ich seufzte erleichtert.

Nachdem ich einen Schluck von meinem Drink genommen hatte, dachte ich über meine neuen Optionen nach.

Es würde schon einige Mühe kosten, damit alle glaubten, ich wäre wieder in ihren Fängen. Diese Rolle musste ich wirklich überzeugend spielen. Allerdings hatte ich sechzehn Jahre Erfahrung als Patty Watts' Opfer, also dürfte das nicht so schwierig werden. Ich musste wirklich gut sein, denn nur mit vollem Einsatz würde es mir gelingen, meine Mutter wieder dahin zurückzuschicken, wo sie hergekommen war.

Meine Mundwinkel verzogen sich nach oben.

»Was macht denn ein Babe wie du ganz allein in einer Bar?«

Der Barkeeper hatte die Hände in die Hüften gestemmt und sah mich mit glitzernden Augen an. Ich war noch nie zuvor als »Babe« bezeichnet worden.

»Wonach sieht's denn aus?«, erwiderte ich und hob mein Glas.

»Noch einen?«, erkundigte er sich und zog eine Augenbraue hoch.

»Ist doch dein Job, oder nicht?« Ich stützte mein Kinn auf meine Hand.

Der Barkeeper grinste und griff nach einer Flasche billigem Wodka. »Frech. Gefällt mir.«

Darauf erwiderte ich nichts, sondern sah nur zu, wie er Cranberrysaft zum Wodka hinzugab.

Er öffnete den Eisbehälter. »Kein Eis mehr. Bin gleich wieder da.« Mit dem Drink in der Hand wollte er ins Hinterzimmer.

»Hey«, rief ich. Er drehte sich um. Ich winkte ihn näher zu mir. »Ist schon in Ordnung. Ich mag kein Eis in meinem Drink.«

Ein Anflug von Enttäuschung huschte über sein Gesicht, doch er kam zur Theke und stellte das Glas dort ab. Nachdem er einen Strohhalm hineingesteckt hatte, schob er es quer über die Theke zu mir.

Ich schloss meine Lippen um den Strohhalm und fing an zu saugen. Die kühle Flüssigkeit rann mir durch die Kehle. Wir blickten uns direkt in die Augen.

Er zwinkerte mir zu. »Ich wünschte, ich wäre jetzt dieser Strohhalm.«

Daraufhin hob ich den Kopf vom Glas und lehnte mich auf meinem Hocker zurück. »Ach wirklich?«, fragte ich, legte den Kopf zur Seite, grinste und zeigte ihm die ganze Pracht meiner verrotteten Zähne.

Der Barkeeper zuckte zurück und murmelte etwas vom Wiederauffüllen des Eiswürfelvorrats. Ich sah ihm nach, als er ins Hinterzimmer huschte.

Kaum war er weg, hüpfte ich vom Hocker und kippte mein Glas so, dass die rote Flüssigkeit über den Rand tropfte.

»Das ist dafür, dass du mir was in den Drink tun wolltest«, murmelte ich.

Ich ging die ganze Theke entlang und ließ die Flüssigkeit aus meinem Glas rinnen. Obwohl ich erst seit Kurzem wirklich Zugang zur Gesellschaft hatte, wusste ich bereits, dass nicht alles so toll war, wie es immer hieß. Andere Menschen kosteten echt Kraft.

Ich kehrte zu meinem Barhocker zurück, lehnte mich über die Theke, holte einen Eiswürfel aus dem halb vollen Behälter und zerknackte ihn zwischen den Zähnen. Dann suchte ich im Spirituosenregal an der Wand nach der Flasche, die am teuersten aussah, und schleuderte mein Glas dagegen. Das Glas zersprang, die Flasche kippte zur Seite und warf noch andere Flaschen vom Regal. Bei dem Krach zuckte ich zusammen und kam mir eher irre als cool vor.

Als ich mich in der Bar umsah, überzeugt, jemand würde mich festnehmen, fiel mir zum ersten Mal ein hübscher Kerl mit blonden Haaren auf. Er saß in einer Ecke, lächelte schief und zwinkerte mir zu.

Ich erwiderte sein Lächeln. »Ups«, sagte ich stumm.

Jede Sekunde würde der Barkeeper zurück sein – ich musste hier raus. Also schnappte ich mir meine Tasche und verließ die Bar. Dabei widerstand ich dem Drang, mich umzudrehen und zu sehen, ob der hübsche Kerl mir folgte.

Denn ich hatte einiges zu tun.

25
PATTY

Mit Adam auf dem Arm platze ich durch die Krankenhaustür. Das halbe Dutzend Leute im Wartebereich dreht sich nach uns um – Adams Gebrüll ist nicht zu überhören. Ich sehe mich in der Eingangshalle um. Seit ich das letzte Mal mit Rose Gold hier war, hat sich manches verändert, aber im Großen und Ganzen sieht es noch genauso aus wie früher. Ich eile zum Empfang.

»Mein Baby braucht unbedingt einen Arzt«, rufe ich, als der junge Mann sich nicht von dem Computerspiel lösen will, das er sicherlich gerade spielt. Er sieht aus wie jemand, der schon viel zu lange bei seiner Mutter im Souterrain wohnt.

Sein Blick fliegt vom Monitor zu dem brüllenden Baby. Mitgefühl zeichnet sich auf seinem Gesicht ab. Dann wandert sein Blick zu mir, und aus Mitgefühl wird Argwohn.

»Das ist Ihr Kind?«, fragt er.

»Nur wenn er Benjamin Button ist«, kontere ich. »Nein, das ist mein Enkel. Und er übergibt sich seit sechs Stunden in einer Tour. Ich weiß nicht, was mit ihm los ist, trotz meiner Ausbildung. Denn wissen Sie, ich bin zertifizierte …«

Der Empfangsangestellte unterbricht mich. »Ist er schon hier registriert?«

»Ja, er wurde in diesem Krankenhaus geboren«, erwidere ich.

»Wie lautet sein Name?«

»Adam Watts.«

Er tippt Adams Namen ein und wartet.

»So hat er sich noch nie übergeben. Ich mache mir Sorgen, dass er etwas verschluckt hat, als ich gerade nicht hingesehen habe. Oder vielleicht hat er auch eine spät entwickelte Pförtnerverengung. Ich habe gelesen ...«

Wieder unterbricht mich der Mann. »Einen Adam Watts kann ich hier nicht finden.«

Ich lehne mich über den Empfangstisch, um den Monitor zu sehen. »Vielleicht haben Sie es falsch geschrieben. Watts wird W-A-T-T-S buchstabiert.«

Der Angestellte richtet sich verärgert auf, aber das ist mir egal. »Und Adam A-D-A-M.«

»Ich weiß, wie man Adam schreibt«, entgegnet er beleidigt, »und genau so habe ich beide Namen eingegeben.« Trotzdem tippt er sie noch mal ein und drückt energisch auf die Entertaste.

Nach ein paar Sekunden erklärt er selbstgefällig: »Nicht unter diesem Namen. Sie müssen das Formular für einen neuen Patienten ausfüllen.« Als Adam einen markerschütternden Schrei ausstößt, zuckt er zusammen.

Ich zwinge mich, erst einmal tief Luft zu holen. »Was ist denn mit seiner Mutter, Rose Gold Watts?«, frage ich. »Die muss doch in Ihrem System sein.«

Der Angestellte reicht mir ein Klemmbrett mit einem leeren Formular. »Das wird Ihnen hier nicht weiterhelfen, Ma'am. Jeder Patient braucht eine eigene Krankenakte.« Er deutet mit der Hand auf den Wartebereich und ist sichtlich erleichtert, als ich mich mit dem schreienden Kind von ihm entferne.

Die anderen Wartenden wirken nicht gerade begeistert, als wir uns nähern. Ich bedenke jeden von ihnen mit einem entschuldigenden Lächeln. Nur eine ältere Frau erwidert das Lächeln. Also entscheide ich mich für den Platz neben ihr.

Dann fange ich an, das Formular auszufüllen. Ich hätte schwören können, dass Rose Gold geplant hatte, Adam hier zur Welt zu bringen. Ich weiß noch, wie ich zu ihr sagte, es sei schon etwas ganz Besonderes, dass ihr Sohn im selben Krankenhaus geboren werden sollte wie sie. Das schien sie eher kaltzulassen, doch ich schob es auf die Stimmungsschwankungen in einer Schwangerschaft. Offenbar hat sie sich in letzter Minute für ein anderes Krankenhaus entschieden, vielleicht fürs Westview, das zwanzig Meilen entfernt liegt.

Als ich das Formular ausgefüllt habe, bringe ich es zu dem ruppigen Empfangsangestellten zurück. Am liebsten würde ich ihm meine Meinung sagen, aber mit diesen Leuten sollte man sich immer gut stellen, sonst erreicht man rein gar nichts. Also reiche ich ihm lächelnd das Klemmbrett.

»Es wird sich bald jemand um Sie kümmern«, sagt er.

Wie bald denn?, will ich fragen, aber auch das wird ihn

verärgern, also lasse ich es und wende stattdessen Adam meine Aufmerksamkeit zu. Sein Gesicht ist vom vielen Brüllen schon knallrot. Wir gehen auf unseren Platz zurück, und ich hole ein Fläschchen aus seiner Windeltasche. Als ich es ihm an den Mund halte, hört er sofort auf zu schreien und fängt an zu saugen.

»Oh, Gott sei Dank!«, murmelt ein Mann mittleren Alters im Jogginganzug. Ich werfe ihm einen bösen Blick zu. Menschen können Kindern gegenüber so grausam sein.

Nach dreißig endlosen Minuten ruft eine Krankenschwester Adams Namen auf. Ich springe auf und werfe mir Wickeltasche und Handtasche über die Schulter. Adam hat wieder angefangen zu schreien, und ich beeile mich, hier wegzukommen, denn die Geduld der anderen Wartenden ist langsam zu Ende. Joggingmonster verdreht mittlerweile schon wie ein Irrer die Augen. Nicht dass sie ihm stehen bleiben! Als ich an ihm vorbeigehe, trete ich ihm versehentlich auf den Fuß.

Die Krankenschwester führt uns durch eine Tür und dann einen sterilen weißen Korridor hinunter. Rechts und links davon liegen die Untersuchungszimmer. Ich erinnere mich noch an ein Bingospiel, das ich damals für Rose Gold erfunden habe: Jedes Mal, wenn wir in ein neues Zimmer kamen, durfte sie ein leeres Kästchen ankreuzen. Als sie sieben war, hatte sie alle ausgefüllt.

Am Ende des Ganges biegen wir nach links in einen weiteren langen Korridor. Die Schwester läuft viel schneller als ich, allerdings trage ich ja auch eine fünfzehn Pfund schwere

Bowlingkugel plus Zubehör. Als ich gerade einen prüfenden Blick auf Adam werfe, stoße ich mit jemandem zusammen.

»Patty?«

Ich erkenne die Stimme, noch bevor ich aufblicke – Tom. Gar nicht gut.

Unwillkürlich weiche ich einen Schritt zurück. Ich wende den Kopf zu meinem ehemaligen Freund, der in Krankenhauskluft vor mir steht: »Hi, Tom.«

»Was machst du denn hier?«, fragt er aufrichtig verwirrt. Er mustert mich auf der Suche nach Verletzungen, dann entdeckt er Adam, und seine Augen verengen sich zu Schlitzen.

»Ich muss los, Tom. Wir reden später, ja?« Ich versuche, an ihm vorbeizugehen, um der Schwester zu folgen. Die ist mittlerweile um eine weitere Ecke gebogen.

Doch Tom versperrt mir den Weg. »Was willst du hier?«, fragt er erneut.

»Mein Enkel ist krank«, erwidere ich ungeduldig.

Tom beugt sich zu Adam und mustert ihn mit geschultem Blick. »Was hat er denn?«

Mir ist klar, dass das verdächtig klingen wird. Es wird übel aussehen, aber ich habe keine andere Möglichkeit. Also blicke ich Tom fest in die Augen und sage: »Er hört nicht auf, sich zu übergeben.«

Tom wirkt kurz erschrocken, dann zornig. Als er einen Schritt auf mich zutritt, kann ich mich an ihm vorbeizwängen. Er packt mich am Handgelenk, aber ich schlage seine Hand weg.

»Ich hab nichts damit zu tun«, zische ich und laufe eilends der Krankenschwester nach. Bevor ich um die Ecke biege, werfe ich einen Blick zurück. Tom steht immer noch da und sieht mir nach.

Jetzt stoße ich fast mit der Krankenschwester zusammen. »Ich hab mich schon gefragt, wo Sie bleiben«, bemerkt sie und führt mich ins Untersuchungszimmer sechzehn. Rose Gold nannte das früher immer ihr Glückszimmer, weil die Sechzehn ihre Lieblingszahl war.

Die Schwester stellt sich als Janet vor und schließt die Tür hinter uns. Dann fragt sie routinemäßig Adams Symptome ab, während sie sich seinen Mund, seine Augen und seine Ohren ansieht. Als Nächstes holt sie ihr Stethoskop heraus, um Herz und Lungen abzuhören. Dann werden seine Haut und seine Genitalien auf Ausschläge geprüft. Als sie auf Adams Bauch drückt, fängt er wieder an zu schreien.

»Tut mir leid, Kleiner«, sagte Janet zu ihm und klingt, als meinte sie das aufrichtig. Um ihn zu beruhigen, spielt sie mit seinen Füßchen. Erschöpft lehne ich mich zurück und bin nur froh, dass noch jemand da ist, der weiß, wie man mit Kindern umgeht.

»Wird Adam gestillt?«, erkundigt sich Janet.

Ich nicke.

»Und Sie sind Adams Großmutter, richtig?« Janet versucht immer noch, Adam zu beruhigen.

Ich nicke.

»Wie heißen seine Eltern?«, fragt sie und gibt mir den Kleinen zurück.

»Rose Gold Watts und Phil ... Aber den Nachnamen des Vaters weiß ich nicht.«

Janet hält beim Tippen inne.

»Meine Tochter hat keinen Kontakt mehr zu ihm«, erkläre ich.

Mittlerweile brüllt Adam so laut, dass Janet ebenfalls schreien muss, um ihn zu übertönen. »Und wo ist Rose Gold heute?«

Zu meiner Erleichterung muss Adam sich wieder übergeben und spuckt mich voll.

»Sehen Sie! Genau das meine ich«, sage ich, nun bestätigt. »Das macht er schon seit neun Uhr heute Morgen.«

Janet springt von ihrem Stuhl auf und schnappt sich eine Handvoll Papiertücher. Damit hilft sie mir, das Baby und mich sauber zu machen.

Als alle schmutzigen Papiertücher entsorgt sind, geht Janet zur Tür. »Dr. Soukup kommt gleich.« Ich strahle, weil ich liebend gern neue Ärzte kennenlerne.

Ich wiege das schluchzende Baby und sage: »Gleich bekommst du deine Medizin, Süßer. Dann tut dein Bäuchlein nicht mehr weh.« Adam brüllt immer weiter, aber sein Gesicht ist heiß und trocken. Er ist dehydriert. Ich drücke ihn fester an mich.

Nach einer Weile klopft es, und Dr. Soukup tritt ein. Sie ist eine gepflegte Frau mit ergrauten Haaren und strenger, aber gütiger Miene – genau mein Lieblingstyp Arzt. Vielleicht werden wir ja Freundinnen. Ich könnte mich in der Mittagspause mit ihr im Krankenhaus treffen, und sie könnte mir von den neuesten Medikamenten erzählen. Dann fällt mir wieder ein, dass Adam und ich nicht mehr lange in Deadwick bleiben werden. Zu schade. Da werde ich mir in unserem neuen Wohnort eine andere Dr. Soukup suchen müssen.

Dr. Soukup liest die Symptome, die ich Janet angegeben habe, vom Monitor ab. Ich nicke. Sie soll ihn endlich behandeln.

Dr. Soukup sieht mich über ihre stilvolle Schildpattbrille hinweg an. »Und wo ist Adams Mutter?«

Keine Ahnung, ich hab seit zweiunddreißig Stunden nichts mehr von ihr gesehen oder gehört, kann ich ja nicht gut sagen. Wo auch immer sie sein mag, sie hat verdient, was sie jetzt bekommt.

»Auf Geschäftsreise«, erkläre ich stattdessen. »Ich passe in dieser Woche auf Adam auf.«

Dr. Soukup schüttelt den Kopf. »Eine Geschäftsreise so kurz vor Weihnachten? Heutzutage sind Unternehmen richtig herzlos geworden.«

Ich nicke. »Sie muss so viel arbeiten, dass ich mich schon fast mehr um ihn kümmere als sie. Ich versuche wirklich, mein Bestes zu geben. Schließlich bin ich zertifizierte Schwesternhelferin, also weiß ich wohl, was ich tue. Aber an Tagen wie diesen komme ich mir so unzulänglich vor.«

Dr. Soukup tätschelt mir die Schulter. »Keine Sorge, Patty. Sie leisten Großartiges.«

Ich spüre die altvertraute Wärme in meiner Brust, die sich dann wie eine Heizdecke über meinen ganzen Körper ausbreitet. Solche Anerkennung, solche Ermutigung – ich bemühe mich, mir ihre Worte genau einzuprägen, damit ich sie mir in den kommenden Monaten immer wieder in Erinnerung rufen kann.

»Ich würde gerne mit kleinen Dosen eines oralen Elektrolytikums beginnen, um Adam zu rehydrieren«, sagt Dr. Soukup. »Sehen Sie, dass er gar keine Tränen produziert? Das ist ein Zeichen von Dehydrierung.«

»Aber, Doktor«, entgegne ich, »meinen Sie nicht, es ist was Ernsteres, weil er so viel und schon so lange spuckt? Was ist mit dem Durchfall?«

»Es sind doch erst acht Stunden«, erwidert Dr. Soukup. »Normalerweise machen wir uns erst ernsthaft Sorgen, wenn es zwölf Stunden überschreitet. Also, haben Sie Pedialyte zu Hause? Das sollten Sie ihm eine halbe oder ganze Stunde nach seinem Erbrechen geben.«

Der ganze Aufwand, nur für ein stinkendes Elektrolytikum? Das doch wohl nicht!

»Ich dachte, es könnte vielleicht eine Pförtnerverengung sein«, sage ich besorgt.

Dr. Soukup wirkt überrascht. »Übergibt er sich nach dem Füttern?«

»Ja«, bestätige ich. »Die ganze Zeit.« Also auch nach dem Füttern.

Dr. Soukup drückt auf Adams Bauch. »Gewöhnlich kann man bei Pylorusstenose einen olivenförmigen Knoten im Abdomen ertasten, weil der Magenausgang verdickt ist. Aber das kann ich hier nicht fühlen.«

Dr. Soukup macht Anstalten zu gehen, aber ich will, dass sie bleibt. Auf keinen Fall soll der Arztbesuch schon vorbei sein. Ich will ein Rezept, eine echte Behandlung – und kein Wald-und-Wiesen-Mittel, das jeder Tunichtgut am College trinkt, wenn er einen Kater hat. Aber mein Hirn arbeitet nicht schnell genug; mein enzyklopädisches Wissen über verschiedenste Symptome von Krankheiten ist angestaubt. Ich bin außer Übung. Mir fällt keine andere Krankheit ein.

»Ich hole mal schnell ein Fläschchen Pedialyte, dann geben wir Adam die erste Dosis hier, ja? Bin gleich wieder da.« Noch bevor ich protestieren kann, ist Dr. Soukup schon verschwunden. Freundliche, aber effiziente Behandlung der Patienten – sie ist vom Fach.

Während sie weg ist, überlege ich. Vielleicht sollte ich behaupten, Adam hätte ein kleines Spielzeug verschluckt. Zwar würde sie dann fragen, wieso ich das nicht schon von Anfang an gesagt habe, aber ich könnte vorschützen, ich hätte mich geschämt und nicht gewollt, dass sie mich für eine schlechte Großmutter hält. Wenn das Spielzeug groß genug ist, könnte sie befürchten, dass er es nicht von selbst ausscheiden kann, und vielleicht eine Operation vorschlagen.

Da habe ich ein Déjà-vu: wie ich mit Rose Gold zum Krankenhaus rase und dann endlos auf den Arzt und eine Behandlung warte, damit es ihr besser geht. Selbst wie sich Adam übergibt, erinnert mich an Rose Gold.

Doch da meine Tochter verschwunden ist, wäre ein stationärer Aufenthalt in der Klinik keine gute Idee. Außerdem ist es das Gegenteil von dem, was ich jetzt brauche. Ich will, dass Adam aufhört, sich zu übergeben, damit ich mich auf die nächsten Schritte konzentrieren kann. Vielleicht sollte ich ihm einfach das Pedialyte geben und aufs Beste hoffen.

Ich schaue auf meine Uhr. Warum dauert das denn so lange? Hat die Ärztin vergessen, wo die Medikamente aufbewahrt werden? Ich öffne die Tür und spähe hinaus in den Gang. Erst nach links, dann nach rechts – nichts. Ich wage ein paar Schritte den Gang hinunter und schaue um die Ecke.

Am Ende des Korridors stehen Dr. Soukup und Tom. Er fuchtelt wie ein Irrer mit den Händen herum. Was sie sagen, kann ich nicht verstehen, dazu sind sie zu weit weg. Aber es kann nichts Gutes sein. Wieso kommt mir dieser Störenfried bei jeder Gelegenheit in die Quere? *Es hat niemand von dir verlangt, den Helden zu spielen, Tom Behan.*

Er wendet den Kopf in meine Richtung und entdeckt mich. Noch bevor ich wieder um die Ecke verschwinden kann, sieht mich auch Dr. Soukup. Beide starren mich an. Ich gehe zurück in Zimmer sechzehn. Jetzt spüre ich nicht mehr die Wärme, die Dr. Soukups Lob hervorgerufen hat, sondern kalte Furcht. Aber ich kann jetzt nicht gehen.

Ein, zwei Minuten später kehrt Dr. Soukup mit einem Fläschchen Pedialyte in der Hand zurück. Ich suche nach Hinweisen, dass sich ihre Haltung zu mir geändert hat: Vermeidung von Augenkontakt, verschränkte Arme, knapper Tonfall. Aber sie ist genauso höflich wie zuvor.

»Wissen Sie, Patty, ich glaube, Sie haben doch recht«, sagt sie, schraubt den Verschluss vom Fläschchen und tröpfelt eine winzige Dosis auf einen Löffel. »Adams Brechanfälle sind so heftig, da sollten wir ihn doch ein bisschen länger dabehalten. Nur zur Sicherheit.« Sie gibt Adam die Elektrolyte.

Beim Gedanken an einen längeren Klinikaufenthalt überläuft mich vor lauter Vorfreude ein Schauer. Manche lieben Camping oder Strandurlaube. Aber ich ziehe einen schönen langen Krankenhausbesuch vor. Nur nicht heute. Nicht jetzt. Ich habe zu viel Angst, um an mein eigenes Vergnügen auch nur zu denken.

»Wie lange?«, frage ich. Garantiert versucht Tom, mich hier festzuhalten.

»Wenigstens ein paar Stunden. Vielleicht auch über Nacht«, antwortet Dr. Soukup, ohne den Blick von Adam zu lösen. »Wir wollen ein paar Tests machen. Nur um Ernsteres auszuschließen.«

Dann sieht sie mich über ihre elegante Brille hinweg an. »Das ist doch kein Problem, oder?«

»Natürlich nicht«, versichere ich und schlucke.

Keine Ahnung, ob mein Herz vor Freude oder vor Panik so hämmert.

26

ROSE GOLD

März 2017

Ich winkte Robert, dem Wachmann, zu, als ich Gadget World verließ und zum Parkplatz ging. Für Anfang März war es ziemlich warm. Schon bald würde der Frühling kommen, meine Lieblingsjahreszeit. Denn im Frühling freuten sich alle noch über Dinge, die sie im Sommer als selbstverständlich betrachteten. Es war die Zeit für Neuanfänge, für neue Pläne. Seit Mary Stones Besuch vor drei Monaten hatte ich viel nachgedacht.

Ich stieg in den Van, fuhr rückwärts aus der Parklücke und zwang mich, die vier weißen Autos zu ignorieren, die in der nächsten Reihe nebeneinander parkten. Auf meinen dämlichen Aberglauben hatte ich viel zu viel Zeit verschwendet. Jetzt war es Zeit, auf den Boden der Tatsachen zurückzukehren: Meine liebe Mommy würde in acht Monaten aus dem Gefängnis rauskommen. Und ich würde bereit sein.

Wenn sie und ich wieder unter demselben Dach lebten, würde ich erneut klapperdürr werden. Da es im November zu kalt sein würde, um nur im Tanktop herumzulaufen, hatte ich beschlossen, wieder mit dem Joggen anzufangen, damit ich leicht bekleidet durchs Viertel rennen konnte. Mit ein bisschen Glück würde ich bei einer meiner Joggingrunden sogar ohnmächtig werden und für ein Spektakel sorgen. Ich sah es schon vor mir, wie Tom Behan oder Mary Stone mich nach Hause brachten, an der Tür klingelten und grimmig die Miene verzogen, wenn meine Mutter öffnete. Sie würden ihr unterstellen, dass sie am Herd stand, sich hämisch kichernd die Hände rieb und dann Tröpfchen für Tröpfchen eklig süßes Gift in mein Essen gab.

Aber ihr offenes Misstrauen würde nur der Anfang sein.

Eigentlich musste ich erst in ein paar Monaten mit dem Hungern anfangen. Ich war schon so dünn, dass ich nicht viel abnehmen musste. Aber ich wollte sicher sein, dass ich der Aufgabe zum gegebenen Zeitpunkt gewachsen war. Mittlerweile liebte ich Essen so, als wäre es ein Mensch. In gewisser Weise war Essen sogar besser: Es tat gut, und das zuverlässig, und gab nie Widerworte.

Nein, ich freute mich ganz und gar nicht darauf, Burger, Blaubeer-Pancakes, Käse und Eis aufzugeben. Auch nicht darauf, so zu tun, als könnte ich nicht kochen. Denn mittlerweile brachte ich eine ziemlich gute Frittata zustande. Dennoch mussten fürs größere Ganze Opfer gebracht werden.

Dafür hatte ich mir eine Art Trainingsprogramm erstellt. Ich verbrachte zwei Stunden damit, ein köstliches Brathähnchen zuzubereiten, und goss dann Nagellackentferner darüber, damit ich es nicht mehr essen konnte. Danach stellte ich eine Tüte Skittles vor mich hin und prüfte, wie lange ich es aushielt, ohne sie zu öffnen. (Mein Rekord lag bei zweiundvierzig Minuten.) Letzten Monat backte ich einen superleckeren Konfettikuchen, biss einmal davon ab und zwang mich dann, ihn wegzuschmeißen. Danach wusste ich, dass ich bereit war.

Waren so drastische Maßnahmen denn notwendig? Nicht unbedingt, aber man darf die Wirkung von Langeweile nicht unterschätzen.

Erst als ich den Parkplatz meiner Einzimmerwohnung erreichte, fiel mir ein, dass ich dort nicht mehr wohnte. Ich fluchte. Darauf warf mir ein älterer Mann einen bösen Blick zu. Den bekam er sofort zurück.

Zehn Minuten später blieb ich am Stoppschild der Kreuzung Evergreen und Apple Street stehen. Auf der rechten Straßenseite sah ich in der Einfahrt von Mr. Opal ein altes Laufband. Bevor er es wegwarf, würde ich ihn fragen, ob ich es haben konnte. Gleich morgen nach der Arbeit wollte ich es versuchen.

Ich bog nach links auf die Apple Street und fuhr bis zum Ende der Sackgasse: Apple Street 201, *Home, sweet home.* Ich wartete darauf, dass das Tor der Garage sich hob, fuhr hinein und schaltete den Motor aus.

Zwei Wochen zuvor war ich in das frühere Elternhaus meiner Mutter gezogen. Mabel Peabody hatte eigentlich gehofft, erst Ende des Jahres auszuziehen, aber dann hatte sich Geralds Zustand viel schneller verschlechtert als erwartet, und vor zwei Monaten war er gestorben. Ich war zur Beerdigung gegangen – um meine Trauer zu bekunden, aber auch um Mabel daran zu erinnern, dass ich jederzeit umziehen konnte. Sie hingegen konnte vor lauter Trauer gar nicht schnell genug wegziehen. »Zu viele Erinnerungen an glückliche Zeiten«, sagte sie.

So ein Scheißleben nennst du glückliche Zeiten?, dachte ich, sprach es aber nicht aus.

Jetzt schloss ich die Tür zu meinem Haus auf. *Mein* Haus – ich platzte immer noch vor Stolz, wenn ich das sagte. Zwar war es alt und unheimlich und an manchen Stellen auch baufällig, aber einstweilen reichte es. Ich hatte nicht genug Möbel für die beiden Gästeschlafzimmer, doch in einem würde schon bald ein lebendiger Mensch wohnen.

Ich streifte die Schuhe ab und sah die Post durch. Rechnungen, Prospekte und ein dicker Umschlag. Ich riss ihn auf. Es hatte Monate gedauert, bis ich es im Internet fand. In meiner Kindheit konnte man es in Apotheken und Supermärkten kaufen, aber jetzt musste man sich in die dunklen Ecken des Internets vorwagen, um es zu kriegen. Ich griff in den Umschlag und holte das kühle, runde Glasfläschchen heraus: Es war braun und hatte eine weiße Verschlusskappe. Auf dem Etikett stand in blauer Schrift *Ipekakuanha-Sirup.*

»Da ist es, Planty«, sagte ich zum Farn in der Ecke.

Ich starrte auf das Fläschchen. Es war nicht größer als meine Handfläche, und doch hatte es in meinem Körper so viel Schaden angerichtet. Als Kind hatte ich so ein Fläschchen nur einmal gesehen, und zwar ganz hinten in der Sockenschublade meiner Mutter. Wahrscheinlich hatte sie ständig ein anderes Versteck dafür gesucht, damit ich »vorwitziger Naseweis«, wie sie mich nannte, es nicht sah. Als ich meine Finger darum schloss, fühlte ich mich gleichzeitig mächtig und angewidert.

Die Vorstellung, mich selbst zu vergiften, gefiel mir gar nicht, aber damit konnte ich beweisen, dass meine Mutter wieder zu ihren alten Tricks griff. Auch wenn Geschworene vielleicht nicht glaubten, dass eine Erwachsene gegen ihren Willen ausgehungert wurde, war es durchaus möglich, dass sie unwissentlich vergiftet wurde. Nur ein Idiot würde zweimal auf denselben Trick reinfallen, aber dann musste ich wohl so ein Idiot sein.

Andererseits würde ich nicht als Einzige krank werden. Jetzt war auch ich mal an der Reihe, Gott zu spielen.

Ich verbarg das kleine braune Fläschchen in einem Strumpf in meiner Kommode. Auf dem Weg zurück ins Wohnzimmer kam ich an der Tür des Zimmers vorbei, das für meine Mutter gedacht war. Ich hatte eine hübsche kleine Überraschung für sie geplant, die ich noch vor ihrer Ankunft fertigstellen musste. Mom sollte doch nicht auf vier langweilige nackte Wände starren – sie verdiente ein bisschen Deko.

Manchmal hatte ich das Gefühl, die düstere Präsenz meines Großvaters im Haus zu spüren. Ich fragte mich, wie meine Mutter sich vor seinem Wüten versteckt hatte. Vielleicht an den naheliegenden Orten – im Schrank, unter dem Bett, hinter dem Duschvorhang? Und als sie älter wurde: War sie da findiger gewesen und hatte sich im Wagen in der Garage versteckt, auf einem Baum oder im riesigen Gefrierschrank im Keller?

»Was meinst du?«, fragte ich Planty, während ich durchs Wohnzimmer schlenderte. »Vermutlich hat die Familie nicht mehr viel Zeit im Keller verbracht, nachdem der liebe alte Onkel David sich dort aufgehängt hat.«

In der Küche schaute ich auf den Kalender an meinem

Kühlschrank und fluchte, als ich unter dem heutigen Datum den Eintrag DIÄTTRAINING fand. Eigentlich hatte ich mir heute Abend eine Pizza bestellen wollen. Aber ein Plan war ein Plan, und ich hatte mich schon seit Wochen nicht mehr auf die Probe gestellt. Also bereitete ich mein Abendessen zu – fünf Salzkräcker, zwei Löffel gebackene Bohnen direkt aus der Dose und ein perfekt in der Mikrowelle erhitztes Chicken Nugget – und brachte es zum Tabletttisch im Wohnzimmer, damit ich in meinem Fernsehsessel essen konnte. Ich sah keinen Sinn mehr darin, am Küchentisch zu essen, wenn ich dabei die ganze Zeit auf einen leeren Stuhl starren musste.

Dann schaltete ich den Fernseher ein und ließ im Hintergrund *Der Pate* laufen. Den Film hatte ich schon mehrere Male gesehen, aber ich fand Don Corleones Stimme so tröstlich.

Die Dose Bohnen hatte ich außer Reichweite gestellt, damit ich nicht in Versuchung kam. Ich nahm mein Handy und scrollte mich durch diverse Social-Media-Apps. Als ich entdeckte, dass auch Mrs. Stone einen Facebook-Account hatte, verdrehte ich die Augen.

»Noch eine Möglichkeit für sie, sich in das Leben anderer einzumischen«, sagte ich zu Planty. Ich schnalzte missbilligend mit der Zunge und scrollte weiter. Das Leben der anderen war so langweilig. Es beschränkte sich darauf, den Job, den Freund oder die Wohnung zu wechseln.

Doch dann fiel mir ein Name ins Auge.

»Ja, guck mal, wer da ist«, bemerkte ich, zu Planty gewandt.

Sophie Gillespie aus dem unerträglichen Gillespie-Clan. Seit anderthalb Jahren hatte ich keinen Kontakt mehr zu diesen Dumpfbacken. Sie hatten sich nicht mehr gemeldet, wieso also sollte ich mir die Mühe machen? Ich weigerte mich, darüber nachzudenken, wie sehr Anna mir fehlte. Ihr Verlust war größer als meiner.

Jetzt sah ich mir Sophies Posting an: ein Familienfoto, das Kim als Erste gepostet und das Sophie geteilt hatte.

Alle fünf standen mit weißen Hosen und blauen Oberteilen in einem Feld. Sie lachten und wirkten überglücklich, ihre Blicke auf die Mutterhexe in der Mitte gerichtet. Kim hielt einen blauen Luftballon.

Darauf sah man einen Zeichentrickstorch mit einem Baby. Und darunter stand in greller Schrift: ES IST EIN JUNGE!

»Nein«, sagte ich.

Mein Blick huschte zu Kims Bildunterschrift: »Billy und ich freuen uns sehr, im September das neueste Mitglied der Familie Gillespie begrüßen zu können.«

»Nein«, sage ich noch einmal und bemerkte das dämliche Grinsen auf Dads Gesicht.

Ich las weiter: »Jahrelang haben wir uns ein viertes Kind gewünscht. Und jetzt sind unsere Gebete erhört worden.«

»IHR. HABT. EIN. VIERTES. KIND!«, brüllte ich und schleuderte mein Handy quer durchs Zimmer. Es knallte gegen die Wand und krachte auf den Boden. War mir egal. Ein heftiges Schluchzen zerriss meine Brust und weckte die latente Trauer über all das, was ich verloren hatte. Aber ich würde nicht zulassen, dass mich diese Menschen wieder zum Weinen brachten. Ich weigerte mich schlichtweg, hier zu sitzen und zu heulen, bis mir alles wehtat. Wut war viel, viel leichter zu ertragen.

Ich trat von unten gegen das Tablett, woraufhin Bohnen und Kräcker durch die Luft flogen. Ich boxte heftig mit der Faust gegen den Sessel, bis ein Knöchel knackte. Ich brüllte so laut und lang, dass mir danach mehrere Sekunden lang die Ohren klingelten. Ich biss mir so fest in die Faust, dass ich wieder zu schreien anfing. Als ich die Hand wegzog, blutete sie.

Ich tigerte durchs Wohnzimmer, raufte mir buchstäblich die Haare. Diese Arschlöcher stolzierten durchs Land, als wären sie wunderbar normal und anständig, aber niemand wusste, dass sie Menschen wegwarfen, für die sie sich einen Scheiß interessierten. Niemand wusste, wie grässlich sie wirklich waren.

Ich hielt inne und betrachtete eine Weile meine zitternden Fäuste mit ein paar blonden Haarsträhnen – wann hatte ich mir die denn ausgerissen?

Sie bekamen ein viertes Kind. Aber mich hatten sie nicht gewollt.

Keiner von ihnen verdiente dieses Baby, am wenigsten Dad und Kim. Es durfte nicht sein, dass sie weiterhin einfach machten, was sie wollten, und immer das Beste von allem bekamen, während wir anderen litten. Jemand musste sie bestrafen und ihnen zeigen, welche Schmerzen sie anderen Menschen zufügten. Jemand musste ihnen zeigen, wie es sich anfühlte, wenn einem die Familie entrissen wurde.

Noch lange, nachdem die Sonne untergegangen und das

Licht in allen Nachbarhäusern gelöscht worden war, saß ich da und brütete wütend vor mich hin. Ich sah nur das dumme Grinsen meines Vaters auf dem Foto vor mir und schwor, erst meinen Sessel zu verlassen, wenn ich mir überlegt hatte, wie ich ihm dieses Grinsen aus dem Gesicht wischen konnte. Gegen zwei Uhr morgens, während ich angetrocknete Bohnen und Kräckerkrümel vom Teppich aufklaubte, erkannte ich, dass ich wieder einmal in zu kleinen Dimensionen gedacht hatte. Zwar war ich nicht die geborene Strategin, aber irgendwann hatte ich immer eine Idee. Und jetzt kam mir eine *gute* Idee. »Eine richtig gute«, sagte ich und drehte mich zu Planty um. Da sah ich, dass Planty auf dem Boden lag, umgeben von Scherben und Erde. Ich zuckte die Achseln – das würde ich später in Ordnung bringen. Manchmal passierte es eben, dass man denen wehtat, die man liebte. Grinsend hob ich ein paar Bohnen vom Boden auf und hielt sie kurz in der Hand, bevor ich sie mir in den Mund warf. Dieses eine Mal würde ich meine eigenen Regeln brechen und mir eine Extraportion gönnen. Schließlich hatten wir was zu feiern. Ich war so glücklich und stolz auf mich, dass ich am liebsten laut gesungen hätte. Da kam mir ein klassisches Schlaflied in den Sinn: eine perfekte Wahl, sehr mütterlich von mir. Während ich nach und nach alle Bohnen aufklaubte, sang ich: *Schlaf, Kindchen, schlaf, der Vater hüt' die Schaf …*

27
PATTY

Eine der Neonlampen an der Decke flackert und unterbricht die Stille mit nervendem Summen. Ich bleibe stehen und werfe einen bösen Blick zur Decke. Vielleicht sollte ich einer der Schwestern sagen, dass die mal repariert werden muss.

Ich schaue nach Adam, der im Kinderbettchen eingeschlafen ist. Sehnsüchtig denke ich an das Bett, das in der Apple Street auf mich wartet. Wenn ich wollte, könnte ich sogar in Rose Golds großem Bett schlafen, wo sie doch weg ist.

Adam und ich warten jetzt schon seit Stunden in diesem Krankenhaus, ohne dass sich jemand um uns gekümmert hätte. Dieses Untersuchungszimmer hat sich in eine Zelle verwandelt. Normalerweise liebe ich Krankenhausgeruch: Er hat etwas Tröstliches an sich und erinnert einen stetig daran, dass Hilfe naht. Aber jetzt wird mir leicht übel davon. Ich habe das Gefühl, nicht richtig atmen zu können.

Vielleicht sollte ich einfach mit Adam davonschleichen und ihn selbst behandeln.

Gerade fange ich an, alles aus seiner Wickeltasche wieder einzuräumen, da klopft es an der Tür. Ich lasse die Tasche fallen und trete einen Schritt zurück. Als wäre es ein Verbrechen, sich um ein Baby zu kümmern.

In der Erwartung, Dr. Soukup oder Schwester Janet eintreten zu sehen, wende ich mich zur Tür. Außer mit Tom komme ich mit allen klar.

Allerdings habe ich nicht mit zwei Polizeibeamten in Uniform gerechnet. Ich komme mit allen klar, außer mit Tom oder der Polizei.

Die Beamtin ist groß und dünn, wie ein Ausrufezeichen. Ihre funkelnden Augen vermitteln mir den Eindruck, dass sie für die Prügelstrafe ist. Ihr Kollege folgt ihr im Schlepptau.

»Ich bin Sergeant Tomalewicz von der Polizei hier in Deadwick. Sind Sie Patricia Watts?«

»Patty«, sage ich. Patricia wurde ich nur von meinem Vater genannt. »Geht es um Adam?«, frage ich. »Er ist ernsthaft erkrankt.«

»Zu dem Baby kommen wir gleich«, entgegnet Tomalewicz und zeigt auf ihren Lakaien. Der sieht aus, als hätte er noch nicht einmal den Führerschein. »Dies ist Officer Potts.«

Officer Potts winkt mir zu, als wären wir auf einer Strandparty. Tomalewicz runzelt die Stirn und wendet sich wieder zu mir.

»Wo ist Rose Gold, Patricia?«, fragt sie und durchbohrt mich mit einem Blick aus ihren dunklen Augen. Sie erinnert mich an einen Geier.

»Patty«, korrigiere ich sie wieder. »Und ich weiß es nicht.« Da meine Hände anfangen zu zittern, schlinge ich mir die Arme um den Leib.

»Wann haben Sie sie das letzte Mal gesehen?«

»Gestern Morgen, als ich sie zur Arbeit fuhr. Da sagte sie, sie würde nach der Arbeit nach Hause joggen. Das macht sie manchmal. Aber sie ist nicht aufgetaucht.« Ich ertappe mich dabei, dass ich nervös die Hände ringe. Also schiebe ich sie in die Hosentaschen, ziehe sie aber sofort wieder heraus, aus Sorge, damit zu unbekümmert zu wirken. Ich muss doch einen unschuldigen Eindruck vermitteln.

Tomalewicz bohrt weiter: »Wieso haben Sie nicht die Polizei angerufen und sie als vermisst gemeldet?«

Achtung, Patty.

»Es waren ja kaum mehr als vierundzwanzig Stunden vergangen«, erkläre ich. »Ich dachte, sie lässt vielleicht irgendwo Dampf ab.«

»Sieht es Rose Gold ähnlich, manchmal ›Dampf abzulassen‹?«, hakt Tomalewicz nach und krümmt die Finger zu Anführungszeichen.

Nein, denke ich. »Doch«, sage ich laut. »Das kommt schon mal vor.« Als mir auffällt, dass ich nicht besonders besorgt über das Verschwinden meiner Tochter wirke, füge ich hinzu: »Es ist hart, frischgebackene Mutter zu sein. Ich wollte Rose Gold ein bisschen Freiraum geben.«

»Verstehe«, sagt Tomalewicz. Ihr Ton gefällt mir nicht. »Einer meiner Officer hat mit dem Filialleiter von Gadget World gesprochen, und der gibt an, Rose Gold sei weder gestern noch heute zur Arbeit erschienen. Er sagt, das letzte Mal hätte man sie am Samstag um fünf Uhr nachmittags gesehen. Das war vor zweiundfünfzig Stunden, falls Rechnen nicht Ihre Stärke ist.«

Ich brauche einen Schluck Wasser. Meine Kehle fühlt sich an, als hätte ich vier Pfund Sand hinunterwürgen müssen. Ich schlucke. »Mir ist nicht klar, was Sie von mir wollen. Ich weiß jedenfalls nicht, wo sie ist.«

Das scheint Tomalewicz nicht zu beeindrucken. Gleichgültig schlendert sie zu einem Stuhl an der Untersuchungsliege und lässt sich darauf nieder. Dabei bilden ihre langen Grashüpferbeine einen scharfen Winkel. Ich setze mich auf die Liege, weil mir die Knie zittern, was niemand sehen soll.

»Gegenüber Dr. Soukup haben Sie behauptet, Rose Gold wäre auf einer Geschäftsreise.« Tomalewicz sieht mich durchdringend an und wartet auf eine Antwort. Aber mir fällt keine ein, also schweige ich.

»Ich deute Ihr Schweigen als Ja. Wieso haben Sie ihr das erzählt, wo Sie doch angeblich nicht wissen, wo Rose Gold ist?«

Ich räuspere mich. »Weil ich nur ein Problem nach dem anderen lösen konnte. Adam war – ist – so krank. Ich konnte mich nicht gleichzeitig um ihn kümmern und meine Tochter suchen.«

»Aber dafür ist ja auch die Polizei da«, kontert Tomalewicz mit leicht zusammengekniffenen Augen. »Officer Potts hier möchte sich mal Ihre Sachen ansehen.«

Ich nicke zustimmend, obwohl sie mich nicht um Erlaubnis gebeten hat. Um zu zeigen, dass ich kooperiere und nichts zu verbergen habe, reiche ich ihm meine Handtasche und die Wickeltasche.

Potts fängt mit der Wickeltasche an. Die wiegt mindestens fünf Kilo und hat unzählige kleine Fächer mit Reiß- und Schnappverschlüssen. Potts beginnt, jeden Gegenstand einzeln herauszunehmen und auf das Beistelltischchen zu legen: Windeln, Feuchttücher, Schnuller, Unterlage, Babycreme, Desinfektionsspray, Ersatzstrampler, Schnullerkette, Mützchen, Spucktuch. Aus den Seitentaschen holt er zwei Fläschchen Milch und sieht sie sich genau an, bevor er sie, getrennt von den anderen Sachen, auf den Boden stellt.

Immer tiefer wühlt er in der Tasche und fördert Taschentücher und Rose Golds Haargummis zutage, lauter Alltagskram. Mein Herz schlägt wie ein Presslufthammer in meiner Brust.

Mittlerweile steckt Potts bis zu den Ellbogen in der Tasche und durchsucht kleine Innenfächer, die wir nie benutzen. Aus einem zieht er ein kleines Rechteck: ein iPhone. Ich hatte keine Ahnung, dass das da drin war.

Mir wird so übel, dass ich schon fürchte, mich übergeben zu müssen.

»Gehört das Ihnen?«, fragt Potts. Das ist das erste Mal, dass er das Wort ergreift. Seine Stimme ist viel tiefer, als ich erwartet hätte. Er berührt einen Knopf am Handy, aber das Display bleibt schwarz. Potts sucht in seiner eigenen Tasche, bis er ein Ladekabel herausholt. Er sieht sich nach einer Steckdose um und stöpselt das Handy ein. Zufrieden wirft er mir einen Blick zu und wartet, während das iPhone sich auflädt.

Ich könnte lügen. Ich könnte behaupten, es sei meins. Oder versichern, ich wüsste nicht, wem das gehört. Aber bestimmt kann man leicht feststellen, wem es gehört, und ich weiß nicht genug über Handys, um die Polizei auszutricksen. Potts sieht aus, als wäre er mit einem iPhone in der Hand geboren worden.

»Es gehört Rose Gold«, murmle ich, worauf beide Officer schlagartig die Augenbrauen in die Höhe ziehen. Tomelewicz' Mundwinkel verziehen sich zu einem leichten Lächeln.

»Ich hab sie tagelang angerufen und immer wieder Nachrichten hinterlassen«, protestiere ich. »Das können Sie nachprüfen.«

»Tagelang? Sagten Sie nicht, es wären erst vierundzwanzig Stunden vergangen?«, entgegnet Tomalewicz.

»Dann eben Stunden«, erwidere ich. »Die sich vielleicht einfach wie Tage angefühlt haben. Ich habe solche Angst«, beteuere ich, was jetzt wirklich stimmt. »Ich habe Angst um sie beide.«

Mittlerweile ist das iPhone zum Leben erwacht. Potts fängt an, darauf zu tippen, zu scrollen und zu suchen – aber wonach, weiß ich nicht, weil ich das Display nicht sehen kann.

»Die Sache ist die, Patricia«, sagt Tomalewicz, »dass wir heute von einem besorgten Einwohner angerufen wurden. Der einen alarmierenden Brief von Rose Gold bekommen hat.«

Wer war das?, denke ich und schaue auf, weil ich nur hoffen kann, das nicht laut gefragt zu haben.

Tomalewicz schlägt die Beine übereinander, sodass ihr rechter Knöchel auf ihrem linken Knie liegt. »In diesem

Brief wirkte es, als hätte Rose Gold große Angst vor Ihnen. Für uns sieht das so aus, als würden Sie sie wieder unterdrücken und misshandeln.«

Der alte Vorwurf. Dieser Ort wird nie Ruhe geben.

Potts legt Rose Golds Handy weg und durchwühlt erneut die Wickeltasche. Er untersucht jedes einzelne Fach, tastet mit den Händen am Futter entlang. Ohne Kommentar, ohne auch nur aufzublicken.

Tomalewicz fährt fort: »Sie schrieb, Sie hätten sie *gezwungen*, das Baby zu entführen.«

»Was?« Mein Blick fliegt zwischen Potts und Tomalewicz hin und her.

»Sie musste so tun, als wäre es ihr Baby, Sie drohten, ihr was anzutun, wenn sie sich weigerte. Sie sagten zu ihr, der Zeitpunkt der Rache wäre gekommen. Niemand würde Patty oder Rose Gold Watts fallen lassen und ungeschoren davonkommen. Rose Gold schrieb, zuerst hätte sie mitgemacht. Aber dann hätte sie Angst bekommen, Sie würden Luke so schaden, wie Sie ihr geschadet haben. Und als sie dem ein Ende machen wollte, hätten Sie gedroht, ihnen beiden etwas anzutun.«

Mir schwirrt der Kopf. »Luke?«

Tomalewicz' Kiefermuskel zuckt. Sie blickt zu Adam. »Luke Gillespie.«

Als ich diesen Namen höre, überkommt mich eine riesige Welle der Übelkeit. Ich sehe Sternchen, und dann wird mir schwarz vor Augen.

Mühsam richte ich meinen Blick auf das schlafende Baby

und frage: »Wollen Sie damit sagen, dieses Kind ist nicht mein Enkel?«

»Rose Golds Geschichte hat sich als wahr erwiesen«, erwidert Tomalewicz. »Wir haben die Polizei in Fairfield angerufen, und tatsächlich hat Billy Gillespie – Ihr Ex-Geliebter und Rose Golds Vater – vor zweieinhalb Monaten ein Baby als vermisst gemeldet. In Indiana wird seitdem rund um die Uhr nach ihm gefahndet.«

Potts holt ein Schweizer Armeemesser aus seiner Tasche und schneidet ein kleines Loch ins Futter der Wickeltasche. Er zieht ein braunes Fläschchen mit einer weißen Verschlusskappe hervor. »Ich hab's!«, ruft er triumphierend.

Tomalewicz und er drehen sich zu mir um und starren mich an. Mir wird bewusst, dass ich was sagen soll. Sie glauben, dieses Fläschchen mit Ipekakuanha-Sirup gehört mir.

Aber es ist nicht meins. Meins habe ich heute Morgen in den nächsten Ort gefahren und hinter einem Schnellimbiss auf den Boden geschmissen. Die Scherben habe ich aufgesammelt und in einem Müllcontainer entsorgt.

Ich konnte nicht riskieren, es dabeizuhaben, wenn ich mit Adam im Krankenhaus war.

»Wieso sollte ich mit einem Baby, das ich selbst vergiftet habe, ins Krankenhaus gehen?«

Tomalewicz zuckt die Achseln. »Ausgezeichnete Frage. Genau das haben Sie doch früher ständig gemacht.«

Das ignoriere ich. »Wieso sollte ich dann das Gift mitnehmen?«

Tomalewicz bedenkt mich mit einem vernichtenden Blick.

»Wenn ich was zu verbergen hätte, wieso bin ich dann nicht in ein Krankenhaus gefahren, wo mich niemand kennt?«

Tomalewicz wendet sich zu Potts und zeigt auf die Fläschchen mit Rose Golds Muttermilch. »Wir nehmen die mit und lassen sie analysieren.«

Daraufhin fängt Potts an, die Wickeltasche wieder einzuräumen. Schließlich verlässt er mit den Fläschchen und Rose Golds iPhone das Zimmer. Ich starre ihm ungläubig nach.

»Ich habe seit fünfundzwanzig Jahren keinen Kontakt mehr zu Billy Gillespie!«, protestiere ich. »Ich wusste nicht mal, dass Rose Gold seinen richtigen Namen kennt. Von alldem hier wusste ich nichts!«

Tomalewicz setzt sich wieder normal hin, neigt sich vor und stützt ihr Kinn in die Hand. »Ja, ja, Ihre Unschuldsbeteuerungen kennen wir schon lange. *Sie* trifft nie irgendeine Schuld«, bemerkt sie. »Es ist immer der Fehler der anderen. Komisch nur, dass die Gerichte anderer Meinung waren.«

Ich muss eine Entscheidung treffen, aber mir bleibt nicht viel Zeit dafür. Mein Instinkt befiehlt mir – wie immer – zu leugnen. Leugnen, leugnen, leugnen. Aber mir dämmert, dass mir schwere Verbrechen zur Last gelegt werden: Entführung, zum wiederholten Mal schwere Kindesmisshandlung und was weiß ich noch alles. Ich fühle mich wie ein in die Enge getriebenes Tier. Also hole ich tief Luft.

»Na gut«, stoße ich hervor. »Als Rose Gold noch ein Kind war, habe ich sie manchmal schlecht behandelt.«

Eigentlich hatte ich mit Erleichterung gerechnet, jetzt,

wo es endlich raus ist. So lange habe ich das für mich behalten und so getan, als wäre ich unschuldig, als wüsste ich es nicht besser. Aber jetzt fühle ich mich nur leer, geschlagen wie eine Versagerin. Nie wieder wird mich jemand anlächeln oder mir den Rücken tätscheln. Nie wieder wird mir jemand sagen, dass ich gut genug bin, hin und wieder sogar *großartig*. Ich kann perfekt die Supermom spielen, aber ohne diese Rolle bin ich ein Nichts.

Ich schlucke hart. »Aber Adam – ich meine, Luke – habe ich wirklich, wirklich nie misshandelt. Ich hatte doch keine Ahnung, dass er entführt wurde!«

Da fliegt die Tür auf, und Mary Stone stürmt wütend herein. »Ich wusste, dass du schuldig warst!«, keift sie. »Wir alle wussten es! Wir wussten, dass du Rose Gold damals misshandelt hast. Und jetzt hast du es wieder getan. Was hast du mit ihr gemacht, du Monster?«

Alarmiert springt Tomalewicz auf und legt Mary die Hand auf den Arm. »Mrs. Stone, Sie sollten doch im Eingangsbereich warten«, sagt sie ruhig. »Jetzt muss ich Sie bitten, wieder zu gehen.«

Mary reißt sich von Tomalewicz los und zeigt mit dem Finger auf mich. »Du hast sie beide vergiftet«, tobt sie, »und dann Rose Gold umgebracht. Du wolltest sie aus dem Weg haben, um das Leben des armen Jungen so ruinieren zu können, wie du ihres ruiniert hast. Das hat sie mir alles in ihrem Brief geschrieben. Und als sie sich gegen dich gestellt hat, hast du sie getötet.«

Damit bricht Mary in Tränen aus.

Tomalewicz spricht in ihr Funkgerät: »Welch und Mitchell in Raum sechzehn.«

»Nach der Geburt des Babys habe ich Rose Gold einen Monat nicht gesehen«, schluchzt Mary. »Sie hatte erzählt, sie müsste wegen Schwangerschaftskomplikationen in ein Krankenhaus in Springfield. Wo ist sie?«

Marys Geschrei hat Adam geweckt, der jetzt auch anfängt zu schreien.

»Das Baby!«, ruft sie und will mit geröteten Augen und verrotzter Nase nach ihm greifen. Aber Tomalewicz baut sich vor Adam auf und versperrt uns beiden den Weg.

»Das arme, arme Baby«, heult Mary und beugt sich schluchzend vornüber.

Zwei weitere Beamte kommen herein und blicken zu Mary. Einer dreht sich fragend zu Tomalewicz, worauf diese nickt. Der Officer fasst Mary am Arm und hilft ihr, sich aufzurichten.

»Gehen wir, Ma'am«, sagt er und schiebt sie zur Tür. Noch vom Gang höre ich ihr Geschrei.

Tomalewicz wendet sich an den anderen Officer. »Holen Sie Dr. Soukup oder eine Schwester, damit sie sich um das Baby kümmern.«

Der Beamte nickt und verschwindet. Dreißig Sekunden später eilt Schwester Janet herein.

Tomalewicz nickt ihr zu. »Wir vermuten, dass das Baby mit Ipekakuanha-Sirup vergiftet wurde. Ich weiß nicht, was man da unternehmen kann ...«

Sofort unterbricht Janet sie: »Wir kümmern uns um ihn.«

Sie geht zum Bettchen. Als sie Adam – Luke – auf den

Arm nimmt, dreht sich mir der Magen um. Während sie mit ihm zur Tür eilt, flüstert sie ihm beruhigend zu. Mittlerweile klingt sein Gebrüll schon müde. Sie verlagert ihn auf einen Arm und zieht die Tür auf. Bevor sie mir für immer mein Baby wegnimmt, wirft sie mir einen hasserfüllten Blick zu. Dann ist sie fort und mit ihr Adam – Luke, meine ich.

Im Zimmer wird es ganz still.

Ich fühle mich wie betäubt.

Tomalewicz und ich müssen nicht lang warten, da kommen die beiden Beamten wieder. Ich sehe sofort die Handschellen und verschränke die Hände hinterm Rücken. Als der Officer mir die Handschellen anlegt, protestiere ich: »Ich bin unschuldig! Ich sage die Wahrheit!«

Tomalewicz liest mir meine Rechte vor, aber ich höre gar nicht zu. Angeklagte haben keine Rechte. Unschuldig bis zum Beweis der Schuld? Dass ich nicht lache!

Dann sagt Tomalewicz: »Diese Beamten werden Sie zur Wache bringen. Das würde ich zwar sehr gerne selbst übernehmen, doch ich muss noch einen wichtigen Anruf tätigen. Bei der Polizei von Fairfield. Ich glaube, wir werden eine ganze Stadt sehr glücklich machen.«

Aber Rose Gold hat mich doch besucht, während sie schwanger war. Sie hat ständig Milch abgepumpt. Sie dachte, ihr Vater wäre tot und sein Name lautete Grant. Mein Fläschchen Ipekakuanha habe ich nie benutzt. All das ergibt keinen Sinn.

»Sie müssen meine Tochter finden«, sage ich. »Sie kann das alles erklären.«

Wieder starrt mich Tomalewicz durchdringend mit ihren Geieraugen an. »Glauben Sie mir, wir finden sie.«

Sie nickt den anderen Beamten zu und geht.

Die Polizisten führen mich aus dem Untersuchungszimmer in den Korridor. Ich halte den Blick gesenkt und hoffe nur, dass Tom entweder Mittagspause macht oder durch die Erdkruste gebrochen ist und irgendwo im flüssigen Kern schmort. Langsam gehen wir zum Ausgang. Ich spüre zwar die Blicke, bin aber zu geschockt, um mich zu schämen.

Adam heißt eigentlich Luke. Mein Enkel ist Billys Sohn. Ich habe gar keinen Enkel.

Vor dem Klinikeingang wartet bereits der Streifenwagen. Einer der Officer pflanzt mich auf den Rücksitz, während der andere sich ans Steuer setzt. Ihre Gesichter sind verschwommen, genau wie ihre Stimmen. Der Wagen ist verschwommen. Alles, der ganze Ort, ist ein einziger verschwommener Strudel. Ich versuche, irgendeine Erklärung dafür zu finden, einen vernünftigen Gedanken zustande zu bringen. Aber ich kann nur eines denken.

Das kleine Miststück hat mich reingelegt.

28
ROSE GOLD

Natürlich hab ich sie reingelegt.

Das hätte jeder gewollt. Jeder liegt nachts im Bett und denkt an all die herrlichen Möglichkeiten, die Menschen zu bestrafen, die einem übel mitgespielt haben. Die vergisst man nicht – selbst nach Jahren hat man ihre Gesichter klar und deutlich vor sich. *Ach, wenn nur*, denkt man und wagt nicht, den Gedanken zu Ende zu denken.

Nur, dass *ich* es einfach durchgezogen habe. Ich habe es vollbracht.

Als Ursula Arielle töten will, macht Prinz Eric ihr kein Friedensangebot. Er teilt nicht das Meer auf, um friedlich mit der Meerhexe zu leben, sondern rammt ihr einen Schiffsmast in den Bauch und bringt sie um. Ich bin mein eigener Prinz Eric. Ich habe mich selbst gerettet.

Eine Woche ist vergangen, seit meine Mutter wieder verhaftet wurde. Ich werde immer noch rot vor Freude, wenn ich daran denke, aber vielleicht liegt das auch am Sonnenbrand. Hier hat man jeden Tag blauen Himmel und über zwanzig Grad.

In der Bäckerei warte ich darauf, mein Rosinenbrötchen

zu bezahlen. Sie ist mit Wandgemälden von historischen Sehenswürdigkeiten aus der Gegend geschmückt. Die Kunden unterhalten sich lebhaft, ohne mich zu beachten. Ich komme immer wieder hierher, hauptsächlich, weil der Kassierer nett zu mir ist. Als ich an der Reihe bin, gebe ich ihm das Geld. Er lächelt, und ganz kurz fühle ich mich nicht mehr so allein.

Als ich die Bäckerei verlasse, bleibe ich stehen, um wieder auf die wunderschöne Kirche aus rotem Backstein zu starren, die auf der gegenüberliegenden Straßenseite steht. Seit drei Tagen bewundere ich jeden Morgen ihren Glockenturm, dessen schmiedeeiserne Spitze von Engeln getragen wird. Aber schnell wird mir bewusst, dass das auffallen könnte. Also gehe ich weiter durch die belebten Straßen und esse mein Brötchen.

Ein paar Minuten später erreiche ich die Seitenstraße, wo mein Wagen parkt, ein alter weißer Pkw von einer bekannten Autofirma, die ich lieber nicht nennen will. Google behauptet, das seien hier die beliebtesten Fahrzeuge. Ich füge mich gut ein. Ich könnte jeder sein. Ich will auch nicht gefunden werden. Obwohl die Polizei wirklich fieberhaft nach mir sucht. Ich wette, Vinny King von der *Chit Chat* würde mich jetzt auf Knien anflehen, ihm ein Interview zu geben.

Ich steige in den Wagen und streiche vor dem Rückspiegel den Pony meiner Perücke glatt. Eigentlich wäre kurzes pechschwarzes Haar nicht meine erste Wahl gewesen, aber die Farbe tarnt mich gut. Ich beiße noch ein Stück von meinem Rosinenbrötchen ab, da dringt mir ein ranziger Geruch in die Nase. Ich schnuppere an meinen Achselhöhlen – das bin ich, ich stinke. Also muss ich ganz schnell duschen oder zumindest kurz ins Meer springen. Ist ja nur ein paar Straßen entfernt.

In den letzten sieben Tagen bin ich weiter gereist als in meinem ganzen Leben zuvor. Das alles gehört zu meinem neuen Ich. Ich wollte ein anderes Leben anfangen, also brauchte ich einen klaren Schnitt.

Am Montagmorgen letzte Woche machte ich mich wie jeden Tag für die Arbeit fertig. Und wie an jedem anderen Tag setzte mich meine Mutter etwa um Viertel nach acht bei Gadget World ab. Doch anders als sonst machte ich sofort kehrt und ging direkt wieder nach Hause. Ein paar Stunden versteckte ich mich in dem leeren Haus gegenüber, bis Mom mit Luke in den Park fuhr. Dann machte ich mich an die Arbeit.

Ich musste meinen Schrank ausräumen, den Ipekakuanha-Sirup in die Milch geben und mein iPhone und das kleine braune Fläschchen in der Windeltasche verstecken. Nachdem ich den Brief eingeworfen hatte, konnte ich frohen Mutes aufbrechen.

Eigentlich hatte ich geplant, den Brief an die Polizei in Fairfield zu schicken, doch dann wurde mir klar, dass es Mom mächtig stinken würde, wenn ihr Schicksal in Mary Stones Händen läge.

Ein Bonus also.

Vierzehn Stunden später machte ich einen kurzen Zwischenstopp bei einem Postfach in Denver, um meine neuen

Ausweispapiere abzuholen, die ich meinem Exfreund verdanke. Ich hatte keine Angst, dass er mich verraten würde, wenn mein Name in allen Zeitungen auftauchte: Für das Fälschen von Dokumenten kommt man bis zu zehn Jahre hinter Gitter.

Dann fuhr ich weiter Richtung südliche Grenze.

Jetzt wende ich mich zum Rücksitz des Wagens und falte meine Decke (ein altes Strandlaken) und mein Kopfkissen (meinen lila Kapuzenpulli). Der Boden ist übersät mit Fastfood-Verpackungen und schmutziger Unterwäsche. Vielleicht wasche ich auch meine Sachen, während ich dusche.

Ohne recht zu wissen, wohin, starte ich den Wagen. Ich kenne mich in der Stadt nicht aus, bin auch nicht an Straßen mit Kopfsteinpflaster, die Telefondrähte überall und die Berge ringsum gewöhnt. Noch nie habe ich so viele Palmen gesehen – genau genommen bis zu dieser Woche noch keine einzige. Ich will überall hinfahren, habe aber Angst, die falsche Richtung einzuschlagen. Ständig muss ich mich daran erinnern, dass es keine falsche Richtung gibt, weil ich ja gar kein Ziel habe.

Ich hatte überlegt, hier in einem der Resorts einen Job als Zimmermädchen oder am Empfang anzunehmen. Ich könnte mit den Gästen Englisch sprechen: Es wäre nett, mal mit jemandem zu reden, auch wenn es ein Fremder ist. Seit sieben Tagen habe ich mit niemandem mehr gesprochen. Ich will hier nicht weg, aber in mir nagt ständig das Gefühl, dass ich wegsollte.

Wo kann man einfacher untertauchen – in einer Großstadt oder in einem kleinen Ort? Die größte Metropole liegt elf Stunden weiter östlich. Andererseits gibt es da auch mehr Cops. In einem kleinen, verschlafenen Ort würde ich zwar sicher nicht viele davon sehen, dafür aber auffallen wie ein bunter Hund. Ich trommle mit den Fingern aufs Lenkrad und meide jeden Blickkontakt mit Passanten. Jeder von denen könnte mich vielleicht erkennen.

Ich hatte gedacht, wenn ich das alles erst mal durchgezogen hätte, wäre ich frei wie ein Vogel. Mir war nicht klar, dass ich weiterhin ständig strategisch denken müsste – und für wie lange? Als ich den Wagen rückwärts aus der Parklücke steuere, beschließe ich, Richtung Highway zu fahren. Schließlich kann ich ja immer zurückkommen. Aber eine Weile werde ich mich nirgendwo länger aufhalten.

Es sieht so aus, als würden sich alle nur für das Baby interessieren. Dabei geht es Luke gut. Er ist wieder bei seinen Eltern. Außerdem habe ich darauf geachtet, jeweils nur ein paar Tropfen Sirup in seine Fläschchen zu geben, sodass die Wirkung nicht länger andauern würde als bei einer Magen-Darm-Grippe. Ich würde doch nicht meinen eigenen Bruder umbringen. Ich bin doch nicht verrückt.

Es war nicht mal schwer, ihn zu entführen. Ab September folgte ich sorgfältig Sophies Social-Media-Accounts. Und dann, eines Tages, bumm, war er auf der Welt. Alle Gillespies posteten Fotos vom Krankenhaus: Luke war gesund, die Mutter war gesund, blablabla. Ich wartete ein paar Wochen, fuhr dann an meinem freien Tag nach Indiana und parkte den Wagen am Busbahnhof. Nachdem ich etwa eine

Meile zum Haus der Gillespies gelaufen war, wartete ich, bis Dad die Kinder zur Schule fuhr und arbeiten ging, und dann spitzte ich die Ohren.

So viel kann man erreichen, wenn man nur zuhört.

Ich hörte, wie Kim mit Luke nach oben ging, und schlich mich durch die Hintertür ins Haus, wo ich mich in dem winzigen Treppenschrank versteckte, den laut Dad nie jemand öffnete. Kaum hörte ich die Dusche, huschte ich ins Gästezimmer – das mein Zimmer hätte sein sollen. Jetzt war es wieder ein Kinderzimmer. Mit den dämlichen Enten an der Wand, die ich bei meinem Besuch gesehen hatte. Und da lag er in seinem Bettchen, einen Monat alt, und schlief tief und fest. Vorsichtig hob ich ihn hoch, um ja nicht seine Träume von Welpen und Feuerwehrautos zu stören. Als er seinen kleinen Körper an meinen schmiegte, durchströmte mich eine Welle der Liebe. »Ich bin deine große Schwester«, flüsterte ich. »Und ich passe gut auf dich auf, versprochen!«

Natürlich hätte ich meine Mutter auch mit irgendeinem Baby aus dem Krankenhaus oder dem Park täuschen können. Aber mit diesem speziellen Kind schlug ich zwei Fliegen mit einer Klappe. Denn sowohl meine Mutter als auch mein Vater verdienten es, für ihre Grausamkeit bestraft zu werden.

In den Monaten danach hatte ich es wirklich nicht leicht. Nachdem ich Luke nach Hause gebracht hatte, wurde ich fast verrückt vor Angst, die Gillespies würden entdecken, dass ich ihn entführt hatte. Zwar war es schon zwei Jahre her, dass Dad mich aus seinem Leben verbannt hatte, und er hatte auch keinen Grund anzunehmen, dass ich seiner Familie etwas Böses wollte. An dem Tag auf dem Fußballfeld hatte ich nur erbärmliche Entschuldigungen gestammelt, und seitdem hatte ich mich bei keinem von ihnen mehr gemeldet. Dennoch befürchtete ich, ich hätte im Haus einen Fußabdruck oder irgendeine Spur hinterlassen, die sie zu mir zurückverfolgen konnten.

Also wurde ich fast ohnmächtig vor Panik, als Dad mich genau an dem Abend anrief, als ich Mom aus dem Gefängnis abgeholt hatte. Dabei bestand gar kein Grund dazu. Er rief alle aus seinem Adressbuch an, um sie zu bitten, Augen und Ohren offen zu halten. Bei dem Gespräch stotterte er nur verlegen herum, und da erkannte ich, dass er keine Ahnung hatte. Vor lauter Erleichterung ließ ich mich zu Boden sinken und fand genau die richtigen Worte. Ich bot ihm sogar an, zu kommen und ihm bei der Suche nach dem Baby zu helfen. Natürlich lehnte er das sofort ab – selbst jetzt wollte er mich von seiner Familie fernhalten. Als Mom am nächsten Morgen fragte, ob der Anrufer Adams Vater gewesen sei, nickte ich. War ja nicht gelogen.

Wissen Sie eigentlich, wie schwer es ist, eine frischgebackene Mutter zu spielen? Das Schwangerschaftskostüm zu tragen – heutzutage kann man auf Amazon alles kaufen –, war im Vergleich dazu ein Kinderspiel. Ich musste Unmengen von Muttermilchersatz in meinem Zimmer verstecken und goss ihn sogar dreimal täglich durch die Milchpumpe, damit sie benutzt aussah. Erst ganz am Ende, vor meinem Verschwinden, fügte ich ein bisschen Ipekakuanha hinzu. Abgesehen von dieser kleinen Ausnahme war ich die perfekte Mutter. Im Vergleich zu mir war Luke noch gut weggekommen.

Ich vermisse den kleinen Kerl wirklich sehr. Er war mein bester Freund, der einzige Mensch in meinem Leben, der mich nie verlassen hat. In gewisser Weise konnte ich nachempfinden, was meine Mutter gefühlt hatte. Ihn aufzugeben, war das Schwerste, was ich je tun musste.

Mir war klar, dass mir die Entführung nur verziehen werden würde, wenn ich für das Baby starb. Zwar sucht die Polizei nach mir, sie erwartet aber wohl kaum, mich lebendig zu finden. Sollte das geschehen, werden alle mich lynchen wollen. Sie werden mich verurteilen und als böse betrachten. Aber ich brauchte ein Kind, damit die Misshandlung überzeugend wirkte. Eine erwachsene Frau, die von ihrer Mutter vergiftet wird, ist bloß dumm. Doch ein hilfloses Baby? Nichts bringt die Öffentlichkeit – oder Geschworene – so in Rage wie misshandelte Kinder. Ich muss es wissen. Viel Glück dabei, den Kopf aus dieser Schlinge zu ziehen, Mommy.

Ein paar Stunden fahre ich ziellos vor mich hin und staune immer wieder, wie grün es hier ist, selbst am Highway. Die Berge sind allgegenwärtig, stets irgendwo in der Ferne zu sehen. Und so viel schöner als Getreidefelder. Ich schalte das Radio ein. Es läuft »Sweet Dreams« von Eurythmics. Meine Mutter liebt diesen Song.

Ich frage mich, wo sie jetzt ist. Schalte das Radio wieder aus.

Irgendwann merke ich, dass der Tank fast leer ist, und

fahre vom Highway. Ich brauche mal was zur Aufheiterung. An der nächsten roten Ampel schnappe ich mir mein Wegwerfhandy und sehe mir noch mal den Youtube-Clip an, auf dem Mary Stone mit der Presse spricht. Ich spule ihn 45 Sekunden vor und drücke auf ›Play‹. Da ist sie, auf einem Podium, und schreit tränenüberströmt in einen ganzen Strauß aus Mikrofonen. Sie neigt zum Drama und das macht sie zur perfekten unwissenden Komplizin.

»Ich habe gehört, mit meinen eigenen Ohren«, heult Mary, »wie Patty Watts sagte, dass sie Rose Gold vergiftet und ausgehungert hat!«

Ich drücke auf ›Pause‹ und lehne mich auf meinem Sitz zurück. Dieses Video sehe ich mir täglich mindestens zehnmal an. Die Ampel wird grün. Ich trete aufs Gaspedal.

Das hast du dir selbst eingebrockt.

Meine Mutter hätte nur die Verantwortung dafür übernehmen müssen, dass sie mein Leben ruiniert hat. Ein einziges Mal in ihrem elenden Dasein hätte sie die Wahrheit sagen sollen. Aber sie hat ihre Chance vertan. Und mich gründlich unterschätzt. Mom glaubte, ich könnte ihr kein Schnippchen schlagen – ich würde es nicht wagen! Sie weigerte sich, ihr Bild von der kleinen Rose Gold aufzugeben, die sie aufgezogen hatte: schwach, rückgratlos und abhängig von Mommy. Sie glaubte, ihre tollpatschige Tochter könnte es mit einem Superhirn wie ihr nicht aufnehmen. Dass ich nicht lache!

Oh, jetzt versucht sie, alles wieder in Ordnung zu bringen, und erzählt jedem Reporter, der es hören will, dass sie reingelegt wurde, dass ich sie in eine Falle gelockt habe und mich irgendwo verstecke.

Aber wer einmal lügt, dem glaubt man nicht ...

Ich fahre zu einer heruntergekommenen Tankstelle und halte neben einer Zapfsäule. Als der Tank voll ist, gehe ich hinein und bezahle in bar. Danach schließe ich mich in der Toilette ein, nehme die Perücke ab und bespritze mein Gesicht mit Wasser.

Als es nicht mehr tropft, wasche ich mir die Achselhöhlen, drehe meine Kleider von rechts auf links, damit man die Flecken nicht mehr sieht, und stehe dann eine Minute nur da und fächle mir Luft zu.

Mein Blick wandert zum Spiegel, zu meinen Haaren, die endlich so lang sind, wie ich mir immer erträumt habe. Sie reichen mir bis zur Brust. Als ich sie über die Schulter werfe, fällt mir auf, an wen mich das erinnert. Noch vor wenigen Jahren wollte ich nichts lieber, als das exakte Ebenbild von Alex Stone zu sein. Aber das will ich jetzt nicht mehr. Ich bin keine Frau, die wegen ein paar Haaren zu wenig zusammenbricht. Ich bin viel, viel stärker als Alex.

Ich verlasse die Tankstelle und parke vor einem kleinen Laden. Nach wenigen Minuten finde ich, was ich brauche. Mit meinem Neuerwerb in der Hand fahre ich zurück zur Tankstelle. Falls der Angestellte mich wiedererkennt und überrascht ist, zeigt er es nicht. Nachdem ich mich wieder auf der Toilette eingeschlossen habe, hole ich den Haarschneider aus der Tüte und mache mich ans Werk.

Lange dunkelblonde Haarsträhnen fallen zu Boden.

Mit dem Haarschneider fahre ich über meinen Kopf. Das Summen erinnert mich an das kleine Badezimmer in unserem Reihenhaus. Ich bin wieder sechs Jahre alt und sitze, mit einem Tutu bekleidet, neben dem Waschbecken, während Mom mir den Kopf rasiert und behauptet, dass mir die Haare büschelweise ausfallen würden, wenn wir sie nicht kurz lassen. Sie verspricht, dass ich so besser aussähe.

Zum ersten Mal wiederhole ich das aus eigenem Willen.

Ich schere und schere und schere, bis alle Haare ab sind. In einem Haufen bedecken sie meine Füße. Bye bye, Alex.

Grinsend fahre ich mir mit den Händen über den Kopf. Nun, da ich wieder essen kann, wirkt mein Gesicht rundlicher und meine Augen nicht mehr so eingesunken. Aus dem Spiegel blinken mir meine kaputten Zähne entgegen. Seit Monaten versuche ich nicht mehr, sie zu verbergen. Ich weiß gar nicht, warum sie mich so gestört haben. So schlimm sind sie auch nicht. Vielleicht wirken sie brüchig, aber sie sind stark genug, dass ich essen, meine Geheimnisse für mich behalten und meine Wut beherrschen kann.

Die meisten Menschen behalten nicht gern ihre Wut für sich. Sie haben das Gefühl, von ihr niedergedrückt und aufgezehrt zu werden, also lassen sie sie raus. Sie versuchen loszuwerden, was ihnen angetan wurde.

Aber einige von uns können es nicht vergessen und werden es auch nie verzeihen. Wir halten unsere Axt geschärft, sind jederzeit bereit, zuzuschlagen. Jegliche Bitte um Gnade stößt bei uns auf taube Ohren.

Es heißt, Groll sei eine schwere Last.

Nur gut, dass wir so stark sind.

DANK

Ich danke meiner fantastischen Agentin Maddy Milburn, die mein Manuskript von ihrem Eingangsstapel nahm und mir eine Chance gab. Mit Ihnen zu arbeiten, war die beste Entscheidung in meiner gesamten Laufbahn. Ich werde Ihnen immer dankbar sein. Gleichermaßen danke ich dem ganzen Team von MMLA – Anna Hogarty, Georgia McVeigh, Giles Milburn, Chloe Seager, Georgina Simmonds, Liane-Louise Smith, Hayley Steed und Alice Sutherland-Hawes –, das mir geholfen hat, klar und konzentriert zu bleiben. Ihr seid meine Stars.

Ich danke meinen brillanten Lektorinnen, Maxine Hitchcock in Großbritannien und Amanda Bergeron in den USA. Ihre Ideen und Ansichten haben dieses Buch – und mich als Autorin – in vielerlei Hinsicht stärker gemacht. Danke, dass ich durch Sie klüger wirke, als ich bin, und dass Sie meine Liebe zu Tabellen teilen (oder sie zumindest tolerieren). Ich freue mich jeden einzelnen Tag, dass meine Bücher und ich bei Ihnen beiden ein Zuhause gefunden haben.

Weiterhin danke ich dem Team von Michael Joseph: Emma Henderson, Rebecca Hilsdon und Hazel Orme, dem erstklassigen Redaktionsteam; Ellie Hughes und Gaby Young von der Presseabteilung; Vicky Photiou, Jen Porter und Elizabeth Smith, dem Dreamteam des Marketings; und den unglaublich talentierten Grafikerinnen Lee Motley und Lauren Wakefield. Eine Million Mal möchte ich auch allen anderen bei MJ danken, namentlich: Louise Blakemore, Anna Curvis, Christina Ellicott, James Keyte, Catherine LeLievre und dem großen Team von Penguin Random House UK.

Zum Berkley-Team: Dank an Loren Jaggers und Danielle Kier, die besten Pressefrauen der Stadt; an Bridget O'Toole, den Newsletter-Ninja, und Jin Yu, Meister im Marketing. Ich wünschte, wir wohnten in derselben Stadt, um uns ständig treffen zu können. Emily Osborne und Anthony Ramondo: Euer Cover-Entwurf ist perfekt. Dank auch an alle anderen von Berkley: Craig Burke, Stacey Edwards, Grace House, Jean-Marie Hudson, Claire Zion und das Team von Penguin Random House in den USA.

Ich danke Mako Yoshikawa, meiner ersten Leserin, Betreuerin meiner Abschlussarbeit und Mentorin. Sie glaubten schon an das Buch, als es erst drei Kapitel davon gab. Ihr Feedback hat Rose Golds Stimme geformt. Sie lehrten mich, wie wichtig Kausalität in fiktionaler Literatur ist, und drängten mich, weiterzumachen, was vielleicht am wichtigsten war. Dieses Buch verdankt Ihnen seine Existenz.

Dank auch an Rick Reiken, meinen ehemaligen Professor, der auch meine Abschlussarbeit gegenlas und immer weit mehr tat, als das Seminar erforderte. Er gab mir brillante Ratschläge und half mir, mich in der Verlagswelt zurechtzufinden. Wären Sie nicht gewesen, würde ich vielleicht immer noch an jenem (miserablen) ersten Entwurf festhängen. Danke, dass Sie mir so diplomatisch zu verstehen gegeben haben, dass ich noch mal ganz von vorn anfangen muss.

Ich danke Steve Yarbrough, meinem allerersten Dozenten für Kreatives Schreiben, der mich immer ermutigte, obwohl meine Geschichten in seinem Seminar Woche für Woche ... holprig waren. Woche für Woche saugte ich so viel Wissen wie möglich bei Ihnen auf. Ich hoffe, dass davon zumindest ein bisschen in diesem Buch durchschimmert.

Ich danke dem Emerson College, das diesen Roman als Abschlussarbeit meines Masterstudiums akzeptiert hat. Dank an die Fakultät, die aus mir eine bessere Autorin gemacht hat; ans College für das großzügige Stipendium, das mir erlaubte, mich nur auf das Schreiben zu konzentrieren; Dank auch an meine Kommilitonen, vor allem an Beth Herlihy, die frühe Versionen dieser Geschichte las und mich anfeuerte.

Folgenden Personen und Texten verdanke ich das medizinische und psychologische Hintergrundwissen über das Münchhausen-by-Proxy-Syndrom (kurz MSBP): Julie Gregorys Buch *Sickened: The Memoir of a Munchausen by Proxy Childhood*; Michelle Deans Buzzfeed-Artikel über Dee Dee und Gypsy Blancharde; und Marc Feldmans *Playing Sick? Untangling the Web of Munchausen Syndrome, Munchausen by Proxy, Malingering and Factitious Disorder.* Alle fachlichen Fehler habe ich selbst zu verantworten.

Ich danke dem Zahnarzt Dr. Jim McKee, für seine Zeit und Informationen über alles, was mit Zähnen zu tun hat.

Dank auch an Ashley Chase, Ray Ciabattoni, Sarah Coffing, Guy Conway, Maddy Cross, Lauren Hefling, Annie und Todd Hibner, Christy Holzer, Jen und Tristan Kaye, Dave und Sara McCradden, Ali O'Hara, Dave Pfeiffer, Kelsey Pytlik, Shiv Reddy, Tara Reddy und Savs Tan, für ihre stetige Freundschaft und Unterstützung bei diesem Buch und allem, was ich tue.

Ich danke Allison Jasinski für die langen Gespräche auf den blauen Sofas in unserem Geneva-Terrace-Apartment. Du hast mein Interesse an Psychologie und den Außenseitern der Gesellschaft geweckt. Danke, dass du immer an mich geglaubt hast.

Dank an die Wichrowskis: Sheila, Taylor und Paul, die zu meinen frühesten Lesern gehörten und als erster Buchclub meinen Roman vorstellten! In den letzten Jahren habe ich euch so oft um eure Meinung gebeten – über meine Zweifel, den Klappentext, das Cover, die Liste ist endlos – und ihr hattet immer die klügsten Anmerkungen dazu. Eure Begeisterung während des Schreibprozesses hat mir sehr viel bedeutet. Ich kann mich glücklich schätzen, zu eurer Familie zu gehören.

Ich danke meinen Großeltern Pat und Jim Soukup. Danke, dass ihr mich immer geliebt und meine Liebe zum Lesen gefördert habt. Seit über fünfunddreißig Jahren hat einer oder jeder von euch stets ein Buch in der Hand, wenn ich euch besuche. Ich bin sehr stolz, eure Enkelin zu sein.

Dank an die Malichs: Jackie, Matt und Cadence, für eure unermüdliche Ermutigung. Jackie, danke, dass du als eine der Ersten mein Buch gelesen hast. Danke für die stundenlangen Diskussionen über Wendungen: gute, schlechte und vorhersagbare. Danke, dass du mir zahllose, zum Teil peinliche Fragen über Schwangerschaften beantwortet hast und darüber, wie es ist, Mutter zu sein. Deine Stärke und Liebe hauen mich immer wieder um. Und danke dir, Cadence, dass du uns mit deiner Anwesenheit beehrst: Du bist das süßeste Baby, das ich je kennengelernt habe. Ich betrachte es als große Ehre, deine Tante sein zu dürfen. Bitte lies dieses Buch erst, wenn du groß bist.

Ich danke Vicki Wrobel für ihre geografischen Hinweise zu Colorado. Dafür, dass sie zu allem und jedem ihren Senf dazugibt, mir den Rücken stärkt und mich zum Lachen bringt. Dank auch dafür, dass du geglaubt hast, einen Spielzeugladen in Moms Bauch gesehen zu haben – nun ist es offiziell, dass du diese Geschichte nie wieder loswerden wirst. Ich